Als ik blijf
&
Wacht op mij

GAYLE FORMAN

*Als ik blijf*
&
*Wacht op mij*

the house of books

*Als ik blijf*
Oorspronkelijke titel: *If I Stay*
Oorspronkelijke uitgave: Dutton Books, een onderdeel van Penguin Group (USA) Inc.
Copyright © 2009 Tekst Gayle Forman

*Wacht op mij*
Oorspronkelijke titel: *Where She Went*
Oorspronkelijke uitgave: Dutton Books, een onderdeel van Penguin Group (USA) Inc.
Copyright © 2011 Tekst Gayle Forman

Published by arrangement with Lennart Sane Agency AB

Copyright voor het Nederlands taalgebied © 2009, 2011 The House of Books,
Vianen/Antwerpen

Vertaling: Willeke Lempens
Vormgeving omslag: Nanja Toebak
Omslagfoto's: © Shutterstock
Vormgeving binnenwerk: ZetSpiegel, Best

ISBN 978 90 443 3243 8
NUR 285
D/2012/8899/2

www.gayleforman.com
www.thehouseofbooks.com

# Als ik blijf

Voor Nick
Eindelijk... voor altijd

# 07.09

Iedereen denkt dat het door de sneeuw kwam. En waarschijnlijk is dat ook zo.

Toen ik vanochtend wakker werd, lag er een dun wit laagje over onze voortuin. Nog geen drie centimeter dik, maar in dit deel van Oregon brengt zoiets alles al tot stilstand, terwijl de enige sneeuwruimer van de gemeente aan de slag gaat om de wegen schoon te vegen. Het is maar natte sneeuw die naar beneden komt – drup, drup, drup – niet eens de bevroren variant.

Maar, genoeg om de scholen dicht te gooien.

Mijn broertje Teddy slaakt een soort oorlogskreet als de radio deze maatregel aankondigt. 'Sneeuwvrij!' brult hij. 'Kom pap, gaan we een sneeuwpop maken!'

Pap klopt glimlachend op zijn pijp. Die rookt hij nog maar pas. Het is een van de voortvloeisels van de jaren tachtig-*The Cosby Show*-bevlieging waar hij sinds kort aan lijdt. Zo draagt hij tegenwoordig ook vlinderdasjes. Ik ben er nog niet uit of hij dat doet omdat hij het mooi vindt, of om te stangen. Of dit zíjn manier is om te beklemtonen dat hij eens punker was en nu leraar Engels op een middelbare school, of dat het feit dat hij leraar is geworden hem werkelijk heeft teruggeworpen in de tijd. Maar ik hou wel van de geur van zijn pijptabak. Die is zoet en rokerig en doet me altijd denken aan de winter en houtkachels.

'Dat mag je best proberen,' zegt hij tegen Teddy, 'maar dat spul plakt nog amper op het wegdek. Misschien moet je eerder denken aan een sneeuwkikker...'

Ik zie dat mijn vader in zijn sas is. Amper drie centimeter sneeuw betekent dat alle scholen in de hele gemeente sluiten – inclusief mijn middelbare school en de school waar hij lesgeeft. Dus heeft hij ook onverwacht een snipperdag.

Mijn moeder, die in de stad bij een reisbureau werkt, zet de radio uit en schenkt nog een kop koffie in. 'Nou, als jullie allemaal spijbelen, ga ik ook niet werken, hoor. Dat zou niet eerlijk zijn.' En ze pakt de telefoon.

Als ze weer heeft neergelegd, kijkt ze ons aan en zegt: 'Zal ik een ontbijtje voor jullie maken?'

Pap en ik proesten het uit. Mam kan alleen cornflakes en geroosterd brood maken; pap is de kok van ons gezin.

Maar mam doet alsof ze niets heeft gemerkt en zoekt in de voorraadkast naar een pak meel. 'Ach, kom op, zo moeilijk kan dat toch niet zijn? Wie heeft er zin in pannenkoeken?'

'Ikke, ikke!' gilt Teddy. 'Mogen er dan ook stukjes chocola in?'

'Ik zou niet weten waarom niet,' antwoordt mam.

'Jaaaaa!' gilt Teddy, wild maaiend met zijn armen.

'Jij hebt veel te veel energie voor zo vroeg op de dag,' zeg ik plagerig. Dan draai ik me naar mijn moeder. 'Misschien moet je hem niet meer zoveel koffie geven.'

'Ik heb hem al op cafeïnevrije gezet,' kaatst mam terug. 'Hij is gewoon uitgelaten van zichzelf.'

'Nou, als je míj maar niet op cafeïnevrije zet,' zeg ik.

'Welnee, dat zou kindermishandeling zijn,' zegt pap.

Mam geeft me een dampende mok aan, plus de krant. 'D'r staat een mooie foto van je vriendje in,' zegt ze.

'Een foto? Echt?'

'Ja. Veel meer hebben we hier sinds de zomer niet van hem gezien,' zegt mam, me van opzij met één opgetrokken wenkbrauw aankijkend – haar versie van een onderzoekende blik.

'Ik weet het,' zeg ik, waarna ik ongewild zucht. Adams band, Shooting Star, zit enorm in de lift. Wat natuurlijk fantastisch is – meestal dan.

'Ach, roem... het is gewoon niet aan de jeugd besteed,' zegt pap. Maar hij lacht erbij. Ik weet dat hij het geweldig voor Adam vindt; zelfs trots op hem is.

Ik blader vlug door naar de dagagenda. Er staat een piepklein stukje over Shooting Star, met een nog kleiner fotootje van hun vieren – naast een ellenlang artikel over Bikini, met een gigantische foto van hun leadzangeres, de punkrockdiva Brooke Vega. In het stukje staat eigenlijk niet meer dan dat tijdens Bikini's landelijke tournee, het voorprogramma in de regio Portland zal worden verzorgd door de lokale band Shooting Star. Helemaal niets over het in-mijn-ogen-stukken-belangrijker feit dat Shooting Star gisteravond de hoofdact was in een (volgens het sms'je dat Adam me rond middernacht stuurde) compleet uitverkochte club in Seattle.

9

'Ga jij er vanavond naartoe?' vraagt pap.

'Was ik wel van plan, ja. Als niet de hele staat op slot gaat vanwege die sneeuw...'

'Ja, het is al bijna een sneeuwstorm,' zegt pap, wijzend naar een naar beneden dwarrelend sneeuwvlokje.

'Maar ik moet eigenlijk ook repeteren met een pianist van het conservatorium die professor Christie voor me heeft opgeduikeld.'

Professor Christie, een gepensioneerde muziekdocente van de universiteit die al een paar jaar met me werkt, is altijd op zoek naar slachtoffers om mee samen te spelen. *Houdt je scherp, zodat je die snobs van Juilliard kunt laten zien hoe het werkelijk moet,* zegt ze altijd.

Ik ben nog niet officieel aangenomen op Juilliard, maar mijn auditie ging extreem goed. De Bach-suite en het stuk van Sjostakovitsj vloeiden uit mijn vingers als nooit tevoren – alsof ze verlengstukken van mijn strijkstok en snaren waren. Toen ik klaar was, hijgde ik gewoon en mijn benen trilden, doordat ik ze zo stijf tegen mijn cello had gedrukt. Een van de juryleden applaudisseerde kort, wat vast niet vaak gebeurt. Toen ik naar buiten schuifelde zei datzelfde jurylid tegen me dat het lang geleden was dat ze hier een 'echte boerenmeid uit Oregon' hadden gehad. Volgens professor Christie betekende dat vast dat ik werd toegelaten; ik was daar zelf nog niet zo zeker van.

Ik weet zelfs nu nog niet honderd procent zeker of ik wel naar Juilliard wíl. Want net als Shooting Stars bliksemcarrière, zal mijn toelating tot Juilliard – áls die er komt – allerlei complicaties met zich meebrengen. Of beter: de complicaties vergroten die de laatste paar maanden al de kop hebben opgestoken.

'Ik neem nog wat koffie. Nog meer liefhebbers?' vraagt mam, zwaaiend met onze ouderwetse percolator boven mijn hoofd.

Ik snuif de koffiegeur op – die volle, donkere, vettige Franse melange die wij het liefst drinken. Van het aroma alleen kikker ik al op. 'Ik zit erover te denken nog even terug in bed te kruipen,' zeg ik. 'Mijn cello is immers op school, dus ik kan niet eens studeren.'

'Niet studeren? Een heel etmaal lang? O bedaar, bedaar, mijn arme hart,' roept mam theatraal. Hoewel zij klassieke muziek door de jaren heen is gaan waarderen – *Het is net zoiets als het leren eten van stinkkaas!* – is ze een niet-altijd-even-enthousiast toehoorder van veel van mijn marathonoefensessies.

Dan hoor ik een 'knal', gevolgd door een 'boem' van boven: Teddy is achter zijn drumstel gekropen. Het drumstel dat vroeger van pap was – toen die nog in een 'beroemd-in-de-stad-volkomen-onbekend-in-de-rest-van-het-land'-bandje zat en in een platenzaak werkte.

Pap grijnst breed bij het horen van die herrie. Ik voel een bekende steek in mijn hart. Ik weet dat het stom is, maar ik vraag me nog steeds af of hij het niet jammer vindt dat ik geen rockgriet ben geworden. Dat was ooit wel de bedoeling. Maar toen, in de derde klas, voelde ik me tijdens de muziekles ineens hevig aangetrokken door de cello – die ik er bijna menselijk vond uitzien; alsof hij geheimen te vertellen had. Dus wilde ik er per se op leren spelen. Dat is nu bijna tien jaar geleden en ik heb er nog steeds niet genoeg van.

'Nou, dat terug naar bed gaan, kun je dus wel vergeten,' roept mam boven Teddy's kabaal uit.

'Ach, kijk nou: de sneeuw begint alweer te smelten,' zegt pap en lurkt aan zijn pijp.

Ik loop naar de achterdeur en gluur naar buiten. Een streepje zonlicht piept door de wolken heen. Ik hoor het gedruppel van smeltend ijs. Ik sluit de deur en ga weer aan tafel zitten. 'Mmm, ik geloof dat de gemeente wat al te rap heeft gereageerd,' zeg ik.

'Misschien. Maar ze kunnen de scholen nu niet weer opengooien. De teerling is geworpen, hoor, ik heb al gebeld voor een snipperdag,' zegt mam.

'Inderdaad. Dus laten we dan ook maar profiteren van dit onverwachte presentje en ergens naartoe gaan,' zegt pap. 'Een eindje rijden, naar Henry en Willow bijvoorbeeld?'

Henry en Willow zijn oude muziekvrienden van mijn ouders, die zich pas sinds ze een kind hebben als echte volwassenen gedragen. Ze wonen in een grote oude boerderij. Henry doet iets met internet vanuit zijn tot kantoor verbouwde schuur, Willow werkt in een ziekenhuis in de buurt. Ze hebben pas een dochtertje gekregen. En dat is de ware reden dat pap en mam bij hun langs willen. Teddy is net acht geworden, ik ben zeventien, dus zijn wij allang voorbij dat zuremelkluchtstadium dat volwassenen zo vertedert.

'Ja! Dan zouden we op de terugweg even bij BookBarn kunnen stoppen,' zegt mam, alsof ze mij daarmee moet overhalen. BookBarn is een gigantische, stoffige zaak in tweedehandsboeken, met achterin een voorraad klassieke lp's voor een kwartje, waar niemand interesse in lijkt te hebben behalve ik. Ik heb er een hele stapel van onder mijn bed liggen – een verzameling klassieke muziek is niet iets waar je graag mee te koop loopt.

Ik heb ze wel ooit aan Adam laten zien, maar pas toen

we al vijf maanden met elkaar gingen. Ik had gedacht dat hij me zou uitlachen, die coole kerel met zijn opgerolde spijkerbroek, zwarte enkellaarzen, versleten punkshirts en subtiele tatoeages. Absoluut niet het type dat je bij iemand als ik zou verwachten, dus. Wat dan ook de reden was dat ik, toen ik hem twee jaar geleden op de muziekafdeling van school voor het eerst naar me zag gluren, ervan overtuigd was dat hij me voor de gek hield en hem daarom lange tijd probeerde te ontlopen. Maar goed, Adam lachte me dus niet uit, onder zijn eigen bed bleek namelijk een stoffige verzameling punk-lp's te liggen...

'En bij opa en oma gaan eten,' zegt pap, zijn hand al uitstekend naar de telefoon. 'Niet te laat, zodat jij ruim op tijd terug bent voor Portland,' voegt hij eraan toe, terwijl hij het nummer intoetst.

'Ik ben vóór!' zeg ik. En dat is niet vanwege de lokkende BookBarn, het feit dat Adam toch op tournee is of mijn beste vriendin Kim het te druk heeft met haar werk voor het jaarboek. Het heeft ook niets te maken met het feit dat mijn cello op school staat en ik thuis alleen maar wat tv zou kunnen kijken of liggen pitten. Nee, ik ga echt liever met mijn familie op stap. Da's nóg zoiets waar je liever niet mee te koop loopt, maar ook dát begrijpt Adam volkomen.

'Teddy!' roept pap naar boven. 'Kleed je gauw aan, we gaan op avontuur!'

Teddy sluit zijn drumsolo met een paar kletterende bekkenslagen af. Nog geen minuut later stormt hij in vol ornaat de keuken binnen, alsof hij zich heeft aangekleed terwijl hij de steile houten trap van ons tochtige victoriaanse huis afliep. 'School's out for summer...' zingt hij.

'Alice Cooper?' roept pap uit. 'Heb je nou echt geen grenzen meer? Zing dan op zijn minst iets van The Ramones!'

'School's out forever,' zingt Teddy over paps protest
heen.

'Onze eeuwige optimist,' zeg ik.

Mam lacht en zet een bord vol enigszins verbrande pannenkoeken op de keukentafel. 'Hier, gezinnetje-van-me,
tast toe!'

# 08.17

We kruipen in de auto – een roestige Buick die al oud was toen we hem na de geboorte van Teddy van opa kregen. Pap en mam vragen of ík soms wil rijden, maar ik sla hun aanbod af. Dus laat pap zich achter het stuur glijden. Hij houdt tegenwoordig van autorijden, nadat hij jaren koppig heeft geweigerd zijn rijbewijs te halen. Hij bleef alles maar op zijn motor doen. Toen hij nog in de muziek zat, betekende deze banvloek op de auto voor zijn medbandleden dat zij op tournee altijd moesten rijden. Daarover werd nogal eens met de ogen gerold. Mijn moeder deed nog wel meer: zij viel mijn vader er keer op keer over lastig, probeerde het met gevlei of gilde gewoon tegen hem dat hij hoognodig zijn rijbewijs moest halen. Maar mijn vader hield stug vol dat hij meer van pedalen hield. 'Nou, dan kun je maar beter eens gaan sleutelen aan een motor waar we met ons drietjes op kunnen én die een heel gezin beschermt tegen de regen,' eiste mam op een keer. Waarop pap lachend riep dat hij daar beslist achteraan ging.

Maar toen mam zwanger raakte van Teddy, zette ze haar

hakken echt in het zand. *Genoeg!* zei ze. En pap leek te begrijpen dat er werkelijk iets was veranderd. Hij hield op met tegenstribbelen en haalde zijn rijbewijs. Bovendien ging hij terug naar school en haalde zijn onderwijsbevoegdheid. Blijkbaar was het met één kind niet zo erg om stil te blijven staan in je ontwikkeling; met twee was het echt tijd om volwassen te worden. Tijd voor een vlinderdasje dus.

Hij draagt er vanochtend ook eentje, bij een vlekkerig colbert en tweedehands herenschoenen. 'Zo, jij bent helemaal klaar voor de sneeuw, zie ik wel,' zeg ik.

'Ja, ik ben net de postbode,' antwoordt pap, terwijl hij de sneeuw van de auto schraapt met een van Teddy's plastic dino's die overal in het gras liggen. 'Noch regen, noch hagel, noch anderhalve centimeter sneeuw dwingt mij me te kleden als een houthakker.'

'Hé, ik ben van een houthakkersgeslacht, hoor,' waarschuwt mam. 'Hier wordt niet gespot met de arme blanke woudloper.'

'Ik zou niet durven,' zegt pap. 'Het was maar een metafoor.'

Hij moet de contactsleutel een paar maal omdraaien, voordat de auto rochelend tot leven komt. Zoals altijd volgt er dan eerst de strijd om de radio. Mam wil NPR, pap Frank Sinatra, Teddy SpongeBob SquarePants en ik de klassiekemuziekzender. Maar omdat ik weet dat ik de enige klassiekliefhebber van ons gezin ben, ben ik bereid tot een compromis: Shooting Star.

Pap werpt zich op als scheidsrechter. 'Aangezien er vandaag geen school is, moeten we wel even naar het journaal luisteren, om te voorkomen dat we ignoramici worden...'

'Ik geloof dat dat gewoon "ignoramussen" is, hoor,' onderbreekt mam hem.

Pap rolt met zijn ogen, legt zijn hand op die van mam en schraapt dan, op zo'n typische schoolmeestersmanier, zijn keel. 'Ergo, eerst NPR, daarna klassiek. Maar Teddy, jou zullen we daar niet mee kwellen: jij mag de discman,' zegt pap en begint te rommelen aan de draagbare cd-speler die hij op de autoradio heeft aangesloten. 'Maar geen Alice Cooper in mijn auto. Dat verbied ik.' Hij zoekt in het handschoenenkastje. 'Wat dacht je van... Jonathan Richman?'

'Ik wil SpongeBob. Die zit er nog in!' roept Teddy, op en neer wippend en wijzend naar de discman. Die in stroop gedrenkte chocoladepannenkoeken hebben zijn hyperactiviteit alleen maar versterkt.

'Zoon, je breekt mijn hart,' grapt pap. Teddy en ik zijn allebei opgevoed met de duffe deuntjes van Jonathan Richman, de muzikale schutspatroon van onze ouders.

Als de muziek eindelijk geregeld is, rijden we weg. Er ligt hier en daar wat sneeuw op het wegdek, maar voor het overgrote deel is het alleen maar nat. Maar ja, we zijn hier in Oregon, de wegen zijn hier altijd nat. Mam grapte altijd dat de mensen pas in de problemen raakten als de weg dróóg was. 'Dan worden ze vrijmoedig, slaan ze alle waarschuwingen in de wind en rijden als een idioot. En de politie lacht in haar vuistje en schrijft de hele dag bonnen voor te hard rijden uit.'

Ik leg mijn hoofd tegen het zijraam en kijk naar het voorbijrazende landschap: een schitterend schouwspel van donkergroene sparren bestrooid met sneeuw, kronkelige witte mistslierten en dikke donkergrijze onweerswolken boven ons. Het is warm in de auto, de ramen beslaan. Ik krabbel wat in de condens.

Als het nieuws voorbij is, zoeken we de klassieke zender op. Ik hoor de eerste paar maten van Beethovens Cellosonate nr. 3 – toevallig net het stuk dat ik vanmiddag zou repeteren. Dat moet een soort kosmisch toeval zijn. Ik concentreer me op de noten en stel me voor dat ik ze zelf speel. Ik ben blij met deze kans om toch een beetje te studeren. Ik voel me gelukkig in deze warme auto, met mijn sonate en mijn familie. Ik sluit mijn ogen.

Je zou niet verwachten dat de radio het na zoiets nog doet. Toch is het zo.

De auto is compleet opengereten. Een botsing met een viertons pick-uptruck die zich met honderd kilometer per uur recht in de passagierszijde boort, heeft ongeveer het effect van een atoombom. De portieren zijn er afgerukt, de passagiersstoel is door het raampje aan de chauffeurskant geperst, het chassis is omgeklapt en dwars over het wegdek gestuiterd en de motor is in stukken gereten alsof hij was gemaakt van spinrag. Banden en wieldoppen zijn diep het bos in geslingerd en delen van de benzinetank zijn in brand gevlogen, zodat er nu overal vlammetjes aan het natte wegdek likken.

En wat een kabaal was het! Een symfonie van gekraak, een koor van geknars, een aria van geknal, uiteindelijk gevolgd door het droeve geklap van metaal tegen zacht hout. Toen pas werd het stil – op Beethovens Cellosonate na, die nog steeds klinkt. Op de een of andere manier weet de autoradio nog ergens stroom vandaan te halen en zendt Beethoven de (opnieuw) stille februariochtend in.

In eerste instantie denk ik nog dat er niets aan de hand is. Om te beginnen kan ik Beethoven dus nog horen. Daarnaast is er het niet te verwaarlozen feit dat ik in een greppel langs de kant van de weg sta. En als ik naar beneden kijk, zien het spijkerrokje, de trui en de zwarte hoge schoenen die ik vanochtend heb aangetrokken, er nog net zo uit als toen we vertrokken.

Ik klim op het talud om onze auto beter te bekijken. Je kunt het zelfs geen auto meer noemen! Het is nog slechts een metalen skelet – zonder stoelen, zonder passagiers. Wat betekent dat de rest van mijn familie net als ik eruit moet zijn geslingerd.

Ik veeg mijn handen af aan mijn rok en loop de weg op om ze te zoeken.

Mijn vader is de eerste die ik zie. Zelfs van een paar meter afstand herken ik de pijpvorm in de zak van zijn jasje. 'Pap!' roep ik. Terwijl ik naar hem toe loop, wordt het glibberig onder mijn voeten. Ik zie grijzige brokjes liggen, van iets dat eruitziet als bloemkool. Ik weet meteen wat het is, maar leg niet meteen de link tussen dit droge feit en mijn vader. Ik moet ineens denken aan zo'n nieuwsbericht over een tornado of brand, die het ene huis verwoest en dat van de buren volledig intact laat. Er liggen stukjes van mijn vaders hersenen op het asfalt... Maar zijn pijp zit nog gewoon in zijn linkerborstzak.

Daarna vind ik mijn moeder. Bij haar is nauwelijks bloed te zien, maar haar lippen zijn al blauw en het wit van haar ogen is helemaal rood, als een monster uit een goedkope griezelfilm – totaal onwerkelijk. En dat beeld van haar, als de een of andere absurde zombie, doet de paniek opeens als een dolle kolibrie door mijn lichaam suizen.

*Teddy! Ik moet Teddy zien te vinden! Waar is hij?* Ik draai me om, ineens totaal buiten zinnen – net als die keer dat ik hem in de supermarkt een paar minuten kwijt was. Ik was ervan overtuigd geweest dat hij was gekidnapt. Maar natuurlijk bleek hij alleen maar te zijn weggedwaald naar de gang met het snoep. Toen ik hem uiteindelijk vond, wist ik niet of ik hem moest knuffelen of uitfoeteren.

Ik ren terug naar de greppel waar ik net uit ben gekropen. Ik zie er een hand uit steken. 'Teddy! Hier ben ik!' roep ik. 'Steek je hand omhoog. Dan trek ik je eruit.' Maar als ik dichterbij kom, zie ik iets glinsteren: een zilveren armband met een piepklein cellootje en een gitaartje eraan. Die heb ík voor mijn zeventiende verjaardag van Adam gekregen; dat is míjn armband. Die ik vanochtend omhad. Ik kijk naar beneden, naar mijn pols. Ik heb hem nog stééds om!

Ik schuifel nog wat dichterbij. Ik weet nu dat het niet Teddy is die daar ligt, maar ikzelf. Bloed uit mijn borstkas is door mijn hemdje, rok en trui heen gesijpeld en vormt verfdruppelachtige plasjes in de maagdelijke sneeuw. Een van mijn benen ligt raar krom. Het vel en de spieren zijn er deels afgepeld; ik zie witte stukjes bot. Mijn ogen zijn gesloten, mijn donkerbruine haar is nat en roestbruin van het bloed.

Ik draai me met een ruk om. Dit klopt niet. Dit kan niet waar zijn. Wij zijn een gezin. We gingen gewoon een ritje maken. Dit is niet echt! Ik moet in de auto in slaap gevallen zijn. *Nee, stop! Hou op, alsjeblieft. Word wakker!* gil ik hardop. Het is koud dus mijn adem zou wolkjes moeten vormen. Maar dat doet hij niet. Ik kijk naar mijn arm – die er prima uitziet, niet besmeurd met bloed of viezigheid – en knijp erin, zo hard als ik kan.

Ik voel helemaal niets.

Ik heb zo vaak nachtmerries gehad – 'help-ik-val'-nacht-merries, 'ik-speel-een-cellorecital-maar-ken-de-muziek-niet'-nachtmerries, 'het-is-uit-met-Adam'-nachtmerries – maar tot nu toe was ik dan altijd in staat mezelf op een gegeven moment te dwingen mijn ogen te openen en mijn hoofd op te tillen, om die horrorfilm achter mijn gesloten oogleden te stoppen.

Ik probeer het nog een keer. *Wakker worden!* schreeuw ik. *Word nou wakker! Wordwakkerwordwakkerwordwakker!* Maar het lukt me niet. Ik reageer niet.

Dan hoor ik opeens iets. Muziek. Ik hoor de muziek nog steeds! Dus concentreer ik me daar maar op. En speel de noten van Beethovens Cellosonate nr. 3 met mijn vingers na, zoals ik zo vaak doe bij het beluisteren van de stukken waaraan ik werk. Adam noemt dat 'luchtcello spelen' en zegt dat hij dolgraag eens een duet met me zou doen – hij op luchtgitaar, ik op luchtcello. *En aan het eind slaan we dan onze instrumenten aan gort,* grapt hij dan. *Ik weet zeker dat jou dat wel wat lijkt.*

Ik speel door, richt me alleen op de muziek... totdat ook het laatste beetje leven in de auto wegsterft en de muziek met zich meeneemt.

Niet lang daarna komen de sirenes.

# 09.23

*Ben ik dood?*
Jazeker, dat moet ik mijzelf werkelijk vragen.
*Ben ik dood?*
Eerst leek het me duidelijk. Dat dat 'ik-stond-erbij-en-ik-keek-ernaar'-gedeelte maar tijdelijk was: een soort tussenstadium, voordat het felle witte licht en het 'mijn-hele-leven-flitste-aan-me-voorbij'-verhaal me zou brengen naar waar ik vervolgens moet wezen.

Maar nu is het ambulancepersoneel er, samen met de politie en de brandweer. Iemand heeft een laken over mijn vader gelegd. En een brandweerman staat mijn moeder in een plastic zak te ritsen. Ik hoor hem over haar praten tegen zijn collega, die geen dag ouder lijkt dan achttien. De oudere legt de beginneling uit dat mijn moeder waarschijnlijk als eerste is geraakt en onmiddellijk is overleden, wat het ontbreken van bloed zou kunnen verklaren. 'Acute hartstilstand,' zegt hij. 'Als je hart geen bloed meer kan rondpompen, bloed je niet echt, maar druppel je langzaam leeg.'

Ik weiger daarover na te denken: mijn moeder die ligt leeg te druppelen. Dus bedenk ik maar hoe typisch het is dat zij als eerste is geraakt en als een soort schokdemper de ergste klap voor haar kinderen heeft opgevangen. Daar heeft ze natuurlijk niet zelf voor gekozen, maar zo is het wel gegaan.

Maar ben ik nou dood? De 'ik' die langs de kant van de weg ligt met één been in de greppel, wordt nu omringd door een heel team van mannen en vrouwen, die vertwijfeld allerlei handelingen op me uitvoeren en weet-ik-veel-wat-allemaal mijn aderen in pompen. Ik lig half bloot. De ambulancemedewerkers hebben de bovenkant van mijn T-shirt opengescheurd en een van mijn borsten hangt eruit. Beschaamd draai ik me om.

De politie heeft intussen de hele plek van het ongeval afgezet met lichten en gelast auto's vanuit beide richtingen te keren, omdat de weg is afgesloten. De agenten vertellen iedereen behulpzaam hoe ze kunnen rijden: achterafweggetjes die de mensen zullen brengen waar ze wezen moeten.

Want ze moeten vast ergens wezen, al die mensen in die auto's, maar toch draaien velen van hen hun auto niet meteen. Ze stappen uit, met hun armen om zich heen tegen de kou en nemen de onheilsplek traag in zich op. Dan kijken ze weg. Sommigen huilen, één vrouw braakt tussen de varens langs de kant van de weg. En ook al weten ze niet wie wij zijn of wat er precies is gebeurd, toch bidden ze voor ons. Dat voel ik gewoon.

Wat me ook weer het idee geeft dat ik dood ben. Dat... plus het feit dat mijn lichaam volkomen gevoelloos lijkt te zijn – terwijl ik, als je ziet hoe ik erbij lig, met dat ene been dat met honderd kilometer per uur over het asfalt is gesleurd en tot op het bot is afgeschaafd, het niet meer zou moeten hébben van de pijn. Ik huil niet eens, ook al weet ik dat er zojuist iets onvoorstelbaar afschuwelijks met mijn familie is gebeurd. We zijn verdorie net Humpty Dumpty uit dat kinderversje: het ei-mannetje dat door alle paarden en mannen van de koning niet meer opgelapt kon worden...

Dat soort dingen lig ik allemaal te denken, als de roodharige ambulancemedewerkster met de sproetjes, die met mij bezig is, mijn eerste vraag beantwoordt: 'Ze scoort een acht op de Glasgow Coma Schaal. Laten we haar gauw de zak geven!' gilt ze.

Zij en haar collega met het ingevallen gezicht laten een slang in mijn keel glijden, maken er een zak met een bolletje aan vast en beginnen te pompen. 'Wat is de geschatte aankomsttijd van Life Flight?'

'Tien minuten,' antwoordt haar collega. 'En het is twintig minuten rijden terug naar de stad.'

'We krijgen haar in een kwartier daar, al moet je verdomme racen als een idioot!'

Ik weet wat die vent denkt: dat ik er niks aan heb, als zij óók nog een ongeluk krijgen. Ik ben het helemaal met hem eens. Maar hij zegt niets; klemt slechts zijn kaken op elkaar.

Ze schuiven me de ambulance in. De roodharige klimt achterin. Met haar ene hand drukt ze op de zak, met de andere schikt ze mijn infuus en alle andere apparatuur goed. Dan strijkt ze een haarlok van mijn voorhoofd. 'Volhouden, hoor!' zegt ze tegen me.

Ik was tien toen ik mijn eerste recital gaf. Ik speelde op dat moment twee jaar cello. Eerst alleen op school, tijdens de muziekles. Pure mazzel dat ze daar een cello hadden, want die krengen zijn immers vreselijk duur en nog kwetsbaar ook. Maar een of andere oude literatuurdocent van de universiteit had zijn Hamburg-cello aan onze school nagelaten. Het ding stond echter de meeste tijd in de hoek: het gros van de kinderen leerde liever gitaar of saxofoon spelen.

Toen ik thuis aankondigde dat ik celliste werd, proestten pap en mam het in eerste instantie uit. Later boden ze hiervoor hun excuses aan en beweerden dat ze zo hard hadden moeten lachen, om het beeld van zo'n klein meisje met zo'n log instrument tussen haar spillebenen. Maar zodra ze zich realiseerden dat ik het meende, slikten ze hun giechels in en trokken een aanmoedigend gezicht.

Hun allereerste reactie bleef echter pijn doen – wat ik hun nooit heb opgebiecht (ik betwijfel ook of ze het zouden hebben begrepen).

Pap grapte vaak dat het ziekenhuis waar ik was geboren per ongeluk twee baby's moest hebben verwisseld, omdat ik zo weinig op de rest van ons gezin lijk. Zij drieën blond met blauwe ogen; ik precies hun negatief, met mijn bruine haar en donkere ogen. Maar toen ik ouder werd, begon ik steeds meer achter dat grapje te zoeken, dan hij er vast mee bedoelde. Soms voelde ik me inderdaad alsof ik van een andere planeet kwam. Ik leek immers totaal niet op mijn vlotte, ironische vader of mijn stoere moeder. En – om het plaatje compleet te maken – nu had ik ook nog, in plaats van voor de elektrische gitaar, voor de cello gekozen.

Maar... in ons gezin was het feit dat je muziek máákte, nog altijd belangrijker dan wélke muziek dat was. Dus toen na een paar maanden duidelijk werd dat mijn liefde voor de cello niet zomaar een bevlieging was, regelden mijn ouders een huurinstrument, zodat ik voortaan ook thuis kon studeren. En zo leidden krasserige toonladders en drieklanken tot mijn eerste interpretaties van *Kortjakje*, dat mettertijd plaatsmaakte voor allerlei basisetudes, tot ik uiteindelijk hele Bach-suites kon spelen.

Omdat het vak muziek op mijn middenschool niet zoveel voorstelde, zocht mijn moeder een privéleraar voor me: een student die eens per week bij ons thuis langskwam. Door de jaren heen kreeg ik zo les van een wisselende groep van studenten. En toen ik beter begon te worden dan hen, speelden we gewoon samen.

Zo ging het tot de middelbare school. Toen vroeg pap professor Christie, die hij nog kende van zijn tijd in de muziekwinkel, of zij mij misschien privéles zou willen geven. Ze zei hem dat ze best wel eens naar me wilde komen luisteren. Niet dat ze daar veel van verwachtte, zo bekende ze me later: ze deed het vooral om mijn vader een plezier te doen. Zij en pap luisterden beneden, terwijl ik boven op mijn kamer een sonate van Vivaldi instudeerde. Toen ik even later de trap afkwam voor het avondeten, vertelde professor Christie dat ze mij heel graag als leerling wilde.

Mijn eerste recital was echter al jaren daarvoor. Het was in een zaal in de stad waar de plaatselijke muziekkorpsen altijd speelden, dus voor onversterkt klassiek was de akoestiek er eigenlijk vreselijk. Ik had gekozen voor een cellosolo uit Tsjaikovski's *Dans van de Suikerfee*.

Terwijl ik in de coulissen stond te luisteren naar de krasserige violen en lompe pianocomposities van de andere kinderen, zakte de moed me in de schoenen. Ik holde naar de artiesteningang, liet me buiten op het trapje zakken en begon te hyperventileren in mijn handen. De student van wie ik destijds les kreeg, raakte lichtelijk in paniek en zette meteen een hele zoektocht op touw.

Mijn vader was degene die me vond. Hij stond toen net aan het begin van zijn 'hippe-vogel-wordt-burgermanne-tje'-metamorfose en droeg een tweedehands pak, een leren riem met sierspijkers en zwarte enkellaarzen.

'Alles goed, Mia *Oh-My-Uh*?' vroeg hij, terwijl hij naast me kwam zitten.

Ik schudde mijn hoofd, te beschaamd om iets te zeggen.

'Wat is er dan?'

'Ik kan het niet!' riep ik uit.

Pap trok één van zijn borstelige wenkbrauwen op en keek me met zijn blauwgrijze ogen aan. Ik voelde me alsof ik een geheimzinnig buitenaards wezen was, dat hij obser-veerde en probeerde te doorgronden.

Mijn vader had altijd in bandjes gezeten. Die had na-tuurlijk nóóit last van zoiets achterlijks als plankenkoorts.

'Ach, dat zou jammer zijn,' zei hij. 'Ik heb een pracht van een cadeau voor je. Stukken beter dan een bosje bloemen.'

'Dat moet je dan maar aan iemand anders geven. Ik kan daar echt niet gaan staan! Ik ben niet zoals jij en mam... of zelfs maar als Teddy.' Teddy was op dat moment nog maar een halfjaar oud, maar het was me toen al duidelijk dat hij veel meer persoonlijkheid en bezieling bezat dan ik ooit zou krijgen. Én hij was blond met blauwe ogen. En ook al was hij dat niet geweest: Teddy was ter wereld ge-komen in een kleine kraamkliniek, niet in een ziekenhuis, dus kon hij met geen mogelijkheid als baby zijn verwis-seld.

'Daar zeg je zowat,' peinsde pap. 'Bij Teddy's eerste harpconcert bleef hij zo cool als een ijsklontje. Een waar wonderkind!'

Ik grinnikte dwars door mijn tranen heen.

Pap legde voorzichtig een arm om mijn schouder. 'Weet je dat ik voor een optreden ook altijd afschuwelijk de kriebels kreeg?'

Ik keek mijn vader aan. Hij was zo iemand die altijd zeker van zichzelf leek. 'Dat zég je maar, om mij te troosten.'

Hij schudde zijn hoofd. 'Nee, echt niet. Het was godsgruwelijk. En ik was nog maar de drummer; helemaal achteraan op het podium. Niemand lette toch op mij.'

'Maar wat deed je daar dan aan?' vroeg ik.

'Hij zoop zich klem!' zei mam, die net haar hoofd om de deur stak. Ze droeg een zwart vinyl minirokje, een rode haltertop en Teddy, vrolijk kwijlend in zijn BabyBjörnbuikdrager. 'Een paar flesjes zwaar bier vlak voor de show. Maar dat zou ik jou niet aanraden.'

'Daar heeft je moeder gelijk in,' zei pap. 'De overheid heeft het niet zo op dronken tienjarigen. Bovendien, als ík mijn drumstokken wegsmeet en het podium begon onder te kotsen, was dat punk. Als jíj je strijkstok laat vallen en naar bier stinkt, klopt het plaatje gewoon niet meer. Jullie klassiekemuziekfans zijn zo snobistisch wat dat aangaat...'

Nu moest ik echt lachen.

Ik kneep 'm nog steeds, maar het troostte me wel, te weten dat ik die plankenkoorts dus misschien van mijn vader had geërfd – en toch geen vondelingetje was.

'Maar stel dat ik het verpruts? Dat ik het afschuwelijk doe?'

'Zal ik jou eens wat zeggen, Mia? Er is daarbinnen van

alles afschuwelijks te horen, dus daartussen val jij heus niet op,' zei mam. Teddy kraaide instemmend.

'Maar hoe kom ik nou over die zenuwen heen?'

Pap grijnsde nog steeds, maar ik hoorde aan hoe langzaam hij sprak, dat hij nu serieus was: 'Daar kom je niet óverheen, daar moet je dóórheen. Gewoon doorbijten en volhouden, da's alles.'

Dus zette ik door. Ik schitterde niet, vergaarde geen eeuwige roem, kreeg geen staande ovatie... maar ik maakte er ook niet echt een potje van.

En na het optreden kreeg ik mijn cadeau. Het stond op de passagiersstoel van onze auto en zag er net zo menselijk uit als de cello die me twee jaar eerder zo had gefascineerd. En het was geen huurinstrument, maar helemaal van mij!

# 10.12

Als mijn ambulance bij het dichtstbijzijnde ziekenhuis arriveert – niet dat in mijn eigen stad, maar een klein medisch centrum dat er eerder uitziet als een bejaardentehuis – brengt het ambulancepersoneel me met haastige spoed naar binnen.

'Ik geloof dat we hier te maken hebben met een klaplong. Zorg dat ze gauw een slang in haar borst krijgt en stuur haar dan door!' roept de aardige roodharige, als ze me overdraagt aan het klaarstaande team van verpleegkundigen en dokters.

'Waar is de rest?' vraagt een bebaarde man in operatiekleding.

'Andere chauffeur heeft slechts een milde hersenschudding, wordt ter plekke behandeld; ouders bij aankomst al overleden; jongen, ongeveer zeven jaar oud, komt direct achter ons aan.'

Ik slaak een gigantische zucht – alsof ik de afgelopen twintig minuten mijn adem heb ingehouden. Nadat ik mezelf in die greppel had gevonden, had ik niet meer naar

Teddy kunnen zoeken. Als hij net als pap en mam was, net als ik... dan... Ik kon er niet eens aan dénken. Maar nee, dat is hij dus niet. Teddy leeft nog!

Ze brengen me naar een kleine ruimte met felle lampen. Een arts strijkt wat oranje spul op de zijkant van mijn borstkas en ramt dan een dun plastic slangetje in me. Een andere arts schijnt met een zaklamp in mijn ogen. 'Geen reactie,' zegt hij tegen de verpleegkundige. 'De helikopter is er. Breng haar naar het traumacentrum. Nu!'

Ze rijden me van de eerstehulpafdeling haastig een lift binnen. Ik moet rennen om ze bij te houden.

Net voordat de deuren sluiten, zie ik Willow. Da's vreemd. Wij zouden immers bij haar, Henry en de baby langsgaan. Is ze soms opgeroepen vanwege de sneeuw? Of vanwege ons? Ze holt door de hal van het ziekenhuis, haar gezicht een en al concentratie. Ik geloof niet dat ze al weet dat het om óns gaat. Misschien heeft ze ons zelfs al proberen te bellen en de voicemail van mams mobieltje ingesproken, zich verontschuldigend dat ze weg moest vanwege een noodgeval, waardoor ze er niet zal zijn als wij komen.

De lift gaat helemaal tot het dak. In het midden van een grote rode cirkel staat daar een helikopter met zijn rotorbladen door de lucht te maaien.

Ik heb nog nooit in een helikopter gezeten. Mijn beste vriendin, Kim, wel. Die is een keer samen met haar oom, een bekende fotograaf van de *National Geographic*, over Mount St. Helens gevlogen. En toen heeft ze over hem heen gespuugd...

'Daar zat hij dan, te kwekken over postvulkanische

flora... en ik kotste recht over hem heen,' vertelde Kim de volgende dag tijdens de studieles. Ze zag nog steeds een beetje groen.

Kim is medewerkster van het jaarboek en wil later ook fotograaf worden. Daarom had haar oom haar ook op dit tripje meegenomen, om haar ontluikende talent te voeden.

'Er kwam zelfs wat op zijn camera's,' jammerde ze. 'Dat fotograaf worden kan ik dus wel vergeten!'

'Ach, je hebt fotografen en fotografen,' zei ik. 'Je hóéft niet per se in een helikopter.'

'Mooi zo,' lachte Kim. 'Want dat doe ik echt nooit meer. En jij kunt dat ook maar beter uit je hoofd zetten!'

Wat zou ik haar nu graag vertellen dat je soms geen keus hebt.

De deur van de helikopter gaat open. Mijn brancard wordt met alle slangetjes en snoertjes naar binnen geduwd. Ik klim erachteraan. Een arts springt naast me, al pompend op dat plastic balletje, dat blijkbaar voor me ademt. Zodra we opstijgen, begrijp ik waarom Kim zo misselijk werd. Een helikopter lijkt in niets op een vliegtuig, dat meer een gladde snelle kogel is: een helikopter lijkt eerder op een ijshockeypuck, zo stuitert hij door de lucht. Omhoog, omlaag, naar links, naar rechts... Ik snap niet hoe deze lui mij in de gaten kunnen houden, al die priegelige computeruitdraaien kunnen lezen, dit ding kunnen besturen en ondertussen via hun koptelefoon over mij kunnen overleggen, terwijl die helikopter maar door de lucht hotst en botst.

Dan komen we ook nog eens in een luchtzak terecht. Daar zou ik eigenlijk kotsmisselijk van moeten worden.

Maar ik voel helemaal niets – althans niet de ik, die er hier als toeschouwer bij zit. En de ik op de brancard lijkt ook niets te merken. Opnieuw vraag ik me af of ik soms dood ben. Maar dan zeg ik tegen mezelf: welnee. Als ik dood was, hadden ze me nooit in deze helikopter geschoven, om met me over de groene bossen te scheren.

En bovendien, als ik dood was, zouden pap en mam me onderhand toch wel zijn komen halen, nietwaar?

Ik zie de klok op het dashboard. Het is 10.37 uur. Ik vraag me af wat er ondertussen beneden op de grond gebeurt. Is Willow er intussen achter wie dat noodgeval is? Heeft iemand mijn grootouders al gebeld? Zij wonen één dorp verderop. Ik keek er al naar uit om bij hen te gaan eten. Opa vist graag en rookt zelf zijn zalm en oesters. Die zouden we waarschijnlijk hebben gegeten, bij een paar dikke sneden van oma's zelfgebakken donkerbruinbierbrood. Daarna zou oma met Teddy naar die enorme oudpapiercontainers in de stad zijn gegaan, om tijdschriften te zoeken. Hij was de laatste tijd vooral dol op *Reader's Digest*. Teddy knipt er graag de cartoons uit en maakt daar hele collages van.

Dan denk ik aan Kim. Vandaag is er geen les. Maar morgen zal ik waarschijnlijk ook niet op school zijn. Zij denkt dan vast dat ik er niet ben, omdat het laat is geworden bij Adams optreden in Portland.

Portland. Ik weet bijna zeker dat ze me daarnaartoe brengen. De helikopterpiloot praat aan één stuk door met trauma-afdeling 1. Door het raam zie ik de top van Mount Hood opdoemen. Dat betekent dat we vlakbij zijn.

Is Adam daar al? Die heeft gisteravond in Seattle gespeeld. Maar na een optreden barst hij altijd van de adre-

naline en autorijden helpt hem dan om weer met beide benen op de grond te komen. De rest van de band vindt het
meestal prima dat hij rijdt, dan kunnen zij mooi een dutje
doen. Als Adam al in Portland is, ligt hij nu waarschijnlijk
nog te slapen. Als hij wakker wordt, gaat hij dan koffie-
drinken op Hawthorne Boulevard? Of met een boek in de
Japanse Tuin zitten? Dat hebben we de laatste keer dat we
samen naar Portland gingen gedaan, maar toen was het
nog een stuk warmer. Ik weet dat de band later vanmiddag gaat soundchecken. Daarna zal Adam buiten op mij
gaan staan wachten. Eerst zal hij dan denken dat ik te laat
ben. Hoe komt hij erachter dat ik in feite juist veel te vroeg
ben? Dat ik vanochtend al in Portland ben aangekomen,
toen de sneeuw nog aan het smelten was?

'Ooit gehoord van ene Yo-Yo Ma?' vroeg Adam me.
Het was het voorjaar van mijn tweede jaar (en zíjn derde). Tegen die tijd begluurde hij me al maanden, als ik in
de muziekvleugel zat te studeren. We zaten op een gewone
openbare school, maar wel een nogal vooruitstrevende,
waarover in de landelijke pers altijd lovend werd geschreven, omdat er zoveel aandacht voor kunst en cultuur was.
Wij hadden inderdaad veel vrij te besteden uren, om te
musiceren, te schilderen in een van de ateliers en dergelijke. Ik bracht deze tijd altijd door in een van de geluiddichte cabines van de muziekvleugel. Adam zat daar dan ook
vaak, wat te tokkelen op zijn gitaar. Niet op de elektrische
die hij in zijn bandje bespeelde, maar akoestische melo-
dietjes.

Ik rolde met mijn ogen. 'Iedereen heeft wel eens van Yo-Yo Ma gehoord!'

Adam grinnikte. Het viel me voor het allereerst op dat zijn glimlach een beetje scheef was: aan één kant trok zijn mond wat hoger.

Hij wees met zijn beringde duim naar buiten, naar de binnenplaats. 'Ik geloof niet dat je daar vijf lui vindt die Yo-Yo Ma kennen. Wat is dat trouwens voor een naam? Komt die uit het getto? Yo Mama of zoiets?'

'Nee, het is een Chinese naam.'

Adam schudde lachend zijn hoofd. 'Ik ken zat Chinezen, maar die heten Wei Chin, Li Nog-Wat of zoiets; niet Yo-Yo Ma...'

'Je mag niet spotten met de Meester!' zei ik. Maar toen moest ik ook lachen. Het had me maanden gekost voor ik durfde te geloven, dat hij me echt niet voor het lapje hield. Vanaf dat moment spraken we elkaar op de gang vaker aan.

Toch snapte ik niet veel van zijn interesse. Niet dat Adam zo'n megapopulaire bink was. Hij was geen sporter of zo'n type van let-maar-op-die-schopt-het-nog-heel-ver. Maar hij was wel cool. Cool, omdat hij in een bandje zat met jongens van een andere school. Cool, omdat hij een heel eigen rockersstijl had, zorgvuldig bijeengesprokkeld in kringloopwinkels en buurthuiszaaltjes, in plaats van allemaal nep-UrbanOutfitters-spul. Cool, omdat hij altijd volkomen tevreden in de kantine verdiept zat in een boek – en niet slechts dééd alsof hij zat te lezen omdat niemand hem er aan tafel bij wilde. Het tegendeel was waar: Adam had een select groepje vrienden en een flink stel bewonderaars.

Maar ik was ook heus geen sufferdje. Ik had vrienden, vriendinnen én een hartsvriendin met wie ik kon lunchen. En ik had nog meer goede vrienden bij het conservatoriumkamp waar ik elke zomer naartoe ging. De meeste mensen vonden me wel aardig, maar kenden me niet echt. In de klas was ik altijd rustig, stak mijn hand niet vaak op en was nooit brutaal tegen de leraren. En ik had het altijd druk: veel van mijn tijd ging op aan muziek studeren, spelen in een strijkkwartet en een cursus muziektheorie op de muziekschool. Mijn medeleerlingen waren best aardig tegen me, maar hadden de neiging me te benaderen als een volwassene, een docent. En met docenten flirt je nu eenmaal niet.

'Wat zou je er dan van zeggen als ik je zei dat ik kaartjes heb voor de Meester?' vroeg Adam, met een glinstering in zijn ogen.

'Ach, hou je mond, die heb je heus niet,' zei ik en gaf hem een iets hardere duw dan ik wilde.

Adam deed alsof hij tegen de glazen wand viel, klopte wat denkbeeldig stof van zijn kleren en zei: 'Welles, in die schnitzeltent in Portland.'

'De Arlene Schnitzer Hall zul je bedoelen, een van de zalen van het symfoniegebouw.'

'Die, ja! Daar heb ik kaartjes voor. Twee. Interesse?'

'Dat meen je niet! Natuurlijk heb ik daar interesse in! Ik wilde er al dolgraag heen, maar die dingen zijn wel tachtig dollar per stuk. Maar wacht eens even... hoe kom jij er dan aan?'

'O, mijn ouders hebben ze gekregen van een kennis van ons, maar zij kunnen die avond niet. Niks bijzonders dus,' antwoordde Adam vlot. 'Maar eh, het is aanstaande vrijdag. Als je wilt, pik ik jou om halfzes op en rijden we samen naar Portland.'

'Oké,' zei ik, alsof het echt niks bijzonders was.

Die vrijdagmiddag was ik echter nerveuzer dan toen ik afgelopen winter tijdens het blokken voor mijn tentamens gedachteloos een hele pot van mijn vaders berucht sterke koffie had leeggedronken.

Het was niet Adam waardoor ik zo nerveus was. Tegen die tijd voelde ik me al aardig bij hem op mijn gemak. Nee, het was de onzekerheid. Want wat was dit nou precies? Een afspraakje, gewoon een aardige geste van een goede vriend, liefdadigheid? Ik had er net zo'n hekel aan geen vaste grond onder mijn voeten te voelen, als ik het gemodder met een gloednieuw stuk haatte. Dat was ook waarom ik zo vaak studeerde: hoe eerder ik me weer op vertrouwde bodem bevond, hoe beter. De details werkte ik dan van daaruit wel verder uit.

Ik kleedde me wel zes keer om. Teddy, die toen nog een kleuter was, kwam mee naar mijn slaapkamer, trok er alle *Calvin & Hobbes*-boeken van de plank en deed alsof hij las. Hij lachte zich een breuk – al weet ik niet of het Calvins grappen waren of mijn omkleedstress, waar hij zo om moest proesten.

Mijn moeder stak haar hoofd om de deur om te zien hoever ik was. 'Het is maar een jongen, Mia,' zei ze, toen ze zag hoe ik stond te stressen.

'Ja, maar wel de eerste met wie ik een "misschien-afspraakje" heb,' zei ik. 'Dus weet ik niet of ik afspraakjeskleren aan moet... of symfoniekleren. Kleden mensen zich daar eigenlijk nog wel voor? Of moet ik het zo simpel mo-

gelijk houden, voor het geval het toch géén afspraakje is?'
'Trek gewoon iets aan waar je je lekker in voelt,' stelde mijn moeder voor. 'Dan zit je altijd goed.' Ik weet trouwens zeker dat als zij mij was geweest, ze letterlijk en figuurlijk álles uit de kast had gehaald. Op foto's van haar en pap in hun begintijd zag ze er altijd uit als een kruising tussen een jarendertigvamp en een motormeid, met haar korte koppie, grote blauwe ogen met dikke kohlstreep en haar ranke lichaam in de een of andere sexy outfit, zoals een tweedehands kanten hemdje op een superstrakke leren broek.

Ik zuchtte. Ik wilde dat ik zo'n pittig typje was.

Ik koos uiteindelijk voor een lange zwarte rok en een kastanjebruin truitje met korte mouwen. Makkelijk en eenvoudig. Inderdaad, zo'n beetje mijn handelsmerk.

Toen Adam verscheen in een kunstzijden pak met motorlaarzen (een combinatie waar pap hevig van onder de indruk was), begreep ik dat het toch een heus afspraakje was. Oké, natuurlijk wilde hij er chique uitzien voor het symfoniegebouw en was een kunstzijden jarenzestigpak nu eenmaal zíjn coole idee van avondkleding, maar ik wist dat er meer achter stak. Hij leek ook zo zenuwachtig toen hij mijn vaders hand schudde, en zei dat hij alle cd's van zijn band had.

'Die je gebruikt als onderzetters, zeker?' reageerde pap ad rem.

Adam keek hem verbluft aan. Hij was het niet gewend dat ouders sarcastischer deden dan hun kinderen, denk ik.

'Maak het niet te gek, hè jongens. Tijdens de vorige stagedive bij Yo-Yo Ma hebben een paar lui zich lelijk pijn gedaan,' riep mam toen we het pad afliepen.

'Wat heb jij coole ouders,' zei Adam, terwijl hij het autoportier voor me openhield.
'Ja, hè?' antwoordde ik.

Al kletsend reden we naar Portland. Adam liet me wat stukjes horen van bands waar hij van hield. Een Zweeds poptrio dat ik nogal monotoon vond klinken, maar ook een IJslandse band die best mooie muziek maakte. In het centrum raakten we de weg een beetje kwijt, waardoor we slechts enkele minuten voor aanvang van de voorstelling bij de concertzaal aankwamen.

We hadden plaatsen op het balkon. Helemaal bovenin. Maar goed, je gaat immers niet naar Yo-Yo Ma voor het uitzicht. En het geluid was geweldig. Die vent kan zijn cello het ene moment laten klinken als een huilende vrouw, het volgende als een schaterend kind. Als ik naar hem luister, weet ik altijd weer waarom ik voor dit instrument heb gekozen – omdat het zoiets menselijks en expressiefs heeft.

Bij het begin van het concert gluurde ik vanuit mijn ooghoek even naar Adam. Hij leek er best zin in te hebben, maar was helemaal verdiept in zijn programmaboekje – hij zat vast te tellen hoeveel stukken het duurde tot de pauze. Ik vreesde een beetje dat hij zich zou gaan vervelen, maar na een poosje raakte ik zo in de ban van de muziek, dat ik me daar niet meer druk over maakte.

En toen, tijdens Yo-Yo Ma's interpretatie van *Le Grand Tango*, pakte Adam ineens mijn hand beet. In elke andere context had dit een goedkope manoeuvre geleken, het aloude 'gapen, je uitrekken en gauw je kans grijpen'. Maar Adam keek niet naar mij. Hij had zijn ogen gesloten en wiegde zachtjes heen en weer in zijn stoel. Hij was ook in de ban van de muziek! Ik gaf een kneepje in zijn hand en we bleven het hele concert zo zitten.

Na afloop bestelden we bij een kraampje een beker koffie en een donut en begonnen langs de rivier te wandelen. Het was een beetje mistig. Hoffelijk trok Adam zijn jasje uit en drapeerde het over mijn schouders.

'Je hebt die kaartjes helemaal niet van een kennis gekregen, hè?' zei ik.

Ik had verwacht dat hij in lachen zou uitbarsten of zijn armen theatraal de lucht in zou gooien, zoals hij altijd deed als ik hem bij een discussie versloeg. Maar hij keek me recht in de ogen, zodat ik al die groene, bruine en grijze stipjes in zijn irissen zag rondzwemmen, en schudde zijn hoofd. 'Twee weken fooien als pizzakoerier,' gaf hij toe.

Ik stond stil en luisterde naar het kabbelen van het water. 'Waarom?' vroeg ik. 'Waarom ik?'

'Omdat ik nog nooit iemand heb gezien die zó bevlogen met muziek bezig is. Daarom kijk ik ook zo graag naar je als je studeert: dan krijg je zo'n schattige rimpel in je voorhoofd. Daarzo,' zei hij en tikte op het plekje vlak boven mijn neus. 'Ik ben helemaal gek van muziek, maar zelfs ík verlies me er niet zo in als jij.'

'O, dus ik ben eigenlijk meer een soort gedragswetenschappelijk experiment voor je.' Ik bedoelde het als grapje, maar het klonk nogal bitter.

'Welnee, jij bent echt geen experiment,' zei Adam schor.

Ik voelde ineens een bekende warme golf en wist dat ik bloosde. Ik staarde maar wat naar mijn schoenen. Ik wist net zo zeker dat Adam naar me keek, als ik wist dat als ik opkeek, hij me zou zoenen. Het verbaasde me hoe graag ik wílde dat hij dat deed – en ik realiseerde me dat ik daar al zo vaak over had nagedacht, dat ik de vorm van zijn lippen exact kende en me zelfs al had voorgesteld hoe ik mijn vinger over zijn kin naar beneden zou laten glijden.

Mijn blik flitste naar boven. Daar stond Adam op me te wachten.

En dat was hoe het allemaal begon.

# 12.19

Er is aardig wat mis met me.

Zo schijn ik een klaplong te hebben, een gescheurde milt, een inwendige bloeding van onbekende oorsprong. En het ergst van alles: een hersenkneuzing. Ook heb ik gebroken ribben, schaafwonden op mijn benen (zo ernstig dat er huidtransplantatie zal moeten worden toegepast) en in mijn gezicht (die plastische chirurgie vereisen – maar, zoals de artsen opmerken, daar hoeven we pas aan te denken als ik geluk blijk te hebben).

Voorlopig moeten de artsen in één operatiesessie mijn milt zien te verwijderen, een nieuwe buis inbrengen voor het aftappen van mijn klaplong en alles oplappen wat de oorzaak zou kunnen zijn van die inwendige bloeding. Voor mijn hersenen kunnen ze niet zoveel doen.

'Dat wordt gewoon afwachten,' zegt een van de chirurgen, terwijl hij de CT-scan van mijn hoofd bestudeert. 'Bel in de tussentijd de bloedbank maar, ik heb twee eenheden O-negatief nodig. En alvast twee reserve.'

O-negatief – mijn bloedgroep. Dat wist ik niet eens.

Maar daar heb ik ook nog nooit over hoeven nadenken. Ik heb nooit eerder in het ziekenhuis gelegen. Tenzij je die keer meetelt dat ik naar de EHBO ben geweest, toen ik mijn enkel had gesneden aan een stuk gebroken glas. Er hoefde niet eens gehecht te worden. Ik kreeg alleen een tetanusprik.

In de operatiekamer discussiëren de artsen welke muziek ze zullen opzetten – net zoals wij vanochtend in de auto. Eén kerel wil jazz, een andere rock en de anesthesiologe, die bij mijn hoofd staat, wil het liefst klassiek. Ik sluit me bij haar aan. En het is alsof dat helpt, want iemand zet een cd van Wagner op. Al is het bombastische *Ride of the Valkyries* nu niet precies wat ik in gedachten had. Ik had gehoopt op iets lichters. *De Vier Jaargetijden* of zo.

De operatieruimte is klein, met veel te veel mensen en verblindend felle lampen, die nog eens benadrukken hoe smoezelig het hier is. Het lijkt in niets op wat je altijd op tv ziet, waar altijd wordt geopereerd in smetteloze zalen, waar zelfs nog plaats zou zijn voor een operazanger én zijn publiek. De vloer, hoewel glanzend geboend, zit vol slijtplekken en roestige strepen, waarvan ik vermoed dat het oude bloedvlekken zijn.

Bloed. Daar zit werkelijk álles onder. Maar dat brengt de artsen geen moment van de wijs. Die snijden en naaien en zuigen zich door sloten ervan heen, alsof ze de vaat staan te doen in een bakje sop. En ondertussen wordt de voorraad in mijn aderen voortdurend bijgevuld.

De chirurg die liever naar rock luisterde zweet nogal. Een van de verpleegkundigen dept hem van tijd tot tijd droog met een plukje verbandgaas dat ze vasthoudt met een tang. Op een gegeven moment dringt het zweet zelfs door zijn mondkapje heen, waarna dit moet worden vervangen.

De anesthesiologe heeft zachte vingers. Zij zit bij mijn hoofd en houdt al mijn levensfuncties in de gaten, door constant aanpassingen aan te brengen in de doses vloeistoffen, gassen en medicijnen die ik krijg toegediend. Ze doet haar werk vast goed, want ik lijk helemaal niets te merken, hoe heftig er ook aan mijn lichaam wordt gerukt en gefrunnikt. Het is grof en smerig werk. Totaal iets anders dan Dokter Bibber, dat spel dat we vroeger speelden, waarbij je bij het verwijderen van een bot de zijkanten van de patiënt niet mocht raken, anders klonk er een zoemer en was je 'af'.

De anesthesiologe strijkt afwezig met haar latex handschoenen over mijn slapen. Dat deed mam ook altijd bij me, als ik de griep had of zo'n zware hoofdpijn dat ik me soms voorstelde hoe ik een ader in mijn slaap doorsneed om de druk te verlichten.

Die Wagner-cd is nu al tweemaal langsgekomen. De artsen besluiten dat het tijd is voor een nieuw genre. Jazz wint. Mensen denken altijd dat ik, omdat ik van klassiek hou, ook jazzliefhebber ben. Dat ben ik niet. Pap wel. Die is er dol op, vooral het wilde latere werk van Coltrane. Volgens hem is jazz de punk van oudere lui. Dat verklaart volgens mij alles, want ik hou ook al niet van punk.

De operatie duurt intussen maar voort. Ik word er doodmoe van. Ik snap niet waar die artsen het uithoudingsvermogen vandaan halen om maar door te blijven gaan. Ook al komen ze niet van hun plek, dit lijkt me zwaarder dan het lopen van een marathon.

Ik dwaal weg van alle actie. En begin weer vragen te stellen over de staat waarin ik verkeer. Als ik níét dood ben – en die hartmonitor blijft maar piepen, dus mag ik aannemen dat dat zo is – maar ik bevind me buiten mijn lichaam, betekent dat dan dat ik overal naartoe kan? Ben ik nu een geest? Kan ik mezelf bijvoorbeeld naar een Hawaïaans strand transporteren? Even binnenwippen bij Carnegie Hall in New York City? Kan ik naar Teddy toe? Puur als experiment wiebel ik even met mijn neus, zoals Samantha in *Bewitched*. Er gebeurt niks. Dan klik ik met mijn vingers. Klak met mijn hakken. Ik ben er nog steeds.

Dan bedenk ik een eenvoudiger test. Ik loop naar de muur, met het idee erdoorheen te zweven en er aan de andere kant weer uit te komen. Maar als ik dwars door de muur probeer te lopen... bots ik er alleen maar tegenaan.

Een verpleegster holt binnen met een zak bloed in haar hand. Voordat de deur achter haar dichtvalt, glip ik erdoorheen. Ik sta nu op de gang. Overal hollen artsen en verpleegkundigen in blauwe en groene pakken. Een vrouw op een brancard, met haar haar in een dunne blauwe douchemuts en een infuus in haar arm, roept: 'William, William!' Ik begin te lopen. Overal zijn operatiekamers, met in elk ervan een slapend iemand. Maar als de patiënten in die ruimten er net zo aan toe zijn als ik, waarom zie ik degenen búíten al die mensen dan niet? Hangen ze hier allemaal maar wat hun tijd te verdoen, net zoals ik? O, wat zóú ik graag kennismaken met iemand die in hetzelfde schuitje zit. Want ik heb nogal wat vragen. Zoals: 'Wat is dit precies voor toestand waarin ik me bevind?', 'Hoe kom ik daar weer uit?', 'Hoe keer ik terug in mijn lichaam?' en:

'Moet ik soms wachten tot de artsen klaar met me zijn?' Maar er is hier niemand zoals ik te zien. Misschien heeft de rest wél ontdekt hoe je op Hawaï komt...

Ik volg een verpleegkundige door een automatische dubbele deur. Ik sta in een kleine wachtruimte. Mijn grootouders zitten er op een bankje.

Oma zit druk te kletsen tegen opa, of misschien gewoon maar wat voor zich uit – háár manier om haar emoties de baas te blijven. Ik heb haar dit eerder zien doen, vlak na opa's hartaanval. Ze draagt regenlaarzen en een kiel vol moddervlekken. Ze was blijkbaar bezig in haar broeikas toen ze van het ongeluk hoorde. Mijn oma draagt haar haar in korte grijze krulletjes. Volgens pap laat ze het al sinds de jaren zeventig permanenten. 'Lekker makkelijk,' volgens haar. 'Raakt niet in de war, zit altijd goed.' Typisch oma: geen flauwekul. Zij is zelfs zo door en door praktisch, dat de meeste mensen nooit zouden raden dat zij iets met engelen heeft. Ze heeft er een hele verzameling van: engelen van aardewerk, lappenpopengelen, engelen van mondgeblazen glas, 'noem-maar-op-en-zij-heeft-ze'-engelen, in een speciale vitrinekast in haar naaikamer staan. En ze spáárt ze niet alleen, ze gelooft er ook nog in. Oma denkt dat er overal engelen zijn. Toen op een keer een futenpaar een nest had gebouwd in de poel in het bos achter hun huis, was zij was ervan overtuigd dat het haar lang geleden overleden ouders waren, die over haar kwamen waken.

Een andere keer zaten we samen buiten op haar veranda, toen ik een klein rood vogeltje zag.

'Hé, is dat een kruisbek?' vroeg ik oma.

Ze schudde haar hoofd. 'Mijn zus Gloria is een kruisbek,' zei ze. Ze had het over mijn onlangs overleden oud-tante Glo, met wie ze nooit goed had kunnen opschieten. 'Die zou zich hier nooit laten zien.'

Mijn opa zit wat te staren in het koffiedik onder in zijn piepschuimen beker, terwijl hij aan de bovenrand zit te frummelen, waardoor er allemaal piepkleine witte balletjes op zijn schoot vallen. Ik zie dat de koffie van het ergste type bocht is – hij ziet eruit alsof hij in 1997 is gezet en sinds die tijd op een warmhoudplaatje staat. Toch zou ik nu best een kopje lusten.

Je kunt zo een lijn trekken van mijn opa via mijn vader naar Teddy. Oké, opa's golvende haar is van blond in grijs veranderd en hij is een stuk steviger dan Teddy, die een magere lat is, en pap, die pezig en gespierd is door zijn vaste middagjes stoeien met gewichten in de sportzaal van de jeugdherberg. Maar alledrie hebben ze van die waterig grijsblauwe ogen – de kleur van de oceaan op een bewolkte dag.

Misschien is dat wel waarom ik het nu zo moeilijk vind om naar mijn opa te kijken.

Juilliard was oma's idee. Zij komt oorspronkelijk uit Massachusetts, maar is in 1955 helemaal in haar eentje naar Oregon verhuisd. Tegenwoordig kijkt niemand daar meer van op, maar volgens mij was het tweeënvijftig jaar geleden best een beetje schandelijk als een ongehuwde meid van tweeëntwintig zoiets deed. Maar oma beweerde dat ze zich enorm aangetrokken voelde tot de wilde onbegrensde natuur. En wilder dan de eindeloze bossen en woeste stran-

47

den van Oregon kon je het niet krijgen. Ze vond een baantje als secretaresse bij Staatsbosbeheer. Waar opa op dat moment werkzaam was als bioloog.

In de zomer gaan we wel eens met zijn allen naar Massachusetts, naar een buitenhuis in het westelijke deel van die staat, dat een week lang wordt overspoeld door oma's uitgebreide familie. Daar ontmoet ik dan verre neven en nichten, oudooms en oudtantes van wie ik de namen amper herken. Ik heb ook veel familie in Oregon wonen, maar die zijn allemaal van opa's kant.

Afgelopen zomer had ik voor ons weekje Massachusetts mijn cello meegenomen, zodat ik kon blijven studeren in verband met een naderend kamermuziekconcert. Omdat het vliegtuig niet helemaal vol zat, mocht hij van de stewardessen op de stoel naast me staan – net zoals de echte professionals dat doen. Teddy vond het hilarisch en blééf mijn cello maar zoutjes aanbieden.

Op een van de avonden heb ik in de grote salon van het buitenhuis een concertje gegeven, met mijn familieleden en de doodgeschoten dieren aan de muur als publiek. Na afloop daarvan had iemand het over Juilliard en sindsdien is oma door dit idee gegrepen.

In het begin leek het nog wat vergezocht. De universiteit bij ons in de buurt had immers een uitstekend muziekaanbod. En als ik nog verder de diepte in wilde, zat er in Seattle, op slechts een paar uurtjes rijden, ook nog een conservatorium. Juilliard daarentegen lag helemaal aan de andere kant van het land. En het was geen goedkoop instituut. Ook al waren pap en mam duidelijk geïntrigeerd door het idee, toch merkte ik dat ze geen van beiden stonden te springen om mij naar New York City te laten gaan, noch om zich in de schulden te steken zodat ik misschien ooit celliste kon worden in het tweederangs orkest van een of ander onbetekenend stadje. Bovendien hadden ze geen idee of ik wel goed genoeg was. Eerlijk gezegd wist ik dat zelf ook niet. Volgens professor Christie was ik een van de meest veelbelovende leerlingen die ze ooit had gehad, maar ook zij had het nog nooit met me over Juilliard gehad. Dat was immers voor echte virtuozen en het leek al arrogant om zelfs maar te dénken dat ze mij daar de moeite waard zouden vinden.

Maar toen na die vakantieweek nóg iemand – geheel onpartijdig en ook nog eens van de oostkust – mij Juilliard-waardig achtte, nestelde het plan zich pas echt in oma's hersenpan. Ze stapte ermee naar professor Christie; mijn lerares beet zich erin vast als een terriër in een bot.

Dus vulde ik het aanmeldingsformulier in, pakte mijn aanbevelingsbrieven bijeen en stuurde een opname van mezelf mee. Adam vertelde ik echter niets van dit alles. Ik had mezelf wijsgemaakt dat het geen enkele zin had om het in dit stadium al aan te kondigen: het was immers nog niet eens zeker of ik überhaupt auditie zou mogen doen! Maar zelfs toen wist ik diep vanbinnen dat ik mezelf voorloog. Ergens voelde zelfs het indienen van die aanmelding al als een soort verraad. Juilliard zat immers in New York; Adam zat hier.

Al zat hij inmiddels niet meer op de middelbare school. Adam was een jaar verder dan ik en was afgelopen jaar – míjn examenjaar – begonnen op de universiteit in de stad. Hij volgde slechts af en toe wat colleges, want Shooting Star begon langzamerhand steeds populairder te worden. Zo hadden ze een platencontract met een label uit Seattle afgesloten en kostte ook het reizen van en naar de optredens hem steeds meer tijd.

Dus pas toen ik een crèmekleurige enveloppe kreeg – met 'The Juilliard School' in reliëfletters – met daarin de uitnodiging auditie te komen doen, vertelde ik Adam erover. Ik legde hem uit dat heel veel mensen zelfs niet tot een auditie kwamen. In eerste instantie reageerde hij wat verbijsterd, alsof hij het niet geloofde. Toen schonk hij me een droevig glimlachje. 'Nou, dan mag die Yo Mama wel oppassen,' zei hij.

De audities werden gehouden in San Francisco. Pap had die week een of andere belangrijke bijeenkomst op school waardoor hij echt niet weg kon; mam was bij het reisbureau net begonnen in een nieuwe functie. Dus bood oma aan met me mee te gaan. 'Maken we er lekker een meidenweekend van! *High tea* in het Fairmont Hotel, etalages kijken op Union Square, met de veerboot naar Alcatraz. Lekker de toerist uithangen.'

Maar een week voordat we zouden vertrekken, struikelde oma over een boomwortel en verstuikte haar enkel. Ze moest zo'n lompe schoen aan en zo min mogelijk lopen. Er ontstond lichte paniek. Ik opperde dat ik gewoon in mijn eentje kon gaan – met de auto of de trein – en dan meteen na de auditie terugkomen.

Maar opa stond erop me te vergezellen. Dus reden we er samen naartoe in zijn pick-uptruck. We praatten onderweg niet veel – wat ik prima vond, want ik was zo nerveus als wat. Ik zat maar wat te friemelen met het ijslollystokje dat Teddy me voor vertrek als mascotte had meegegeven. 'Veel *suuk-zeven*', had hij erbij gezegd.

Als we een zender konden ontvangen, luisterden opa en ik naar klassieke muziek en landbouwberichten. Anders zaten we samen te zwijgen. Maar het was zo'n rustgevende stilte, dat ik er helemaal door ontspande en me dichter bij hem voelde dan na een openhartig gesprek. Oma had een heel popperig hotelletje voor ons geboekt. Het was grappig om opa met zijn werkschoenen en geruite flanellen overhemd tussen al die kanten kleedjes en droogbloemen te zien. Maar hij trok zich er niets van aan.

De auditie was superzwaar. Ik moest vijf stukken spelen: een concert van Sjostakovitsj, twee suites van Bach, alle *Pezzo capriccioso* van Tsjaikovski (wat zo goed als onmogelijk was) plus een deel van Ennio Morricones *The Mission* – een leuke, maar gewaagde keuze, omdat Yo-Yo Ma dit ook al eens had gedaan en ze het daar natuurlijk altijd mee zouden vergelijken. Toen ik het podium afliep, trilden mijn benen en waren mijn oksels kletsnat van het zweet. Maar de endorfine bruiste door mijn lichaam en dat, gecombineerd met een gigantisch gevoel van opluchting, maakte me vreselijk onbezonnen.

'Nou, zullen we nu de stad eens in gaan?' vroeg opa, met een nerveus glimlachje op zijn lippen.

'Echt wel!'

En toen deden we al die dingen die oma me had beloofd. Opa ging met me high tea-en, winkelen... Alleen oma's reservering voor het avondeten bij de een of andere chique tent in Fisherman's Wharf lieten we voor wat-ie was. In plaats daarvan dwaalden we door Chinatown, op zoek naar het restaurant met de langste rij voor de deur en gingen daar eten.

En toen opa me thuis voor de deur afleverde, gaf hij me

een gigantische knuffel. Normaal gesproken was hij meer het type van de stevige handdruk, of bij een heel speciale gebeurtenis, een paar kloppen op de rug. Maar deze knuffel was ferm en stevig en ik wist dat dit zíjn manier was om te zeggen dat hij het geweldig met me had gehad.

'Ik ook, opa,' fluisterde ik.

# 15.47

Ze hebben me zojuist vanuit de verkoeverkamer naar de intensive care gebracht. Dit is een hoefijzervormige ruimte met ongeveer twaalf bedden en een eskadron verpleegkundigen, die constant druk in de weer zijn, zoals met het aflezen van de computeruitdraaien die uit het voeteneind van ons bed rollen en de toestand van onze levensfuncties registreren. In het midden van de zaal staan nog meer computers en een groot bureau, met daaraan nog een verpleegkundige.

Er zijn twee verpleegkundigen die zich alleen met mij bezighouden, plus een eindeloze stroom van artsen. Eén daarvan is een zwijgzame, pafferig uitziende man met blond haar en een snor, die ik niet erg mag. Een andere is een vrouw met een huid die zo donker is dat hij bijna blauw ziet, en een zangerige stem. Ze noemt me steeds 'liefje' en trekt dan mijn lakens recht, al is het niet bepaald zo dat ik die constant van me af schop.

Ik zit aan zoveel slangetjes vast, dat ik ze niet eens meer kan tellen: eentje in mijn keel, die voor me ademt; eentje in mijn neus, die mijn maag leeg houdt; eentje in een ader, die mijn vochtbalans op peil houdt; eentje in mijn blaas, die voor me plast; meerdere op mijn borstkas, die mijn hartslag registreren; en nog eentje aan mijn vinger, die mijn polsslag bijhoudt. Het apparaat dat voor me ademt, heeft een geruststellend ritme. Het is net een metronoom: in, uit, in, uit.

Maar op de artsen, de verpleegkundigen en een maatschappelijk werkster na, is nog niemand me komen opzoeken.

De maatschappelijk werkster praat op gedempte, meelevende toon met mijn oma en opa. Zij vertelt hun dat mijn toestand 'ernstig' is. Ik weet niet precies wat ze daarmee bedoelt. Op tv bevinden patiënten zich altijd in 'kritieke' toestand of ze zijn 'stabiel'. Maar 'ernstig', dat klinkt goed mis. Alsof ze je naar je graf dragen, zodra er hier ook maar íéts niet gaat zoals het hoort.

'Ik wilde dat er iets was dat we konden dóén,' zegt oma. 'Bij al dat wachten voel ik me zo nutteloos.'

'Ik zal eens kijken of u binnenkort even bij haar mag,' zegt de maatschappelijk werkster. Zij heeft kroezig grijs haar, een koffievlek op haar bloes en een vriendelijk gezicht. 'Ze is nu nog verdoofd van de operatie en ligt aan de beademing, terwijl haar lichaam herstelt van alle verwondingen. Maar ook voor patiënten in comateuze toestand kan het heel goed helpen om hun dierbaren te horen.'

Opa's antwoord is slechts een soort grom.

'Zijn er misschien mensen die u kunt bellen?' vraagt de maatschappelijk werkster. 'Familieleden die u gezelschap willen houden? Ik begrijp dat dit een vreselijke beproeving voor u moet zijn, maar hoe sterker u bent, hoe beter u Mia kunt helpen.'

Ik schrik ervan als ik mijn naam uit de mond van de maatschappelijk werkster hoor. Het herinnert me er op een pijnlijke manier aan dat ze het hier over mij hebben. Oma vertelt de vrouw dat er al meerdere mensen onderweg zijn: tantes, ooms. Maar ik hoor haar niet over Adam. En Adam is juist degene die ik het liefst wil zien. Ik wilde dat ik wist waar hij was, zodat ik kon proberen hem op te zoeken. Ik zou niet weten hoe hij er anders achter moet komen wat er met mij is gebeurd. Oma en opa hebben zijn telefoonnummer niet. En zij hebben geen mobieltje, dus kan hij hen ook niet bellen. Ik zou trouwens niet eens weten hoe hij zou moeten weten dat hij dat moest doen. Iedereen die hem normaal gesproken zou doorgeven dat mij iets is overkomen, is daar nu immers met geen mogelijkheid toe in staat.

Ik buig me over de bliepende, levenloze massa vol slangetjes, die mijn lichaam is. Mijn huid ziet grauw. Mijn ogen zijn dichtgeplakt. Ik wou dat iemand die tape eraf haalde. Het ziet er jeukerig uit.

De aardige verpleegster loopt naar mij toe. Ze draagt een uniform bedrukt met lolly's, hoewel dit beslist geen kinderafdeling is. 'En hoe gaat het met jou, liefje?' vraagt ze, alsof we elkaar net bij de supermarkt tegen het lijf zijn gelopen.

Het liep niet meteen gesmeerd tussen Adam en mij. Ik zat met zo'n vaag idee dat liefde alles overwint. Tegen de tijd dat hij me na dat Yo-Yo Ma-concert thuis afzette, voelden we volgens mij allebei dat we verliefd aan het worden waren. En ik had dus altijd gedacht dat dát stadium het lastigst was. In boeken en films eindigt het verhaal immers altijd bij de eerste romantische zoen – met de suggestie dat dat 'lang-en-gelukkig'-gedoe dan als vanzelfsprekend volgt.

Maar voor ons werkte het zo dus niet. Het feit dat we uit zeer verschillende hoeken van het sociaal spectrum kwamen, bleek nogal wat haken en ogen te hebben. Zo bleven we elkaar gewoon ontmoeten in de muziekvleugel. Deze interacties bleven echter platonisch, alsof we geen van beiden iets wat al goed wás, durfden te veranderen. Maar als we elkaar op een andere plek in school tegenkwamen – in de kantine bij elkaar aan tafel gingen zitten of op een zonnige dag zij aan zij op de binnenplaats gingen zitten leren – klopte er iets niet. Dan voelden we ons niet bij elkaar op ons gemak en bleef de conversatie gekunsteld. Dan zei een van ons bijvoorbeeld iets en opende de ander op precies hetzelfde moment zijn mond.

'Zeg jij het maar,' zei ik dan.

'Nee, jij,' zei Adam.

De beleefdheid tussen ons was gewoon pijnlijk. Ik wilde die dolgraag doorprikken en terugkeren naar de vervoering van die avond van het concert, maar ik wist niet hoe.

Soms nodigde Adam me uit naar zijn bandje te komen kijken. Maar dat was nog erger dan op school. Voelde ik me in mijn eigen familie al als een vis op het droge, in Adams vriendenkring voelde ik me net een vis op de planeet Mars! Constant werd hij omringd door vrolijke trendy lui, knappe meiden met geverfd haar en piercings en stille jongens die helemaal opfleurden bij Adams rockpraat. Ik kon het gewoon niet: me ook gedragen als een groupie. En ik wist al helemaal niet hoe je 'op z'n rockers' praatte. Het was een taaltje dat ik eigenlijk makkelijk zou moeten kunnen volgen – ik ben immers zowel muzikant als de dochter van mijn vader – maar dat was niet zo. Net zoals sommige Mandarijnsprekers misschien een heel klein beetje Kantonees verstaan (maar Mandarijnen-Chinees en Kantonees zijn wezenlijk andere talen), terwijl niet-Chinezen altijd aannemen dat in China iedereen zonder enig probleem met elkaar kan communiceren.

Ik zag er altijd tegen op om mee naar een optreden te gaan. Niet omdat ik jaloers was, of niet van zijn muziek hield. Nee, ik vond het geweldig om hem te zien spelen. Als hij op het podium stond, was zijn gitaar net een extra arm; een natuurlijk verlengstuk van zijn lichaam. En als hij van het podium af kwam, was hij kletsnat van het zweet – maar wel zo'n schoon soort zweet, dat ik in de verleiding kwam om zijn gezicht als een lolly af te likken. Maar dat deed ik dus niet.

Als de fans hem besprongen, maakte ik me gauw uit de weg. Adam probeerde me dan wel terug te trekken, door een arm om mijn middel te slaan, maar dan trok ik me gauw weer los en vluchtte terug in het donker.

'Vind je me soms niet meer leuk?' bromde hij een keer na een optreden. Hij zei het als een grapje, maar ik hoorde de pijn achter de nonchalante vraag.

'Ik weet gewoon niet of ik nog wel naar je optredens moet komen,' zei ik.

'Hoezo niet?' vroeg hij, ditmaal zonder moeite te doen zijn pijn te verbergen.

'Ik heb het gevoel dat ik je rem; dat jij je dan minder in al die aandacht kunt wentelen. Ik wil gewoon niet dat je je dan druk hoeft te maken over mij.'

Hij zei dat hij het helemaal niet erg vond om zich druk te maken over mij, maar ik zag dat het ergens toch wél zo was.

Het was in die eerste weken waarschijnlijk allang uitgegaan tussen ons, als mijn familie er niet was geweest. Bij ons thuis vonden we namelijk ons punt van overeenstemming. Toen we een maand verkering hadden, nam ik Adam voor het eerst mee voor het avondeten. Hij ging in de keuken bij mijn vader zitten en begon over rock te praten. Ik zat erbij, keek ernaar en begreep er nog steeds de helft niet van. Maar, anders dan tijdens die optredens, voelde ik me geen buitenstaander.

'Speel je ook basketbal?' vroeg pap. Als het over passief sporten ging, was mijn vader een echte honkbalfan, maar als het op zelf doen aankwam, mikte hij dolgraag door die ring.

'Jazeker,' zei Adam. 'Ik bedoel, niet heel goed, maar eh...'

'Je hoeft niet goed te zijn, als je er maar helemaal voor gaat. Even snel een potje? Ik zie dat je je basketbalschoenen al aanhebt,' zei hij, met een blik op Adams hoge Converses. Toen draaide hij zich naar mij. 'Vind je het goed?'

'Prima,' zei ik met een glimlach. 'Kan ik mooi even studeren terwijl jullie spelen.'

Ze gingen naar het plein achter de basisschool vlak bij ons huis. Drie kwartier later kwamen ze terug. Adam zat onder het zweet en keek een beetje verdwaasd uit zijn ogen.

'Wat is er gebeurd?' vroeg ik. 'Ingemaakt door die ouwe?'

Adam schudde zijn hoofd en knikte tegelijkertijd. 'Nou, eigenlijk wel. Maar dat is het niet. Tijdens het spelen werd ik ineens door een bij gestoken, in mijn hand. Je vader pakte meteen mijn hand en zoog het gif eruit.'

Ik knikte. Dat trucje had hij van oma geleerd. Het werkte niet bij ratelslangen, maar wel bij bijen. Je zoog de angel plus het gif er gewoon uit, zodat er slechts een beetje jeuk overbleef.

Adam begon wat verlegen te lachen, leunde naar voren en fluisterde in mijn oor: 'Het voelt een beetje raar, dat ik nu intiemer ben geweest met je vader dan met jou.'

Ik moest lachen. Maar eigenlijk klopte het ook wel een beetje. In die paar weken dat we met elkaar gingen, hadden we nog niet veel meer gedaan dan zoenen. Niet omdat ik zo preuts was of zo. Oké, ik was nog maagd, maar het was heus niet zo dat ik dat per se zo wilde houden. En Adam was het allang niet meer. Nee, het was meer dat onze zoenpartijen leden onder dezelfde pijnlijke voorkomendheid als onze gesprekken.

'Misschien moesten we daar dan maar eens wat aan doen,' mompelde ik.

Adam trok zijn wenkbrauwen vragend op. Ik bloosde als antwoord.

Het hele diner lang zaten we naar elkaar te grijnzen, terwijl Teddy maar doorkwebbelde over de dinosaurusbotten die hij die middag in onze achtertuin scheen te hebben opgegraven. Mijn vader had zijn vermaarde braadstuk-in-zoutkorst klaargemaakt, normaal gesproken mijn lievelingskostje, maar vandaag had ik nergens trek in. Ik schoof mijn eten wat heen en weer over mijn bord en hoopte maar dat niemand het zou merken. En ondertussen bouwde zich binnen in mij een heel spannend, gonzend gevoel op. Het deed me denken aan de stemvork die ik gebruik om mijn cello te stemmen. Als je daartegen tikt, begint hij trillingen uit te zenden die een zuivere A vormen; trillingen die steeds sterker worden, tot de harmonische toonhoogte de hele kamer vult. En dat was precies wat Adams grijns ook met mij deed, tijdens dat diner.

Na de maaltijd bewonderde Adam snel even Teddy's fossiele vondsten. Daarna gingen we naar boven, naar mijn kamer en deden de deur dicht. Kim mag thuis nooit alleen zijn met een jongen – niet dat die kans zich ooit heeft voorgedaan. Mijn ouders hadden het wat dat aangaat nooit over regels gehad, maar ik had het gevoel dat ze heel goed wisten wat er tussen Adam en mij broeide. En ook al speelde pap graag *The Cosby Show*, in feite waren mijn moeder en hij een stel softies als het om de liefde ging.

Adam strekte zich uit op mijn bed, met zijn armen boven zijn hoofd. Alles in zijn gezicht grijnsde – ogen, neus én mond. 'Bespeel me,' zei hij.

'Párdon?'

'Ik wil graag dat je me bespeelt, als een cello.'

Ik begon eerst wat tegen te sputteren dat dat nergens op sloeg, maar toen besefte ik dat het juist een heel goed idee was. Ik liep naar mijn kast en pakte er een van mijn reservestrijkstokken uit. 'Doe je shirt maar uit,' zei ik, met een trillende stem.

Adam deed wat ik hem vroeg. Hij mocht dan vrij mager zijn, hij had een verrassend mooi lijf. Ik had wel een kwartier alleen maar naar de contouren van zijn borstkas kunnen zitten kijken. Maar hij wilde me dichterbij. En dat wilde ik zelf ook.

Dus kroop ik naast hem op het bed, ter hoogte van zijn heupen, zodat zijn lange lichaam dwars voor me lag. Mijn strijkstok trilde toen ik hem op de dekens legde. Ik stak mijn linkerhand uit en pakte Adams hoofd, alsof het de krul van mijn cello was. Hij glimlachte naar me en sloot zijn ogen. Ik begon wat te ontspannen. Ik friemelde even aan zijn oren, alsof ik hem stemde en kietelde hem speels. Hij lachte zacht. Ik legde twee vingers op zijn adamsappel. En toen, na een keer heel diep inademen om al mijn moed te verzamelen, stortte ik me op zijn borst. Ik gleed met mijn handen van boven naar beneden over zijn bovenlijf, me met name focussend op de pezen in zijn spieren, die ik elk een snaar toewees: A, G, C en D. Een voor een volgde ik ze met mijn vingertoppen naar beneden. Op dat moment werd Adam ineens heel stil, alsof hij zich ergens hevig op concentreerde.

Toen pakte ik de strijkstok en begon ermee over zijn heupen te strijken, ongeveer waar ik de kam van mijn menselijke cello situeerde. Ik begon heel lichtjes, waarna het lied dat zich nu in mijn hoofd afspeelde steeds meer in kracht en snelheid toenam. En al die tijd lag Adam volkomen roerloos, terwijl slechts af en toe een kreungeluidje aan zijn lippen ontsnapte.

En ik keek naar mijn strijkstok, mijn handen, Adams gezicht en voelde een soort vloedgolf van liefde, lust en een onbekend soort macht. Tot op dat moment wist ik niet dat ík iemand zo kon bespelen.

Toen ik klaar was, stond Adam op en zoende me lang en heftig. 'Nu is het mijn beurt,' zei hij. En hij trok me overeind en begon mijn trui over mijn hoofd te trekken en mijn spijkerbroek naar beneden. Toen ging hij op het bed zitten en gebaarde me dat ik dwars over zijn schoot moest gaan liggen.

Eerst hield hij me alleen maar vast. Ik sloot mijn ogen en probeerde te voelen hoe zijn ogen over mijn lichaam gingen; hoe ze mij zagen, zoals nooit eerder iemand me had gezien.

Toen begon Adam te spelen.

Hij rammelde akkoorden uit mijn borst – wat kietelde, zodat ik moest lachen. Maar hij wreef zachtjes in zijn handen en ging verder naar beneden. Ik stopte met giechelen. De stemvork begon steeds heviger te zoemen – telkens wanneer Adam me op een nieuwe plek aanraakte, werden de trillingen sterker.

Na een poosje schakelde hij over op een Spaansere stijl van spelen, met meer getokkel. Hij gebruikte de bovenkant van mijn lichaam als fretboard, waarbij hij mijn haar, gezicht en nek streelde. Ook plukte hij aan mijn borsten en buik, maar ik voelde hem ook op plekken waar zijn handen helemaal niet waren. Hij speelde maar door en de energie werd steeds sterker. De stemvork ging helemaal door het lint, de trillingen schoten alle kanten op, totdat mijn hele lichaam meezoemde en me de adem werd benomen. En net toen het voelde alsof ik het geen minuut langer aankon, bereikte de maalstroom van gevoelens een duizelingwekkend crescendo, dat elke zenuw in mijn lichaam in de hoogste staat van paraatheid bracht.

Ik opende mijn ogen en genoot na van de warme kalmte die over me heen golfde. Toen barstte ik in lachen uit. En Adam ook.

Daarna lagen we nog wat te zoenen, totdat hij naar huis moest.

Toen ik met hem naar zijn auto liep, wilde ik hem eigenlijk zeggen dat ik van hem hield. Maar dat leek me zo'n cliché, na wat we zojuist hadden ervaren. Dus hield ik me in en vertelde het hem de volgende dag pas.

'Mmm, da's een hele opluchting,' grapte Adam met een brede grijns. 'Ik was al bang dat je me alleen maar voor de seks gebruikte.'

Vanaf dat moment ging het nog steeds niet altíjd van een leien dakje, maar deden we in ieder geval nooit meer zo overdreven voorkomend tegen elkaar.

# 16.39

Er heeft zich inmiddels een behoorlijk gezelschap voor mij gemeld. Oma en opa, oom Greg, tante Diane, tante Kate, mijn nichtje Heather en mijn neven John en David. Pap komt uit een gezin met vijf kinderen, dus heb ik nog veel meer familieleden. Omdat niemand van hen het over Teddy heeft, begin ik te vermoeden dat hij hier niet is. Hij ligt waarschijnlijk nog in dat andere ziekenhuis, waar hij door Willow wordt verzorgd.

Mijn familie heeft zich verzameld in de wachtruimte van het ziekenhuis. Niet die kleine op de chirurgische afdeling waar oma en opa tijdens mijn operatie zaten, maar een grotere ruimte in de hoofdvleugel van het ziekenhuis, die smaakvol is aangekleed in verschillende tinten zachtpaars, met gemakkelijke stoelen en banken en zo goed als recente tijdschriften. Iedereen praat op gedempte toon, als uit respect voor de andere wachtenden, ook al behoort iedereen in deze ruimte tot de familie. Het klinkt allemaal zo ernstig, zo onheilspellend. Ik kan er even niet tegen en loop de gang weer op.

Ik ben zo blij als ik vervolgens Kim zie aankomen. Mijn hart springt op bij het zien van die bekende lange zwarte haren in die dikke vlecht. Zo draagt zij haar haar elke dag en tegen de lunch is het een paar krulletjes altijd weer gelukt om in opstandige piekjes aan die vlecht te ontsnappen. Maar Kim weigert te buigen voor haar haar en vlecht het gewoon elke ochtend weer.

Haar moeder is er ook bij. Kim mag van haar nooit lange afstanden rijden en na wat er vandaag is gebeurd, kan ik me voorstellen dat ze echt niet van plan is geweest een uitzondering op die regel te maken. Het gezicht van mevrouw Schein is rood en vlekkerig, alsof ze net heeft gehuild of op het punt staat dat te gaan doen. Dat weet ik, omdat ik haar wel vaker heb zien huilen. Zij is een zeer emotionele vrouw. 'Aanstelleritis,' is wat Kim erover zegt. 'Het typische joodsemoeder-gen. Ze kan het niet helpen. Ik zal op een dag ook wel zo worden,' erkent ze dan.

Kim is het tegenovergestelde van haar moeder. Maf en grappig, maar op zo'n ingetogen manier dat ze altijd 'geintje!' moet zeggen tegen mensen die haar sarcastische humor niet snappen. Ik kan me echt niet voorstellen dat zij ooit zal worden zoals haar moeder. Maar ja, ik heb ook niet zoveel vergelijkingsmateriaal. Er wonen niet veel joodse moeders in onze stad en er zitten maar weinig joodse kinderen bij ons op school. En degenen die het wél zijn, zijn dat meestal ook nog maar voor de helft en bij hun thuis doen ze niet veel meer dan een menora naast de kerstboom zetten.

Maar Kim is echt joods. Af en toe eet ik op vrijdagavond bij haar thuis mee. Dan steken ze kaarsen aan, eten gevlochten brood en drinken er wijn bij (volgens mij de enige keren dat Kim van haar neurotische moeder mag drinken). Van Kim wordt bovendien verwacht dat ze alleen met joodse jongens uitgaat – wat betekent dat zij nooit afspraakjes heeft. Ze grapt wel eens dat dat de reden is dat ze hiernaartoe zijn verhuisd, maar dat is niet waar: haar vader werd hier directeur van een computerchipfabriek. Toen Kim dertien werd, hield ze haar bat mitswa in een synagoge in Portland. Bij de kaarsenceremonie tijdens de receptie werd ik ook opgeroepen om er eentje aan te steken. En elke zomer gaat ze naar een joods vakantiekamp in New Jersey. Dat heet officieel Thora Habonim, maar Kim noemt het altijd Thora Hoerenkast, omdat ze daar volgens haar alleen maar rotzooien met elkaar.

'Net als bij jouw muziekkamp,' lacht ze dan – maar mijn conservatoriumzomerkamp heeft echt niks van *American Pie*.

Ik zie aan Kim dat ze boos is. Ze loopt expres hard, zodat er minstens drie meter afstand tussen haar en haar moeder blijft.

Dan vliegen opeens haar schouders omhoog, als een kat die een hond ziet. Ze draait zich om naar haar moeder. 'Kappen daarmee!' roept ze. 'Als ik niet huil, mag jij het verdomme zeker niet.'

Kim vloekt nooit. Dus ik schrik me rot.

'Maar,' protesteert mevrouw Schein, 'hoe kun je zo...' – snik – '... zo kalm blijven, terwijl...'

'Zwijg!' onderbreekt Kim haar. 'Mia ís er nog. Dus ga ik niet over de rooie. En als ík niet over de rooie ga, mag jij dat ook niet!'

Dan loopt ze weer verder, in de richting van de wachtkamer, terwijl haar moeder achter haar aan strompelt. Als ze in de wachtruimte mijn familie ziet zitten, begint mevrouw Schein weer te snotteren.

Ditmaal vloekt Kim niet. Maar haar oren kleuren wel roze, waardoor ik weet dat ze nog steeds woest is. 'Moeder, ik laat jou hier even achter. Ik ga een eindje om. Tot straks.'

Ik volg haar de gang op. Ze dwaalt wat rond in de hal, loopt om het cadeauwinkeltje heen, brengt een bezoekje aan het zelfbedieningsrestaurant. Dan tuurt ze op de plattegrond. Ik geloof dat ik weet waar ze naartoe gaat, voor ze dat zelf weet.

In de kelder bevindt zich een klein stiltecentrum. Binnen heerst een bibliotheekachtige stilte. Er staan pluchen stoelen zoals je die ook wel in bioscopen vindt en er klinkt bescheiden een newage-achtig muziekje.

Kim laat zich in een van de stoelen zakken. Ze trekt de zwartfluwelen jas uit, waar ik haar al om benijd sinds ze hem in een winkelcentrum in New Jersey kocht, op visite bij haar grootouders.

'O, wat ben ik toch dol op Oregon,' zegt ze, met een hikkend lachje. Ik hoor aan het sarcasme in haar stem dat ze het tegen mij heeft, niet tegen God. 'Dus dit is de ziekenhuisversie van onkerkelijk.' Ze wijst in het rond. Er hangt een crucifix aan de muur, er is een vlag met een kruis over de lessenaar gedrapeerd en achterin hangen een paar schilderijen van de Madonna met Kind. 'We hebben een symbolische davidster,' zegt ze, wijzend naar de zespuntige ster op de muur. 'Maar de moslims dan? Geen bidkleedjes, geen symbool waar het oosten en Mekka zich bevinden? En de boeddhisten? Kon er echt geen gong meer vanaf? Volgens mij zitten in Portland meer boeddhisten dan joden.'

Ik ga op een stoel naast haar zitten. Het voelt zo natuurlijk, zoals ze tegen me zit aan te kletsen; net als anders. Behalve die ambulancemedewerkster die me zei vol te houden en die verpleegster die me constant vraagt hoe het met me gaat, heeft sinds het ongeluk niemand meer tegen me gepraat. Ze praten alleen óver mij.

Ik heb Kim nog nooit echt zien bidden. Oké, ze deed het op haar bat mitswa en ze doet het altijd voor het sabbatsmaal, maar alleen omdat dat nu eenmaal zo hoort. Meestal doet ze nogal makkelijk over haar geloof. Maar als ze een poosje met mij heeft gepraat, sluit ze ineens haar ogen en begint dingen voor zich uit te prevelen in een taal die ik niet versta.

Dan opent ze haar ogen weer en wrijft in haar handen, alsof ze wil zeggen: *Zo is het wel weer genoeg.* Na een korte stilte voegt ze echter nog één verzoek toe: 'Ga alsjeblieft niet dood! Ik begrijp best waarom je dat zou willen. Maar denk ook eens hieraan: als jij doodgaat, krijgen we op school vast zo'n kleffe prinses Diana-achtige herdenking en gaat iedereen bloemen, kaarsen en briefjes bij je locker neerzetten!' Ze veegt een afvallige traan met de rug van haar hand weg. 'Ik weet zeker dat je dat afgrijselijk zou vinden.'

Misschien kwam het doordat we te erg op elkaar leken. Zodra Kim ten tonele verscheen, ging iedereen ervan uit dat we hartsvriendinnen zouden worden, omdat we allebei donkerharig waren, rustig, leergierig en – althans van buitenaf – serieus. Maar eigenlijk waren we geen van beiden zo'n uitzonderlijk goede leerling (voor de meeste vakken gemiddeld een 7) en ook niet zo vreselijk serieus. Al waren we met bepaalde dingen behoorlijk serieus bezig – in mijn geval muziek, in het hare kunst en fotografie – en in de versimpelde wereld van onze school was dat genoeg om ons als een soort tweeling apart te zetten. We werden onmiddellijk voor van alles aan elkaar gekoppeld.

Kim zat nog maar drie dagen bij ons op school, toen we bij gym gingen voetballen en zij zich als enige spontaan aanbood als aanvoerder, wat ik vreselijk slijmerig van haar vond. Terwijl ze het bijbehorende rode hesje aantrok, keek de gymleraar de kring rond, op zoek naar een aanvoerder voor het tweede team. Zijn blik stopte bij mij, ook al was ik een van de minst sportieve meiden van de klas. Toen ik naar voren schuifelde voor mijn hesje, fluisterde ik Kim toe: 'Je wordt bedankt!'

De week daarop moesten we van onze leraar Engels samen discussiëren over *To Kill a Mockingbird*. We zaten eerst wel tien minuten in ijzige stilte tegenover elkaar. Toen zei ik: 'Ik denk dat we het moeten hebben over racisme in het Oude Zuiden of zoiets.'

Daarop rolde Kim tergend langzaam met haar ogen.

Ik kreeg zin om haar een woordenboek naar het hoofd te slingeren. Ik had niet gedacht dat ik al zo'n enorme hekel aan haar had.

'Ik heb dit boek op mijn oude school al gelezen,' zei ze. 'En dat racismegedoe is wel érg voor de hand liggend. Volgens mij is de goedheid van mensen eerder het overkoepelende thema. Zijn we van nature goed en komt onder invloed van zaken als racisme het slechte in ons boven, of zijn we juist van nature slecht en moeten we hard knokken om dat te onderdrukken?'

'Weet ik veel,' zei ik. 'Ik vind het maar een stom boek.' Ik wist niet waarom ik dat zei, want ik vond het juist prachtig. Ik had het er zelfs al met mijn vader over gehad, die het ook tijdens zijn lessen gebruikte. Dus toen haatte ik Kim nog erger, omdat ze had gezorgd dat ik een boek waar ik van hield, had verraden.

'Prima, dan gaan we wel uit van jouw idee,' zei Kim.

En toen we slechts een 7- voor onze boekbespreking kregen, leek ze zich daar bijna over te verkneukelen.

Daarna praatten we gewoon niet meer tegen elkaar.

Dat weerhield de leraren er echter niet van ons steeds weer aan elkaar te koppelen, of de rest van school te blijven veronderstellen dat wij vriendinnen waren. Hoe vaker dat gebeurde, hoe erger wij daarvan baalden – én van elkaar. Hoe dichter de wereld ons naar elkaar toe schoof, hoe verder wij achteruit schuifelden – en hoe harder we ons tegen elkaar afzetten. Allebei trachtten we te doen alsof de ander niet bestond, terwijl alleen al onze haat voor elkaar ons dagelijks uren bezighield.

Ik voelde me verplicht mezelf te voorzien van redenen waarom ik Kim zo haatte. Ze was een brave hendrika, ze was irritant, ze was een opschepster. Pas later ontdekte ik dat zij precies hetzelfde met mij deed, hoewel háár grootste klacht over míj was dat ze me een kreng vond. Op een dag schreef ze me dat zelfs. Tijdens de Engelse les gooide iemand een piepklein opgevouwen papiertje op de grond, vlak naast mijn rechtervoet. Ik pakte het op en vouwde het open. Er stond: *Kreng!*

Zo had nog nooit iemand me genoemd! Hoewel ik automatisch razend werd, voelde ik me diep vanbinnen ook best gevleid dat ik blijkbaar genoeg emoties had weten op te wekken om die naam te verdienen. Zo noemden ze mijn moeder ook vaak. Waarschijnlijk omdat zij er nogal moeite mee had haar mond te houden en beestachtig bot kon zijn als ze het niet met je eens was. Dan barstte ze los als een hevig noodweer, waarna alles weer goed was. En haar kon het absoluut niet schelen dat men haar een kreng noemde. 'Ach, da's gewoon een ander woord voor feministe,' zei ze trots. Zelfs mijn vader noemde haar wel eens zo, maar dan altijd als een grappig soort compliment. Nooit tijdens een ruzie. Hij keek wel uit!

Ik keek op van mijn grammaticaboek. Er was maar één iemand van wie dit briefje kon komen, al kon ik het nog steeds maar amper geloven. Ik gluurde de klas in. Iedereen zat verdiept in zijn boek. Behalve Kim. Haar oren waren zo rood, dat de bakkebaardachtige donkere plukjes eveneens leken te blozen. Ze schonk me een woeste blik. Ook al was ik nog maar elf en op het sociaal vlak nog best kinderlijk, ik wist heus wel wanneer me een handschoen werd toegeworpen. En ik kon niet anders dan hem oppakken.

Toen we ouder werden, grapten we vaak hoe blij we waren dat we toen met elkaar op de vuist waren gegaan. Niet alleen had het onze vriendschap verstevigd, het was ook onze eerste en waarschijnlijk enige kans op een fijne knokpartij. Want wanneer konden twee meiden zoals wij dat nóg eens doen?

Oké, ik stoeide vaak met Teddy op de vloer en heel soms

kneep ik hem zelfs, maar echt vechten? Hij was immers nog maar een jochie. En al wás hij ouder geweest, hij was zo'n beetje half mijn broertje en voor de andere helft mijn kind. Ik paste al op hem toen hij nog maar een paar weken oud was. Ik zou hem nooit echt pijn kunnen doen.

En Kim was enig kind, die hád niet eens een broer of zus om zich op uit te leven. Misschien dat zij op zomerkamp nog het dichtst bij een kloppartij kon komen, maar daar zouden de gevolgen weer vreselijk zijn: urenlange werkcolleges over conflictbestrijding, met de kampleiding en de rabbijn. 'Mijn volk kan vechten als de beste – maar wel met woorden, heel veel woorden,' vertelde ze me ooit.

Maar die herfstdag vochten we met onze vuisten.

Na de laatste bel volgden we elkaar zonder iets te zeggen naar het schoolplein en gooiden onze rugzakken op de grond, die nat was van de miezerregen die al de hele dag viel. Toen stormde Kim op me af, als een wilde stier, en perste alle adem uit mijn longen. Ik gaf daarop een knal tegen de zijkant van haar hoofd, met gesloten vuist, als een kerel.

Algauw stond er een groepje kinderen om ons heen, die het spektakel van dichtbij wilden bekijken. Er waren al niet vaak vechtpartijtjes op onze school. Maar twee knokkende meiden was helemaal iets bijzonders. En twee anders zo brave meiden die op elkaar in beukten, dat was gewoon de jackpot.

Tegen de tijd dat een paar leraren ons uit elkaar haalden, stond de halve groep 8 naar ons te kijken (het was zelfs die kring van dralende leerlingen geweest, die de aandacht van de pleinwachten had getrokken).

Het gevecht eindigde zo'n beetje in remise. Ik had een

gescheurde lip en een gekneusde pols (die ik aan mezelf te danken had, omdat mijn uithaal naar Kims schouder haar miste, maar de paal van het volleybalnet niet); Kim had een dik oog en een gemene schaafwond op haar bovenbeen (van toen ze over haar eigen rugzak struikelde toen ze mij probeerde te schoppen).

Er was geen sprake van een innige vredesverklaring of van een officiële wapenstilstand. Toen de leraren ons uit elkaar hadden getrokken, keken Kim en ik elkaar aan... en barstten in lachen uit.

Nadat we onder een bezoekje aan de directeur uit wisten te komen, hinkten we samen naar huis.

Kim vertelde dat ze zich destijds alleen maar als aanvoerder had gemeld, omdat als je dat meteen aan het begin van het schooljaar deed, de gymleraar dat onthield en je dan in het vervolg meestal met rust liet (een handige truc, die ik sinds die tijd ook toepaste). Ik biechtte op dat ik het eigenlijk helemaal met haar eens was geweest over *To Kill a Mockingbird* en dat het ook nog eens een van mijn lievelingsboeken was.

En dat was dat. Vanaf die tijd waren we vriendinnen, zoals iedereen al die tijd al had aangenomen. En we staken nooit meer een vinger naar elkaar uit. Wel volgden er nog vele verbale botsingen. Maar deze kibbelpartijen hadden de neiging net zo te eindigen als die ene knokpartij: wij tweeen huilend van het lachen.

Alleen mocht Kim na ons grote gevecht van haar moeder niet meer bij mij thuis komen, omdat zij ervan overtuigd was dat haar dochter dan op krukken zou terugkeren. Mijn moeder bood daarop aan met mevrouw Schein te gaan praten. Maar ik geloof dat pap en ik ons allebei realiseerden dat zo'n diplomatische missie, gezien mams temperament, best wel eens zou kunnen uitlopen op een straatverbod voor ons hele gezin. Daarom nodigde pap de familie Schein uit om een keer gebraden kip bij ons te komen eten. En hoewel duidelijk was dat Kims moeder mijn familie nog steeds een beetje raar vond – 'Dus u werkt in een platenzaak, terwijl u studeert voor leraar? En ú bent hier in huis degene die kookt? Hoogst ongebruikelijk,' zei ze tegen pap – verklaarde haar vader mijn ouders tot fatsoenlijke, geweldloze lui en zei hij tegen zijn vrouw dat hij vond dat Kim daarom rustig bij ons moest kunnen komen.

Die paar maanden in groep 8 raakten Kim en ik ons bravemeidenimago even helemaal kwijt. Allerlei praatjes over ons gevecht deden de ronde, waarbij de details steeds erger werden aangedikt: gebroken ribben, afgerukte nagels, bijtwonden... Maar toen we na de kerstvakantie weer op school verschenen, bleek het hele verhaal weer vergeten en waren we opnieuw die duistere, stille, brave tweeling.

Maar dat kon ons toen niet meer schelen. Sterker nog, door de jaren heen heeft die reputatie ons zelfs prima diensten bewezen. Als wij bijvoorbeeld allebei op dezelfde dag niet op school verschenen, ging iedereen er automatisch van uit dat we waren gegrepen door hetzelfde virus – niet dat we spijbelden om bij de colleges Filmgeschiedenis op de universiteit kunstfilms te gaan kijken. En toen iemand onze school voor de grap te koop zette, vol hing met bordjes en er zelfs mee op eBay adverteerde, vlogen alle verdachte blikken meteen naar Nelson Baker en Jenna McLaughlin – niet naar ons. Zelfs al hadden we deze poets zelf opgebiecht (wat we ons wel hadden voorgenomen, mocht er iemand anders door in de problemen raken), dan nóg zou het lastig zijn geweest iedereen ervan te overtuigen dat wij erachter hadden gezeten.

Kim moest hier altijd erg om lachen. 'Mensen geloven alleen wat ze wíllen geloven,' zei ze.

# 16.47

Mijn moeder heeft me eens een casino binnengesmokkeld.

We gingen op vakantie naar Crater Lake en stopten voor de lunch bij een horecagelegenheid midden in een indianenreservaat. Mam besloot er wat te gaan gokken en ik mocht met haar mee, terwijl pap bij Teddy bleef, die lag te dutten in zijn buggy.

Mam nam plaats aan een van de blackjacktafels. De croupier keek eerst naar mij en toen naar mijn moeder – die zijn ietwat argwanende blik beantwoordde met eentje die scherp genoeg was om een diamant mee te splijten, gevolgd door een glimlach, die stralender was dan welke edelsteen dan ook. De croupier glimlachte schaapachtig terug en zweeg. Ik keek gebiologeerd toe hoe mam speelde. Ik dacht dat we er nog maar een kwartiertje of zo zaten, toen pap en Teddy ons, allebei even chagrijnig, kwamen zoeken. We bleken al ruim een uur weg te zijn.

Zo is het eigenlijk ook op de ic. Je hebt geen idee welk uur van de dag het is of hoeveel tijd er al is verstreken, er is nergens daglicht en er klinkt voortdurend rumoer op de achtergrond. Alleen gaat het in plaats van de elektronische belletjes en bliepjes van gokkasten en het bevredigende gerinkel van munten, om het gegons en gebrom van medische apparatuur, een eindeloze stroom van gedempte oproepen door de omroepinstallatie en de bedaarde stemmen van de verpleegkundigen.

Ik weet niet precies hoelang ik hier al ben. Een tijdje terug zei die aardige verpleegster met die zangerige stem dat ze naar huis ging. 'Ik kom morgen terug. En dan wil ik jou hier ook weer zien, liefje!' zei ze. Eerst vond ik dat maar een rare opmerking. Wilde ze dan niet liever dat ik naar huis mocht, of dat ik werd overgeplaatst naar een andere afdeling? Maar toen besefte ik dat ze bedoelde dat ze me op deze zaal wilde terugzien... omdat ik dan niet in de tussentijd was overleden.

De artsen blijven maar langskomen om aan mijn oogleden te trekken en met hun zaklamp te zwaaien. Ze doen ruw en gehaast, alsof ze oogleden niet belangrijk genoeg vinden om voorzichtig mee te zijn. Het doet je beseffen hoe weinig je normaal gesproken aan elkaars ogen komt. Oké, misschien houden je ouders wel eens een ooglid omhoog om er een vuiltje uit te halen, of kust je vriendje je ogen, licht als een vlinder, vlak voordat je wegdoezelt. Maar oogleden zijn het – anders dan ellebogen, knieën of schouders – gewoon niet gewend dat er aan ze wordt gerukt en geplukt.

De maatschappelijk werkster staat nu naast mijn bed. Zij bekijkt mijn grafiek en praat met een verpleegkundige, die normaal gesproken aan het grote bureau in het midden van de ruimte zit. Het is niet te geloven op hoeveel verschillende manieren ze je hier in de gaten houden. Als ze niet met een zaklamp in je oog schijnen of de uitdraaien aflezen die uit de printers aan weerszijden van je bed rollen, dan bestuderen ze je levensfuncties wel op een centraal computerscherm. En als er ook maar iets enigszins fout dreigt te gaan, begint een van al die apparaten te piepen. Er gaat eigenlijk altijd wel érgens een alarm af. In het begin maakte dat me doodsbang. Inmiddels weet ik, dat als er ergens een waarschuwingssignaal klinkt, dat de helft van de tijd betekent dat er een apparaat niet goed werkt, niet de mens die eraan vastzit.

De maatschappelijk werkster ziet er uitgeput uit, alsof ze er geen bezwaar tegen zou hebben in een van de opengeslagen bedden te kruipen. Ik ben niet haar enige patiënt. Ze vliegt al de hele middag heen en weer tussen patiënten en familieleden. Zij is de brug tussen de artsen en de gewone mensen en je zíét gewoon de stress van het alsmaar moeten balanceren tussen die twee werelden.

Nadat ze mijn grafiek heeft gezien en de staf heeft gesproken, gaat ze weer naar beneden, naar mijn familie. Daar wordt niet langer op gedempte toon met elkaar gepraat, maar ze zitten allemaal iets voor zichzelf te doen. Oma zit te breien, opa doet alsof hij een dutje doet, tante Diane maakt een sudoku, mijn nichtje en neven spelen om de beurt op een GameBoy, met het geluid uit.

Kim is weg. Toen zij na haar bezoekje aan het stiltecentrum terugkeerde in de wachtruimte, bleek haar moeder volkomen ingestort. Kim schaamde zich kapot en trok haar haastig mee naar buiten. Eerlijk gezegd denk ik dat mevrouw Scheins aanwezigheid daar nog helemaal niet zo slecht was. Zolang ze haar konden troosten, hadden de anderen tenminste iets te doen, konden ze zich nog nuttig maken. Nu voelen ze zich weer doelloos, kunnen ze weer niets anders doen dan eindeloos wachten.

Als de maatschappelijk werkster de wachtruimte binnenkomt, staat iedereen op – alsof het om iemand van het koninklijk huis gaat. Ze glimlacht vaag, zoals ik haar vandaag al zo vaak heb zien doen. Ik geloof dat dat haar signaal is dat alles in orde is, of dat er op zijn minst niets aan mijn toestand is veranderd; dat ze gewoon met een update komt, niet om een bom te droppen.

'Mia is nog steeds buiten bewustzijn, maar haar levensfuncties begínnen tekenen van verbetering te vertonen,' vertelt ze mijn familieleden, die hun afleiding op hun stoel hebben laten vallen. 'De ademhalingstherapeuten zijn op dit moment bij haar. Zij doen een aantal tests om te kijken hoe haar longen functioneren en of ze langzaam van de beademingsapparatuur af kan.'

'Is dat dus goed nieuws?' vraagt tante Diane. 'Ik bedoel, als ze weer zelf kan ademen, betekent dat dan ook dat ze gauw bijkomt?'

De maatschappelijk werkster schenkt haar een bestudeerd meelevend knikje. 'Het is een goede stap dat ze weer zelf kan ademen. Dat betekent dat haar longen aan het genezen zijn en dat haar inwendige verwondingen stabiel aan het worden zijn. Het grote vraagteken blijft echter haar hersenkneuzing.'

'Hoezo?' onderbreekt mijn nichtje Heather haar.

'We weten niet wanneer zij uit zichzelf zal ontwaken, of hoe groot de schade aan haar hersenen is. De eerste vierentwintig uur zijn het hachelijkst, maar Mia krijgt de allerbeste verzorging.'

'Mogen we nu bij haar?' vraag opa.

De maatschappelijk werkster knikt. 'Daarom ben ik naar jullie toe gekomen. Ik denk dat een kort bezoekje Mia goed zal doen. Maar... slechts één of twee mensen.' 'Dan gaan wij,' zegt oma en doet een stap naar voren. Opa gaat naast haar staan.

'Ja, dat had ik ook gedacht,' zegt de maatschappelijk werkster. 'We zijn zo terug, hoor,' zegt ze tegen de rest van mijn familie.

Gedrieën lopen ze zwijgend door de gang. In de lift probeert de maatschappelijk werkster mijn grootouders voor te bereiden op hoe ik eruitzie. Ze vertelt dat ik aardig wat uitwendige verwondingen heb, die er naar uitzien, maar wel behandelbaar zijn. Het zijn vooral de ínwendige verwondingen waar de artsen zich zorgen over maken, zegt ze.

Ze doet alsof mijn grootouders kinderen zijn. Maar zij zijn sterker dan ze eruitzien. Opa is arts geweest in Korea. En oma is altijd van alles aan het redden: vogels met gebroken vleugels, een zieke bever, een hert dat is aangereden door een auto... Dat hert bracht ze naar het dierenasiel, wat vooral grappig is omdat ze eigenlijk een hekel heeft aan herten, want die vreten altijd alle planten in haar tuin op. 'Mooie ratten,' noemt ze ze (en opa heeft het altijd over 'lekkere ratten' als hij een reebout onder de grill legt). Maar dat ene hert kon oma niet zien lijden, dus heeft ze het gered. Ergens verdenk ik haar ervan dat ze het aanzag voor een van haar engelen.

Maar als de automatische deuren van de ic openzwaaien, houden ze allebei even halt, alsof ze worden tegengehouden door een onzichtbare slagboom. Oma pakt opa's hand. Ik probeer me te herinneren of ik haar dat ooit eerder heb zien doen. Haar ogen flitsen langs de bedden, maar net wanneer de maatschappelijk werkster mij wil aanwijzen, ziet opa me al en loopt met grote passen naar mijn bed.

'Hallo daar, eendje,' zegt hij. Zo heeft hij me in geen tijden meer genoemd; volgens mij was ik bij de laatste keer nog jonger dan Teddy nu.

Oma komt nu ook langzaam op me af, kleine hapjes lucht inademend. Misschien dat al die gewonde dieren toch niet zo'n goede voorbereiding waren.

De maatschappelijk werkster trekt twee stoelen dichterbij en zet ze bij het voeteneind van mijn bed. 'Mia... je grootouders zijn er.' Ze gebaart hen te gaan zitten. 'Ik zal jullie even alleen laten.'

'Kan ze ons horen?' vraagt oma. 'Als we tegen haar praten, begrijpt ze dat dan?'

'Dat weet ik echt niet,' antwoordt de maatschappelijk werkster. 'Maar uw aanwezigheid kan wel bemoedigend werken – zolang u maar bemoedigende dingen zegt.' Ze trekt er een strenge blik bij, alsof ze wil zeggen dat ze absoluut niets mogen zeggen wat mij overstuur zou kunnen maken. Ik weet dat het haar taak is om op dit soort dingen te wijzen, dat ze het druk heeft met duizend dingen tegelijk en niet altijd even tactisch kan zijn, maar toch... heel even haat ik haar hierom.

Als de maatschappelijk werkster is vertrokken, zitten oma en opa even samen te zwijgen. Dan begint oma te babbelen over de orchideeën die ze in haar plantenkas kweekt. Ik zie dat ze haar tuinkleding heeft verruild voor een trui en een corduroy broek. Iemand moet langs hun huis zijn gereden voor schone kleren. Opa zit doodstil, alleen zijn handen trillen. Hij is niet zo'n prater, dus het moet moeilijk voor hem zijn dat hij nu de opdracht heeft gewoon maar wat tegen me aan te kletsen.

Er komt een andere verpleegkundige langs. Zij heeft donker haar en donkere ogen, die zijn opgevrolijkt met een hele hoop glimmende oogmake-up. Haar nagels zijn nep, met piepkleine hartjes erop. Ze moet vast vreselijk haar best doen om ze zo mooi te houden. Dat vind ik knap van haar.

Ook al is ze niet mijn vaste verpleegster, toch komt ze even naar mijn oma en opa toe. 'Twijfelt u er geen seconde aan dat ze u kan horen,' zegt ze. 'Zij is zich bewust van alles wat er om haar heen gebeurt.' Ze staat met haar handen op haar heupen. Ik kan me zó voorstellen hoe ze een enorme kauwgombel blaast.

Oma en opa staren haar aan en zuigen de boodschap gretig op.

'U denkt misschien dat de artsen en verpleegkundigen of al die spullen de boel hier runnen,' zegt ze, wijzend naar de muur van medische apparatuur. 'O nee, zíj runt dit hele circus! En het kan best zijn dat ze maar een beetje haar tijd ligt af te wachten. Praat daarom met haar! Zeg haar dat ze alle tijd moet nemen die ze nodig heeft... maar dat ze wel terug moet komen; dat jullie op haar wachten!'

Mijn ouders zouden Teddy of mij nooit een vergissing noemen, of een ongelukje, of een verrassing, of een ander stom eufemisme. Maar geen van ons tweeën was gepland. En dat hebben ze nooit proberen te verbergen.

Mam raakte zwanger van mij toen ze nog erg jong was. Geen tiener meer, maar wel jong binnen hun eigen vriendenkring. Ze was drieëntwintig en al een jaar getrouwd met pap. Eigenlijk zou je kunnen zeggen dat mijn vader altijd al een beetje een vlinderdasjesfiguur is geweest: altijd net iets traditioneler dan je zou denken. Want al had hij blauw haar en tatoeages, droeg hij een leren jack en werkte hij in een platenzaak: hij wilde al met mijn moeder trouwen toen de rest van hun vrienden zich nog vermaakte met het scoren van dronken vluggertjes. 'Vriendín is zo'n stom woord,' zei hij. 'Ik kon er niet tegen dat ik haar zo moest noemen. Dus moesten we wel trouwen, zodat ik daar "mijn vrouw" van kon maken.'

Mam kwam uit een nogal geflipt gezin. Ze heeft de details nooit met me besproken, maar ik wist dat haar vader al tijden uit de picture was en dat ze een poos geen contact heeft gehad met haar moeder – hoewel we omie en pappa Richard, zoals we haar stiefvader noemden, tegenwoordig een paar keer per jaar zagen.

Daarom was mam niet alleen onder de indruk van pap, maar ook van zijn grote, grotendeels ongeschonden en betrekkelijk normale familie. En dus zei ze 'ja' tegen hem, al kenden ze elkaar toen nog maar een jaar. Natuurlijk deden ze het wel op hun geheel eigen manier. Ze werden in de echt verbonden door een lesbische lekenrechter, terwijl hun vrienden een heavy gitaarversie van *De bruidsmars* speelden. De bruid was gekleed in een witte jarentwintigjurk met franjes en zwarte laarsjes met zilveren noppen; de bruidegom was van top tot teen in leer.

Dat ze zwanger raakten van mij kwam door weer een andere bruiloft. Een van paps muziekmaatjes die naar Seattle was verhuisd, had zijn vriendin zwanger gemaakt: een moetje dus. Pap en mam gingen naar de trouwerij, raakten op de receptie een beetje dronken en terug in het hotel waren ze ietsjes onvoorzichtiger dan anders. Drie maanden later liet de zwangerschapstest een dun blauw streepje zien. Zoals zij het altijd vertellen, voelden ze zich geen van beiden echt klaar voor het ouderschap. Maar tegelijkertijd was er geen sprake van dat ze mij zouden laten weghalen. Mam was een fel voorvechtster van 'Baas in eigen buik'. Ze had zelfs een bumpersticker op haar auto: *Als je me niet eens een keus toevertrouwt, hoe kun je me dan wel een kind toevertrouwen?* Maar in haar eigen geval koos ze ervoor mij te houden.

Pap aarzelde wat langer. En flipte wat erger. Tot op het moment dat de dokter mij tevoorschijn trok... en hij in huilen uitbarstte.

'Kletskoek,' zei hij altijd, als mam dit verhaal vertelde. 'Dat deed ik helemaal niet!'

'O? Huilde jij toen niet?' vroeg mam dan, quasi-cynisch.

'Mijn ogen traanden... dat was geen huilen!' Dan knipoogde hij naar mij en deed zonder geluid een krijsende baby na.

Omdat ik lang het enige kind in pap en mams vriendenkring was, was ik een nieuwigheid. Ik werd grootgebracht door de muziekgemeenschap, met tientallen ooms en tantes die me beschouwden als hun eigen kleine vondelingetje – zelfs nog nadat ik die vreemde voorkeur voor klassieke muziek begon te vertonen. Ik had ook geen echt gezinnetje nodig: oma en opa woonden vlakbij en zorgden in het weekend graag voor me, zodat pap en mam lekker tekeer konden gaan en de hele nacht doorhalen als pap moest optreden. Pas tegen de tijd dat ik vier was, geloof ik dat mijn ouders beseften dat ze het 'm werkelijk flikten – een kind opvoeden – ook al hadden ze geen bakken met geld of een 'echte' baan. We woonden in een leuk huis met een lage huur, ik had genoeg kleren (ook al kwam alles van mijn neefjes en nichtjes) en groeide vrolijk en gezond op.

'Jij was een experiment,' zei pap, 'dat verrassend genoeg succesvol uitpakte. Maar dat kon ook pure mazzel zijn. Dus hadden we nóg een kind nodig – als een soort controlegroep.'

Ze probeerden het vier jaar lang. In die tijd raakte mam tweemaal zwanger en kreeg ze twee miskramen. Daar waren ze erg verdrietig over, maar ze hadden geen geld voor zo'n heel vruchtbaarheidstraject waar je wel over hoort. Tegen de tijd dat ik negen was, besloten ze dat het zo waarschijnlijk ook maar het beste was. Ik begon al best onafhankelijk te worden. En dus gaven ze het op.

En alsof ze zichzelf ervan wilden overtuigen hoe heerlijk het was om niet door een baby in je bewegingen te worden beperkt, boekten ze een weekje New York voor ons drietjes. Het moest een muzikale bedevaart worden: we zouden naar CBGB's én naar Carnegie Hall. Maar toen ontdekte mam tot haar verrassing ineens dat ze weer zwanger was, wat ze tot haar nog grotere verrassing zelfs langer dan de kritieke drie maanden bleef. Dus moesten we ons plezierreisje annuleren. Mam was zo moe, misselijk en chagrijnig, dat pap grapte dat ze de New Yorkers anders de stuipen op het lijf joeg. Daarbij waren baby's duur en moesten we gauw gaan sparen.

Mij kon het allemaal niet schelen. Ik vond het reuzespannend dat ik een broertje of zusje kreeg. En Carnegie Hall ging heus nergens naartoe: daar kwam ik ooit nog wel eens.

# 17.40

Ik ben een beetje van de kook. Oma en opa zijn een tijdje geleden weer vertrokken; ik ben achtergebleven op de ic. Ik zit op een van de stoelen en loop alles wat ze zeiden in gedachten nog eens na. Het was allemaal leuk en aardig, normaal en niet-verontrustend. Tot op het einde. Ze liepen de ic-ruimte uit; ik liep achter ze aan.

Toen draaide opa zich ineens naar oma en zei: 'Denk jij dat ze zal besluiten?'

'Wat besluiten?'

Opa keek een beetje ongemakkelijk en schuifelde met zijn voeten. 'Je weet wel: BESLUITEN,' fluisterde hij.

'Waar héb je het toch over?' klonk oma geïrriteerd en liefdevol tegelijk.

'Dat weet ik niet precies. Jij bent degene die in engelen gelooft!'

'Wat heeft dat nou met Mia te maken?' vroeg oma.

'Nou ja... als zij nu weg zijn, maar er nog wél zijn – zoals jij gelooft – stel dan dat ze willen dat zij met hen meegaat? Of dat zij met hén mee wil?'

'Ach, zo werkt dat helemaal niet!' snibde oma.

'O,' was het enige dat opa zei.

Einde verhoor.

Toen de deur achter hen was dichtgevallen, bedacht ik dat ik oma misschien eens zou vertellen, dat ik nooit zo had geloofd in die theorie van haar dat vogels en dergelijke beschermengelen konden zijn. En nu weet ik zekerder dan ooit dat zoiets helemaal niet bestaat.

Mijn ouders zijn hier helemaal niet. Ze houden mijn hand niet vast, moedigen me niet aan... En geloof me, ik ken ze goed genoeg om te weten dat áls ze het konden, ze het ook zouden doen. Misschien niet allebei. Misschien zou mam bij Teddy blijven, terwijl pap over mij waakte. Maar ze zijn hier geen van beiden.

En terwijl ik daar zo over zit te peinzen, denk ik aan wat die verpleegster zei. *Zij runt de boel hier.* En opeens begrijp ik wat opa van oma weten wilde. Hij had die verpleegster ook gehoord. En hij snapte het al vóór bij mij het kwartje viel.

Of ik blijf. Of ik blijf leven. Dat bepaal ik.

Al dat geklets over kunstmatig in stand gehouden coma's is maar dokterspraat. De medici hebben het helemaal niet voor het zeggen. Noch de afwezige engelen. Zelfs God heeft het niet voor het zeggen, die – als Hij bestaat – hier nu ook nergens te bekennen is. Ík heb het voor het zeggen.

Maar hoe moet ik dan besluiten? Hoe kan ik hier in godsnaam blijven, zonder pap en mam? Of hoe kan ik vertrekken, zonder Teddy? Of Adam? Het is te veel. Ik begrijp nog niet eens hoe dit alles werkt, waarom ik me hier in deze toestand bevind of hoe ik daaruit zou kunnen komen als ik dat wil. Als ik nu zeg: *Ik wil wakker worden,* ontwaak ik dan meteen? Ik heb al geprobeerd met mijn hielen te klakken om Teddy te vinden en mezelf naar Hawaï over te seinen, maar dat werkte niet. Het lijkt een stuk ingewikkelder te zijn.

Maar desondanks geloof ik dat het waar is. Ik hoor opnieuw wat die verpleegster zei. Ik run hier de boel. En iedereen wacht op mij.

Ik beslis. Dat weet ik nu.

En die wetenschap boezemt me meer angst in dan alles wat er vandaag is gebeurd.

Waar blijft Adam, verdomme?

Een week voor Halloween in mijn één-na-laatste jaar op de middelbare school, stond Adam ineens triomfantelijk voor onze deur. Hij had een kledingzak in zijn hand en een idiote grijns op zijn gezicht.

'Pas op, want je gaat ineenkrimpen van jaloezie. Ik heb de mooiste vermomming!' zei hij en ritste de zak open. Er zaten een wit overhemd met ruches in, een kniebroek en een lange wollen jas met epauletten.

'Ga je als Seinfeld met het Overdreven Overhemd?' vroeg ik.

'Seinfeld, pfft! En dat noemt zichzelf klassiek muzikant! Nee joh, ik ga als Mozart. Wacht, je hebt de schoenen nog niet gezien.' Hij stak zijn hand weer in de zak en kwam tevoorschijn met een paar lompe zwartleren gevallen met een metalen vierkant erbovenop.

'Goh, leuk,' zei ik. 'Ik geloof dat mijn moeder ook zo'n paar heeft.'

'Ach, jij! Je bent gewoon jaloers, omdat jij niet zo'n vet kostuum hebt. En ik trek er ook nog een maillot bij aan – zo zeker voel ik me in mijn mannelijkheid. En ik heb een pruik.'

'Hoe kom je aan al die spullen?' vroeg ik, terwijl ik aan de pruik voelde. Hij leek wel van jute.

'Via internet. Slechts honderd ballen!'

'Heb jij honderd dollar uitgegeven aan een halloween-kostuum?'

Bij het vallen van het woord Halloween, stormde Teddy ineens de trap af, liep mij straal voorbij en rukte aan de ketting van Adams portemonnee. 'Hier wachten!' beval hij.

Toen rende hij de trap weer op en kwam een paar tellen later terug met een tas. 'Is dit een goede vermomming? Of zie ik er hier kinderachtig mee uit?' vroeg hij, terwijl hij een drietand uit de tas haalde, een paar duivelsoren, een rode staart en een rode pyjama met voeten.

'O, nee!' riep Adam, en deed met grote ogen een stap naar achteren. 'Ik doe het nú al in mijn broek en dan heb je 'm nog niet eens aan!'

'Meen je dat? Vind je niet dat het er stom uitziet met die pyjama? Ik wil niet dat ze me uitlachen,' zei Teddy, zijn wenkbrauwen in een ernstige rimpel.

Ik grijnsde naar Adam, die hard zijn best deed zijn eigen lach weg te slikken. 'Een knalrode pyjama met een drie-tand, duivelsoren en een puntige staart... dat is wel zó gigasatanisch, dat niemand met je zal dúrven spotten – om eeuwige vervloeking te vermijden,' verzekerde Adam hem.

Teddy grijnsde breed. Ik zag het gat waar zijn voortan-den een tijdje terug nog zaten. 'Ja, da's ook zo'n beetje wat mam zei. Maar ik wilde even checken of ze dat niet zomaar zei, zodat ik haar niet langer aan haar kop zou zeuren over dit kostuum.

Hé, jij gaat met me mee de deuren langs, toch?' Nu keek hij mij aan.

'Zoals ieder jaar,' antwoordde ik. 'Hoe kom ik ánders aan snoep?'

'Ga jij ook mee?' vroeg hij aan Adam.

'Ik zou het niet willen missen!'

Toen draaide Teddy zich om en vloog weer naar boven. Adam draaide zich naar mij toe. 'Zo, die is gerust. Wat doe jij eigenlijk aan?'

'Eh... ik hou niet zo van verkleden.'

Adam rolde met zijn ogen. 'Dan moet je dat maar heel gauw leren. Het gaat wel om Halloween, hoor – en nog wel onze eerste samen. Bovendien heb ik die avond met Shooting Star een belangrijk optreden. Het is een gemaskerd bal en je hébt al beloofd dat je zou komen.'

Vanbinnen kreunde ik. Na een halfjaar met Adam was ik er net aan gewend dat we op school als een curieus koppel werden gezien (ze noemden ons Punker & de Nerd). Ook begon ik me langzaam meer op mijn gemak te voelen bij zijn medebandleden. Ik had zelfs een paar woordjes rocktaal geleerd en wist me nu staande te houden als Adam me meenam naar het House of Rock, een rommelig huis in de buurt van de universiteit waar de rest van de band woonde. Ik deed zelfs mee aan de punkfeesten van de band, waarbij iedere gast iets meenam uit zijn eigen koelkast, dat anders toch maar wegrotte. We gooiden al die ingrediënten bij elkaar en maakten er een potje van. Ik bleek er zelfs best goed in om iets eetbaars te maken van een portie vegetarisch gehakt, bietjes, feta en abrikozen.

Maar ik had nog steeds een hekel aan Adams optredens. En daar haatte ik mezelf dan weer om. Ik vond al die clubs zo rokerig: dat prikte in mijn ogen en mijn kleren gingen ervan stinken. En het geluid stond altijd zo hard, dat de muziek in mijn oren schetterde en ze na afloop zo hard piepten, dat ik er niet eens van kon slapen. Dan lag ik in bed te denken aan die rottige avond en voelde me alsmaar lulliger.

'Zeg nou niet dat je je hebt bedacht,' zei Adam, met een even gekwetste als geërgerde blik.

'Maar Teddy dan? We hebben beloofd met hem langs de deuren te...'

'Ja, om vijf uur! We hoeven pas om tien uur te spelen. Het lijkt me zelfs voor Master Ted sterk, dat hij vijf uur achter elkaar op de drempel liedjes kan staan zingen. Dus da's geen goeie smoes. En je kunt maar beter zorgen voor een puike vermomming, want ík ga er dus megacool uit-zien – op zijn achttiende-eeuws dan...'

Toen hij was vertrokken om pizza's te gaan bezorgen, lag er een steen op mijn maag. Ik ging naar boven om het Dvořák-stuk in te studeren dat professor Christie me had opgegeven én om uit te vogelen wat me precies dwarszat. Waarom hield ik er toch niet van om naar zijn band te gaan kijken? Was dat omdat Shooting Star best populair begon te worden en ik stiekem jaloers was? Of veraf-schuwde ik die alsmaar groeiende massa van vrouwelijke groupies? Dat léék een logische verklaring, maar de wer-kelijke reden was het niet.

Na een minuut of tien spelen drong het ineens tot me door. Mijn afkeer van Adams optredens had niets te maken met de muziek, groupies of afgunst, maar met onzekerheid!

Dezelfde hardnekkige onzekerheid die me altijd dwarszat: het gevoel dat ik er eigenlijk niet bij hoorde. Zo had ik altijd gedacht dat ik niet echt bij mijn familie hoorde en nu voelde ik datzelfde dus bij Adam. Alleen was dit toch weer anders. Mijn familie zat nu eenmaal met mij opgescheept, maar Adam, die had mij zelf uitgekozen. En dat begreep ik dus niet. Waarom was hij voor míj gevallen? Dat sloeg toch nergens op?

Ik wist dat het in eerste instantie de muziek was geweest die ons had samengebracht; die ons naar dezelfde plek toe had getrokken, zodat we elkaar tegen het lijf konden lopen. En ik wist dat Adam het te gek vond dat ik mij zo liet meeslepen door de muziek. En dat hij van mijn gevoel voor humor hield. 'Zo zwart, dat je het vaak niet eens in de gaten hebt,' zei hij eens. En over zwart gesproken, ik wist ook dat hij op donkerharige meiden viel. Zijn vorige vriendinnen waren stuk voor stuk brunettes. En ik wist dat we, als we met zijn tweetjes waren, urenlang konden kletsen of gewoon naast elkaar zitten lezen – elk met zijn eigen iPod, maar ons toch een eenheid voelend. Al die dingen wist ik, begreep ik met mijn hoofd; maar met mijn hart durfde ik het nog steeds niet te geloven. Als ik bij Adam was, voelde ik me gewaardeerd, uitverkoren, bijzonder... maar daardoor vroeg ik me alleen nog meer af: *Waarom ik?*

En misschien was dat wel waarom ik – ook al onderwierp Adam zich gewillig aan Schubert-symfonieën en bezocht hij elk recital dat ik gaf (waarbij hij altijd Stargazerlelies voor me meenam, mijn lievelingsbloemen) – nog altijd liever naar de tandarts ging dan naar een optreden van zijn band. Vreselijk bot van me, natuurlijk.

Ik dacht aan wat mam soms zei als ik me onzeker voelde: 'Gewoon doen alsof, tot je het echt onder de knie hebt.' Tegen de tijd dat ik mijn stuk drie keer had doorgespeeld, had ik besloten dat ik niet alleen naar dat optreden zou gaan, maar dat ik ditmaal net zo hard mijn best zou doen om zíjn wereld te begrijpen, als hij altijd voor mij deed.

'Ik heb je hulp nodig,' zei ik die avond tegen mijn moeder, toen we zij aan zij stonden af te wassen.

'Ik geloof dat we al eens hebben vastgesteld dat driehoeksmeting niet mijn sterkste kant is. Misschien moet je die online-bijlessen eens proberen,' antwoordde mam.

'Niet bij wiskunde! Iets heel anders.'

'O, ik zal mijn best doen. Wat wil je dan van me?'

'Advies. Wie is de coolste, stoerste, meest sexy rockchick die je bedenken kunt?'

'Debbie Harry,' zei mam.

'Die...'

'Ik ben nog niet klaar!' onderbrak mam me. 'Je kunt niet van me vragen om er maar eentje uit te kiezen, dat zou net *Sophie's Choice* zijn! Eh... Kathleen Hannah, Patti Smith, Joan Jett, Courtney Love – op haar eigen gestoorde, destructieve manier... Lucinda Williams – zit in de country-hoek, maar is echt een superstoere tante... Kim Gordon van Sonic Youth – loopt al tegen de vijftig en gaat nog steeds tekeer... Cat Power, Joan Armatrading... Maar hoezo wil je dat eigenlijk weten? Voor een werkstuk, voor maatschappijleer of zoiets?'

'Eh, zoiets...' zei ik, terwijl ik een gehavend bord afdroogde. 'Voor Halloween.'

Mam klapte verrukt in haar sophanden. 'Ga je als een van ons?'

'Ja,' antwoordde ik. 'Wil je me daarbij helpen?'

Mam nam eerder vrij van haar werk om samen met mij een paar tweedehandskledingzaken af te struinen. Ze had besloten dat we het best konden gaan voor een rockratje-toe, in plaats van te proberen één bepaalde artiest te ko-piëren. Dus kochten we een superstrakke broek met slan-genprint en een blonde pruik met een dikke pony, à la Debbie Harry in de vroege jaren tachtig, waar mam met gekleurde gel paarse streepjes in aanbracht. Als accessoi-res kochten we verder nog een zwartleren armband voor de ene pols en een stuk of twintig zilveren rinkelbanden voor de andere. Uit haar eigen kast viste mam een vintage Velvet Underground-shirt – me waarschuwend het te allen tijde aan te houden, uit vrees dat iemand het zou weggris-sen, om het voor een paar honderd ballen op eBay te ver-kopen – en de zwarte laarsjes met de megaspitse neuzen en zilveren noppen, die ze op haar trouwerij had gedragen.

Op de avond van Halloween maakte ze mij op. Een dikke streep zwarte eyeliner (waardoor mijn blik meteen bloedlink was), wit poeder voor een lijkbleke huid, bloed-rode lippen en zelfs een zelfklevende neuspiercing. Toen ik in de spiegel keek, keek mams gezicht me aan. Misschien kwam het door die blonde pruik, maar dit was voor het allereerst dat ik zag dat ik toch ook op mijn familie leek.

Mijn ouders en Teddy wachtten beneden op Adam, ter-wijl ik op mijn kamer bleef. Het leek wel of ik naar het eindbal van school ging of zo. Pap stond klaar met de ca-mera, mam danste bijna van opwinding. Toen Adam binnenkwam (en Teddy met M&M's bestrooide) riepen pap en mam me naar beneden.

Ik kwam zo verleidelijk mogelijk op mijn hoge hakken naar beneden.

Vanzelfsprekend had ik gedacht dat Adam helemaal door het lint zou gaan, zodra hij me zag – zijn 'spijker-broek-met-wijde-trui'-vriendinnetje van top tot teen in glitterrockstijl! Maar hij glimlachte net als anders, gniffel-de even en zei alleen: 'Leuk pakje.'

'Tja, voor wat, hoort wat,' zei ik, wijzend naar zijn Mo-zart-kostuum.

'Ik vind je er eng, maar prachtig uitzien,' zei Teddy. 'Ik zou ook wel "sexy" willen zeggen, maar dat zou goor zijn omdat ik je broer ben.'

'Hè? Hoe weet jij zelfs maar wat "sexy" betekent?' vroeg ik. 'Je bent pas zes!'

'Ach, dat weet toch iedereen!' riep hij.

Ja, iedereen behalve ik.

Maar... die avond leerde ik er wel wat over. Toen Adam en ik met Teddy langs de deuren gingen, herkenden zelfs de mensen uit de buurt waar we al jaren woonden me niet. Jongens die nooit naar me hadden omgekeken, namen me nu van top tot teen op. En telkens wanneer dat gebeurde, voelde ik me ietsje meer de gewaagde sexy meid die ik pro-beerde voor te stellen. Doen alsof, totdat je het echt onder de knie hebt...

De club waar Shooting Star moest spelen, was stampvol. En iedereen was verkleed. Het gros van de meiden liep overigens in het type pikante outfits – Franse dienst-maagden met diepe decolletés, meesteressen met zweepjes, sletterige *Wizard of Oz*-Dorothy's met heel korte rokjes, zodat je de knalrode kousenbanden eronder goed kon zien – waarnaast ik me anders altijd een enorme tuttebol voelde.

Deze avond voelde ik me echter in het geheel niet tuttebollerig – al leek niemand te beseffen dat ik toch heus vermomd was.

'Je had je eigenlijk wel moeten verkleden, hoor,' zei een skeletjongen bestraffend, voor hij me een biertje gaf.

'Die broek vind ik echt het einde,' gilde een charlestonmeisje in mijn oor. 'Heb je die in Seattle gekocht?'

'Zeg, zit jij niet in het Crack House Quartet?' vroeg een jongen met een Hillary Clinton-masker. CHQ was een hardcoreband die Adam geweldig vond en ik afgrijselijk.

Toen Shooting Star op het podium verscheen, bleef ik niet zoals anders achter de coulissen. Daar kan ik op een stoel ongestoord gaan zitten kijken en hoef ik met niemand te praten. Nee, ditmaal stelde ik me op bij de bar en toen het charlestonmeisje mijn hand pakte, liet ik me meeleiden naar de *mosh pit*.

Daar was ik nog nooit geweest. Ik had er tot nu toe weinig trek in gehad om als een dolle voor het podium rondjes te rennen, terwijl je op je tenen werd getrapt door een stel gespierde dronken jongens in leer. Maar vanavond stortte ik me er helemaal in. Ik begreep ineens hoe het voelde om je energie te laten samensmelten met die van de massa en de hunne te absorberen. Ik ontdekte dat je, als de pit eenmaal goed op gang was, er niet zozeer in rondliep of danste, maar dat het eerder was alsof je in een draaikolk werd meegezogen.

Toen Adam klaar was met spelen, hijgde en zweette ik

net zo erg als hij. Toen rende ik niet vlug de coulissen in, om bij hem te zijn voordat iemand anders hem te pakken had. Nee, ik wachtte gewoon tot hij op de dansvloer verscheen om zijn publiek te begroeten – zoals hij na ieder optreden deed. En toen hij eindelijk bij mij kwam (met een handdoek om zijn nek en een flesje water aan zijn mond), stortte ik me in zijn armen en zoende hem waar iedereen bij stond – met open mond en heel veel spuug. Ik voelde hem gewoon grijnzen toen hij me terugzoende.

'Nou nou, ik geloof dat iemand hier de geest van Debbie Harry ingeblazen heeft gekregen,' zei hij, de lippenstift van zijn kin vegend.

'Dát moet het zijn. En jij? Voel jij je ook een beetje Mozarterig?'

'Ik weet niet meer van hem dan wat ik in die film heb gezien. Maar ik herinner me dat het best een geile bok was, dus na die zoen heb ik denk ik wel wat van 'm weg, ja. Zeg, ben jij klaar om te gaan? Als ik heb ingeladen, kunnen we weg.'

'Hè nee, laten we tot na de laatste set blijven.'

'Meen je dat nou?' vroeg Adam, zijn wenkbrauwen verrast optrekkend.

'Jazeker. Misschien duik ik zelfs de pit met je in.'

'Heb jij soms gedronken?' plaagde hij.

'Alleen Kool-Aid-limonade,' antwoordde ik.

Die avond dansten we tot sluitingstijd; stopten alleen af en toe om te zoenen.


Toen we terugreden, hield Adam de hele weg mijn hand vast. Zo nu en dan draaide hij zijn hoofd, keek me aan en schudde glimlachend zijn hoofd.

'Dus je vindt me zo wel leuk?' vroeg ik.

'Hmm,' antwoordde hij.

'Is dat een ja of een nee?'

'Natuurlijk vind ik jou leuk.'

'Maar zó? Vond je me vanavond leuk?'

Hij rechtte zijn rug. 'Ik vond het leuk dat je zo meedeed met het optreden; dat je niet aan me stond te trekken om er snel weer vandoor te gaan. En ik vond het heerlijk om met je te dansen. En om te zien hoe lekker je je leek te voelen tussen ons, tuig van de richel.'

'Maar vond je me zó ook leuk... leukér?'

'Dan wanneer?' vroeg hij en keek er oprecht verward bij.

'Dan anders!' riep ik, langzaam een beetje geïrriteerd. Ik had me vanavond net zo lekker brutaal gevoeld, alsof die halloweenvermomming me een heel nieuwe persoonlijkheid had gegeven – eentje die beter paste bij Adam en de rest van mijn familie. En dat wilde ik hem zo graag duidelijk maken, dat ik tot mijn eigen verbijstering bijna in tranen raakte.

Adam, die merkte dat ik overstuur was, stopte op een bospad en keek me aan. 'O Mia, Mia, Mia,' zei hij en streelde de haarlokjes die onder mijn pruik uit waren gekropen. 'Dit ís degene die ik leuk vind. Oké, ze is sexyer gekleed, blond en daarom natuurlijk anders dan anders. Maar degene die je vanavond bent, is dezelfde als op wie ik gister verliefd was én dezelfde als op wie ik morgen verliefd zal zijn. Ik vind het juist leuk dat jij breekbaar en stoer tegelijk bent, rustig én wild. Je bent verdorie een van de punkerigste meiden die ik ken – naar welke muziek je ook luistert of welke kleren je ook draagt!'

Als ik na die avond weer eens twijfelde aan Adams gevoelens, dan hoefde ik alleen maar te denken aan de pruik die in mijn kast lag te verstoffen, of ik beleefde alles weer opnieuw. En algauw was het dan weer gedaan met mijn onzekerheid. En voelde ik me weer een enorme bofkont.

# 19.13

Hij is er!
Ik heb een tijdje in een lege kamer op de kraamafdeling gezeten. Ik wilde ver weg zijn van mijn familieleden, en nog verder van de ic en die verpleegster, of beter: wat zij zei en wat ik nu eindelijk snap. Ik móést gewoon even ergens anders zijn; ergens waar niet iedereen bedroefd was; waar werd gemijmerd over het leven, in plaats van over de dood. Dus ging ik hierheen, naar het land van de brullende baby's. Het gekrijs van pasgeborenen is eigenlijk best bemoedigend, zij hebben nu al zoveel vechtlust in zich.

Maar in deze ruimte is het nu stil. Dus zit ik op de vensterbank en tuur naar buiten, de nacht in.

Een auto die met piepende banden de parkeergarage binnenrijdt, schudt me wakker uit mijn dagdromerij. Als ik naar beneden kijk, vang ik nog net een glimp op van een roze auto, waarna zijn achterlichten in het donker verdwijnen. Sarah, de vriendin van Liz, de drumster van Shooting Star, heeft een roze Dodge Dart!

Met ingehouden adem wacht ik tot Adam uit de tunnel

verschijnt. Daar heb je hem. Hij loopt tegen de helling op, klemt zijn leren jack dicht tegen de koude winteravond-lucht, de ketting van zijn portemonnee glinstert in de schijnwerpers. Hij stopt, draait zich om en zegt iets tegen iemand achter hem. Ik zie een vrouwenfiguur uit de scha-duwen opduiken. Eerst denk ik nog dat het Liz is. Maar dan zie ik de vlecht.

Ik zou haar wel om de nek willen vliegen – om haar te bedanken voor het feit dat ze mijn wensen altijd een stap voor is.

Natuurlijk is Kim naar Adam toe gegaan – om hem het nieuws persoonlijk over te brengen, in plaats van door de telefoon, en hem vervolgens hierheen te brengen, naar mij! Het is Kim, die heeft onthouden dat Adam toevallig net in deze stad speelde; Kim, die haar moeder heeft weten over te halen haar naar het centrum te brengen; en Kim, die – aangezien mevrouw Schein er inmiddels niet meer is – haar er ook weer van heeft weten te overtuigen terug naar huis te gaan en haar hier bij Adam en mij te laten. Ik weet dat het haar twee maanden onderhandelen heeft gekost om met haar oom in die helikopter te mogen stappen. Dus ben ik zwaar onder de indruk dat ze nu binnen een tijds-bestek van enkele uren zoveel vrijheid heeft weten te be-dingen. Het is dus Kim, die een stel behoorlijk intimide-rende uitsmijters en rockers moet hebben getrotseerd om Adam te vinden; en Kim, die zo dapper is geweest om het Adam te vertellen...

Ik weet dat het idioot klinkt, maar ik ben blij dat ík dat niet heb hoeven doen. Ik geloof niet dat ik het had aange-kund. Maar zij moest wel.

En nu is hij – dankzij haar – eindelijk hier.

De hele dag al loop ik me voor te stellen hoe het zal zijn als Adam arriveert. In mijn fantasie ben ik wel al duizend keer op hem afgerend om hem te begroeten. Maar hij kan mij niet zien en het zal – zoals ik tot nu toe tenminste aanneem – ook niet gaan zoals in *Ghost*, waarin ze gewoon dwars door hun dierbaren heen lopen om hun aanwezigheid te laten vóélen.

Maar nu hij er eindelijk is, ben ik als verlamd. Ik dúrf helemaal niet naar hem toe te gaan, naar zijn gezicht te kijken. Ik heb Adam twee keer zien huilen. De ene keer was bij de film *It's a Wonderful Life*, de andere keer toen we op het treinstation van Seattle een moeder haar zoon (die het syndroom van Down had) zagen uitschelden en slaan. Adam werd heel erg stil. Pas toen we wegliepen, zag ik ook de tranen over zijn wangen rollen. Mijn hart brak.

Als hij nu huilt, wordt dát mijn dood. Vergeet dat hele *eigen beslissing*-gedoe dan maar, dan zal dat alleen het 'm doen.

O, ik ben zo'n slappeling.

Ik kijk naar de klok aan de muur. Het is al over zevenen. Shooting Star staat dus toch niét in het voorprogramma van Bikini. Zonde. Het was een gigantische kans voor hen. Even vraag ik me af of de rest van de band misschien zonder Adam speelt. Maar dat betwijfel ik ten zeerste. Niet alleen is hij hun zanger en leadgitarist, deze band kent ook een soort erecode: het is belangrijk trouw te blijven aan je gevoelens. Toen het afgelopen zomer uitging tussen Liz en Sarah (wat uiteindelijk slechts een maand bleek te duren) en Liz daar zo kapot van was dat ze niet meer kon spelen, zegden ze hun tourtje van vijf optredens gewoon af – ook al had de drummer van een andere band, ene Gordon, al aangeboden voor haar in te vallen.

Ik zie Adam naar de hoofdingang van het ziekenhuis lopen, met Kim in zijn kielzog. Net voor de luifel en de automatische deuren kijkt hij even naar boven. Hij wacht op Kim, maar ik beeld me ook graag in dat hij naar mij zoekt. Zijn gezicht, dat deels wordt verlicht door de spots bij de ingang, staat helemaal blanco – alsof iemand zijn karakter heeft opgezogen en alleen een masker heeft achtergelaten. Hij lijkt niet eens meer op zichzelf. Maar hij huilt gelukkig niet.

En dat geeft me de moed om toch naar hem toe te gaan. Of eigenlijk naar mezelf, op de ic. Want dat is natuurlijk waar hij naartoe wil. Adam kent mijn oma en opa en de rest van de familie en ik denk dat hij zich later bij hen in de wachtkamer zal voegen. Maar nu is hij er voor mij.

Terug op de ic staat de tijd nog altijd stil. Een van de chirurgen van de operatie – degene die zo zweette en die, toen het zijn beurt was om de muziek uit te kiezen, keihard Weezer opzette – staat te checken hoe het met me gaat.

Ook al wordt het zwakke kunstlicht constant op hetzelfde niveau gehouden, toch is er dankzij de dagelijkse routine inmiddels een soort avondrust neergedaald. Het is overduidelijk minder hectisch dan overdag, alsof verpleegkundigen én apparatuur een beetje moe geworden zijn en zichzelf in de spaarstand hebben gezet.

Als dan ook Adams stem buiten op de gang weerklinkt, schrikt werkelijk alles en iedereen onmiddellijk wakker.

'Hoe bedoelt u, je mag hier niet naar binnen?' buldert hij.

Ik loop naar de andere kant van de automatische deuren en hoor de zaalhulp Adam uitleggen dat hij in dit gedeelte van het ziekenhuis niet mag komen. 'Wat een onzin!' schreeuwt Adam.

Binnen kijken nu alle verpleegsters naar de deur, met vermoeide, behoedzame ogen. Ik weet bijna zeker dat ze denken: *Hebben we hierbinnen niet al genoeg te doen, zonder ook nog eens gekken op de gang te moeten kalmeren?* Ik wil ze uitleggen dat Adam niet gek is. En dat hij nooit schreeuwt, alleen als het echt niet anders kan.

De oudere, grijzende verpleegster die niet voor de patiënten zorgt, maar de computers en telefoons in de gaten houdt, knikt even en staat dan op, alsof ze erkent dat dit haar taak is. Ze strijkt haar gekreukte witte broek glad en loopt naar de deur. Zij is niet de beste om hem te woord te staan. Ik wilde dat ik hun kon zeggen dat ze zuster Ramirez moeten sturen, degene die mijn grootouders heeft gerustgesteld (en mij de stuipen op het lijf heeft gejaagd). Die zou Adam wel kunnen sussen. Deze maakt het alleen maar erger.

Ik volg haar door de dubbele deur, waar Adam en Kim staan te bakkeleien met de zaalhulp. Deze kijkt de verpleegster aan. 'Ik heb ze al gezegd dat ze hier niet mogen komen,' zegt hij.

De verpleegster wuift hem weg. 'Kan ik je ergens mee helpen, jongeman?' vraagt ze dan aan Adam. Ze klinkt geïrriteerd, ongeduldig – net als sommigen van paps collega's, die volgens hem nog slechts de dagen tot hun pensioen tellen.

Adam schraapt zijn keel, in een poging zich te vermannen. 'Ik zou graag een bezoek brengen aan een van uw patiënten,' zegt hij, wijzend naar de deur die de ic voor hem verborgen houdt.

'Ik vrees dat dat niet mogelijk is,' antwoordt zij.

'Maar mijn vriendin, Mia... zij...'

'Zij wordt uitstekend verzorgd,' onderbreekt de verpleegster hem. Ze klinkt vermoeid – te moe voor medeleven, te moe om zich te laten ontroeren door jonge liefde.

'Dat begrijp ik. En daar ben ik u ook dankbaar voor,' zegt Adam. Hij doet zijn uiterste best het spel volgens háár regels te spelen en volwassen te klinken, maar ik hoor ook de aandrang in zijn stem als hij zegt: 'Ik móét haar echt zien.'

'Het spijt me, jongeman, maar bezoek wordt beperkt tot naaste familie.'

Ik hoor Adam naar adem snakken. *Naaste familie.* De verpleegster is niet expres wreed, ze is alleen maar dom. Maar dat kan Adam niet weten. Ik wil hem zo graag beschermen én die verpleegkundige behoeden voor wat hij haar zou kunnen aandoen. Instinctief steek ik een hand naar Adam uit, ook al kan ik hem niet echt aanraken.

Hij staat met zijn rug naar me toe. Zijn schouders vallen naar voren, zijn knieën beginnen te knikken.

Opeens staat Kim, die bij de muur stond, naast hem. Ze slaat haar armen om zijn in elkaar zakkende gestalte. Met haar armen stevig rond zijn middel, draait ze zich naar de verpleegster. Haar ogen spuwen vuur. 'U begrijpt het niet!' gilt ze.

'Moet ik soms de beveiliging bellen?' vraagt de verpleegster.

Adam wuift dat hij zich overgeeft – aan de verpleegster, en aan Kim. 'Laat maar,' fluistert hij tegen Kim.

Dus doet ze dat. Zonder nog iets te zeggen, legt ze zijn arm over haar schouder en trekt hem omhoog. Adam is wel dertig centimeter groter en twintig kilo zwaarder dan zij, maar na een paar wankele passen heeft ze zich aangepast aan de extra last. Ze doorstaat het.

Kim en ik hebben de theorie bedacht dat bijna alles op de wereld in twee groepen kan worden verdeeld.

Zo zijn er mensen die van klassieke muziek houden en mensen die van pop houden. Stadsmensen en plattelanders. Coke-drinkers en Pepsi-drinkers. Conformisten en vrijdenkers. Maagden en ontmaagden. En je hebt het type meiden dat al op de middelbare school een vriendje heeft en het type meiden dat dat niet heeft.

Kim en ik waren er altijd van uitgegaan dat wij tot die laatste categorie behoorden. 'Niet dat we op ons veertigste nog maagd zijn, hoor,' stelde Kim me gerust. 'Wij zijn gewoon het type meiden dat pas op de universiteit verkering neemt.'

Dat vond ik altijd logisch klinken; te verkiezen zelfs.

Mijn eigen moeder was van het type meiden dat op de middelbare school wel al een vriendje had. En zij merkte vaak op dat ze wilde dat ze haar tijd niet zo had verspild. 'Je hebt het als meisje na een tijdje echt wel gehad met je bezatten met Mickey's Big Mouth, koeien omverduwen en flikflooien op de achterbank van een pick-uptruck. Want dát was zo'n beetje wat de jongens met wie ík uitging, onder een romantisch avondje verstonden.'

Pap daarentegen had tot de universiteit eigenlijk nooit

een echt afspraakje gehad. Op de middelbare school was hij nog maar een verlegen ventje, maar toen hij in het eerste jaar van de universiteit begon met drummen, ging hij algauw in een punkbandje en hoppa, vriendinnetjes bij de vleet! Althans, een paar – tot hij mam ontmoette en hoppa, een vrouw. Eigenlijk had ik altijd gedacht dat het bij mij ook zo zou gaan.

Dus was het zowel voor Kim als voor mij een enorme verrassing dat ik op een gegeven moment in Groep A belandde: bij de meiden-met-vriendje. In het begin probeerde ik het nog te verhullen. Toen ik thuiskwam van dat Yo-Yo Ma-concert, vertelde ik Kim allerlei vage details, maar zei niets over het zoenen. Ik verdedigde deze nalatigheid voor mezelf door me in te prenten dat het geen enkele zin had om een hoop heisa te maken over één zoen. Eén zoen was immers nog geen relatie. Ik had wel vaker met een jongen gezoend en meestal was het effect daarvan de dag erop al verdampt, als een dauwdruppel in de zon.

Alleen wist ik dat het met Adam wél wat voorstelde. Dat voelde ik aan de manier waarop de warmte door mijn hele lichaam trok, toen hij me die avond thuis afzette en bij de voordeur nogmaals zoende. Ik wist het doordat ik daarna maar niet in slaap kon komen en tot het ochtendgloren met mijn hoofdkussen lag te kroelen. Doordat ik de volgende dag geen hap door mijn keel en die grijns maar niet van mijn gezicht kon krijgen.

Ik wist dat die zoen een poort was, waar ik onderdoor was gelopen. En dat ik Kim aan de andere kant had achtergelaten.

Na een week, en nog een paar gestolen kussen, wist ik dat ik het Kim moest opbiechten. Dus nodigde ik haar na school uit om een kop koffie met me te gaan drinken. Ook al was het mei, het regende alsof het november was. En ik had het een beetje benauwd van wat me te doen stond.

'Ik trakteer. Wil jij weer zo'n frutseldrankje?' vroeg ik. Dat was nog zo'n categorie van ons: mensen die gewone koffie dronken en mensen die hielden van opgepimpte cafeïnedrankjes, zoals de pepermuntchoco-koffieverkeerd waar Kim zo dol op was.

'Ik denk dat ik de kaneelkruidenchai-koffieverkeerd eens probeer,' zei ze. En ze trok er een strenge blik bij van: *Als je maar niet denkt dat ik me ga lopen schamen voor mijn smaak.*

Ik haalde de drankjes, samen met één stuk Marionberry-vlaai, met twee vorkjes. Toen ging ik tegenover Kim zitten en liet mijn vorkje langs de geschulpte bladerdeegrand gaan.

'Ik moet je iets vertellen,' zei ik.

'Dat je een vriendje hebt, zeker?' Kim klonk geamuseerd – maar al keek ik expres naar beneden, ik wíst gewoon dat ze er met haar ogen bij rolde.

'Hoe weet jij dat nou?' vroeg ik, haar blik zoekend.

Ze rolde nogmaals met haar ogen. 'Alsjeblieft zeg, dat weet iedereen! Het is dé roddel van school, naast Melanie Farrow die eraf gaat omdat ze zwanger is. Het is alsof de democratische presidentskandidaat trouwt met die van de republikeinen!'

'Wie heeft het hier over trouwen?'

'Dat was maar een metafoor,' zei Kim. 'Maar goed, ja, ik weet het dus. Ik wist het zelfs al vóór jou.'

'Ach, wat een onzin!'

'Kom op, joh! Iemand als Adam, die naar een Yo-Yo Ma-concert wil? Dat was gewoon slijmerij.'

'Echt niet!' zei ik, hoewel het dat natuurlijk echt wél was geweest.

'Ik begrijp alleen niet waarom je het mij niet eerder kon vertellen,' zei ze, met zachte stem.

Eigenlijk wilde ik toen net mijn 'één-zoen-maakt-nog-geen-relatie'-verhaal gaan ophangen, uitleggen dat ik het niet wilde opblazen en zo, toen ik mezelf stopte. 'Ik was bang dat je boos zou zijn,' gaf ik toe.

'Welnee,' zei Kim. 'Maar dat word ik wel, als je ooit nog eens tegen me liegt!'

'Oké,' zei ik.

'Of als je zo'n meid wordt die constant achter haar vriendje aan draaft, in de eerste persoon meervoud gaat praten en zo: "Wíj zijn dol op de winter," "Wíj vinden dat het allemaal met Velvet Underground is begonnen"...'

'Je weet toch dat ik tegen jou nooit zou "rockpraten" – niet in enkelvoud én niet in meervoud. Beloofd!'

'Mooi zo,' antwoordde Kim. 'Want als je zo'n type wordt, schiet ik je overhoop.'

'Als ik zo'n soort type word, geef ik jou het geweer aan.'

Daar moest ze oprecht om lachen. De spanning was uit de lucht. Kim propte een enorm stuk vlaai in haar mond. 'Maar hoe hebben je ouders het opgenomen?'

'Mijn vader heeft alle vijf rouwstadia doorlopen – ontkenning, boosheid, acceptatie, enzovoort – op zo'n beetje één dag. Ik denk dat hij het 't ergst vindt dat hij nu oud genoeg is om een dochter met een vriendje te hebben.' Ik zweeg even, nam een slok koffie en liet het woord *vriend-*

*je* even tussen ons in hangen. 'En hij beweert dat hij maar niet kan geloven dat ik iets met een muzikant heb.'

'Jij bent zelf toch ook muzikant?' bracht Kim me in herinnering.

'Nee, je weet wel: een punker, een popmuzikant.'

'Shooting Star maakt emocore,' corrigeerde ze me. Anders dan ik, hechtte zij wél aan de talloze verschillen in de popmuziek: punk, indie, alternatief, hardcore, emocore...

'Ach, het is vooral bluf. Dat vindt hij gewoon horen bij dat "vader-draagt-een-vlinderdasje"-gedoe van 'm. Ik geloof dat hij Adam best mag. Hij heeft hem gezien toen hij me kwam ophalen voor dat concert. En nu wil hij al dat ik hem een keer meeneem voor het eten. Maar we gaan pas een week met elkaar! Ik ben nog helemaal niet toe aan een officiële 'dit-zijn-nou-mijn-ouders'-ontmoeting.'

'Ik geloof niet dat ik daar ooit klaar voor ben.' Ze huiverde bij de gedachte alleen al. 'En je moeder?'

'Die bood meteen aan met me naar de huisarts te gaan, voor de pil. En ik moest zorgen dat Adam zich op allerlei ziekten liet testen. Voor de tussentijd heeft ze me opgedragen condooms te kopen. Ik kreeg zelfs tien ballen voor mijn eerste voorraadje!'

'En? Heb je dat al gedaan?' vroeg Kim geschokt.

'Nee joh, het is immers pas een week,' zei ik. 'Wat dat aangaat, zitten wij echt nog wel in dezelfde groep, hoor.'

'Voorlopig dan,' zei Kim.


Een andere categorie die Kim en ik hadden bedacht, waren mensen die hun best deden cool te zijn en mensen die dat niet deden. Hierbij vond ik Adam, Kim en mezelf in dezelfde groep thuishoren, want ook al wás Adam cool, hij deed daar niet per se zijn best voor. Dat ging bij hem gewoon moeiteloos. Daarom had ik ook verwacht dat wij drieën als vanzelf vrienden zouden worden. Ik had gedacht dat Adam iedereen van wie ík hield, net zo te gek zou vinden als ik.

Thuis werkte het inderdaad zo: Adam was zo'n beetje door mijn ouders geadopteerd. Maar met Kim klikte het gewoon niet. Hij behandelde haar zoals ik altijd had gedacht dat hij iemand zoals ik zou behandelen. O, hij was best aardig – beleefd, vriendelijk – maar erg afstandelijk. Hij deed geen enkele poging om een stap in haar wereld te zetten, haar vertrouwen te winnen. Ik verdacht hem ervan dat hij haar niet cool genoeg vond en dat ergerde me mateloos. Toen we ongeveer drie maanden met elkaar gingen, kregen we daar een keer gigantische ruzie over.

'Ik heb toch geen verkering met Kim? Ik ga met jou,' zei hij, toen ik hem ervan had beschuldigd niet aardig genoeg tegen haar te zijn.

'Nou en? Jij hebt zoveel vriendinnen, waarom kan zij er niet gewoon bij in je harem?'

Adam trok zijn schouders op. 'Ik weet het niet. Het klikt gewoon niet.'

'Wat ben je toch ook een snob!' riep ik, opeens razend, uit.

Adam keek me aan, met een diepe rimpel in zijn voorhoofd – alsof ik een wiskundesom op het bord was die hij probeerde op te lossen. 'Hoezo dat nou weer? Vriendschap kun je niet dwingen. Kim en ik hebben gewoon niet zoveel met elkaar gemeen.'

'Zie je, dáárom ben je dus een snob! Jij houdt alleen van mensen die net zoals jij zijn,' riep ik.

En toen stormde ik naar buiten – in de verwachting dat hij meteen achter me aan zou komen en me zou smeken om vergeving.

Toen hij dat niet deed, werd mijn woede alleen maar erger. Ik fietste naar Kims huis, om stoom af te blazen. Zij luisterde naar mijn tirade, met een welbewust uitgestreken gezicht.

'Dat is dus dikke onzin, dat hij alleen zou houden van mensen die net zoals hij zijn,' riep ze, toen ik eindelijk was uitgeraasd. 'Hij vindt jou immers ook leuk en jij bent een totaal ander type.'

'Ja, da's precies het probleem,' mompelde ik.

'Nou, dan moet je dáár iets aan doen. Niet mij jóúw drama binnensleuren,' zei ze. 'Trouwens, ik voel ook niet echt een klik bij hem.'

'Niet?'

'Nee, Mia, niet iedereen valt in katzwijm van Adam.'

'Zo bedoelde ik het niet. Ik wil alleen zo graag dat jullie vrienden zijn.'

'Tja, ik wil ook wel in New York wonen, normale ouders hebben... Het is nu eenmaal zoals ze zeggen: "Je kunt niet alles hebben."'

'Maar jullie zijn twee van de belangrijkste mensen in mijn leven!'

Kim keek naar mijn rode betraande gezicht, het hare verzachtte en ze schonk me een lieve glimlach. 'Dat weten we, Mia. Maar wij komen uit twee heel verschillende delen van je leven – net zoals je muziek en ik uit verschillende delen komen. En dat is ook niet erg. Je hoeft niet voor het een of het ander te kiezen – althans, niet als het aan mij ligt.'

'Maar ik wil die twee delen van mijn leven graag samenvoegen.'

Kim schudde haar hoofd. 'Zo werkt dat niet. Kijk, ik accepteer Adam, omdat jij van hem houdt. En ik neem aan dat hij mij accepteert, omdat jij van mij houdt. Dus, als dat je een beter gevoel geeft: jouw liefde verbindt ons met elkaar. Dat is genoeg. Hij en ik hoeven niet ook nog van elkáár te houden.'

'Maar dat wil ik zo graag,' jammerde ik.

'Mia,' zei Kim, en ik hoorde aan haar stem dat haar geduld bijna op was. 'Je begint te klinken als zo'n bepaald type. Moet ik een geweer gaan kopen?'

Later die avond ging ik bij Adam langs om te zeggen dat het me speet. Hij aanvaardde mijn excuus met een verstrooid kusje op mijn neus.

Er veranderde helemaal niets. Adam en Kim bleven vriendelijk, maar afstandelijk tegen elkaar – hoezeer ik ook mijn best deed ze te laten zien hoe geweldig de ander was.

Gek genoeg had ik nooit zoveel gezien in dat idee van Kim, dat ze via mij met elkaar verbonden waren – tot ik zag hoe zij hem door die ziekenhuisgang sleepte.

# 20.12

Ik kijk Kim en Adam na. Ik zou ze willen volgen, maar lijk wel vastgeplakt aan het linoleum, kan mijn fantoombenen met geen mogelijkheid bewegen. Pas nadat ze de hoek zijn omgeslagen, weet ik mezelf wakker te schudden en ga achter ze aan. Maar dan zijn ze al in de lift gestapt.

Ik ben er onderhand wel achter dat ik geen bovennatuurlijke krachten bezit. Ik kan niet dwars door muren heen of zomaar een trappenhuis induiken. Ik kan alleen wat ik in het echte leven ook kon – alleen lijkt alles wat ik in deze wereld doe, onzichtbaar te zijn voor de rest. Er kijkt tenminste niemand vreemd op als ik een deur open of op het knopje van de lift druk. Ik kan dingen aanraken, zelfs deurklinken en dergelijke gebruiken, maar ik kan niet echt iets of iemand voelen. Het is een beetje alsof ik alles meemaak vanuit een vissenkom. Ik snap er niet veel van. Maar ach, dat geldt voor zo'n beetje alles wat me vandaag is overkomen.

Ik neem aan dat Kim en Adam naar de wachtruimte gaan, om zich aan te sluiten bij mijn wakende familieleden. Maar als ik daar aankom, is er niemand. Er liggen alleen wat jassen en truien op de stoelen. Ik herken het knaloranje donsjack van mijn nichtje Heather. Zij woont op het platteland en wandelt graag door de bossen. Volgens haar móét ze daarbij wel neonkleuren dragen, om te voorkomen dat ze door een dronken jager wordt aangezien voor een beer.

Ik kijk naar de klok aan de muur. Het zou kunnen dat het etenstijd is. Ik dwaal door de gangen naar de kantine, waar dezelfde gore diepvriesmaaltijden-en-tot-moes-gekookte-groenten-stank als in alle kantines hangt. Ondanks dat zit het er stampvol. Overal zitten artsen, verpleegkundigen en nerveus rondkijkende medicijnenstudenten met korte witte jasjes en stethoscopen, die zo glimmen dat het wel speelgoed lijkt. Iedereen zit braaf te kauwen op kartonnen pizza's en aardappelpuree-uit-een-zakje.

Het duurt even voor ik mijn familieleden zie. Ze zitten met zijn allen rond één tafel. Oma kletst wat met Heather, opa is ingespannen bezig met een kalkoensandwich.

Tante Kate en tante Diane zitten in de hoek ergens over te fluisteren. 'Wat sneeën en blauwe plekken. Hij is al uit het ziekenhuis ontslagen,' zegt tante Kate. Heel even denk ik dat ze het over Teddy heeft en ben ik zo blij, dat ik wel kan huilen. Maar dan zegt ze iets over 'geen alcohol in zijn bloed', dat onze auto ineens zijn weghelft op reed en dat ene meneer Dunlap beweert dat hij geen tijd meer had om te remmen. En ik realiseer me dat het niet over Teddy gaat, maar over die andere chauffeur...

'Volgens de politie kwam het door de sneeuw of een hert, dat ze zijn gaan schuiven,' vervolgt tante Kate. 'En het schijnt dat zo'n scheve afloop redelijk vaak voorkomt:

de ene partij komt er prima van af, voor de andere eindigt het catastrofaal...' Haar stem sterft weg.

Ik geloof niet dat ik zou durven beweren dat die meneer Dunlap er 'prima' van af is gekomen, hoe oppervlakkig zijn verwondingen ook zijn.

Ik denk na over hoe het moet zijn om in zijn schoenen te staan: om op een dinsdagochtend wakker te worden en in je auto te stappen, om naar je werk op de fabriek te rijden, de supermarkt of misschien Loretta's Diner, voor een lekker spiegelei. Meneer Dunlap, die volkomen gelukkig was of totaal in de put; getrouwd, met kinderen, of vrijgezel. Maar wie of wat hij vanochtend ook was, diegene zal hij nooit meer zijn. Ook zíjn leven is onherroepelijk veranderd. Als het waar is wat mijn tante zegt en het ongeluk was níét zijn schuld, dan was hij wat Kim zou noemen 'een arme schlemiel', die zich op het verkeerde moment op de verkeerde plek bevond. En door die brute pech, doordat hij vanochtend in zijn pick-uptruck in oostelijke richting over Route 27 reed, zitten twee kinderen nu zonder ouders en verkeert op zijn minst eentje daarvan 'in ernstige toestand'.

Hoe leef je daarmee verder? Heel even fantaseer ik dat ik weer beter word, dat ik hieruit kom en dat ik een bezoekje breng aan die meneer Dunlap – om hem te bevrijden van zijn last, hem op het hart te drukken dat het zijn schuld niet was. Misschien zouden we zelfs vrienden kunnen worden.

Maar natuurlijk zou het zo niet gaan. Het zou een ongemakkelijke, droevige aangelegenheid zijn.

Daarbij heb ik nog steeds geen flauw idee wát ik zal besluiten, noch hóé ik moet bepalen of ik blijf of niet. En tot ik daarachter ben, zal ik alles moeten overlaten aan het lot, de artsen of wie ook maar beslist in dit soort zaken waarbij de beslisser zelf te verward is om te kunnen kiezen tussen de lift en de trap.

Ik heb Adam nodig! Ik kijk nog een keer zoekend rond of ik hem en Kim ergens zie, maar ze zijn er echt niet. Dus ga ik maar weer terug naar boven, naar de ic.

Ik vind ze op de trauma-afdeling, een paar gangen van de ic. Met een zo nonchalant mogelijke blik proberen ze allerlei deuren van kasten en voorraadkamers. Als ze er eindelijk eentje vinden die open is, glippen ze vlug naar binnen.

Ze voelen om zich heen, op zoek naar het lichtknopje – ze zullen het niet graag horen, maar dat zit buiten, op de gang...

'Ik weet niet of dit soort dingen in de gewone wereld ook werken, hoor,' zegt Kim tegen Adam, terwijl haar handen over de muur glijden.

'Elk verzinsel heeft een kern van waarheid,' antwoordt hij.

'Jij ziet er niet echt uit als een dokter,' zegt zij.

'Ik dacht ook meer aan een zaalhulp, of een conciërge of zo.'

'Een conciërge? Op de ic?' vraagt Kim. Zij is echt iemand van de details.

'Eh ja, een kapotte lamp... weet ik veel. Het is maar hoe je het brengt.'

'Ik snap nog steeds niet waarom je niet gewoon naar haar familie gaat,' zegt Kim, praktisch als altijd. 'Ik weet zeker dat haar grootouders het kunnen uitleggen; dat zij kunnen zorgen dat je Mia toch mag zien.'

Adam schudt zijn hoofd. 'Weet je, toen die zuster dreigde de beveiliging te bellen, was mijn eerste gedachte: "Ik bel gewoon Mia's ouders, die helpen me wel."' Hij zwijgt en zucht een paar maal diep. 'Het is telkens weer een dreun... en telkens is het, alsof ik het voor het allereerst hoor,' zegt hij met een hese stem.

'Ik weet wat je bedoelt,' fluistert Kim.

'Dus,' zegt Adam, terwijl hij zijn zoektocht naar het lichtknopje hervat, 'kan ik echt niet bij haar opa en oma aankloppen. Die hebben het al moeilijk genoeg. Dit is iets dat ik zelf moet oplossen.'

Ik weet zeker dat opa en oma hem dolgraag zouden helpen. Ze hebben hem vaak genoeg ontmoet en mogen hem erg graag. Met Kerstmis maakt oma zelfs speciaal voor hem *maple fudge*, omdat hij eens heeft gezegd dat hij dat zo heerlijk vindt.

Maar ik weet ook dat Adam soms graag dramatisch doet, dat hij dol is op Het Grote Gebaar. Daarom spaart hij twee weken fooien als pizzakoerier op, om met mij naar Yo-Yo Ma te kunnen, in plaats van me gewoon een keer mee uit te vragen. Of zet hij een week lang elke dag een bos verse bloemen op mijn vensterbank (toen ik de waterpokken had en wegens besmettingsgevaar de deur niet uit mocht).

Ik zie dat hij zich concentreert op zijn nieuwe missie. Ik weet niet wat hij precies in gedachten heeft, maar wát het plan ook is, ik ben er blij mee – al was het maar omdat het hem weer uit die emotionele black-out heeft gerukt, waar ik op de gang van de ic getuige van ben geweest.

Ik heb hem vaker zo gezien: als hij een nieuw nummer schreef of mij probeerde over te halen iets te doen wat ik eigenlijk niet wilde, zoals met hem gaan kamperen. Niets, maar dan ook niets – geen op de aarde af razende meteoriet, geen vriendin op de ic – kan hem er dan nog van weerhouden. Bovendien is het natuurlijk juist die vriendin op de ic waardoor deze list nu nodig is.

Als ik het goed begrijp, gaat het om de oudste ziekenhuistruc die er maar bestaat – regelrecht uit *The Fugitive*, die film die mam en ik onlangs op TNT zagen.

Ik heb er mijn twijfels over. Net als Kim.

'Denk je niet dat die verpleegster je herkent?' vraagt ze. 'Je bent daarnet aardig tegen haar tekeergegaan.'

'Die kán me niet herkennen, omdat ze me helemaal niet hoeft te zien. Goh, nu begrijp ik pas waarom jij en Mia zo goed bij elkaar passen, stelletje onheilsprofeten dat jullie zijn!'

Adam kent mevrouw Schein niet, dus weet hij niet dat impliceren dat Kim een zwartkijker is, vragen om moeilijkheden is. Kim fronst al boos haar voorhoofd, maar dan zie ik dat ze het toch maar weer laat varen. 'Misschien zou dat achterlijke plan van jou al wat beter werken, als we konden zien wat we aan het doen waren.' Ze rommelt in haar tas, haalt er het mobieltje uit, dat ze van haar moeder al vanaf haar tiende bij zich moet dragen – het kindervolgsysteem, noemde Kim het – en zet het aan. Een vierkantje licht op in het donker.

'Aha! Dat lijkt al meer op de briljante griet waar Mia altijd over opschept,' zegt Adam. En hij zet ook zijn mobieltje aan, waardoor de ruimte in een zachte gloed wordt gezet.

Helaas laat deze ook zien dat er in dat benauwde hok echt niet meer te vinden is dan een paar bezems, zwabbers en een emmer – geen van de vermommingen waar Adam op had gehoopt.

Kon ik hun maar vertellen dat er in dit ziekenhuis kleedkamers zijn, waar de dokters en verpleegkundigen hun operatiekleding of witte jassen aantrekken, met afgesloten kastjes voor hun dagelijkse kloffie. De enige ziekenhuisdracht die hier overal te vinden is, zijn die gênante schortjes voor de patiënten. Als Adam zo'n ding aantrekt en in een rolstoel door de gangen crost, zal dat niemand opvallen. Maar daarin komt hij nog steeds niet de ic binnen.

'Shit!' zegt Adam.

'Dan zoeken we toch gewoon verder?' zegt Kim, opeens zo kwiek als een cheerleader. 'Dit gebouw heeft wel tien verdiepingen, d'r móéten meer niet-afgesloten kasten zijn.'

Adam laat zich op de grond zakken. 'Nee, je had gelijk: het is een stom plan. We moeten iets beters bedenken.'

'Misschien kun je doen alsof je een overdosis hebt genomen of zoiets, zodat je op de ic belandt,' zegt Kim.

'Hé, dit is Portland, hoor. Hier bof je al als je met een overdosis op de EHBO belandt,' antwoordt Adam. 'Nee, ik dacht meer aan afleiding. Het brandalarm af laten gaan bijvoorbeeld, zodat alle verpleegsters naar buiten komen rennen.'

'Sproeiende sprinklers en paniekerige verpleegsters lijken me op dit moment niet bepaald goed voor Mia,' zegt Kim.

'Nou eh... iets anders dan. Maar wel iets waardoor ze allemaal heel even de andere kant op kijken, zodat ik stiekem naar binnen kan sluipen.'

'Joh, dat hebben ze zo door; ze flikkeren je er gewoon wéér uit.'

'Kan me niet schelen,' zegt Adam. 'Ik heb maar een paar tellen nodig.'

'Wat kun je nu in een paar tellen doen?'

Adam zwijgt even. Zijn ogen – anders een soort straathondenmix van grijs, bruin en groen – staan donker. 'Haar laten zien dat ik er ben, dat er nog iemand aan haar denkt.'

Daarna vraagt Kim niets meer.

Zwijgend staan ze daar samen – elk in zijn eigen gedachtewereld. Het doet me denken aan hoe Adam en ik soms samen kunnen zijn en tegelijkertijd apart. En ik besef dat Kim en Adam nu vrienden zijn, echte vrienden. Wat er verder ook nog gebeurt, dát heb ik toch maar mooi bereikt!

Na een minuut of vijf slaat Adam met de platte hand tegen zijn voorhoofd. 'Natuurlijk!' zegt hij.

'Wat?'

'Tijd om het Batman-signaal te activeren.'

'Hè?'

'Kom, dan laat ik het je zien.'

Toen ik met cellospelen begon, drumde pap nog in zijn band. Een paar jaar later, toen Teddy er was, ging hij dat steeds minder vaak doen. Maar vanaf het allereerste begin wist ik dat ik heel anders omging met het maken van muziek – nog afgezien van mijn ouders' verbijstering over mijn voorkeur voor klassiek: mijn muziekbeleving was eenzelvig.

Pap mocht dan soms uren in zijn uppie op zijn drumstel zitten timmeren of aan de keukentafel nummers zitten schrijven, tokkelend op zijn afgeragde akoestische gitaar, hij zei ook altijd dat zijn muziek eigenlijk werd gecreëerd terwijl ze haar speelden; dat dat het voor hem juist zo interessant maakte.

Maar ik speelde bijna altijd in mijn eentje. Op mijn kamer, maar ook wanneer ik, naast de gewone lessen, met mijn pool van studenten oefende, speelde ik meestal solo. En als ik een concert of recital gaf, was dat ook altijd alleen, op een podium – mijn cello, ik en het publiek. En, heel anders dan bij paps optredens (waarbij enthousiaste fans het podium beklommen en het publiek indoken), bleef er altijd afstand tussen het publiek en mij.

Na een tijdje begon ik deze manier van spelen wel erg eenzaam te vinden. Een beetje saai ook.

En daarom besloot ik, in het voorjaar van de tweede klas van de middelbare school, met cellospelen te stoppen. Ik wilde het langzaam afbouwen, door minder vaak en minder fanatiek te studeren en geen recitals meer te geven. Ik had namelijk bedacht dat ik, als ik er geleidelijk mee stopte, tegen de tijd dat ik naar de middelbare school ging, een frisse start kon maken en niet langer bekend zou staan als 'de celliste'. Misschien zou ik dan zelfs een nieuw instrument uitkiezen, gitaar, bas of zelfs drums.

En omdat mijn moeder het te druk had met Teddy om te merken hoelang ik eigenlijk studeerde en mijn vader in zijn nieuwe baan als leraar werd bedolven onder de lesplannen en rapporten, dacht ik dat niemand zou merken dat ik steeds minder speelde, tot het een gedane zaak was. Althans, dat was wat ik mezelf dus allemaal wijsmaakte. In werkelijkheid bleek dat ik net zomin zomaar kon stoppen met cellospelen, als ik kon ophouden met ademen.

Toch was ik er misschien echt mee gekapt als Kim er niet was geweest. Op een middag vroeg ik haar of ze zin had om na school met me mee de stad in te gaan.

'Het is midden in de week. Moet jij dan niet studeren?' vroeg ze, draaiend aan het cijferslot van haar locker.

'Ach, ik kan wel een keertje overslaan,' zei ik, terwijl ik deed alsof ik mijn aardrijkskundeboek zocht.

'Hè? Is de echte Mia soms gekidnapt door marsmannetjes? Eerst geen recitals meer, en nu wil je een keer studeren overslaan? Wat is er aan de hand?'

'Ik weet het niet,' zei ik, trommelend op het open deurtje van haar locker. 'Ik denk erover om eens iets nieuws te proberen. Drummen bijvoorbeeld. Dat drumstel van pap staat maar in de kelder te verstoffen.'

'Ja hoor, jij achter een drumstel. Die is goed!' grinnikte Kim.

'Ik meen het serieus, hoor.'

Ze keek me met open mond aan, alsof ik haar zojuist had verteld dat ik bij het avondeten slakken wilde serveren. 'Jij kunt toch niet stoppen met cellospelen!' zei ze na een korte verblufte stilte.

'Hoezo niet?'

Met een gepijnigde blik probeerde ze het uit te leggen. 'Tja, ik weet het niet. Het lijkt me gewoon dat die cello deel uitmaakt van wie jij bent. Ik kan me jou gewoon niet voorstellen zónder dat ding tussen je benen.'

'Maar het is een stom instrument! Ik kan er op school niet eens mee bij het fanfarekorps! En wie speelt er nou cello? Alleen een stel ouwe lui. Het is gewoon een duf instrument voor een jong iemand – eerder iets voor losers. En ik wil ook meer vrije tijd, voor leuke dingen.'

'Wat voor "leuke dingen" dan?" daagde Kim me uit.
'Eh, gewoon... winkelen, met jou rondhangen...'
'Alsjeblieft, zeg,' zei Kim, 'jij haat winkelen! En je brengt zat tijd met mij door. Maar oké, sla dat studeren vandaag maar eens over, dan heb ik iets voor je.'

Ze nam me mee naar haar huis, haalde de cd *Nirvana MTV Unplugged* uit de kast en draaide *Something in the Way* voor me.

'Hoor je dat?' zei ze. 'Twee gitaristen, een drummer en... een cellist. Haar naam is Lori Goldston. En ik durf te wedden dat zij vroeger ook twee uur per dag studeerde, net als iemand die ik heel goed ken. Want als je in het Filharmonisch wilt spelen, of met Nirvana, zul je wel moeten. En ik geloof niet dat iemand háár een loser zou durven noemen.'

Ik nam de cd mee naar huis en draaide hem die week tig keer, terwijl ik nadacht over wat Kim had gezegd. Een paar keer pakte ik zelfs mijn cello erbij en speelde met de cd mee. Het was heel andere muziek dan wat ik tot nu toe had gespeeld: een uitdaging, die me op een merkwaardige manier inspireerde. Ik nam me voor om de volgende week, als Kim bij ons kwam eten, *Something in the Way* voor haar te spelen.

Maar voor ik daar de kans toe kreeg, zei zij aan de eettafel tegen mijn ouders dat ze vond dat ik naar een zomerkamp moest.

'Wat nou? Probeer je me soms te bekeren, zodat ik samen met jou naar dat Thora-kamp kan?' vroeg ik.

'Nee, joh, een muziekkamp.' En toen kwam ze met een glossy brochure van het Franklin Valley Conservatorium, dat een zomerprogramma verzorgde in British Columbia. 'Het is voor echt serieuze muzikanten,' zei Kim. 'Wie mee wil, moet zelfs een opname van zichzelf opsturen. Ik heb al gebeld, de deadline voor aanmelding is 1 mei, dus je hebt nog wat tijd.' Toen draaide ze zich naar mij en keek me recht in de ogen, alsof ze me uitdaagde boos op haar te worden vanwege haar bemoeizucht.

Maar ik was helemaal niet boos. Mijn hart klopte in mijn keel, alsof Kim zojuist had verteld dat we de loterij hadden gewonnen en op het punt stond te verklappen hoe groot onze prijs was.

Ik keek haar aan. De nerveuze blik in haar ogen paste niet echt bij de 'kom-maar-op-als-je-durft'-grijns op haar gezicht. Ik voelde me ineens intens dankbaar dat ik een vriendin had die mij soms beter leek te kennen dan ikzelf.

Pap vroeg of het me wat leek. Toen ik protesteerde dat het vast veel te duur was, zei hij dat ik me daar niet druk over moest maken. Wilde ik erheen of niet?

Ja, dat wilde ik – meer dan wat ook.

Toen pap me drie maanden later afzette in een afgelegen deel van Victoria Island, wist ik het zo zeker niet meer. Het zag er allemaal uit als een typisch zomerkamp: blokhutten tussen de bomen, kajaks aan de rand van het water... en een stuk of vijftig kinderen die, te oordelen aan de manier waarop ze elkaar luid gillend begroetten, elkaar al jaren kenden.

Maar ik kende dus niemand. En de eerste zes uur zei niemand een woord tegen me, behalve de assistent-leider van het kamp, die me bij een blokhut indeelde, me mijn stapelbed wees en de route naar de kantine liet zien, waar ik die avond iets op mijn bord kreeg dat gehaktbrood bleek te moeten voorstellen.

Mistroostig staarde ik naar mijn bord en toen naar buiten, naar de donkergrijze avond. Ik miste mijn ouders, Kim en vooral Teddy nu al! Mijn broertje zat in dat grappige stadium, waarin kinderen constant nieuwe dingen uitproberen, 'Wa's dat?' vragen en de meest hilarische dingen verzinnen. Zo kondigde hij de dag voor mijn vertrek aan dat hij 'voor negen-tiende dorst had', waarop ik het bijna in mijn broek deed van het lachen. Ik slaakte een zucht van heimwee en duwde tegen het stuk gehaktbrood op mijn bord.

'Geen zorgen, het regent hier niet altijd. Alleen maar óm de dag...'

Ik keek op. Een ondeugend joch, dat niet ouder leek dan tien, keek me aan. Hij had kort blond haar en een heel sterrenstelsel aan sproeten op zijn neus.

'Weet ik,' zei ik. 'Ik kom uit het noordwesten – hoewel het bij ons vanochtend trouwens best zonnig was. Nee, het is eerder het gehaktbrood waar ik me zorgen over maak.'

Hij lachte. 'Nou, dát wordt hier nooit beter. Maar de pindakaas-met-jam-boterhammen zijn altijd goed,' zei hij en wees naar een tafel, waaraan een stuk of zes kinderen boterhammen zaten te smeren. 'Peter, trombone, Ontario,' zei het joch – de standaardbegroeting van het Franklin, zo zou ik algauw ontdekken.

'O, hoi. Ik ben Mia. Eh... cello, Oregon dus.'

Peter vertelde dat hij dertien was en dat dit zijn tweede zomer hier was. Bijna iedereen begon op zijn twaalfde bij het Franklin – wat dan ook de reden was dat ze elkaar allemaal al kenden. Van de vijftig deelnemers deed ongeveer de helft jazz, de andere helft klassiek. Het was dus maar een bescheiden clubje. Er waren maar twee andere cellisten, van wie eentje een slungelige roodharige jongen, genaamd Simon was. Peter gebaarde hem bij ons te komen zitten.

'Ga jij ook een gooi doen naar de concertcompetitie?' vroeg Simon, zodra Peter me aan hem had voorgesteld als: 'Mia, cello, Oregon.' Simon was: 'Simon, cello, Leicester,' dat een stad in Engeland bleek te zijn. Het was dus een internationaal gezelschap.

'Ik denk het niet. Ik weet niet eens wat dat is,' antwoordde ik.

'Je weet dat we met zijn allen een orkest mogen vormen voor de slotsymfonie?' vroeg Peter.

Ik knikte, hoewel ik het eigenlijk maar half wist. Pap had me het hele voorjaar uit het informatiepakket van het kamp zitten voorlezen. Maar het enige waar ík om gaf, was dat ik met een stel klassieke muzikanten op kamp ging. Op de details had ik niet zo gelet.

'Het gaat om de symfonie aan het eind van de zomer. Uit de hele omgeving komen mensen dan hiernaartoe; het is best een groot evenement. Wij, de aanstormende talenten, treden er ook op – als een soort extra attractie,' legde Simon uit. 'Echter, één iemand van het kamp wordt uitverkoren om ook met het professionele orkest mee te spelen, mét een solo. Ik ben er vorig jaar heel dichtbij gekomen, maar toen ging de eer op het laatste moment naar een fluitist. Dit wordt de één-na-laatste kans voor mijn examen. Het is al een tijdje niet naar een snaarinstrument gegaan. En Tracy, de nummer drie van ons triootje hier, doet niet mee aan de audities. Zij is meer een hobbyspeelster: goed, maar niet vreselijk serieus. En ik hoorde dat jij dat wél bent.'

Mmm, was dat wel zo? Het had geen haar gescheeld of

ik had er helemaal de brui aan gegeven. 'Waar heb je dat gehoord?' vroeg ik.

'Nou, de leraren beluisteren alle aanmeldingen enne... daar kómt wel eens wat over naar buiten. Jouw tape moet behoorlijk goed zijn geweest, want het is niet gebruikelijk dat iemand in het tweede jaar wordt toegelaten. Dus daarom hoopte ik op een beetje fatsoenlijke concurrentie – om mezelf scherp te houden, zeg maar.'

'Ho ho, geef d'r even de ruimte, wil je?' zei Peter. 'Ze heeft nog maar net kennisgemaakt met het gehaktbrood.' Simon trok zijn neus op. 'Excuus. Maar als je de koppen bij elkaar wilt steken over de auditiekeuzes, valt daar altijd over te babbelen,' zei hij en verdween richting ijsbuffet.

'Je moet het Simon maar vergeven: we hebben hier al een paar jaar geen hoogwaardige cellisten meer gehad. Daarom is hij zo opgewonden dat er eindelijk vers bloed is. Overigens geheel esthetisch verantwoord, hoor, Simon is homo – hoewel je dat misschien nog niet had gehoord, door dat bekakte Engelse accent van hem.'

'O, juist. Maar wat zei hij nou precies? Ik bedoel, het lijkt wel alsof hij juist wíl dat ik met hem ga concurreren.'

'Tuurlijk wil hij dat! Da's juist de lol ervan. Dat is precies waarom we hier met zijn allen in dit kamp zitten, diep in het donkere regenwoud,' zei hij, met een armgebaar naar buiten. 'En voor de geweldige keuken natuurlijk...' Hij keek me aan. 'Is dat dan niet ook jouw reden om hier te zijn?'

Ik trok mijn schouders op. 'Ik weet het niet. Ik heb nog niet met zoveel verschillende mensen gespeeld, althans niet serieus.'

Peter krabde achter zijn oren. 'Niet? Je komt toch uit

Oregon? Heb je nooit iets met het Portland Cello Project gedaan?'

'Het wát?

'Een avant-gardistisch cellocollectief. Uiterst interessant werk.'

'Eh, ik woon niet in Portland,' mompelde ik. Ik schaamde me dood dat ik zelfs nog nooit van welk celloproject dan ook had gehoord.

'Met wie speel jij dan?'

'Gewoon, andere lui. Hoofdzakelijk studenten, van de universiteit.'

'Geen orkest, kamermuziekensemble, strijkkwartet?'

Ik schudde mijn hoofd. Ik dacht aan die keer dat een van mijn student-docenten me had gevraagd voor een kwartet. Ik had nee gezegd. Een-op-een met haar spelen was één ding; met een stel volslagen vreemden was een heel ander verhaal. Ik had de cello altijd een eenzelvig instrument genoemd, maar begon me langzaam af te vragen of dat misschien eerder voor mezelf gold.

'Hmm, hoe kun je dan goed zijn?' vroeg Peter. 'Ik wil niet vervelend doen, hoor, maar alleen door samenspelen word je toch beter? Het is net als bij tennis: als je tegen een waardeloos iemand speelt, ga je zelf ook ballen missen of slordig serveren; maar tegen een topspeler komen er opeens de beste volleys.'

'Ik zou het niet weten,' zei ik – me de saaiste, meest beschermd opgegroeide sufferd ooit voelend. 'Ik tennis ook al niet.'

De volgende dagen gingen in een soort roes voorbij. Ik vroeg me af waarom die kajaks daar eigenlijk lagen: er was helemaal geen tijd voor spelen. Althans, niet dat soort spelen. Elke dag was even afmattend: om halfzeven je bed uit, om zeven uur ontbijten, dan drie uur privéstudietijd – 's ochtends én 's middags – en nog een orkestrepetitie vlak voor het avondeten.

Ik had nog nooit met meer dan een handvol muzikanten tegelijk gespeeld, dus de eerste paar dagen in het orkest waren op zijn zachtst gezegd chaotisch. De muzikaal directeur van het kamp, tevens dirigent, moest zijn uiterste best doen om ons stil en op onze plek te krijgen, waarna hij nog maar kort de tijd had om een paar basisstukken met ons door te nemen. Op de derde dag kwam hij aanzetten met een paar wiegeliedjes van Brahms. De eerste keer dat we die samen speelden, deed het gewoon pijn aan de oren. De instrumenten mengden totaal niet, maar knalden op elkaar als kiezels in een grasmaaier. 'Afschuwelijk!' schreeuwde de dirigent. 'Hoe denken jullie ooit in een professioneel orkest te kunnen spelen, als je nog niet eens maat kunt houden bij een slaapliedje? Opnieuw!'

Pas na ongeveer een week begon de boel een beetje op zijn plek te vallen en voelde ik hoe het was om een tandwieltje in een groot raderwerk te zijn. Ineens hoorde ik mijn cello op een geheel nieuwe manier: hoe zijn lage tonen samenwerkten met de hogere van de altviolen, hoe hij een basis legde voor de houtblazers aan de andere kant van de orkestbak. En terwijl je zou denken dat je een beetje kon ontspannen, omdat je deel uitmaakte van een groep, dat je minder hoefde te letten op je eigen klank, omdat die toch werd vermengd met al die andere, bleek het tegendeel juist waar.

Ik zat achter een zeventienjarige altvioliste, genaamd

Elizabeth. Zij was een van de meest talentvolle muzikanten van het kamp – aangenomen op het Royal Conservatory of Music in Toronto – en ook nog eens zo mooi als een fotomodel: lang, majestueus, met een koffiekleurige huid en jukbeenderen waar je ijs mee kon schaven. Ik had haar het liefst gehaat, ware het niet dat ze werkelijk schitterend speelde. Als je niet oppast, kan een altviool afgrijselijk krijsen – zelfs in de handen van ervaren musici. Maar bij Elizabeth was het geluid altijd even helder, puur en licht. Als ik haar hoorde spelen en zag hoe ze zich in de muziek verloor, wilde ik ook zo spelen – beter zelfs. Niet alleen omdat ik haar wilde verslaan, maar ook omdat ik het gevoel had dat ik het haar, de groep én mezelf verplicht was op datzelfde niveau te spelen.

'Dat klinkt beslist niet onaardig,' zei Simon, toen hij me tegen het eind van het kamp een keer hoorde studeren op Haydns Celloconcert nr. 2 – een stuk waar ik, toen ik er van het voorjaar voor het eerst mijn tanden in zette, akelig veel moeite mee had gehad. 'Is dat voor de concertcompetitie?'

Ik knikte – en kon het niet helpen dat ik erbij moest grijnzen. Elke avond na het avondeten hadden Simon en ik onze cello's mee naar buiten genomen, om tot het licht uitging in de lange schemering te improviseren. Om de beurt daagden we elkaar uit voor een celloduel, waarbij we allebei trachtten nog waanzinniger te spelen dan de ander. We gingen constant wedstrijdjes met elkaar aan, om te testen wie een bepaald stuk beter, sneller of uit het hoofd kon spelen. We hadden ons gigantisch vermaakt en dat was waarschijnlijk ook waarom ik me nu zo zeker voelde over dat Haydn-stuk.

'Aha, ik zie hier een vreselijk zelfverzekerd iemand. Denk jij soms dat je mij kunt verslaan?' vroeg Simon. 'Met voetballen zeker,' grapte ik. Simon had ons meerdere malen verteld dat hij het zwarte schaap van zijn familie was – niet omdat hij homo of muzikant was, maar omdat hij zo'n slechte voetballer was.

Hij deed alsof ik hem diep in zijn hart had geraakt. Toen lachte hij. 'D'r gebeuren vast de meest wonderbaarlijke dingen zodra jij ophoudt je te verstoppen achter dat kolossale ding,' zei hij, wijzend naar mijn cello. Ik knikte. Hij glimlachte. 'Nou, doe maar niet zo verwaand. Moet je mijn Mozart horen, klinkt verdomme als een engelenkoor!'

We wonnen dat jaar geen van beiden de soloplek. Elizabeth wel. En hoewel het nog vier jaar zou duren, zou ik die eer uiteindelijk toch binnenslepen.

# 21.06

'Ik heb exact twintig minuten voordat onze manager een rolberoerte krijgt,' davert Brooke Vega's rasperige stemgeluid door de nu kalme ziekenhuishal.

Aha, dat is dus Adams plan: Brooke Vega, godin van de indie-muziek en leadzangeres van Bikini. In haar kenmerkende punky glitteroutfit – vanavond een korte ballonrok, netkousen, hoge zwartleren laarzen en een kunstig gescheurd Shooting Star-T-shirt, afgemaakt met een tweedehands bontje en een donkere Jackie Onassis-bril – springt ze eruit als een struisvogel in een kippenhok.

Ze wordt omringd door een bont gezelschap: Liz en Sarah, Mike en Fitzy (de gitarist en de bassist van Shooting Star), plus een handjevol hippe vogels uit Portland die ik vaag ken. Met haar knalroze haar is ze net de zon, met al die bewonderend om haar heen cirkelende planeten. En dan is Adam de maan, zoals hij daar aan de kant over zijn kin staat te strijken. Kim lijkt intussen half in shock, alsof de marsmannetjes de boel zojuist hebben overgenomen. Misschien komt dat doordat zij zo'n grote fan van Brooke

Vega is. Net als Adam trouwens. Naast mij is dat een van de weinige dingen die zij met elkaar gemeen hebben.

'Ik zorg dat je over een kwartiertje weer weg kunt,' belooft Adam Brooke, terwijl hij haar melkwegstelsel binnenstapt.

Ze loopt op hem af. 'Adam, schatje!' zingt ze. 'Hoe gaatie?' En ze sluit hem in haar armen alsof ze oude vrienden zijn – terwijl ik weet dat ze elkaar vandaag voor het eerst hebben ontmoet. Adam vertelde gister nog hoe zenuwachtig hij daarvoor was. En nu doet ze al alsof hij haar allerbeste vriend is. Ach, zo gaat dat in dat wereldje, denk ik.

Tijdens die innige omhelzing zie ik elke jongen en meid in die ziekenhuishal gretig staan kijken – ik geloof dat ze allemaal wilden dat het hún wederhelft was die in ernstige toestand op de ic lag, zodat zíj die troostende knuffel van Brooke kregen...

Ik vraag me af of ik, als ík er nu als de gewone, oude Mia bij stond, ook jaloers zou zijn. Maar ja, als ik de gewone, oude Mia was, stond Brooke Vega natuurlijk niet hier in deze ziekenhuishal, als onderdeel van die grote truc die ervoor moet zorgen dat Adam mij kan opzoeken.

'Oké, kids, tijd voor een robbertje rock-'n-rollen. Adam, hoe ziet het plan eruit?' zegt Brooke.

'Eh... jij bént het plan. Ik had eigenlijk niet verder gedacht dan dat jij naar de ic gaat en daar voor wat opschudding zorgt.'

Brooke likt over haar volle lippen. 'Voor opschudding zorgen? Mmm, da's toevallig een van mijn hobby's. Wat denken jullie, wat zal ik doen? Een oerkreet slaken, strippen, een gitaar aan flarden slaan? Ach, die heb ik niet eens bij me. Shit!'

'Misschien kun je iets zingen,' oppert iemand.

'Ja! Wat dacht je van dat oudje van The Smiths: *Girlfriend in a Coma*?' roept een ander lacherig.

Adam trekt wit weg bij deze onverhoedse confrontatie met de werkelijkheid. Brooke trekt misprijzend haar wenkbrauwen op. Opeens is iedereen doodserieus.

Kim schraapt haar keel. 'Eh, we hebben er dus niks aan als Brooke hier in de hal de boel afleidt. We moeten naar boven, naar de ic. Daar moet een van ons dan maar roepen dat Brooke Vega er is. Da's misschien al genoeg. En anders moet je inderdaad maar wat zingen, Brooke. Het enige dat we willen, is een paar nieuwsgierige verpleegkundigen naar buiten lokken, zodat die chagrijnige hoofdverpleegster achter hun aan komt. Zodra zij ons met zijn allen op de gang ziet staan, heeft ze het veel te druk om te zien dat Adam intussen stiekem naar binnen glipt.'

Brooke neemt Kim van top tot teen op. Kim, met haar kreukelige zwarte broek en onflatteuze trui. Dan glimlacht ze en steekt haar arm in die van mijn beste vriendin. 'Klinkt goed. In de benen, jongens!'

Ik blijf een beetje achter en kijk hoe de hippevogelparade door de ziekenhuishal sjouwt. Alleen al hun kabaal (zware schoenen en luide stemmen, opgezweept door het besef dat ze met iets heel belangrijks bezig zijn) dat door de bedaarde ziekenhuisstilte galmt, blaast deze plek extra levenskracht in. Het doet me denken aan een tv-programma dat ik eens heb gezien, over bejaardentehuizen die honden en katten binnenhaalden om de oudere, stervende patiënten op te vrolijken. Misschien moeten ziekenhuizen maar groepjes luidruchtige punkers gaan binnenlaten, om de harten van alle wegkwijnende patiënten een nieuwe impuls te geven.

Ze houden halt voor de liften en wachten geduldig op een die leeg genoeg is om de hele groep ineens te vervoeren. Ik bedenk opeens dat ik naast mijn lichaam wil staan als Adam op de ic aankomt. Ik ben vreselijk benieuwd of ik zijn aanraking op mijn huid zal kunnen voelen. Dus terwijl Adams vrienden nog op de lift staan te wachten, klauter ik de trap op.

Ik ben ruim twee uur van de ic weggeweest. Er is in de tussentijd een hoop veranderd. In een van de bedden ligt een nieuwe patiënt: een man van middelbare leeftijd, wiens gezicht net een surrealistisch schilderij is. De ene helft ziet er nog normaal uit, knap zelfs; de andere is één en al bloed, gaasjes en hechtingen – alsof hij is ontploft. Een kogel misschien, want er gebeuren in deze streek veel jachtongelukken. Een van de andere patiënten, die zo ingezwachteld was dat ik nog niet had kunnen vaststellen of het een man of een vrouw was, is weg. Op zijn/haar plaats ligt een vrouw wier nek is vastgelegd met zo'n kraagtoestand. Ik ben inmiddels van de beademing af. Ik herinner me dat de maatschappelijk werkster mijn grootouders en tante Diane vertelde dat dat een positieve stap was. Ik check vlug of ik me toevallig ook anders vóél, maar ik voel nog steeds helemaal niets – althans niet lichamelijk. Dat is al zo sinds ik vanochtend in de auto naar Beethovens Cellosonate nr. 3 zat te luisteren.

Nu ik zelf adem, piept mijn muur van apparaten een stuk minder vaak, wat ook minder bezoekjes van de verpleegkundigen betekent. Zuster Ramirez (die met die nagels) kijkt af en toe even mijn kant op, maar heeft het verder druk zat met die nieuwe kerel met dat halve gezicht.

'Hemeltjelief! Is dat Brooke Vega?' hoor ik aan de andere kant van de automatische deuren iemand met een nepdramatisch stemmetje roepen. Ik heb nog nooit een van Adams vrienden zo'n 'geschikt-voor-alle-leeftijden'-term horen gebruiken: de gekuiste ziekenhuisversie van tyfustering-kanker.

'Brooke Vega van Bikini, bedoel je? Brooke Vega, die vorige maand op de cover van de *Spin* stond? Hier, in dít ziekenhuis?' Dat is Kim, hoor ik. Ze klinkt als een zesjarige, die een zin uit een schooltoneelstuk over de schijf-van-vijf citeert: *Je bedoelt dat je dagelijks vijf porties groente en fruit moet eten?*

'Inderdaad,' raspt Brooke. 'Ik kom de mensen van Portland wat goeie-ouwe-rock-'n-roll-bijstand bieden.'

Een paar van de jongere verpleegkundigen (degenen die naar popzenders luisteren of MTV kijken en Bikini daardoor kennen) kijken op, hun gezicht een en al vraagteken en opwinding. Ik hoor ze fluisteren. Ze staan te springen om te gaan kijken of het echt Brooke is of zijn gewoon dankbaar voor de doorbreking van de sleur.

'Jazeker, mensen. Dus dacht ik dat ik misschien wat voor jullie kon zingen. Dit is een van mijn favorieten: *Eraser*,' hoor ik Brooke zeggen. 'Eh, kan een van jullie misschien even voor me aftellen?'

'Dan moet ik ergens mee kunnen tikken,' antwoordt Liz.

'Heeft iemand een paar pennen voor me, of zoiets?'

Nu houden de verpleegkundigen en zaalhulpen van de ic het bijna niet meer. Ze lopen naar de deur. Ik kijk geïnteresseerd toe, als naar een film. Ik sta naast mijn bed, concentreer me op de dubbele deur en wacht tot deze opengaat. Ik krijg gewoon jeuk van de spanning. Ik denk aan

Adam – hoe kalm ik ervan word als hij me aanraakt en dat ik, als hij afwezig mijn nek streelt of mijn koude handen warm blaast, zo zou kunnen smelten, tot er niet meer van me overblijft dan een plasje.

'Wat is er aan de hand?' wil de oudere verpleegster weten. In één klap kijken alle verpleegkundigen van de afdeling naar haar, in plaats van naar Brooke Vega. Niemand zal het durven wagen haar uit te leggen dat er een beroemde popster op de gang staat – het moment is vervlogen. Ik voel hoe de opgewonden spanning omslaat in teleurstelling. Die deur gaat dus niet open.

Buiten hoor ik Brooke de eerste zinnen van *Eraser* zingen. Zelfs a capella en dwars door een automatische dubbele deur heen klinkt ze goed.

'Laat iemand de beveiliging bellen – nu meteen,' gromt de hoofdverpleegster.

'Adam, ga d'r voor!' gilt Liz. 'Nu of nooit, volle kracht vooruit!'

'Ja, gaan!' roept Kim, die opeens als een legergeneraal klinkt. 'Wij geven je wel dekking.'

Als de deur openvliegt, tuimelen er een stuk of zes punkers naar binnen: Adam, Liz, Fitzy, een paar lui die ik niet ken en Kim. Buiten staat Brooke nog steeds te zingen, alsof dít het concert is waarvoor ze naar Portland is gekomen.

Adam en Kim hebben allebei een vastberaden blik in de ogen, opgetogen zelfs. Ik ben verbluft over hun veerkracht, hun verborgen energievoorraad. Ik zou willen opspringen en juichen – net als ik altijd deed bij Teddy's honkbalwedstrijden, als hij na het derde honk richting thuisplaat holde. Het is bijna niet te geloven, maar nu ik

Kim en Adam hier zo in actie zie, raak ik zelf ook haast opgetogen.

'Waar is ze?' gilt Adam. 'Waar is Mia?'

'In de hoek, naast de voorraadkast!' roept iemand. Het duurt even voordat ik me realiseer dat het zuster Ramirez is.

'Beveiliging! Grijp hem, grijp hem!' schreeuwt de chagrijnige zuster. Zij heeft Adam tussen de andere indringers herkend; haar gezicht kleurt roze van woede.

Twee ziekenhuisbeveiligers en twee zaalhulpen snellen binnen. 'Yo, was dat echt Brooke Vega?' vraagt een van hen, terwijl hij Fitzy beetpakt en hardhandig naar de uitgang duwt.

'Ik geloof het wel,' antwoordt de ander, terwijl hij Sarah grijpt en naar buiten leidt.

Dan ziet Kim mij. 'Adam, ze ligt hier!' roept ze. Dan draait ze zich naar mij toe en haar stem stokt in haar keel. 'Ze ligt hier,' zegt ze nog een keer, al klinkt het ditmaal slechts als een zacht gejammer.

Maar Adam heeft haar al gehoord, ontwijkt alle verpleegkundigen en baant zich een weg naar mij toe. En dan staat hij daar, aan het voeteneind van mijn bed, en steekt zijn hand naar me uit. Hij raakt me bijna aan.

Ik moet opeens denken aan die eerste zoen, na dat Yo-Yo Ma-concert, toen ik me niet had gerealiseerd hoe graag ik zijn lippen op de mijne wilde voelen, tot die zoen onontkoombaar was. En nu heb ik weer niet beseft hoezeer ik naar zijn aanraking heb gehunkerd – tot op dit moment, waarop ik hem bijna kan voelen. Bijna...

Maar dan gaat die hand opeens weer weg. Twee bewakers pakken Adam bij zijn schouders en trekken hem achteruit. Een van hen grijpt Kims elleboog en leidt haar ook naar buiten. Al haar kracht is opeens verdwenen; ze biedt geen enkel verzet.

Brooke staat nog steeds te zingen op de gang. Als ze Adam ziet, stopt ze daar meteen mee. 'Sorry, schatje,' zegt ze, 'maar nu moet ik echt vliegen. Anders mis ik mijn optreden... of ik word gearresteerd.' En ze rent de gang in, achtervolgd door een stel zaalhulpen, die smeken om een handtekening.

'Bel de politie!' gilt de chagrijnige zuster. 'Arresteer hem!'

'Wij nemen hem mee naar ons kantoortje – zo zijn de voorschriften,' zegt een van de bewakers.

'Wij kunnen geen mensen arresteren,' voegt zijn collega eraan toe.

'Als hij maar van mijn afdeling verdwijnt,' zegt ze. Dan schraapt ze haar keel en draait zich om. 'Mejuffrouw Ramirez, zeg me niet dat u het bent geweest die deze relschoppers heeft geholpen.'

'Natuurlijk niet! Ik zat in de voorraadruimte. Ik heb alle consternatie gemist,' antwoordt zuster Ramirez. Ze kan uitstekend liegen; haar gezicht verraadt werkelijk niets.

Dan klapt de oude zuster in haar handen. 'Oké, de voorstelling is voorbij. Aan het werk maar weer!'

Ik vlieg weer door de deur van de ic en ren achter Adam en Kim aan, die net de lift in worden geleid. Ik spring erbij. Kim kijkt verdwaasd voor zich uit, alsof iemand op haar *reset*-knop heeft gedrukt en ze nog aan het opstarten is. Adams mond staat in een grimmige streep. Ik weet niet of hij op het punt staat in huilen uit te barsten of die bewaker een knal te verkopen. Voor hemzelf hoop ik het eerste, voor mij het laatste.

141

Eenmaal beneden duwen de bewakers Adam en Kim een gang met allemaal donkere kantoortjes in. Ze willen net een van de weinige verlichte kantoortjes binnengaan, als ik iemand Adams naam hoor roepen.

'Adam? Stop eens. Ben jij dat?'

'Willow?' roept Adam.

'Willow?' mompelt Kim.

'Pardon! Waar gaan jullie met hen naartoe?' gilt Willow naar de bewakers, terwijl ze op hen afrent.

'Het spijt me, maar deze twee zijn betrapt toen ze probeerden in te breken op de ic,' legt een van de bewakers uit.

'Omdat ze ons niet binnen wilden laten,' licht Kim zwakjes toe.

Willow heeft hen eindelijk ingehaald. Zij is nog steeds gekleed in haar verpleegstersuniform – wat vreemd is, omdat ze haar 'orthopedische couture' (zoals ze het zelf noemt) anders altijd zo snel mogelijk uittrekt. Haar lange kastanjebruine krullen hangen slap en vettig langs haar gezicht, alsof ze ze al weken niet heeft gewassen. En haar wangen – anders rood als appeltjes – lijken wel overgeschilderd met beige. 'Sorry, ik ben verpleegkundige in Cedar Creek. Maar ik ben hier opgeleid, dus als het moet, kunnen we dit zo gaan rechtzetten bij Richard Caruthers.'

'Wie is dat?' zegt een van de bewakers.

'De directeur,' antwoordt de ander. Dan draait hij zich naar Willow. 'Die is er buiten kantooruren niet.'

'O, maar ik heb zijn privénummer,' zegt Willow, zwaaiend met haar mobieltje alsof het een wapen is. 'En ik betwijfel of hij blij zou zijn als ik hem zou vertellen hoe er in zíjn ziekenhuis wordt omgegaan met iemand die zijn ernstig gewonde vriendin wil bezoeken. Jullie weten vast wel dat compassie voor hem even zwaar weegt als efficiëntie. En dit is dus echt niet hoe je een bezorgde geliefde bejegent.'

'Wij doen ook maar gewoon ons werk, mevrouw. We doen wat ons gezegd wordt.'

'En als ik jullie nu eens al die moeite bespaarde en het van hieraf overnam? De familie van de betreffende patiënte zit boven op deze twee te wachten. Hier, mochten jullie in de problemen komen, zeg dan maar tegen meneer Caruthers dat hij mij kan bellen.' Ze steekt haar hand in haar tas en geeft hun een visitekaartje.

De ene bewaker kijkt er even naar en geeft het dan aan de ander, die na een korte inspectie zijn schouders optrekt. 'Ach, we kunnen onszelf net zo goed die hele papierwinkel besparen,' zegt hij dan. En hij laat Adam los, die ineenzakt als een vogelverschrikker die van zijn stok wordt gehaald. 'Sorry, joh,' zegt hij en borstelt even over Adams schouders.

'Ik hoop dat het allemaal goed komt met je vriendin,' mompelt de ander. En dan verdwijnen ze, richting het lichtschijnsel van een paar frisdrankautomaten.

Kim, die Willow nog maar tweemaal heeft ontmoet, stort zich meteen in haar armen. 'Bedankt!' fluistert ze in haar nek.

Willow knuffelt haar terug en geeft een klopje op Kims schouders voor ze haar weer loslaat. Dan wrijft ze door haar ogen en perst er een breekbaar lachje uit. 'Wat haalden jullie je in godsnaam in het hoofd?' vraagt ze.

'Ik wil Mia zien,' zegt Adam.

Als Willow zich naar hem omdraait, is het alsof iemand

een ventiel losdraait en alle lucht uit haar wegloopt. Ze steekt een arm uit en streelt Adams wang. 'Tuurlijk wil jij dat.' Ze strijkt met de rug van haar hand over haar ogen.

'Gaat het wel?' vraagt Kim.

Willow gaat niet op deze vraag in. 'Eens kijken hoe we jou bij Mia kunnen krijgen.'

Adam klaart meteen weer op. 'Denk je dat je dat kunt regelen? Die ouwe zuster heeft het niet op mij.'

'Als dat is wie ik dénk dat je bedoelt, doet dat er niet toe, dan is dat helemaal niet aan haar. Laten we even naar Mia's grootouders gaan. Dan probeer ik te ontdekken wie hier over het overtreden van de regels gaat, zodat jij je meisje kunt zien. Want zij heeft jou nu nodig – meer dan ooit.'

Adam draait zich om en pakt Willow zo stevig beet dat haar voeten van de grond komen.

Willow, redder in nood. Net zoals ze ooit Henry, paps beste vriend, medebandlid en eens een immer bezopen losbol, had gered. Toen zij nog maar een paar weken met elkaar gingen, zei zij tegen hem dat hij normaal moest gaan doen en kappen met drinken, anders was het afgelopen. Volgens pap hadden wel meer meiden Henry zo'n ultimatum gesteld; hem proberen te dwingen een keurig leven te leiden... en allemaal had hij ze huilend op de stoep laten staan. Maar toen Willow haar tandenborstel pakte en zei dat hij hoognodig volwassen moest worden, was het Henry die huilde. Daarna droogde hij zijn tranen en werd volwassen, nuchter en monogaam. Nu, acht jaar later, zijn ze nog steeds samen – met baby nog wel. Ja, da's echt Willows kracht. En dat is waarschijnlijk ook waarom mam en zij algauw hartsvriendinnen werden: Willow is eveneens stoere tante, knuffeldier en feministisch kreng ineen. En het zal bovendien zijn waarom pap haar een van de leukste mensen vindt die hij kent – ook al heeft ze een hekel aan The Ramones en vindt ze honkbal maar saai, terwijl die band zijn lust en zijn leven is en honkbal zijn religie.

En nu is Willow hier: Willow de verpleegster, Willow die geen nee als antwoord accepteert. Zij zal ervoor zorgen dat Adam bij mij mag. Zij zal overal voor zorgen. *Hoera!* wil ik uitroepen, *Willow is er!*

Ik heb het zo druk met juichen over Willows aanwezigheid, dat het enkele minuten duurt voor ik besef waaróm zij hier is. Als dat gebeurt, is het alsof ik een elektrische schok krijg.

Willow is hier. En dat zij hier is, in míjn ziekenhuis, betekent dat er geen reden meer is om in haar eigen ziekenhuis te blijven. Want ik ken haar goed genoeg om te weten dat ze hem daar nooit alleen zou achterlaten. Ook al lig ík hier, zij zou bij hem gebleven zijn. Hij was immers gewond en ze hadden hem naar haar toe gebracht om hem weer op te lappen. Hij was haar patiënt, haar eerste prioriteit.

Ik denk na over het feit dat oma en opa hier bij mij in Portland zijn. En dat iedereen in die wachtruimte het alleen maar over mij heeft; dat ze het onderwerp mam, pap of Teddy angstvallig mijden. Ik denk na over Willows gezicht, dat eruitziet alsof alle vreugde er af is geboend. En ik denk aan wat zij tegen Adam zei, over dat ik hem nu nodig heb – meer dan ooit.

En zo ontdek ik het. Teddy. Hij is ook dood.

Drie dagen voor Kerstmis begonnen mams weeën, maar toch stond ze erop om samen met mij kerstcadeautjes te gaan kopen.

'Moet jij dan niet gaan liggen of naar de kraamkliniek of zo?' vroeg ik.

Mam grimaste zich door een kramp heen. 'Welnee, de weeën zijn nog helemaal niet zo heftig en liggen nog wel twintig minuten uit elkaar. Tijdens de eerste weeën van jou heb ik het hele huis nog schoongemaakt, van boven naar beneden.'

'Werken met weeën: bevalt prima,' grapte ik.

'Jij bent een bijdehandje, weet je dat?' zei mam en haalde een paar maal diep adem. 'Nee echt, ik heb nog wel even de tijd. Kom op, dan pakken we de bus naar het winkelcentrum. Ik zie het even niet zitten om zelf te rijden.'

'Moeten we pap niet bellen?' vroeg ik.

Mam lachte. 'Alsjeblieft zeg, het is al moeilijk genoeg om deze baby te baren; ik wil me niet ook nog met hém moeten bezighouden. Hem bellen we wel als ik klaar ben om te gaan persen. Ik heb jou veel liever bij me.'

Dus dwaalden we samen door het winkelcentrum. Om de paar minuten moesten we stoppen, zodat zij kon gaan zitten, om diep in te ademen en zo hard in mijn pols te knijpen dat er knalrode vlekken achterbleven. Toch was het een merkwaardig gezellige en geslaagde ochtend. We kochten cadeautjes voor oma en opa (een trui met een engel en een boek over Abraham Lincoln), speelgoed voor de baby en een nieuw paar regenlaarzen voor mij. Gewoonlijk wachtten we met de aankoop van dat soort dingen tot de uitverkoop, maar volgens mam hadden we het dit jaar veel te druk met het verwisselen van luiers. 'Dit is niet de tijd om te gaan beknibbelen. Au, godv... – sorry, Mia. Kom, we gaan een stuk taart eten.'

We gingen naar Marie Callender's. Mam nam een stuk pompoentaart én een stuk bananenroomvlaai, ik koos voor de bosbessenvlaai. Toen ze alles ophad, schoof ze haar bordje opzij en kondigde aan dat ze klaar was om naar de verloskundige te gaan.

We hadden het er eigenlijk nooit over gehad of ik erbij zou zijn of niet. Ik ging tot op dat moment zo'n beetje overal met pap en mam mee, dus waren we er eigenlijk met zijn allen van uitgegaan dat ik ook nu gewoon bleef.

Op de stoep van de kraamkliniek (die in niets verraadde dat het om een dokterspraktijk ging) troffen we pap – óp van de zenuwen. De kliniek bevond zich op de beneden-verdieping van een gewoon huis, dat op het eerste oog slechts leek ingericht met bedden en bubbelbaden: alle me-dische apparatuur was discreet weggewerkt.

Een hippieachtige verloskundige kwam mam ophalen en leidde haar naar de verloskamer. Toen vroeg pap of ik wil-de blijven. We konden mam intussen luid horen vloeken. 'Ik kan ook oma bellen, dat zij je ophaalt,' zei pap, knip-perend met zijn ogen bij mams spervuur. 'Dit kan wel even gaan duren.'

Ik schudde mijn hoofd. Mam had me nodig, dat had ze zelf gezegd. Dus nam ik plaats op een van de gebloemde banken en pakte een tijdschrift met een sullig kijkende baby op de voorkant. Pap verdween in de kamer met het bed.

'Muziek, godverdomme, muziek!' schreeuwde mam.

'We hebben een paar mooie cd's van Enya, zeer kalme-rend,' zei de verloskundige.

'Fuck Enya!' schreeuwde mam. 'De Melvins, *Earth*. Nu!'

'Komt goed,' zei pap en stopte een cd in het apparaat met de hardste, heftigste, meest opzwepende gitaarmuziek die ik ooit had gehoord. Hierbij vergeleken klonk de supersnelle punk waar hij normaal naar luisterde bijna als een harpconcert. Het was echte oermuziek en dat leek precies te zijn wat mam nu nodig had: zij begon een serie lage keelklanken te produceren.

En ik zat daar maar, stilletjes te lezen. Om de zoveel tijd schreeuwde mam mijn naam en holde ik naar binnen. Dan keek ze naar me op, haar gezicht badend in het zweet. 'Wees maar niet bang,' fluisterde ze dan. 'Vrouwen kunnen de ergste pijnen aan. Daar kom je op een dag nog wel achter.' En dan riep ze weer: Fuck!

Ik had in een programma op de kabel-tv een paar keer een bevalling gezien. Er werd een poosje gegild, soms wat gevloekt (waar natuurlijk overheen moest worden gepiept), maar al met al duurde het nooit langer dan een halfuur. Maar na dik drie uur overschreeuwden mam en de Melvins elkaar nog steeds. Er hing intussen een tropisch vochtige hitte in de hele kraamkliniek, terwijl het buiten slechts vijf graden was.

En toen kwam Henry langs. Toen hij binnenkwam en de herrie hoorde, bleef hij even stokstijf staan. Ik wist dat hij dat hele kinderen-krijgen-idee maar niks vond. Ik had pap en mam wel eens horen zeggen dat Henry weigerde volwassen te worden. Het scheen al een gigantische schok voor hem te zijn geweest toen pap en mam mij kregen. Nu was hij helemaal verbijsterd dat ze ook nog hadden gekozen voor een tweede. Pap en mam waren erg opgelucht geweest, toen hij en Willow het weer goedmaakten. 'Eindelijk een volwassene in Henry's leven,' had mam gezegd.

Henry keek me aan, zijn gezicht bleek en bezweet. 'Goeie god, Mia. Moet jij dit wel aanhoren? Of ík?'

Ik trok mijn schouders op.

Hij kwam naast me zitten. 'Ik heb de griep of zoiets, maar je vader belde net dat ik wat te eten moest komen brengen. Dus hier ben ik dan,' zei hij en gaf me een naar uien stinkende Taco Bell-zak. Mam liet weer een diepe kreun horen. 'Ik ga er meteen weer vandoor, hoor. Ik wil hier geen bacillen rondstrooien.' Mam kermde nog wat harder en Henry viel bijna van zijn stoel. 'Weet je zeker dat je hier wilt blijven? Je kunt ook met mij meegaan, hoor. Willow is er ook, om voor mij te zorgen.' Hij grijnsde bij het noemen van haar naam. 'Die wil jou ook best verzorgen.' Hij stond op.

'Nee, ik zit hier prima. Mam heeft me nodig. Maar pap flipt af en toe wel een beetje.'

'Heeft hij al gekotst?' vroeg Henry en ging weer zitten.

Ik lachte. Maar toen zag ik aan zijn gezicht dat hij het meende.

'Deed hij ook vlak voordat jij kwam,' zei Henry. 'Viel zelfs bijna flauw. Niet dat ik hem dat kwalijk kan nemen, trouwens. Maar die jongen was echt een zootje. De dokters wilden hem er eigenlijk uit schoppen; dreigden het zelfs echt te doen, als jij niet binnen een halfuur geboren was. En dat maakte je moeder weer zo pissig, dat zij je er vijf minuten later uit perste.' Henry leunde glimlachend achterover. 'Zo gaat het verhaal althans. Maar dit zal ik je ook nog vertellen: hij jankte verdomme als een baby toen je werd geboren.'

'Ja, dat gedeelte had ik al gehoord.'

'Wát voor gedeelte?' vroeg pap buiten adem. Hij griste de zak uit Henry's handen. 'Taco Bell, Henry?'

'Maaltijd der kampioenen,' zei Henry.

'Ach ja, 't moet maar, ik ben uitgehongerd. Het is heftig hierbinnen. Ik moet zorgen dat ik op krachten blijf.' Henry gaf mij een knipoog.

Pap haalde een burrito uit de zak en bood mij er ook een aan. Ik schudde mijn hoofd. Pap wilde net zijn tanden in zijn eten zetten, toen mam een harde grom liet horen en tegen de verloskundige gilde dat ze klaar was om te gaan persen.

De verloskundige stak haar hoofd om de deur. 'Ik geloof dat we er bijna zijn. Dus misschien moet u uw eten even laten staan,' zei ze. 'Kom maar gauw terug naar binnen.'

Henry vlóóg de voordeur uit. Ik volgde pap naar de kamer, waarin mam nu rechtop in bed zat, hijgend als een zieke hond.

'Wilt u meekijken?' vroeg de verloskundige aan pap, die als antwoord begon te wankelen en groen wegtrok.

'Ik kan geloof ik beter aan deze kant gaan zitten,' zei hij. En hij pakte mam bij de hand, die zich meteen boos losrukte.

Niemand vroeg aan mij of ik wilde meekijken. Ik ging gewoon automatisch naast de verloskundige staan. Het zag er best goor uit, dat wil ik wel toegeven, erg veel bloed. En ik had mijn moeder ook nog nooit vanuit deze hoek gezien. Maar het voelde ook opmerkelijk normaal dat ik erbij was.

Toen zei de verloskundige tegen mam dat ze mocht persen, even vasthouden en dan opnieuw persen. 'Kom baby, kom baby, kom baby, kom,' zong ze. 'Ja, je bent er bijna!' juichte ze. Mam keek alsof ze haar het liefst een klap zou verkopen.

Toen Teddy er eindelijk uit glibberde, lag hij met zijn gezicht naar boven, richting plafond, waardoor ik de eerste persoon was die hij zag. Hij kwam er niet al krijsend uit, zoals je op tv altijd ziet, maar was gewoon stil. Hij had zijn oogjes open en keek me recht aan – en bleef mijn blik vasthouden terwijl de verloskundige zijn neus leegzoog.

'Het is een jongen!' riep de verloskundige en legde Teddy op mams buik. 'Wilt u de navelstreng doorknippen?' vroeg ze aan pap. Die wuifde echter van nee – te aangedaan (of misselijk?) om iets te zeggen.

'Ik doe het wel,' bood ik aan.

De verloskundige hield de navelstreng voor me strak en vertelde me waar ik moest knippen. Teddy lag doodstil, terwijl hij me met zijn wijd open grijze ogen bleef aankijken.

Mam zei altijd dat Teddy, omdat hij mij als eerste had gezien én omdat ik zijn navelstreng had doorgeknipt, diep vanbinnen dacht dat ík zijn moeder was. 'Net als bij die jonge gansjes,' lachte ze, 'die zich hechtten aan die zoöloog in plaats van aan hun moeder, omdat hij de eerste was die ze zagen toen ze uit het ei kropen.'

Dat was een beetje overdreven. Teddy dacht heus niet dat ik zijn moeder was. Maar er waren wel dingen die alleen ik voor hem mocht doen. Toen hij als baby moeite had met in slaap komen, werd hij pas rustig als ik op mijn cello een slaapliedje voor hem had gespeeld. Toen hij in de ban raakte van *Harry Potter*, was ik de enige die hem elke avond een hoofdstuk mocht voorlezen. En als hij zijn knie had geschaafd of zijn hoofd gestoten, hield hij niet op met huilen totdat ik er een magische kus op had gegeven, waarna het op miraculeuze wijze overging.

Ik weet heus wel dat alle magische kussen van de hele wereld hem vandaag niet hadden kunnen helpen. Toch had ik er alles voor gedaan om hem er eentje te mogen geven.

# 22.40

Ik ren weg.

Ik laat Adam, Kim en Willow achter in de hal en begin door het ziekenhuis te razen. Ik besef pas dat ik op zoek ben naar de kinderafdeling, als ik er aankom. Ik storm door de gangen. Langs zalen met nerveuze vierjarigen, die in hun bedjes liggen te woelen omdat morgen hun amandelen worden verwijderd; langs de ic van de afdeling neonatologie, met baby's zo groot als een vuist en nog meer slangetjes aan hun lijfje dan ik; langs de afdeling Kinderoncologie, waar kale kankerpatiëntjes liggen te slapen onder vrolijke muurschilderingen vol regenbogen en ballons. Ik ben op zoek naar hem, al weet ik dat ik hem niet zal vinden. En toch moet ik blijven zoeken.

Ik denk aan zijn hoofd, met die mooie blonde krullen. Al sinds hij die heeft, steek ik daar graag mijn neus tussen. Ik bleef verwachten dat hij me op een dag zou wegduwen, dat hij zou zeggen: 'Niet doen, ik schaam me rot' – zoals hij ook tegen pap zegt als die bij honkbal te hard juicht. Maar tot nu toe was dat niet gebeurd. Tot nu toe mocht ik onbeperkt met hem kroelen. Tot nu toe. Nu is er geen 'tot nu toe' meer. Het is voorbij.

Ik probeer mezelf te zien, met mijn neus voor de allerlaatste keer tussen zijn krullen. Maar dat kan ik me niet eens voorstellen zonder mezelf te zien huilen; mijn tranen pletten al die prachtige blonde krullen.

Teddy zal nooit van het miniteam opklimmen naar een echt honkbalteam. Hij zal nooit een snorretje krijgen, nooit met iemand op de vuist gaan, een hert neerschieten, een meisje zoenen, vrijen, verliefd worden, trouwen of vader worden van zijn eigen krullenkind. Ik ben maar tien jaar ouder dan hij, maar ik heb al zoveel meer gedaan. Het is niet eerlijk. Als iemand van ons had moeten mogen blijven, de kans op meer tijd van leven had moeten krijgen, dan was hij dat wel.

Ik ren door de ziekenhuisgangen als een gekooid wild dier. *Teddy!* roep ik. *Waar ben je? Kom terug bij mij!*

Maar dat gebeurt natuurlijk niet. Ik besef dat het zinloos is, geef het op en sleep me terug naar mijn ic.

Ik zou die dubbele deur wel aan flarden willen schoppen, de werkplek van de verpleegsters aan splinters willen slaan. Ik wou dat dat alles weg was. Ik wil hier weg. Ik wil hier helemaal niet zijn. Ik wil niet in dit ziekenhuis liggen. Ik wil niet rondzweven in deze schijnwerkelijkheid, waarin ik alles kan zien wat er gebeurt, me bewust ben van wat ik daarbij voel, maar niet in staat ben het werkelijk te ervaren. Ik kan niet schreeuwen tot mijn keel er pijn van doet, geen ruit kapotslaan met mijn vuist zodat mijn hand gaat bloeden, mijn haren niet uit mijn hoofd rukken, net zolang tot de pijn in mijn schedel die in mijn hart overtreft.

Ik kijk naar mezelf – de 'levende' Mia in haar ziekenhuisbed – en voel een vlaag van woede in me opkomen. Als ik dat levenloze gezicht van me nu een oplawaai kon verkopen, zou ik het doen. In plaats daarvan ga ik maar zitten op de stoel, sluit mijn ogen en probeer alles om me heen weg te denken. Maar zelfs dat lukt me niet. Ik kan me niet concentreren, omdat er ineens zoveel herrie is. Al mijn monitors staan te knipperen en te piepen; twee verpleegkundigen rennen haastig naar mijn bed.

'Bloeddruk en polsslag dalen,' gilt de een.

'Ernstige hartkloppingen,' gilt de ander. 'Wat is er gebeurd?'

'Code blauw, code blauw op Trauma,' schalt het door de geluidsinstallatie.

Het duurt niet lang of een wazig kijkende arts, die de slaap nog uit zijn donker omrande ogen wrijft, voegt zich bij de verpleegsters. Hij rukt mijn dekens naar beneden en sjort mijn ziekenhuisschortje omhoog, zodat ik vanaf mijn middel blootlig (maar daar let hier niemand op). Dan legt hij een hand op mijn buik, die gezwollen en hard is. Hij spert zijn ogen even open en knijpt ze dan tot spleetjes.

'Onderbuik rigide,' zegt hij op boze toon. 'We moeten een echo doen.'

Zuster Ramirez holt naar een kamertje en rolt iets naar buiten, dat lijkt op een laptop met een lange witte slang eraan. Ze spuit wat gelei op mijn buik, waarna de arts het uiteinde van de slang over mijn buik beweegt.

'Verdomme! Vol met vocht,' zegt hij. 'Is deze patiënt vanmiddag geopereerd?'

'Ja, miltverwijdering,' antwoordt zuster Ramirez.

'Kan een bloedvat zijn dat niet is dichtgeschroeid,' zegt de arts. 'Of een lichte lekkage van een geperforeerde darm. Auto-ongeluk, is het niet?'

'Ja. Patiënte is vanochtend per traumahelikopter binnengebracht.'

De arts bladert door mijn status. 'De chirurg was dokter Sorensen. Die is nog oproepbaar. Piep hem op en zorg dat zíj op de operatiekamer komt. We zullen naar binnen moeten en uitzoeken wát er lekt en waarom, voor ze nog verder wegzakt. Jezus, hersenkneuzing, klaplong... Dit kind is een wrak!'

Zuster Ramirez werpt de arts een vuile blik toe, alsof hij me zojuist heeft beledigd.

'Mejuffrouw Ramirez!' roept dan de chagrijnige hoofdzuster aan het bureau. 'U heeft uw eigen patiënten om voor te zorgen. Laten we deze jongedame intuberen en naar de ok brengen. Daar heeft ze meer aan dan dit getreuzel.'

De verpleegsters gaan razendsnel te werk: al mijn monitors, katheters en dergelijke worden losgekoppeld en er wordt nog een slang in mijn keel geduwd. Dan komen er twee zaalhulpen binnenstormen met een brancard, waar ik haastig op word getild.

Als ze me de zaal uit rijden, lig ik nog steeds met ontbloot onderlijf. Maar net voordat we bij de achterdeur zijn, roept zuster Ramirez: 'Wacht even!' en trekt het krappe schortje voorzichtig over mijn benen. Dan tikt ze met haar vingers driemaal op mijn voorhoofd, als een soort geheim morsebericht.

En dan word ik de doolhof van gangen in gereden, op weg naar de operatiekamer, voor alweer een snijronde.

Maar ditmaal ga ik niet achter mezelf aan. Ditmaal blijf ik op de ic achter.

Ik begin het langzaam te begrijpen. Niet dat ik al precies weet hoe het werkt, hoor. Het is echt niet zo dat ik op de een of andere manier een van mijn bloedvaten heb opgedragen open te springen en in mijn buikholte te gaan lekken; dat ik mezelf deze tweede operatie heb toegewenst. Maar Teddy is er niet meer, pap en mam zijn er niet meer. Vanochtend ging ik een eindje rijden met mijn familie en nu lig ik hier, zo alleen als ik nog nooit ben geweest. Ik ben zeventien. Dit is niet hoe het zou moeten zijn; dit is niet hoe mijn leven zou moeten verlopen.

In een rustig hoekje van de ic begin ik eindelijk echt na te denken over de bittere dingen, die ik tot nu toe heb weten te negeren. Hoe zou het zijn als ik blijf? Hoe zou het voelen om als wees te ontwaken? Om nooit meer paps pijp te ruiken? Om nooit meer met mam te staan kletsen tijdens de afwas? Om Teddy nooit meer een hoofdstuk uit *Harry Potter* voor te lezen? Hoe zou het zijn om te blijven – zonder hen?

Ik weet niet of ik nog wel in deze wereld thuishoor. Ik weet niet of ik nog wel wíl ontwaken.

Ik ben in mijn leven maar één keer naar een begrafenis geweest. En die was ook nog van iemand die ik nauwelijks kende.

Ik was misschien ook naar de begrafenis van mijn oudtante Glo gegaan, nadat zij was overleden aan een acute alvleesklierontsteking. Maar haar testament was zeer duidelijk over haar laatste wensen: geen traditionele dienst, geen bijzetting in het familiegraf. Zij wilde gecremeerd worden, waarna haar as tijdens een heilige indianenceremonie moest worden uitgestrooid, ergens in de bergen van de Sierra Nevada. Oma was daar best boos over. Zij ergerde zich sowieso altijd aan tante Glo. Volgens haar probeerde zij constant te bewijzen dat ze anders was – dus zelfs tot ná haar dood. Uiteindelijk besloot oma Glo's asverstrooiing te boycotten. En als zij niet ging, hoefde de rest van ons er ook niet naartoe.

Peter Hellman, mijn trombonevriend van het muziekzomerkamp, overleed twee jaar geleden. Maar dat hoorde ik pas toen ik hem op het volgende kamp niet aantrof. Slechts enkelen van ons wisten dat hij de ziekte van Hodgkin had. Dat was het rare van dat kamp: tijdens de zomer was je vreselijk hecht met elkaar, maar het was een ongeschreven regel dat je de rest van het jaar geen contact onderhield. We waren slechts zomervrienden. We hielden die zomer nog wel een herdenkingsconcert ter ere van Peter, maar dat was dus geen echte begrafenis.

Kerry Gifford was een muzikant uit onze stad, uit de vriendenkring van pap en mam. Maar anders dan pap en Henry – die toen ze ouder werden en een gezin stichtten, minder muzikant en meer muziekkenner werden – bleef Kerry vrijgezel en trouw aan zijn eerste liefde: muziek maken. Hij zat in drie bands tegelijk en verdiende de kost als geluidstechnicus in een plaatselijke club. Een ideale combinatie, want elke week speelde er wel een van zijn bandjes, zodat hij alleen maar het podium op hoefde te springen en iemand even de knoppen over te laten nemen (hoewel je hem ook midden in een set naar beneden kon zien springen om zelf de boel bij te stellen). Ik kende Kerry al van toen ik als klein meisje met mijn ouders mee naar optredens ging en ontmoette hem zo'n beetje opnieuw toen ik verkering kreeg met Adam en wederom naar optredens begon te gaan.

Op een avond stond hij te werken – hij deed het geluid voor een band uit Portland, genaamd Clod – toen hij zomaar recht over het knoppenpaneel naar voren kieperde. Tegen de tijd dat de ambulance arriveerde, was hij al overleden. Hersenbloeding.

Kerry's dood zorgde voor aardig wat ophef in de stad. Hij hoorde zo'n beetje bij het meubilair, die openhartige kerel met dat grote hart en die wilde bos blonde dreadlocks. En hij was nog jong, tweeëndertig pas. Iedereen die wij kenden wilde dan ook naar zijn begrafenis, die werd gehouden in de stad waar hij opgroeide, in de bergen, een paar uur rijden bij ons vandaan. Pap en mam gingen natuurlijk ook, net als Adam. En al voelde ik me een klein beetje een bedriegster, toch besloot ik met hen mee te gaan. Alleen Teddy bleef bij oma en opa.

In karavaan reden we met een stel anderen naar Kerry's geboortestad. Ik had me erbij geperst in de auto van Henry en Willow (die zo hoogzwanger was dat de autogordel al niet meer over haar buik paste). Om de beurt begon iedereen anekdotes over Kerry te vertellen.

Gezworen linkse rakker Kerry, die besloot te protesteren tegen de oorlog in Irak, door zich met een stel kerels als vrouw te verkleden en zich zo bij het plaatselijke wervingsbureau van het leger als vrijwilliger te melden. Atheïstische kniesoor Kerry, die het afschuwelijk vond dat Kerstmis zo'n commercieel feest was geworden en daarom elk jaar een Vrolijk Anti-Kerst Feest organiseerde in zijn club, compleet met wedstrijd welke band het meest verprutste kerstliedje speelde. Daarna riep hij iedereen op al zijn waardeloze cadeautjes op een grote stapel midden op de dansvloer te gooien. En in tegenstelling tot de roddel die in onze stad hardnekkig de ronde doet, stak hij al die spullen daarna niet in de fik. Volgens pap doneerde hij ze vervolgens keurig aan de St.-Vincent de Paul-kerk.

Terwijl iedereen zo over Kerry zat te vertellen, was de stemming in de auto levendig en vrolijk – alsof we in plaats van naar een begrafenis, naar het circus gingen. Maar dat leek prima te passen bij Kerry, die zelf ook altijd overstroomde van hectische energie.

De begrafenis zelf was een heel ander verhaal. Die was afschuwelijk deprimerend – en niet alleen omdat het ging om iemand die op tragisch jonge leeftijd was overleden, door botte pech met een slagader. De dienst werd gehouden in een gigantische kerk – wat ik al vreemd vond, vanwege Kerry's uitgesproken atheïsme – maar toch kon ik daar nog inkomen. Waar houd je immers anders een begrafenis? Nee, het probleem was eerder de dienst zelf. Het was overduidelijk dat de predikant Kerry nooit had ontmoet: hij sprak enkel in algemene termen over hem. Dat Kerry zo'n goed hart had gehad, dat het natuurlijk verdrietig was dat hij er niet meer was, maar dat hem nu zijn 'hemelse beloning' wachtte...

En in plaats van lofredes van zijn bandmaatjes of stadsgenoten met wie hij de laatste vijftien jaar was opgetrokken, kwam er een oom uit Boise naar voren, die begon te vertellen over hoe hij Kerry op zijn zesde had leren fietsen – alsof dat een beslissend moment in Kerry's leven was geweest. Hij eindigde met de geruststelling dat Kerry nu bij Jezus was. Bij die zin zag ik mijn moeders gezicht rood worden en ik begon een beetje bang te worden dat ze er iets van ging zeggen. Wij gingen ook wel eens naar de kerk, dus mam had niet per se iets tegen godsdienst. Maar Kerry beslist wel. En mam nam het altijd hartstochtelijk op voor de mensen om wie ze gaf – zo erg zelfs, dat ze beledigingen aan hun adres ook persoonlijk opvatte. Haar vrienden noemden haar daarom soms grappend 'Mamma Beer'. Tegen de tijd dat de dienst eindigde met een overweldigende uitvoering van Bette Midlers *Wind Beneath My Wings*, kwam de stoom dan ook bijna uit haar oren.

'Het is maar goed dat Kerry dood is, want dit had hij echt niet getrokken,' zei Henry.

Na de kerk besloten we de formele koffietafel over te slaan en gingen naar een wegrestaurant.

'*Wind Beneath My Wings?*' had Adam gezegd. En hij pakte afwezig mijn hand en blies erop – iets wat hij altijd deed om mijn altijd koude vingers te verwarmen. 'Wat is er mis met *Amazing Grace*? Da's ook traditioneel...'

'Maar je komt er niet van aan het kotsen,' onderbrak Henry hem. 'Of nog beter: *Three Little Birds* van Bob Marley. Dat zou een veel Kerry-waardiger nummer zijn geweest; om te toosten op wie hij was.'

'Die begrafenis was helemaal geen eerbetoon aan Kerry's leven,' gromde mam, met een woeste ruk aan haar sjaaltje. 'Maar een verloochening ervan. Het was alsof hij voor de tweede keer werd vermoord!'

Pap legde een kalmerende hand over mams gebalde vuist. 'Ah, kom op nou, het was maar een liedje.'

'Echt niet!' zei mam, terwijl ze haar hand wegtrok. 'Het

gaat om wat dat liedje vertegenwoordigt, die hele poppenkast daar. Dat zou jij toch zeker moeten begrijpen.'

Pap trok zijn schouders op en glimlachte droevig. 'Misschien. Maar ik kan niet boos zijn op zijn familie. Ik denk dat dit hún manier was om hun zoon terug te claimen.'

'Alsjeblieft zeg,' zei mam hoofdschuddend. 'Als ze hun zoon wilden claimen, waarom toonden ze dan geen enkel respect voor de manier waarop híj verkoos te leven? Waarom hebben ze hem dan nooit eens opgezocht? Of zijn muziekcarrière gesteund?'

'We weten helemaal niet hoe ze daarover dachten,' antwoordde pap. 'Laten we nou niet te streng oordelen. Het moet hartverscheurend zijn om je kind te moeten begraven.'

'Ik geloof mijn oren gewoon niet! Dat je zelfs excuses voor hen gaat zitten verzinnen!' riep mam uit.

'Dat doe ik helemaal niet. Ik denk gewoon dat jij iets te veel zoekt achter de keus voor een bepaald nummer.'

'En ík denk dat jij je inleven verwart met je laten inpakken, watje!'

Het was bijna niet te zien dat pap ineenkromp, maar Adam gaf een kneepje in mijn hand en Henry en Willow wisselden een blik.

Toen sprong Henry ertussen. Om pap te redden, vermoed ik. 'Ach, voor jou is het natuurlijk anders – met jouw ouders,' zei hij tegen pap. 'Ik bedoel, die zijn wel ouderwets, maar ze zijn altijd achter je blijven staan. En zelfs in je wildste periode bleef jij een goede zoon, een goede vader. Altijd 's zondags thuis voor het eten.'

Mam liet een bulderende lach horen, alsof Henry's opmerking haar sneer juist had bevestigd. We keken haar allemaal aan. Onze geschokte gezichten leken haar eindelijk wakker te schudden. 'Tja, ik ben nu natuurlijk emotioneel,' zei ze.

Pap leek te begrijpen dat dit alle verontschuldiging was die hij op dit moment van haar kon verwachten. Hij legde zijn hand weer over mams hand en ditmaal trok ze hem niet weg.

Hij aarzelde even voor hij begon te praten. 'Ik denk eigenlijk dat begrafenissen veel weg hebben van de dood zelf. Je kunt je wensen hebben, je plannen, maar uiteindelijk heb je het toch niet zelf in de hand.'

'Welnee, joh,' zei Henry. 'Niet als je de juiste mensen laat weten wat je wel en niet wilt.' Hij keek Willow aan en zei toen tegen haar buik: 'Luister dus goed, gezin: op mijn begrafenis mag niemand zwart dragen. En wat de muziek betreft, wil ik ouderwetse pop. Mr. T. Experience bijvoorbeeld.' Hij keek Willow aan. 'Heb je dat?'

'Mr. T. Experience. Komt voor mekaar.'

'Dank je wel. En jij, schatje?' vroeg hij toen.

Zonder één moment te aarzelen, zei Willow: 'Ik wil *P.S. You Rock My World* van The Eels. En zo'n groene begrafenis, waarbij je onder een boom wordt begraven. De begrafenis zelf moet dan ook buiten zijn. O, en geen bloemen. Geef me zoveel pioenrozen als je wilt zolang ik nog leef, maar als ik dood ben, heb ik liever dat je in mijn naam aan een goed doel doneert. Artsen Zonder Grenzen of zo.'

'Zo, jij hebt echt overal over nagedacht!' zei Adam. 'Is dat typisch iets voor verpleegsters?'

Willow haalde haar schouders op.

'Kim zegt altijd dat dat betekent dat je diepzinnig bent,' zei ik. 'Zij beweert dat je de wereld kunt verdelen in mensen die hun eigen begrafenis al helemaal voor zich zien en mensen die dat niet hebben. En volgens haar vallen slimme artistieke mensen altijd in de eerste categorie.'

'In welke categorie zit jij?' vroeg Adam aan mij.

'Ik wil Mozarts *Requiem*,' zei ik. Ik draaide me naar pap en mam. 'Wees maar niet bang, hoor. Ik ben heus niet van plan om zelfmoord te plegen of zo.'

'Alsjeblieft, zeg,' zei mam. Terwijl ze in haar koffie roerde, klaarde haar stemming zienderogen op. 'Als kind had ik uitvoerige fantasieën over mijn eigen begrafenis. Mijn waardeloze vader en alle vrienden en vriendinnen die me onrecht hadden aangedaan, zouden boven mijn kist staan huilen – die natuurlijk knalrood zou zijn – en ze zouden James Taylor draaien...'

'Laat me raden,' zei Willow. '*Fire and Rain?*'

Mam knikte. Toen barstten zij en Willow in lachen uit. En algauw lachte iedereen aan tafel zo hard, dat de tranen ons over het gezicht biggelden. En toen opeens huilden we echt – ook ik, die Kerry niet eens zo goed had gekend. Huilen en lachen, lachen en huilen.

'En?' vroeg Adam aan mam, toen we weer een beetje bijkwamen. 'Nog steeds een zwakke plek voor meneer Taylor?'

Mam stopte met lachen en knipperde heftig met haar ogen, zoals ze altijd doet als ze ergens over nadenkt. Toen stak ze haar hand uit en streelde paps wang – een zeldzaam vertoon van liefde-in-het-openbaar. 'In mijn ideale scenario overlijden mijn groothartig watje-van-een-echtgenoot en ik snel en gelijktijdig, op ons tweeënnegentigste. Ik weet niet precies hoe. Misschien op safari in Afrika (want in de toekomst zijn we rijk – tja, het is nu eenmaal

míjn fantasie), waar we een of andere exotische ziekte op-
lopen en op een avond nietsvermoedend gaan slapen en
dan gewoon nooit meer wakker worden. O, en geen James
Taylor. Ik wil dat Mia op onze begrafenis speelt. Dat wil
zeggen, als we haar kunnen wegrukken bij het New York
Philharmonic.'

Pap had het mis. Het is waar dat je je eigen begrafenis misschien niet in de hand hebt, maar je dood mag je soms wél
kiezen. En ik kan het niet helpen te bedenken, dat een deel
van mams wens dan toch is uitgekomen: ze is tegelijk met
pap gegaan. Maar helaas zal ik niet op haar begrafenis
spelen. Het zou zelfs best eens kunnen dat haar begrafenis
ook de mijne wordt. Dat heeft eigenlijk wel iets troos-
tends, als gezin de grond ingaan; niemand die wordt achtergelaten. Dat gezegd hebbende, kan ik het ook niet helpen te bedenken dat mam hier niet blij mee zou zijn.
Sterker nog, Mamma Beer zou werkelijk woest zijn over
de manier waarop de dingen zich vandaag ontvouwen.

# 02.48

Ik ben weer terug waar ik begon. Op de ic.

Nou ja, mijn lichaam dan. Ikzelf heb hier al die tijd ge-zeten, te moe om me te verroeren. Ik wilde dat ik kon gaan slapen. Ik wilde dat er een of andere verdoving voor míj bestond, of op zijn minst iets wat de wereld om me heen tot zwijgen kan brengen. Ik wil net als mijn lichaam zijn: kalm en levenloos, als was in andermans handen. Ik heb de kracht niet voor deze beslissing. Ik wil dit niet langer! Ik zeg het zelfs hardop: *Ik wil dit niet!* Daarna kijk ik de ic rond en voel me een beetje belachelijk. Die andere ge-molde lui op deze zaal zullen ook wel niet zo blij zijn dat ze hier liggen...

Mijn lichaam is niet zo heel lang van de ic weggeweest. Een paar uur voor die operatie, nog wat tijd in de verkoe-verkamer. Ik weet niet wat er precies met me gebeurde. En voor het eerst vandaag kan dat me eigenlijk ook niet zo schelen. Het zou me ook niet móéten uitmaken. Het zou me allemaal niet zo'n moeite moeten kosten. Plotseling reali-seer ik me dat sterven gemakkelijk is. Leven is pas moeilijk!

Ik lig weer aan de beademing en er zit weer plakband over mijn ogen. Dat laatste begrijp ik nog steeds niet. Zijn de dokters soms bang dat ik tijdens de operatie zal ontwaken en me doodschrik van al die scalpels en dat bloed? Alsof dat soort dingen me nu nog wat doen! Twee verpleegsters, degene die mij is toegewezen en zuster Ramirez, komen naar mijn bed en checken mijn monitors. Ze roepen een aantal cijfers af, die me inmiddels even bekend voorkomen als mijn naam: bloeddruk, pols, ademhalingstempo...

Zuster Ramirez lijkt wel een ander persoon dan degene die hier gistermiddag aankwam. Al haar make-up is eraf, haar haar zit plat, ze kijkt uit haar ogen alsof ze staande zou kunnen slapen. Haar dienst zal er wel bijna op zitten. Ik zal haar missen. Maar ik ben ook blij voor haar dat ze even van me weg kan, weg van deze plek. Dat zou ik ook wel willen. En ik denk dat dat gaat gebeuren ook. Ik denk dat het slechts een kwestie van tijd is – tot ik heb uitgevist hoe ik moet loslaten.

Ik lig nog geen kwartier weer in mijn bed, als Willow haar hoofd om de deur steekt. Ze duwt de dubbele deur open en beent naar de verpleegster achter het bureau. Ik hoor niet wát ze zegt, maar wel de toon van haar stem: beleefd, zacht, maar met geen enkele ruimte voor twijfel. Als ze enkele minuten later de zaal verlaat, voelt alles anders. Willow heeft nu de touwtjes in handen.

De chagrijnige verpleegster kijkt eerst pissig, zo van: *Wat is dit voor mens, dat míj denkt te kunnen zeggen wat ik moet doen?* Maar dan lijkt ze zich erbij neer te leggen en gooit haar handen figuurlijk in de lucht. Het was een waanzinnige nacht, haar dienst zit er bijna op. Wat zou ze zich nog druk maken? Weldra zijn ik en mijn luidruchtige, brutale bezoekers iemand anders' probleem.

Vijf minuten later komt Willow terug, met mijn oma en opa. Zij heeft al een hele dag gewerkt en nu is ze weer hier. Ik weet dat ze op goede dagen al niet genoeg slaap krijgt. Ik hoorde mam haar altijd tips geven, over hoe ze kon zorgen dat de baby 's nachts doorsliep.

Ik weet niet wie er slechter uitziet, ik of opa. Zijn wangen zien ziekelijk geel, zijn huid lijkt wel van grauw papier, zijn ogen zijn bloeddoorlopen.

Oma daarentegen ziet er gewoon uit als altijd. Geen enkel teken van verval; alsof de uitputting haar niet heeft durven beroeren. Ze haast zich naar mijn bed. 'Zo meissie, jij hebt ons vandaag wel in een achtbaan meegenomen, zeg!' zegt ze luchtig. 'Je moeder zei altijd dat ze niet kon geloven wat een makkelijk meisje jij was. En dan zei ik altijd: "Wacht maar tot ze gaat puberen!" Maar jij bewees mijn ongelijk, want zelfs toen was je een makkie. Nooit in de problemen, nooit het type dat je het hart in de keel deed kloppen. Maar vandaag heb je dat voor een leven lang ingehaald!'

'Kom, kom,' zegt opa en legt een hand op haar schouder.

'Ach, ik maak maar een grapje. Dat snapt Mia heus wel. Die heeft gevoel voor humor, hoor, hoe serieus ze soms ook lijkt. Ja, een ondeugend gevoel voor humor, deze kleine hier.'

Oma trekt de stoel naast mijn bed en begint met haar vingers door mijn haar te kammen. Iemand heeft het uitgespoeld, dus ook al is het niet echt schoon, het zit in ieder geval niet meer vol opgedroogd bloed. Ze haalt eerst mijn pony uit de knoop, die tegenwoordig ongeveer tot mijn kin reikt. Ik laat mijn pony steeds groeien, waarna ik 'm telkens toch weer afknip – mijn wildste idee van een metamorfose. Dan werkt ze verder naar beneden, trekt mijn lange lokken onder het kussen vandaan en drapeert ze over mijn borst, zodat ze een deel van de snoertjes en slangetjes aan en in mijn lijf verbergen. 'Zo, da's beter,' zegt ze.

'Weet je,' gaat oma verder, 'ik ging vandaag een wandelingetje maken en je raadt nooit wat ik toen zag. Een kruisbek – in Portland, in februari! Da's echt uitzonderlijk. Dus denk ik dat het Glo was, die heeft altijd een zwakke plek voor jou gehad. Je deed haar namelijk denken aan je vader, die ze altijd heeft aanbeden. Toen die voor het eerst met zo'n maffe hanenkam ging rondlopen, hing zij bijna de vlag uit. Ze vond het prachtig dat hij zo rebels was, zo anders.

Maar wat ze niet wist, was dat jouw vader haar niet kon uitstaan. Ze kwam een keer bij ons op bezoek toen je vader een jaar of vijf, zes was, gekleed in een haveloze nertsmantel. Dat was dus lang voor ze in de dierenrechten, geneeskrachtige edelstenen en dergelijke dook. Maar goed, dat ding stonk vreselijk naar mottenballen – precies zoals het oude linnengoed dat wij in een hutkoffer op zolder bewaarden. Dus was ze voor je vader voortaan "Tante Koffergeur" – iets wat zij nooit heeft geweten. Ze vond het geweldig dat hij zich tegen ons afzette (althans, zo zag zij het) en dacht dat jij weer precies de andere kant op rebelleerde, door klassieke muziek te gaan spelen. Hoe vaak ik haar ook probeerde uit te leggen dat het helemaal niet zo zat, daar luisterde ze gewoon niet naar. Zij had haar eigen ideeën over hoe de dingen in elkaar staken – zoals wij allemaal natuurlijk.'

Zo kwettert oma nog zeker vijf minuten door en praat me bij over van alles en nog wat. Dat Heather heeft besloten dat ze bibliothecaresse wil worden; dat mijn neef Matthew een motor heeft gekocht en tante Patricia daar helemaal niet blij mee is... Ik heb haar wel eens uren achter elkaar horen vertellen – een constante stroom van nieuwtjes en commentaar – tijdens het koken of het verpotten van haar orchideeën.

Terwijl ik naar haar luister, zie ik haar bijna voor me in haar kas, waar de lucht zelfs in de winter warm en vochtig is en een beetje schimmelig ruikt, naar aarde – potaarde met een zweempje mest. Oma verzamelt namelijk – met de hand! – koeienpoep ('koeienvlaaien' noemt zij ze), die ze met wat stro vermengt tot haar eigen geheime groeimix. Opa zegt altijd dat ze daar patent op moet aanvragen, dat ze het recept moet verkopen. Oma gebruikt de mix namelijk voor haar orchideeën, waarmee ze voortdurend in de prijzen valt.

Ik probeer een beetje te mediteren op het geluid van oma's stem; me te laten wegdobberen op haar opgewekte gebabbel. Ik ben namelijk wel eens bijna in slaap gevallen, luisterend op de barkruk in haar keuken, en vraag me af of me dat vandaag ook zou kunnen lukken. Een beetje slaap zou zo welkom zijn! Een warme donkere deken die al het andere toedekt. Een slaap zonder dromen. Ik heb wel eens gehoord over de slaap der doden. Zou de dood zo voelen? Als een heerlijk, warm, diep, eeuwigdurend dutje? Als dat zo is, zou ik dat niet eens zo erg vinden. Nee, als sterven zo voelt, zou ik dat helemaal niet erg vinden...

Opeens vlieg ik met een ruk omhoog. Blinde paniek heeft alle kalmte die oma bood, tenietgedaan. Ik weet nog steeds niet hoe het allemaal exact werkt. Maar ik weet wel dat zodra ik me volledig overgeef aan opstappen, ik ook zal gaan. Maar daar ben ik niet klaar voor! Nog niet, althans. Waarom weet ik ook niet, maar zo is het nu eenmaal. En ik ben een beetje bang, dat als ik per ongeluk denk: Och, een oneindig dutje zou ik helemaal niet erg vinden, dat het dan ook gebeurt – onmkeerbaar. Net zoals opa en oma me altijd waarschuwden als ik een raar gezicht trok: dat dat als de klok twaalf sloeg, voor altijd zo zou blijven staan...

Ik vraag me af of elk stervend iemand mag beslissen of hij blijft of gaat. Het lijkt me van niet. Tenslotte ligt dit ziekenhuis vol met mensen die allerlei giftige chemicaliën in de aderen gepompt krijgen of de meest afschuwelijke operaties moeten ondergaan, opdat ze kunnen blijven – terwijl sommigen van hen alsnog zullen overlijden.

Hebben pap en mam ook mogen beslissen? Er lijkt amper tijd te zijn geweest voor zo'n gewichtige beslissing. Bovendien kan ik me niet voorstellen dat zij er dan voor zouden kiezen om mij alleen achter te laten.

En Teddy? Wilde hij met pap en mam mee? Wist hij dat ik nog hier was? Nou ja, zelfs als hij dat wist, kan ik het hem niet kwalijk nemen dat hij ervoor heeft gekozen zonder mij te vertrekken. Hij is nog maar zo klein, hij was vast bang. Ik zie hem opeens voor me, alleen en angstig. En voor het eerst in mijn leven hoop ik dat oma gelijk heeft, met die engelen van haar. Ik bid dat zij het allemaal te druk hadden met Teddy te troosten, om zich om mij te bekommeren.

Kan niet iemand anders voor mij beslissen? Kan ik geen 'zaakwaarnemer des doods' krijgen? Of wat honkbalteams

doen als de wedstrijd vordert en ze een betrouwbare slag-
man nodig hebben om iedereen van de honken op het
thuishonk te krijgen? Kan ik een invaller krijgen die míj
thuisbrengt?

Oma is weg. Willow is weg. De ic is rustig. Ik sluit mijn
ogen.
Als ik ze weer open, staat opa naast me. Hij huilt. Hij
maakt er geen enkel geluid bij, maar de tranen stromen
over zijn wangen en maken zijn hele gezicht nat. Zo heb
ik nog nooit iemand zien huilen. Stilletjes maar overvloe-
dig, alsof er achter zijn ogen een kraan is opengedraaid.
De tranen druppen op mijn deken en mijn pas gekamde
haar. *Pling, pling, pling.*
Opa veegt zijn gezicht niet af, snuit zijn neus niet, hij
laat de tranen gewoon vallen zoals ze vallen. Dan, als zijn
verdrietbron eindelijk lijkt te zijn opgedroogd, doet hij een
stap naar voren en drukt een kus op mijn voorhoofd.
En net als ik denk dat hij op het punt staat de deur uit
te lopen, draait hij zich terug naar mijn bed, brengt zijn
gezicht ter hoogte van mijn oor en begint te fluisteren.
'Het is goed,' zegt hij, 'als je wilt gaan. Iedereen hier wil
dat je blijft, ík wil niets anders dan dat je blijft...' Zijn
stem slaat over. Hij stopt, schraapt zijn keel, ademt diep in
en gaat dan verder: 'Maar dat is wat ík wil. Ik zou best
kunnen begrijpen dat dat misschien níét is wat jij wilt. Dus
wilde ik je laten weten, dat ik het zal begrijpen als je gaat.
Dat het goed is als je ons moet verlaten. Dat het goed is
als je de strijd wilt staken.'
Voor het eerst sinds ik me realiseerde dat Teddy er ook
niet meer was, voel ik iets openspringen. Ik kan weer ade-

men. Ik weet dat opa niet die laatste-inning-invaller kan zijn op wie ik hoopte. Hij zal mijn beademingsslang niet lostrekken of me een overdosis morfine toedienen of zoiets. Maar dit is vandaag voor het eerst dat iemand begrip opbrengt voor wat ik allemaal heb verloren. De maatschappelijk werkster waarschuwde oma en opa mij absoluut niet van streek te maken, maar de erkenning en toestemming die mijn opa mij zojuist heeft geschonken, voelen als een geschenk.

Opa gaat niet weg. Hij zakt terug op de stoel.

Het is nu doodstil. Zo stil, dat je de anderen bijna kunt horen dromen. Zo stil, dat je me bijna tegen opa kunt horen zeggen: 'Dank je.'

Toen mam Teddy kreeg, drumde pap nog steeds in de band, waar hij al sinds de universiteit bij zat. Ze hadden een paar cd's uitgebracht, gingen elke zomer op tournee. Ze waren absoluut niet beroemd, maar hadden wel een zekere aanhang in het noordwesten en een aantal universiteitssteden tussen hier en Chicago. En gek genoeg een stel fans in Japan. Ze ontvingen regelmatig post van Japanse tieners, die smeekten bij hen te komen spelen en zelfs hun eigen huis als slaapplaats aanboden. Pap zei altijd dat áls ze dat een keer deden, hij mij en mam meenam. We leerden ons zelfs een paar woordjes Japans aan, voor het geval dat. *Konnichiwa. Arigato.* Maar het kwam nooit zover.

Na mams aankondiging dat ze weer zwanger was, was het eerste teken dat er veranderingen op komst waren, het feit dat pap eindelijk een voorlopig rijbewijs ging halen

– op zijn drieëndertigste. Eerst probeerde hij het te leren van mam, maar zij was hem te ongeduldig (volgens mam was hij juist te gevoelig voor kritiek). Dus nam opa hem in zijn pick-uptruck de verlaten plattelandswegen op, net zoals hij had gedaan met paps broers en zussen – alleen hadden die allemaal op hun zestiende al leren autorijden.

Het volgende teken was de koerswijziging in paps kledingstijl – al merkten wij dat niet meteen op. Het was namelijk niet zo, dat hij van de ene op de andere dag zijn strakke zwarte spijkerbroek en rockshirtjes verruilde voor een pak. Nee, het ging veel subtieler. Eerst gingen de rockshirts de deur uit, ten gunste van jarenvijftigknoopjes-exemplaren van kunstzijde, die hij bij de Goodwill-kringloopwinkel opsnorde (tot die dingen ineens trendy werden en hij ervoor naar een hippe vintage zaak moest). Vervolgens vlogen de spijkerbroeken de vuilnisbak in (op zijn onberispelijke donkerblauwe Levi's na, die hij voortaan streek en in het weekend droeg). Meestal droeg hij nu keurige pantalons met omslag. Maar toen pap een paar weken na Teddy's geboorte zijn leren jack weggaf – zijn geliefde afgedragen motorjack met de pluizige luipaardriem – realiseerden we ons eindelijk dat er een grote transformatie aan de gang was.

'Man, dat kun je toch niet menen,' zei Henry, toen pap hem het jack overhandigde. 'Dat ding draag jij al eeuwen. Het rúíkt zelfs naar je.'

Pap trok slechts zijn schouders op. Toen tilde hij Teddy op, die lag te krijsen in zijn kinderwagen.

Een paar maanden later kondigde pap aan dat hij uit de band stapte. Mam zei dat hij dat voor haar echt niet hoefde te doen. Ze vond het prima dat hij bleef spelen – als hij maar niet maanden op tournee ging en haar achterliet met twee kinderen. Pap zei dat ze zich geen zorgen hoefde te maken en dat hij er echt niet om haar mee stopte.

De andere bandleden legden zich vrij snel bij zijn besluit neer. Maar Henry was er helemaal kapot van en deed van alles om hem ervan af te brengen. Hij beloofde pap dat ze voortaan alleen nog in onze stad zouden spelen, dat ze niet meer op tournee zouden gaan, nooit meer een nacht wegbleven. 'We kunnen zelfs in pak gaan optreden. Zijn we net *The Rat Pack*, gaan we Sinatra-covers doen. Toe, man,' probeerde Henry hem te bepraten.

Toen pap bleef weigeren zijn besluit te heroverwegen, knalde het flink tussen die twee. Henry was woest dat pap zomaar in zijn eentje besloot ermee te kappen – zeker omdat mam had benadrukt dat hij best mocht blijven spelen. Pap zei dat het hem speet, maar dat zijn besluit vaststond. Later bleek dat hij zijn aanmeldingsformulieren voor de hogeschool toen al had ingevuld. Hij werd leraar; afgelopen met het gelummel. 'Op een dag zul je het wel begrijpen,' zei hij nog tegen Henry.

'Echt niet!' snauwde Henry terug.

Hierna praatte Henry een paar maanden niet tegen pap. Van tijd tot tijd kwam Willow langs, als vredestichter. Ze vertelde pap dat Henry een paar dingen op een rijtje probeerde te krijgen. 'Gun hem wat tijd,' zei ze dan, waarop pap deed alsof hij er heus niet onder leed. Daarna dronken Willow en mam koffie in de keuken en wisselden veelbetekenende glimlachjes uit, die leken te willen zeggen: *Mannen... het zijn net kinderen.*

Toen Henry uiteindelijk zijn kop weer liet zien, zei hij niet tegen pap dat het hem speet. Althans, niet direct. Jaren later, kort na de geboorte van hun dochter, belde hij op een avond in tranen naar ons huis: 'Nu snap ik het pas,' zei hij tegen pap.

Vreemd genoeg leek opa in sommige opzichten net zo van streek over paps metamorfose als Henry. Terwijl je zou denken dat hij De Nieuwe Pap geweldig vond. Oppervlakkig gezien zijn hij en oma namelijk zo ouderwets, dat ze wel in een andere tijd lijken thuis te horen. Ze hebben geen computer, kijken niet naar kabel-tv, vloeken nooit en hebben een soort houding over zich, waardoor je altijd beleefd tegen ze wilt doen. Mam bijvoorbeeld, die altijd vloekte als een bootwerker, deed dat nooit in het bijzijn van oma en opa. Het was alsof niemand hen wilde teleurstellen.

Oma zag de lol van paps stijltransformatie echter wel in. 'Goh, als ik had geweten dat al die spullen weer in de mode kwamen, had ik opa's ouwe pakken wel bewaard,' zei ze, toen we op een zondag bij hen kwamen lunchen en pap onder zijn trenchcoat een wollen gabardine pantalon en een jarenvijftigvest bleek te dragen.

'Welnee, dit is helemaal niet in de mode: de punkstijl is juist terug. Dus ik geloof dat dit jullie zoons manier is om toch weer de rebel uit te kunnen hangen,' zei mam met een grijns. 'Is jouw pappa een rebel? Ja, hè? Pappa is een rebel,' brabbelde ze tegen een verrukt kirrende Teddy.

'Nou, het staat 'm wel parmantig,' zei oma. 'Vind je ook niet?' zei ze, zich naar opa draaiend.

Opa trok zijn schouders op. 'Ik vind hem er altijd goed

uitzien – zoals al mijn kinderen en kleinkinderen.' Maar hij keek er wel een beetje pijnlijk bij.

Later die middag ging ik met opa naar buiten, om hem te helpen bij het ophalen van een nieuwe lading openhaardhout. Hij moest nog een paar houtblokken splijten, dus keek ik toe hoe hij met zijn bijl een berg gedroogd elzenhout begon te bewerken.

'Opa? Vindt u paps nieuwe kleren maar niks?' vroeg ik. De bijl bleef halverwege in de lucht hangen. Toen legde hij hem voorzichtig neer, naast het bankje waarop ik zat. 'Ik vind zijn kleding prima, Mia,' zei hij.

'Maar u keek zo droevig toen oma het erover had.' Opa schudde zijn hoofd. 'Jou ontgaat ook niets, hè? En je bent nog maar tien.'

'Het was niet te missen. Als u zich bedroefd voelt, zíét u er ook zo uit.'

'Ik ben niet echt bedroefd, hoor. Je vader lijkt gelukkig en ik denk dat hij een prima leraar wordt. Dat wordt me een stel bofferds, die onder de bezielende leiding van jouw vader *The Great Gatsby* mogen gaan lezen. Ik zal de muziek alleen missen.'

'De muziek? Maar u gaat nooit naar paps optredens.'

'Ik heb slechte oren. Van de oorlog. Die herrie doet me pijn.'

'Dan moet u een koptelefoon op doen. Moet ik van mam ook. Die gewone oordopjes vallen er altijd uit.'

'Ja, misschien moet ik dat eens proberen. Maar ik heb altijd naar je vaders muziek geluisterd, hoor – zachtjes. Ik moet toegeven dat al dat elektrische gitaargeluid voor mij niet hoeft. Da's niet echt mijn ding. Maar ik bewonderde zijn muziek toch. Vooral de teksten. Toen hij ongeveer zo oud was als jij nu, bedacht je vader altijd de meest fantastische verhalen. Dan ging hij aan zijn tafeltje zitten, schreef alles op en gaf dat dan aan oma, waarna zij het uittypte. En dan tekende hij daar weer tekeningen bij. Grappige verhalen over dieren, maar heel echt en slim bedacht. Deed me altijd denken aan dat boek over die spin en dat varken... hoe heet dat ook alweer?'

'*Charlotte's Web*?'

'Ja, dat. Ik heb altijd gedacht dat je vader schrijver zou worden. En ergens ís hij dat ook geworden. De teksten die hij bij zijn muziek schrijft, da's pure poëzie. Heb je wel eens goed geluisterd naar wat hij allemaal zegt?'

Ik schudde mijn hoofd en schaamde me opeens. Ik had me nooit gerealiseerd dat mijn vader songteksten schreef! Omdat hij geen zanger was, had ik altijd aangenomen dat degene achter de microfoon dat deed. Toch had ik hem honderden keren aan de keukentafel zien zitten, met zijn gitaar en een schrijfblok. Ik had gewoon nooit één en één bij elkaar opgeteld.

Toen we die avond thuiskwamen, rende ik meteen naar mijn kamer, met paps cd's en een discman. Ik keek op de hoestekst welke nummers van pap waren en begon toen nauwkeurig alle teksten over te schrijven. Pas toen ik ze opgekrabbeld in mijn natuurkundeschrift zag staan, zag ik wat opa bedoelde. Paps teksten waren niet zomaar wat rijmelarij: ze waren bijzonder!

Zo was er een nummer dat *Waiting for Vengeance* heette. Dat draaide ik zo vaak, de tekst meelezend, tot ik het uit mijn hoofd kende. Het stond op hun tweede cd en was de enige ballad die ze ooit opnamen. Het klonk bijna als country, wat waarschijnlijk te danken was aan Henry's kortstondige liefde voor hillbillypunk. Ik kende het op een gegeven moment zo goed, dat ik het zonder dat ik het zelf in de gaten had, voor me uit begon te zingen.

*Wat is dit nu?*
*Wat is er van me geworden?*
*En bovendien: wat moet ik nu?*
*Nu er leegte is*
*waar eens jouw ogen het licht weerkaatsten*
*Maar da's zo lang geleden*
*dat was gisteravond*

*Wat was dat nou?*
*Wat was dat voor geluid?*
*'t Is slechts mijn leven*
*dat langs mijn oren fluit*
*En als ik omkijk*
*lijkt alles nietig*
*Zoals het al zo lang is*
*sinds gisteravond*

*Nu zeg ik vaarwel*
*nog even en ik bon weg*
*Ik denk dat je het wel zult merken*
*je zult afvragen waar het is misgegaan*
*Dit is geen vrije keuze*
*maar mijn strijdlust is gewoon op*
*Da's lang geleden al bepaald*
*te weten gisteravond*

'Wat zing je daar eigenlijk, Mia?' vroeg pap, toen ik Teddy in zijn kinderwagen door de keuken duwde, in een (vergeefse) poging hem in slaap te krijgen.

'Eh, een nummer van jou,' antwoordde ik schaapachtig. Ik kreeg ineens het gevoel dat ik me op verboden terrein had begeven. Mocht je andermans muziek soms niet zonder expliciete toestemming zingen?

Maar pap riep opgetogen: 'Mijn Mia, die mijn *Waiting for Vengeance* voor mijn Teddy zingt! Wat zeg je me daarvan!' En hij boog zich naar voren, rommelde even door mijn haar en kriebelde over Teddy's mollige wangetjes. 'Nou, ík zal je niet tegenhouden. Zing jij maar, dan neem ik dít van je over,' zei hij en pakte de stang van de kinderwagen.

Maar toen durfde ik dus niet meer. Ik murmelde maar wat – totdat pap inviel en we zachtjes samen zongen, net zolang tot Teddy was ingedommeld.

Toen legde pap een vinger tegen zijn lippen en gebaarde me hem naar de woonkamer te volgen. 'Potje schaken?' vroeg hij daar. Hij probeerde me altijd te leren schaken, maar ik vond het veel te veel moeite voor een spelletje.

'Wat dacht je van dammen?' zei ik.

'Ook goed.'

We speelden zwijgend.

Als hij aan zet was, gluurde ik stiekem naar mijn vader in zijn buttondownshirt en probeerde me het snel vervagende beeld van een vent met gebleekte haren en een leren jack voor de geest te halen.

'Pap?'

'Hmm?'

'Mag ik je wat vragen?'

'Altijd.'

'Vind je het niet jammer dat je niet meer in een bandje zit?'

'Nee,' zei hij.

'Niet eens een heel klein beetje?'

Zijn grijze ogen zochten de mijne. 'Hoe kom je daar ineens bij?'

'O, gewoon. Ik had het er laatst met opa over.'

'Aha, dan snap ik het.'

'Echt?'

Pap knikte. 'Opa denkt dat hij op de een of andere manier druk op mij heeft uitgeoefend om mijn leven te veranderen.'

'En ís dat ook zo?'

'Nou, indirect eigenlijk wel. Gewoon door wie hij is, door me te laten zien hoe een vader zich gedraagt...'

'Maar je was ook een goede vader toen je nog in de band speelde – een supervader! Ik wil helemaal niet dat je dat alles voor mij opgeeft,' zei ik. Mijn keel zat opeens dicht. 'En ik geloof ook niet dat Teddy dat zou willen.'

Pap glimlachte en gaf een klopje op mijn hand. 'O Mia *Oh-My-Uh*, ik geef helemaal niets op! Het is geen kwestie van of/of: lesgeven of spelen, spijkerbroek of pak. Muziek zal altijd deel uitmaken van mijn leven.'

'Maar je bent uit de band gestapt! Je kleedt je niet langer als een punker!'

Pap zuchtte. 'Dat was niet zo moeilijk, hoor. Ik was gewoon klaar met dat deel van mijn leven. Het was genoeg. Ik heb er niet eens zo lang bij stilgestaan – wat opa of Henry ook mogen denken. Soms maak je in je leven keuzes, soms "maken" die keuzes jou. Begrijp je dat een beetje?'

Ik dacht aan mijn cello. Dat ik soms niet meer wist waarom ik me er zo toe aangetrokken had gevoeld; dat het soms wel leek alsof het instrument míj had uitgekozen, in plaats van andersom.

Ik knikte, glimlachte en bracht mijn aandacht terug naar het spel. 'Dam!' zei ik.

# 04.57

En nu kan ik dus niet meer ophouden met aan *Waiting for Vengeance* denken. Terwijl ik dat nummer al jaren niet meer heb gedraaid of zelfs maar aan gedacht! Maar vanaf het moment dat opa zijn post naast mijn bed verliet, lig ik het constant voor me uit te zingen. Pap schreef het eeuwen geleden, maar het voelt nu alsof het gisteren was. Alsof hij het heeft geschreven waar hij nu is. Alsof er een geheime boodschap in verborgen zit, voor mij. Hoe kan ik die tekst anders verklaren? *Dit is geen vrije keuze. Maar mijn strijdlust is gewoon op.*

Wat betekent dat? Is het de een of andere aanwijzing? Een hint over wat mijn ouders, als ze dat konden, voor mij zouden kiezen?

Ik probeer het vanuit hun perspectief te zien. Ik weet dat ze bij me zouden willen zijn. Dat ze zouden willen dat we uiteindelijk allemaal weer bij elkaar komen. Maar ik heb geen idee of het na je dood wel zo gaat. En zo ja, dan gebeurt het dus toch wel: of ik nu vanochtend doodga of pas over zeventig jaar... Maar wat zouden ze nú voor mij wensen? Zodra ik mezelf die vraag stel, zie ik mams boze gezicht voor me. Zij zou furieus zijn dat ik zelfs maar overwoog níét te blijven. Maar pap, die begreep blijkbaar wat het betekende om geen strijdlust meer te hebben. Misschien begrijpt hij, net als opa, waarom ik denk dat ik niet kán blijven.

Ik zing het nummer nog een keer – alsof er instructies tussen de regels verstopt liggen: een soort muzikale routebeschrijving van waar ik heen moet en hoe ik daar kom.

Ik zing en concentreer me, en zing en denk zo diep na dat ik ternauwernood merk dat Willow de ic weer binnenkomt; ternauwernood merk dat ze met de chagrijnige verpleegster praat; ternauwernood de onbuigzame vastberadenheid in haar stem herken.

Als ik wel had opgelet, had ik misschien gehoord dat Willow ervoor pleitte Adam bij mij toe te laten. Als ik wel had opgelet, was ik misschien weggeslopen voordat Willow – zoals altijd – haar zin kreeg.

Want ik wil hem nu niet zien. Ik bedoel, natuurlijk wil ik dat wel. Ik hunker zelfs naar hem. Maar ik weet ook dat als ik hém zie, ik het laatste zweempje vredigheid kwijtraak, dat opa me gaf toen hij zei dat het goed was als ik wilde gaan. Ik ben keihard bezig al mijn moed bij elkaar te rapen om te doen wat ik moet doen. En Adam maakt dat alleen maar ingewikkelder.

Ik probeer op te staan om te vluchten. Maar er is iets met me gebeurd sinds die tweede operatie. Ik kan me niet langer bewegen. Het kost me al al mijn kracht om rechtop op mijn stoel te blijven zitten. Ik kán dus helemaal niet weg. Ik kan me alleen proberen te verstoppen. Dus trek ik mijn knieën op tegen mijn borst en sluit mijn ogen.

Ik hoor zuster Ramirez tegen Willow praten. 'Ik breng hem wel naar haar toe,' zegt ze.

En voor deze ene keer gromt de chagrijnige zuster niet dat ze zich met haar eigen patiënten moet bemoeien.

'Dat was een behoorlijk stomme truc die je daarstraks uithaalde,' hoor ik haar tegen Adam zeggen.

'Weet ik,' antwoordt Adam. Zijn stem is niet meer dan een hees gefluister, zoals altijd na een optreden met veel gegil. 'Ik was wanhopig.'

'Nee, je was romantisch,' zegt ze tegen hem.

'Het was idioot! Ze vertelden me dat het nét de goede kant met haar op ging. Dat ze van de beademing af was, dat ze sterker begon te worden... Maar nadat ik was binnengeweest, ging ze weer achteruit. Het schijnt dat haar hart op de operatietafel ineens stopte...' Zijn stem zakt weg.

'Maar dat hebben ze weer op gang gekregen!' zegt zuster Ramirez. 'Ze had een geperforeerde lever, waardoor langzaam gal in haar buikholte lekte, die haar organen aantastte. Dat soort dingen gebeuren constant; dat had helemaal niets met jou te maken! Wij waren er op tijd bij en hebben het gerepareerd. Da's het enige dat telt.'

'Maar ze gíng vooruit,' fluistert Adam. Hij klinkt kleintjes en kwetsbaar, net zoals Teddy als hij buikpijn had. 'En toen kwam ik binnen... en toen ging ze bijna dood.' Zijn stem wordt gesmoord door een snik.

Het geluid schudt me wakker, alsof ik een emmer ijswater over mijn shirt krijg. Denkt Adam dat híj me dit heeft aangedaan? Welnee! Dat is meer dan absurd. Hij zit er erger naast dan hij zich kan voorstellen!

'Ja, en ik was "bijna" in Porto Rico gebleven en getrouwd met een dikke klerelijer,' reageert de zuster ad rem. 'Maar niet dus. En nu ziet mijn leven er heel anders uit. "Bijna" telt niet. Je hebt te maken met de situatie zoals die nú is: ze is er nog.' Zwierig trekt ze het gordijn rond mijn bed dicht. 'Hup, naar binnen, jij,' zegt ze dan tegen Adam.

Ik dwing mezelf mijn hoofd omhoog te doen en mijn ogen open. Adam! Mijn god, zelfs in deze toestand is hij geweldig. Hij heeft wallen onder zijn ogen, stoppels op zijn kin (genoeg om, als we zouden zoenen, mijn kin rauw te schuren) en is gekleed in zijn gebruikelijke optreedoutfit: T-shirt, strakke spijkerbroek met opgerolde pijpen en Converse-gympen. En mijn opa's geruite sjaal rond zijn schouders.

Als hij me ziet, trekt hij wit weg, alsof ik een of ander afzichtelijk *Creature from the Black Lagoon* ben. Ik zie er inderdaad behoorlijk eng uit: weer aan de beademing en nog een stuk of wat apparaten, en door het verband van de laatste operatie is wat bloed gesijpeld. Maar na een paar tellen zucht hij diep en is hij gewoon weer Adam. Hij kijkt zoekend rond, alsof hij iets heeft laten vallen, en vindt dan wat hij zocht: mijn handen. 'Jezus, Mia, je handen zijn gewoon bevroren!' Hij hurkt naast mijn bed en pakt mijn rechterhand in de zijne. Dan brengt hij – heel voorzichtig voor alle slangen en snoertjes – zijn mond ernaartoe en begint er warme lucht op te blazen. 'Die rare handen van jou ook!' Het verbaast hem altijd dat ik, zelfs midden in de zomer of na een superzweterige vrijpartij, nog koude handen heb. Ik zeg dan altijd dat ik gewoon een slechte doorbloeding heb, maar daar gelooft hij niets van omdat mijn voeten meestal wél warm zijn. Nee, volgens hem heb ik bionische handen en ben ik daarom zo'n goede celliste.

Ik kijk hoe hij mijn handen opwarmt, zoals hij al duizenden keren eerder heeft gedaan, en denk aan de eerste keer dat hij dit deed: op het gazon van school – alsof het de natuurlijkste zaak van de wereld was. Ik herinner me ook de eerste keer dat hij het onder de ogen van mijn ouders deed. Het was kerstavond. We zaten met zijn allen op de veranda cider te drinken. Het vroor. Ineens pakte Adam mijn handen en begon erop te blazen. Teddy giechelde. Pap en mam zeiden niets, maar keken elkaar even aan en wisselden een vertrouwelijke blik uit. Daarna glimlachte mam vertederd naar ons.

Ik vraag me af of ik, als ik mijn best doe, zijn aanraking echt kan voelen. Als ik boven op mezelf ga liggen in dat bed, word ik dan weer één met mijn lichaam? Zal ik hem dan voelen? Of als ik mijn spookhand naar hem uitsteek, voelt hij dat dan? En warmt hij dan ook de handen die hij níét ziet?

Adam laat mijn hand los, komt nog wat dichterbij en bestudeert mijn gezicht. Hij is nu zo vlakbij, dat ik hem bijna kan ruiken. Ik word overspoeld door het verlangen hem aan te raken – een basaal, allesoverheersend oergevoel, zoals een baby hunkert naar zijn moeders borst. Al weet ik dat er, zodra we elkaar aanraken, een geheel nieuwe strijd aanvangt – een die nóg zwaarder zal zijn dan de kalme, die Adam en ik de afgelopen maanden hebben gevoerd.

Adam mompelt ineens iets, heel zacht. Hij prevelt, steeds weer opnieuw: *Alsjeblieft, alsjeblieft, alsjeblieft, alsjeblieft, alsjeblieft, alsjeblieft, alsjeblieft, alsjeblieft, alsjeblieft.* Uiteindelijk stopt hij en kijkt naar mijn gezicht. 'Alsjeblieft, Mia...' smeekt hij me. 'Laat me geen nummer over je hoeven schrijven.'

Ik had nooit verwacht dat ik verliefd zou worden. Ik was gewoon niet zo'n type dat constant haar hart verloor aan popsterren, fantaseerde over trouwen met Brad Pitt en zo. Ergens wist ik wel dat ik op een dag vriendjes zou krijgen (op de universiteit pas, als Kims voorspelling klopte) en uiteindelijk zelfs zou trouwen. En ik was ook heus niet geheel immuun voor de charmes van de andere sekse. Maar ik was gewoon niet zo'n romantische zwijmelmeid, die zich constant verloor in rozige, donzige dagdromerij over de ware liefde.

Nee, zelfs toen ik verliefd wérd – halsoverkop, heftig, kan-maar-niet-ophouden-met-grijnzen – had ik nog niet meteen door wat er aan de hand was. Als ik bij Adam was (ná die schutterige beginweken), voelde ik me altijd zo goed dat ik mezelf liever niet lastigviel met gepieker over wat er precies met mij – met ons – gebeurde. Het voelde gewoon normaal en goed, als een warm bubbelbad.

Wat overigens niet wil zeggen dat Adam en ik nooit ruzie hadden. We kibbelden over van alles en nog wat: dat hij niet aardig genoeg deed tegen Kim, dat ik niet gezellig was bij zijn optredens, dat hij te hard reed, dat ik het dekbed van hem af trok... En dat ik ervan baalde dat hij nooit een nummer over mij schreef. Volgens hem was dat gewoon, omdat hij niet goed was in slappe liefdesliedjes. 'Als je een nummer wilt, zul je moeten vreemdgaan of zoiets,' zei hij, terwijl hij heel goed wist dat ik dat nooit zou doen.

Maar afgelopen najaar kregen we ineens een ander soort onenigheid. Het was niet eens echt ruzie, er werd niet bij geschreeuwd, we kibbelden zelfs amper. Er gleed alleen stilletjes een adder van spanningen onder ons gras. En het leek allemaal te zijn begonnen met die auditie voor Juilliard.

'En? Sloegen ze steil achterover?' vroeg Adam toen ik terugkwam. 'Word je toegelaten, met volledige beurs?'

Ik hád al het gevoel dat ze me zouden toelaten – nog vóór ik professor Christie vertelde over die opmerking van dat ene jurylid ('Lang geleden dat we hier een echte boerenmeid uit Oregon hadden') en zij daarop begon te hyperventileren, omdat ze ervan overtuigd was dat dat een stilzwijgende toezegging was. Tijdens de auditie was er namelijk iets wezenlijk veranderd aan mijn manier van spelen. Ik brak opeens door een onzichtbare barrière heen, waardoor ik de stukken eindelijk kon spelen zoals ik ze in mijn hoofd had. Het resultaat was buitengewoon: de psychische en lichamelijke, technische en emotionele kanten van mijn talent vloeiden eindelijk in elkaar over.

En op de terugreis, toen opa en ik bijna bij de grens van Californië met Oregon waren, kreeg ik zelfs een soort ingeving – een visioen van hoe ik met mijn cello door New York zeulde. Toen wist ik het eigenlijk al. En die zekerheid nestelde zich als een warm geheim binnen in me. En omdat ik niet zo geloof in voorgevoelens en ook niet gauw overmoedig ben, vermoedde ik dat dat visioen meer betekende dan een beetje magisch denken.

'O, het ging best goed,' zei ik tegen Adam. En terwijl ik het zei, besefte ik dat ik voor het eerst glashard tegen hem loog. Iets heel anders dan al die keren dat ik expres dingen voor hem had verzwegen.

Om te beginnen had ik verzuimd hem te vertellen dat ik me voor Juilliard had aangemeld – wat lastiger was dan het klonk. Voor ik mijn aanmeldingsformulier kon opsturen, moest ik namelijk elk vrij moment met professor Christie studeren, om dat Sjostakovitsj-concert en die twee Bach-suites bij te schaven. Als Adam me in die periode vroeg waarom ik het zo druk had, kwam ik expres met vage smoezen over moeilijke nieuwe stukken. Ik wist dit voor mezelf recht te praten, omdat het technisch gesproken klopte.

Daarna regelde professor Christie een opnamesessie voor me op de universiteit, zodat ik een fatsoenlijk cd'tje bij Juilliard kon indienen. Ik moest me daarvoor op een zondagochtend om zeven uur in de studio melden. De avond daarvoor deed ik alsof ik me niet lekker voelde en dat ik liever had dat Adam niet bij me bleef slapen. Ook dat leugentje had ik voor mezelf goedgepraat. Ik voelde me echt niet helemaal lekker – door de zenuwen. Dus was ook dat geen echte leugen.

Trouwens, dacht ik, ik hoefde er toch ook niet zo'n heisa over te maken? Ik had het Kim ook niet verteld. Het was echt niet zo dat alleen Adam speciaal door mij om de tuin werd geleid.

Maar toen ik hem vertelde dat ik het op die auditie 'best goed' had gedaan, kreeg ik toch het gevoel dat ik door drijfzand waadde en dat ik, als ik nog één stap zette, mezelf niet meer loskreeg en erin wegzakte tot ik in mijn eigen leugens stikte.

Dus haalde ik diep adem en trok mezelf weer op vaste bodem. 'Eh... eigenlijk is dat niet waar,' zei ik. 'Ik heb het juist heel goed gedaan. Beter dan ooit. Ik leek wel bezeten.'

Adams eerste reactie was een trotse glimlach. 'Wat had ik dát graag gezien!' Maar toen betrok zijn blik en gingen zijn mondhoeken naar beneden. 'Maar waarom zwakte je het eerst dan af?' vroeg hij. 'Waarom heb je me meteen na die auditie niet gebeld, om een lekker potje op te scheppen?'

'D-dat weet ik niet,' zei ik.

'Maar eh... da's dus groot nieuws,' zei Adam, terwijl hij probeerde te verbergen hoe gekwetst hij zich voelde. 'Dat moeten we vieren.'

'Ja, feestje!' zei ik, geforceerd vrolijk. 'We zouden zaterdag naar Portland kunnen gaan. Naar de Japanse Tuin en daarna eten bij Beau Thai...' Adam trok een gezicht. 'Dan kan ik niet. We spelen dit weekend in Olympia én Seattle. Minitournee, weet je nog? Ik zou het hartstikke leuk vinden als je meekwam, maar ik weet niet of dat voor jou wel een feest is. Maar ik ben zondag aan het eind van de middag weer terug. We zouden 's avonds in Portland kunnen afspreken?'

'Nee, dan kan ík niet. Ik speel in een strijkkwartet bij de een of andere professor thuis. Wat dacht je van volgend weekend?'

Adam keek gepijnigd. 'De komende paar weekends zitten wij in de studio. Maar we kunnen natuurlijk ook op een gewone weekdag gaan, ergens in de buurt. De Mexicaan bijvoorbeeld?'

'Oké, de Mexicaan,' zei ik.

Twee minuten eerder had ik niet eens iets wíllen vieren. Nu voelde ik me toch een beetje teleurgesteld en beledigd, omdat ik was gedegradeerd naar een doordeweeks etentje in onze vaste tent.

Toen Adam afgelopen voorjaar zijn middelbareschooldiploma haalde en vanuit zijn ouderlijk huis naar het House of Rock verhuisde, had ik niet verwacht dat er veel zou veranderen. Hij woonde nog steeds dichtbij, we zouden elkaar nog steeds constant zien. Ik zou onze rumoerige ontmoetinkjes in de muziekvleugel missen, maar was ook opgelucht dat onze relatie onder het vergrootglas van school uit was.

Maar er veranderde wél van alles, nadat hij in het House of Rock was getrokken en op de universiteit was begonnen – al kwam dat door andere dingen dan ik had bedacht.

Aan het begin van het najaar, toen Adam net een beetje aan het universiteitsleven begon te wennen, begon het rond Shooting Star ineens te borrelen. Ze kregen een platencontract bij een middelgroot label in Seattle en zaten constant in de studio. Ook kwamen er steeds meer optredens, voor een steeds groter publiek. Er was bijna geen weekend meer vrij. Het werd zelfs zo hectisch dat Adam besloot de helft van zijn vakken te laten vallen en nog slechts af en toe de colleges te bezoeken. Als het in dit tempo zo doorging, dacht hij er zelfs over zijn studie helemaal af te breken. 'Je moet het ijzer smeden als het heet is,' zei hij tegen mij.

Ik was oprecht blij voor hem. Ik wist dat Shooting Star iets bijzonders was; niet zomaar een studentenbandje. Ik zat er dan ook niet zo mee dat Adam nu vaker weg was, zeker niet omdat hij me steeds weer verzekerde dat híj het wel vervelend vond.

Maar op de een of andere manier veranderde het vooruitzicht van Juilliard plotseling de boel tussen ons; zat ik er ineens wél mee. Wat natuurlijk nergens op sloeg, want dit trok de verhoudingen toch juist weer recht? Nu gebeurde er ook iets opwindends in mijn leven.

'Over een paar weekjes kunnen we naar Portland,' beloofde Adam. 'Dan hangt meteen ook alle kerstverlichting en zo...'

'Oké,' zei ik nors.

Adam zuchtte. 'Het begint een beetje ingewikkeld te worden, hè?'

'Ja, onze agenda's staan veel te vol,' zei ik.

'Dat bedoelde ik niet,' zei Adam en draaide mijn gezicht, zodat ik hem wel recht in de ogen moest kijken.

'Weet ik,' antwoordde ik. En toen kreeg ik zo'n brok in mijn keel, dat ik niets meer kon zeggen.

We probeerde de angel uit het onderwerp te halen door het erover te hebben zonder het echt te benoemen, er een beetje een grapje van te maken. 'Weet je, ik las in *US News and World Report* dat de Willamette Universiteit ook een goed muziekprogramma heeft,' zei Adam. 'Die zit in Salem, dat met de minuut hipper schijnt te worden.'

'Zegt wie? De gouverneur?' reageerde ik.

'Liz heeft er in een vintage kledingzaak een paar heel goeie spullen gevonden. En je weet het: zodra de vintage winkels komen, zijn de hippe vogels niet ver weg.'

'Je vergeet dat ik niet hip ben,' bracht ik hem in herinnering. 'Maar over hippe vogels gesproken, misschien moet Shooting Star maar eens naar New York verhuizen. Dat is tenslotte het hart van de punkscene: The Ramones, Blondie...' Ik zei het zo luchtig en koket – een Oscar-waardige vertolking.

'Joh, dat was dertig jaar geleden,' antwoordde Adam. 'En zelfs als ík naar New York zou willen, zou de rest van de band dat never-nooit-niet doen...' Toen keek hij bedroefd naar zijn schoenen en ik wist dat het lollige gedeelte van het gesprek erop zat.

Mijn maag draaide zich om – het aperitiefje van de portie hartzeer die ik volgens mij zeer binnenkort geserveerd zou krijgen.

Adam en ik waren nooit zo'n stelletje geweest dat het constant over de toekomst had, over waar onze relatie naartoe ging en zo. Maar nu alles opeens op losse schroeven leek te staan, vermeden we werkelijk elk onderwerp dat verder dan een paar weken weg was. En dat maakte onze gesprekken net zo gekunsteld en ongemakkelijk als in die eerste paar weken samen, vóór we onze draai met elkaar gevonden hadden.

Zo zag ik op een herfstmiddag in de tweedehandszaak waar pap altijd zijn pakken kocht, een prachtige zijden jarendertigjurk hangen. Ik had Adam er bijna op gewezen en gevraagd of hij dat misschien ook iets voor het eindbal vond. Maar ja, het eindbal was pas in juni en misschien was hij dan wel op tournee, of had ik het dan te druk met mijn voorbereidingen voor Juilliard. Dus zei ik maar niets.

Niet lang daarna klaagde Adam over zijn gammele gitaar en zei dat hij dolgraag een tweedehands Gibson SG wilde. Dus bood ik aan hem er zo een voor zijn verjaardag te geven. Waarop hij zei dat die dingen een paar duizend dollar kostten en dat zijn verjaardag pas in september was. En hij sprak 'september' uit als een rechter die een gevangenisstraf uitdeelt.

Nog maar een paar weken geleden gingen we samen naar een oudjaarsfeest. Adam werd dronken en om middernacht zoende hij me heel heftig. 'Beloof me dat je volgend jaar ook weer oudjaar met mij zult vieren,' fluisterde hij in mijn oor. Ik wil hem net vertellen dat ik, ook als ik naar Juilliard ging, met kerst en oudjaar heus wel naar huis kwam, toen ik besefte dat hij dat niet bedoelde. Dus beloofde ik het, omdat ik het net zo graag wilde als hij. En ik zoende hem zo heftig terug dat het was alsof ik onze lichamen via onze lippen probeerde te laten versmelten.

Toen ik op nieuwjaarsochtend thuiskwam, trof ik de rest van ons gezin in de keuken, samen met Henry, Willow en de baby. Pap stond het ontbijt klaar te maken: stamppot gerookte zalm – zijn specialiteit.

Henry keek me hoofdschuddend aan. 'Moet je dat toch zien! Het lijkt pas gisteren dat ik het vróég vond, als ik om acht uur 's ochtends naar huis strompelde. Nu zou ik er een moord voor doen als ik tot acht uur kon slápen...'

'Wij hebben middernacht niet eens gered,' bekende Willow, terwijl ze de baby op haar schoot heen en weer liet wippen. 'Achteraf maar goed ook, want dit dametje hier besloot het nieuwe jaar al om halfzes te beginnen.'

'Ik ben wél opgebleven!' gilde Teddy. 'Ik heb de bal op tv om twaalf uur zien vallen. Da's in New York, wist je dat? Als je daarnaartoe verhuist, neem je mij dan een keer mee om het in het echt te zien?' vroeg hij.

'Tuurlijk, Teddy,' deed ik enthousiast. Het idee dat ik naar New York zou verhuizen, begon steeds reëler te worden. En hoewel dat me over het algemeen zowel nerveus als opgetogen maakte, gaf het beeld van Teddy en mij samen op oudejaarsavond in New York me ook een ondraaglijk eenzaam gevoel.

Mam keek me met opgetrokken wenkbrauwen aan. 'Omdat het nieuwjaarsdag is, zal ik niet beginnen te zeuren dat je nu pas komt binnenvallen. Maar als je een kater hebt, heb je bij deze huisarrest.'

'Welnee, ik heb maar één biertje gehad. Ik ben gewoon moe.'

'Gewoon moe? Zeker weten?' Mam pakte mijn pols en draaide me naar zich toe. Toen ze mijn verslagen gezicht zag, keek ze me even schuin aan, zo van: *Alles goed?*

Ik trok mijn schouders op en moest op mijn lip bijten om niet te bezwijken.

Mam knikte, gaf me een kop koffie en leidde me naar de tafel. Toen zette ze een bord stamppot met een dikke snee zuurdesembrood voor me neer. En hoewel ik me niet kon voorstellen dat ik honger had, liep het water me meteen in de mond en rammelde mijn maag alsof ik was uitgehongerd. Ik at zwijgend, terwijl mam me nauwlettend in de gaten hield. Toen iedereen zijn eten ophad, stuurde mam ze naar de woonkamer om op tv naar de *Rose Parade* te gaan kijken.

'Iedereen eruit!' beval ze. 'Mia en ik doen de afwas.'

Zodra ze weg waren, draaide ze zich naar mij, waarna ik me tegen haar aan liet vallen, in huilen uitbarstte en alle spanning en onzekerheid van de afgelopen weken liet wegstromen. Zo stonden we zwijgend bij elkaar, terwijl ik mams hele trui onder snotterde.

Toen ik klaar was, stak ze me het sponsje toe. 'Jij wast, ik droog af. En dan praten we. Ikzelf vind dat altijd erg kalmerend: het warme water, het sop...'

Ze pakte de theedoek en we gingen aan het werk. En ik vertelde haar over Adam en mij.

'We hebben echt een perfect anderhalf jaar gehad,' zei ik. 'Zo perfect, dat ik gewoon nooit over de toekomst heb nagedacht. Over dat we wel eens verschillende kanten op zouden kunnen gaan.'

Mam glimlachte droevig en wijs tegelijk. 'Maar ík heb daar wel vaak over nagedacht.'

Ik draaide me naar haar toe.

Ze staarde door het raam, naar een paar mussen die zich zaten te wassen in een plas. 'Ik weet nog vorig jaar met kerstavond, toen Adam bij ons was. Toen zei ik tegen je vader dat je eigenlijk te vroeg verliefd was geworden.'

'Ik weet het, ik weet het, wat weten kinderen nou van de liefde?'

Mam stopte met het afdrogen van de steelpan waar ze mee bezig was. 'Nee, dat bedoel ik helemaal niet. Integendeel zelfs. Wat jij met Adam hebt, is nooit op mij overgekomen als een typische "middelbareschoolliefde",' zei ze, met haar vingers de aanhalingstekens makend in de lucht. 'Het leek in de verste verte niet op het dronken gerommel op de achterbank van iemands Chevrolet, dat we in míjn middelbareschooltijd verkering noemden. Jullie leken – lijken trouwens nog steeds – echt serieus verliefd.' Ze zuchtte. 'Maar zeventien is daar wel een verdomd rottige leeftijd voor.'

Ik grijnsde. De steen op mijn maag voelde ietsje lichter. 'Vertel mij wat!' zei ik. 'Maar als we niet allebei in de muziek zaten, konden we gewoon samen naar de universiteit en was er niks aan de hand.'

'Nee, da's een uitvlucht, Mia,' zei mam. 'Relaties zijn altijd moeilijk. Het is net als in de muziek: soms is er harmonie, soms kakofonie. Dat hoef ik jou niet eens te vertellen.'

'Daar heb je denk ik wel gelijk in.'

'En, kom op nou! Muziek is juist wat jullie heeft samengebracht! Dat hebben je vader en ik altijd tegen elkaar gezegd. Jullie vielen eerst allebei voor de muziek, daarna voor elkaar. Eigenlijk net zo'n beetje als het met je vader en mij is gegaan. Ik bespeelde dan wel geen instrument, maar luisterde wel heel veel. Ik had alleen het geluk dat ik al wat ouder was, toen we elkaar leerden kennen.'

Ik had mijn moeder nooit verteld wat Adam had geantwoord, toen ik hem die avond na dat Yo-Yo Ma-concert had gevraagd: *Waarom ik?* – dat muziek er voor hem onlosmakelijk bij hoorde. 'Ja, maar nu heb ik dus het gevoel dat de muziek ons ook weer uit elkaar rukt.'

Mam schudde haar hoofd. 'Onzin! Dat kan muziek helemaal niet. Het leven biedt jullie misschien verschillende paden. Maar jullie beslissen zelf voor welk pad je kiest.' Ze draaide zich plots om en keek me aan. 'Adam probeert je er toch niet van te weerhouden naar Juilliard te gaan, wel?'

'Nou... niet erger dan dat ík hem probeer over te halen met me mee naar New York te gaan. Ach, het is toch allemaal maar stom. Misschien gá ik daar niet eens studeren.'

'Zou kunnen. Maar je gaat sowieso érgens studeren, dat weten we allemaal. En dat geldt net zo goed voor Adam.'

'Ja, maar die kan ergens naartoe en dan gewoon hier blijven wonen.'

Mam trok haar schouders op. 'Misschien. Voorlopig wel, ja.'

Ik sloeg mijn handen voor mijn gezicht en schudde mijn hoofd. 'Wat moet ik toch doen?' jammerde ik. 'Het is gewoon een onmogelijk dilemma.'

Mam trok een meelevend gezicht. 'Dat weet ik ook niet. Maar ik weet wel, dat als jij wilt blijven om bij hem te zijn, ik daarachter zou staan. Hoewel ik dat misschien alleen maar zeg, omdat ik denk dat je Juilliard toch niet zult afwijzen... Maar ik zou er in ieder geval begrip voor hebben als je voor de liefde koos: je liefde voor Adam boven die voor de muziek. Wat je ook kiest, je wint en verliest altijd iets. Tja, wat moet ik daarvan zeggen? Het leven is gewoon niet makkelijk.'

Daarna bespraken Adam en ik het onderwerp nog één keer. We zaten in het House of Rock op zijn slaapbank. Hij pingelde wat op zijn elektrische gitaar.

'Het kan ook zijn dat ik toch níét word aangenomen,' zei ik. 'Ga ik misschien toch hier naar school, bij jou in de buurt. Ergens hoop ik dat zelfs, dan hoef ik tenminste niet te kiezen.'

'Maar als je wél wordt aangenomen, is je keuze al gemaakt, is het niet?' vroeg Adam.

Dat was waar: dan zou ik gaan. Wat niet betekende dat ik niet langer van hem hield of dat het zou uitgaan tussen ons. Maar mam en Adam hadden gelijk, ik zou Juilliard niet afwijzen.

Adam zweeg even en pingelde zo hard op zijn gitaar, dat ik het bijna niet hoorde toen hij zei: 'Ik wil niet degene zijn die jou hier wil houden. Als de rollen waren omgedraaid, zou jij mij ook laten gaan.'

'Ergens héb ik dat zelfs al gedaan. Ergens bén jij al weg, naar je eigen Juilliard,' zei ik.

'Ja, ik weet het,' zei Adam zacht. 'Maar ik ben wel nog hier. En nog steeds knettergek op jou.'

'Ik ook op jou,' zei ik.

Toen zeiden we een poosje niets, terwijl Adam een onbekend deuntje tokkelde. Ik vroeg hem wat dat was.

'Ik noem het de "Vriendinnetje-gaat-naar-Juilliard-en-laat-mijn-punkhart-in-stukken-achter-Blues",' zei hij en zong de titel met een overdreven neusstem. Daarna grijnsde hij zo sullig en verlegen, dat ik voelde dat die grijns uit zijn allerdiepste binnenste kwam. 'Grapje!'

'Gelukkig,' zei ik.

'Soort van,' voegde hij eraan toe.

# 05.42

Adam is weg. Hij stond opeens op en riep naar zuster Ramirez dat hij iets belangrijks was vergeten en zo snel mogelijk terug was. Hij was de deur al door, toen zij terugriep dat haar dienst er zo op zat. Zij is ook net vertrokken. Maar niet voordat ze de verpleegster die de Ouwe Zemelaar afloste, op het hart heeft gedrukt dat 'die jongeman met die strakke broek en dat rommelige haar' als hij terugkomt gewoon weer bij mij mag.

Niet dat het veel uitmaakt, trouwens, want Willow runt hier nu de boel. Zij laat al de hele ochtend de troepen langs mijn bed marcheren. Na oma en opa en Adam kwam tante Patricia, toen tante Diane en oom Greg en daarna schuifelden mijn nichtje en neven de ic binnen. Willow rent intussen van hot naar her, met een glinstering in haar ogen. Zij heeft iets in de zin. Maar of ze al mijn dierbaren laat opdraven om me over te halen mijn aardse bestaan voort te zetten, of dat ze ze simpelweg binnenbrengt om afscheid van me te nemen, daar ben ik nog niet uit.

Inmiddels is Kim aan de beurt. Arme Kim. Zij ziet eruit

alsof ze heeft liggen pitten in een afvalcontainer. Haar haren zijn totaal aan het muiten geslagen: er zijn er meer aan haar gehavende vlecht ontsnapt dan er nog netjes in zitten. En ze is gekleed in een van haar (zoals zij ze noemt) 'droltruien' – die groen-grijs-bruine zakkige gevallen die haar moeder altijd voor haar koopt.

Eerst tuurt ze naar me alsof ik een soort felle, verblindende lamp ben. Dan is het alsof ze is gewend aan het licht en heeft besloten dat ik – hoewel ik eruitzie als een zombie, er slangetjes uit al mijn lichaamsopeningen steken en er bloed op mijn dunne deken zit, op de plek waar het verband is doorgelekt – nog steeds Mia ben en zij nog steeds Kim. En wat doen Mia en Kim liever dan wat dan ook? Praten.

Ze gaat zitten op de stoel naast mijn bed. 'Zo. Hoe gaat het met je?' vraagt ze.

Ik weet het niet zo goed. Ik ben doodop, maar tegelijkertijd voel ik me na Adams bezoekje, ik weet het niet... opgefokt, bang, ontwaakt – ja, dat zeker. Hoewel ik niet kon voelen dat hij me aanraakte, heeft zijn aanwezigheid me wel opgepord. En ik begon net blij te zijn dat hij er was, toen hij de kamer uit holde alsof de duivel hem op de hielen zat. Tien uur lang heeft hij geprobeerd hier binnen te mogen en toen hij daar eindelijk in was geslaagd, vloog hij tien minuten later de deur alweer uit! Misschien is hij te erg van mij geschrokken, misschien kan hij het niet aan, misschien ben ik hier niet de enige schijtlijster. Tenslotte heb ik de hele dag lopen fantaseren dat hij me kwam opzoeken en toen hij eindelijk de ic binnenliep, was ik – als ik er de kracht voor had gehad – het allerliefst snel gevlucht.

'Je wilt niet weten wat een idiote nacht ík achter de rug heb,' zegt Kim en begint te vertellen. Over haar moeder, die totaal hysterisch werd en doordraaide in het bijzijn van al mijn familieleden (die daar overigens erg aardig op reageerden). Over de ruzie die ze vervolgens buiten het Roseland Theater met haar had gekregen, onder de ogen van een stel punkers en andere hippe vogels. En dat ze, toen ze haar huilende moeder had toegebeten 'zich als de donder bijeen te rapen en als een volwassene te gedragen', de club in was gebeend en een geschrokken mevrouw Schein op de stoep had achtergelaten, was toegejuicht en ge-*high-five*-d door een groep jongens met fluorescerende haren en leren kleding vol sierspijkers. En dan vertelt ze over Adam, over zijn vasthoudendheid bij mij te mogen en hoe hij, nadat hij de ic af was geschopt, zijn muziekvrienden inschakelde (die helemaal niet zulke trendy snobs bleken als zij altijd had gedacht) en dat uiteindelijk een heuse rockster speciaal voor mij naar het ziekenhuis was gekomen.

Natuurlijk weet ik bijna alles al dat ze me vertelt, maar dat kan zij niet weten. Daarbij vind ik het wel fijn dat iemand deze rare dag voor me samenvat. En ik vind het erg fijn dat ze normaal tegen me praat, net als opa eerder vandaag. Ze babbelt maar door, maakt er een heel verhaal van. Het voelt alsof we doodgewoon, samen op de veranda met een kop koffie (of, in haar geval, een ijskoude karamel-frappuccino), gezellig een beetje zitten bij te kletsen.

Ik weet niet of je je als je eenmaal dood bent, nog dingen kunt herinneren die je zijn overkomen toen je nog leefde. Het lijkt het meest logisch van niet; dat dood zijn zo'n beetje voelt als nog-niet-geboren-zijn: een hele hoop niets.

Echter, de jaren vóór mijn geboorte zijn voor mij ook niet geheel blanco. Van tijd tot tijd vertellen pap en mam verhalen – hoe pap zijn eerste zalm ving met opa, hoe mam op haar eerste afspraakje met pap naar een Dead Moon-concert ging... En dan krijg ík dus een gigantisch déjà vu. Niet slechts het gevoel dat ik een verhaal eerder heb gehoord, maar dat ik het zélf heb meegemaakt. Dan zie ik mezelf zitten aan de rand van de rivier, terwijl pap een knalroze coho-zalm uit het water trekt – ook al was pap toen pas twaalf. Of ik hoor het publiek als Dead Moon in het X-Ray *D.O.A.* speelt – ook al heb ik Dead Moon nooit live gezien en is het X-Ray Café al voor mijn geboorte dichtgegaan. Maar soms voelen hun herinneringen zo echt, zo diep, zo eigen... dat ik ze zomaar met die van mezelf verwar.

Ik heb dit nooit aan iemand verteld. Mam had vast gezegd dát ik er ook bij was, als een van de eitjes in haar eileiders. Pap zou hebben gegrapt dat ze me iets te vaak met hun verhalen hadden lastiggevallen; dat ze me onbewust hadden gehersenspoeld. En oma zou hebben gezegd dat ik inderdaad al bestond: als engel, voor ik ervoor koos om pap en mams kind te worden...

Maar nu zou ik dus echt willen weten hoe het zit; nu krijg ik hoop. Want als ik ga, wil ik me Kim graag herinneren. En wel zo: een grappig verhaal vertellend, ruziënd met die rare moeder van haar, toegejuicht door punkers, alle moeilijkheden het hoofd biedend, krachten in zichzelf ontdekkend waarvan ze tot dan toe geen idee had dat ze ze bezat.

Adam, da's een heel ander verhaal. Als ik me hem kan blijven herinneren, zal dat volgens mij telkens voelen alsof ik hem kwijtraak. En ik weet niet of ik dat aankan, boven op alles wat er is gebeurd.

Kim is inmiddels aanbeland bij Operatie Afleiding, toen Brooke Vega met een stel punkers het ziekenhuis binnenviel. Ze vertelt dat ze voordat ze op de ic kwamen, vreselijk bang was dat ze in de problemen raakten, maar dat ze toen ze de zaal eenmaal binnenstormden, ineens barstte van de opwinding. Dus toen die bewaker haar vastgreep, dacht ze slechts: Wat is het nou ergste wat me overkomen kan? Dat ik de gevangenis in vlieg, dat mam helemaal flipt, dat ik een jaar huisarrest krijg... Ze zwijgt even. 'Maar bij wat er vandaag is gebeurd, valt dat alles in het niets. Zelfs de gevangenis zou een eitje zijn, vergeleken met jou verliezen.'

Ik weet dat ze dit expres zegt – om me over te halen te blijven leven. Ze beseft alleen niet dat haar opmerking me juist op een vreemde manier bevrijdt, net als die toestemming van opa. Ik weet heus wel dat het afschuwelijk voor haar zal zijn als ik doodga. Maar ik denk ook aan wat ze zei over dat ze ineens niet bang meer was; dat ze de gevangenis minder erg zou vinden als mij kwijtraken. Daardoor weet ik dat Kim het wel redt.

Zeker, het zal vreselijke pijn doen als ze mij verliest – van die pijn die in eerste instantie niet echt lijkt en daarna door merg en been gaat. En de rest van dit schooljaar zal waarschijnlijk klote zijn: vol overdreven medeleven van 'o-wat-erg-jouw-hartsvriendin-is-dood' – wat haar knettergek zal maken, al was het alleen maar omdat wij op school ook elkaars énige hartsvriendin waren. Maar ze komt er wel doorheen. En ze zal doorgaan met haar leven: Oregon verlaten, studeren, nieuwe vrienden maken, verliefd worden én fotografe (van het soort dat nooit in een helikopter hoeft). En ik durf te wedden dat ze er sterker uit komt – door wat ze vandaag is kwijtgeraakt. Want ik heb het gevoel dat iemand die zoiets meemaakt én overleeft, een heel klein beetje onoverwinnelijk wordt.

Ik weet dat ik nu nogal hypocriet klink. Want als dat allemaal zo is, moet ík dan niet ook gewoon blijven? Me door de zure appel heen bijten?

Nou, als ik wat meer had meegemaakt, wat meer rottigheid in mijn leven had gekend, was ik daar misschien beter op voorbereid geweest. Niet dat mijn leven helemaal perfect is geweest, hoor. Ik ben ook teleurgesteld, eenzaam geweest, gefrustreerd, boos en al die andere rotgevoelens die iedereen wel kent. Maar als je het over heus hartzeer hebt, ben ik redelijk gespaard gebleven. Waardoor ik niet voldoende gehard ben om om te gaan met wat ik te verwerken zou krijgen als ik zou blijven.

Als Kim me vertelt hoe Willow haar van eenzame opsluiting redde en zo'n beetje het hele ziekenhuis overnam, klinkt er een enorme bewondering door in haar stem. Ik bedenk dat Kim en Willow best eens bevriend zouden kunnen raken, ondanks het leeftijdsverschil van twintig jaar. Ik word er helemaal blij van als ik me voorstel hoe zij samen theedrinken of naar de film gaan – verbonden door de onzichtbare draad van een niet meer bestaand gezin.

Nu somt Kim alle mensen op die vandaag naar het ziekenhuis zijn gekomen en telt op haar vingers mee. 'Je grootouders, tantes, ooms, twee neven en een nichtje, Adam, Brooke Vega en de hele luidruchtige bende die met haar meekwam... Adams bandmaatjes Mike, Fitzy en Liz, met haar vriendin Sarah, die samen in de benedenwachtruimte zitten, sinds ze van de ic zijn gesmeten... Professor Christie, die helemaal hierheen is komen rijden, de halve nacht is gebleven en toen is teruggereden, om na een paar uurtjes slaap weer op te staan, te douchen en de ochtendafspraak te halen die ze had staan... En Henry en de baby zijn op dit moment onderweg: die kleine was al om vijf uur wakker, waarna Henry ons belde en zei dat hij het thuis niet langer uithield... O, en ik en mam natuurlijk,' eindigt Kim. 'Shit, nu ben ik de tel kwijt. Nou ja, het waren er veel. En er hebben er nog veel meer gebeld om te vragen of ze mochten langskomen, maar je tante Diane heeft ze gezegd dat ze beter even kunnen wachten. Volgens haar lopen er al genoeg lui in de weg. Ik denk dat ze daar Adam en mij mee bedoelt...' Kim zwijgt en glimlacht even.

En dan maakt ze een raar geluidje – een soort kruising tussen een kuchje en het schrapen van haar keel. Ik heb haar dat eerder horen doen, zo doet Kim als ze al haar moed verzamelt, zich klaarmaakt om van een hoge rots in het koele water van de rivier te springen. 'Ik noem al die namen niet voor niets op,' vervolgt ze. 'Er zitten op dit moment zo'n twintig man in die wachtruimte. Sommigen verwanten, anderen niet, maar met zijn allen zijn we jouw familie.'

Dan buigt ze naar me toe (haar haar kriebelt in mijn gezicht) en drukt een kus op mijn voorhoofd. 'Je hebt nog steeds een familie,' fluistert ze dan.

Afgelopen zomer hebben we thuis op de Dag van de Arbeid een feest gehouden.

Het was een drukke tijd geweest. Kamp voor mij, naar het zomerverblijf van oma's familie in Massachusetts... Ik had het gevoel dat ik Adam en Kim de hele zomer nog amper had gezien; mijn ouders klaagden dat ze Willow, Henry en de baby al maanden niet meer hadden gezien.

'Henry vertelde dat ze al begint te lopen,' zei pap die ochtend.

We hingen met zijn allen in de woonkamer voor de ventilator, in een poging niet te smelten. Oregon ging gebukt onder een recordhittegolf. Het was pas tien uur 's ochtends, maar het liep nu al tegen de tweeëndertig graden.

Mam keek omhoog, naar de kalender. 'Ze is al tien maanden. Waar blijft de tijd?' Toen keek ze naar Teddy en mij. 'Hoe is het in godsnaam mogelijk dat ik een dochter heb, die al bijna aan haar laatste jaar aan de middelbare school begint? Hoe kan het in vredesnaam dat mijn baby'tje al naar de tweede klas gaat?'

'Ik ben geen baby'tje meer!' riep Teddy, duidelijk beledigd.

'Het spijt me, jochie, maar tenzij we er nóg eentje krijgen, zul jij altijd mijn baby'tje blijven.'

'Nóg eentje?' deed pap quasi-geschrokken.

'Rustig maar: het was maar een grapje... grotendeels,' zei mam. 'Eerst maar eens zien hoe ik me voel als Mia naar de universiteit vertrekt.'

'Ik word in december al acht. Dan ben ik een man en moeten jullie me voortaan "Ted" noemen,' meldde Teddy.

'Is het heus?' hinnikte ik. Ik lachte zo hard, dat ik me verslikte en het sinaasappelsap er door mijn neus uit kwam.

'Ja, dat zei Casey Carson,' zei Teddy, zijn mond in een vastberaden streep.

Mijn ouders en ik kreunden. Casey Carson was Teddy's beste vriend. We mochten hem allemaal erg graag en vonden zijn ouders ook aardige mensen, maar snapten niet hoe zij hun kind zo'n belachelijke naam hadden kunnen geven.

'Nou, als Casey Carson het zegt,' giechelde ik, waarna pap en mam ook in lachen uitbarstten.

'Wat is er zo grappig?' wilde Teddy weten.

'Niks, kleine man,' zei pap. 'Het komt gewoon door de hitte.'

'Pap, mogen de tuinsproeiers vandaag toch aan?' vroeg Teddy. Pap had hem beloofd dat hij vanmiddag tussen de sproeiers door mocht rennen, ook al had de gouverneur de inwoners van zijn staat verzocht deze zomer zuinig om te gaan met water. Daar was pap een beetje pissig over geweest. Volgens hem werden wij als inwoners van Oregon al acht maanden per jaar door regen geplaagd en zouden we daarom moeten worden vrijgesteld van getob over waterschaarste.

'Echt wel!' riep pap dan ook. 'Maak er voor mijn part maar een moeras van.'

Teddy was weer helemaal blij. 'Hé, als de baby kan lopen, kan ze ook tussen de sproeiers door. Mag zij met mij mee komen spelen?'

Mam keek pap aan. 'Niet eens zo'n slecht idee,' zei ze. 'En ik geloof dat Willow vandaag vrij heeft.'

'Mmm... we zouden kunnen barbecuen,' zei pap. 'Het ís tenslotte de Dag van de Arbeid en in deze hitte staan grillen, geldt absoluut als arbeid.'

'En we hebben nog de hele vriezer vol rundvlees liggen, van toen je vader die halve koe heeft besteld,' zei mam. 'Dus waarom niet?'

'Mag Adam dan ook komen?' vroeg ik.

'Tuurlijk,' zei mam. 'We hebben die jongeman van jou de laatste tijd nauwelijks gezien.'

'Ik weet het,' zei ik. 'Het begint nu echt goed te lopen met zijn band,' zei ik. Daar was ik op dat moment nog opgetogen over – geheel en oprecht. Oma had nog maar pas geleden dat Juilliard-zaadje in mijn hoofd gepoot en het had nog geen wortel geschoten. Ik had nog lang niet besloten me aan te melden en tussen mij en Adam was alles nog oké.

'Als die rockster een bescheiden picknick met burgerluitjes zoals wij nog trekt,' grapte pap.

'Als hij een burgervrouwtje zoals ik aankan, kan hij een burgermannetje zoals jij ook wel hebben,' kaatste ik terug.

'Ik denk dat ik Kim ook uitnodig.'

'Hoe meer zielen, hoe meer vreugd,' zei mam. 'We maken er een ware schranspartij van, zoals in die goeie ouwe tijd.'

'Toen er nog dinosauriërs over de aarde zwierven?' vroeg Teddy.

'Precies!' zei pap. 'Toen er dinosauriërs over de aarde zwierven en je moeder en ik nog jong waren.'

Er kwam uiteindelijk ongeveer twintig man. Henry, Willow en de baby, Adam, die Fitzy bij zich had, Kim, met een nichtje dat over was uit New Jersey, plus een stel vrienden van mijn ouders die ze in geen tijden hadden gezien. Pap haalde onze stokoude barbecue uit de kelder en was de hele middag bezig met hem schoonboenen. We grilden biefstukken en – je bent in Oregon of niet – tofoeworstjes en vegetarische hamburgers. Er was watermeloen, die we in een emmer ijs koel hielden, en salade van groente van de biologische boerderij van vrienden van pap en mam. Mam en ik bakten drie taarten met de wilde bramen die Teddy en ik hadden geplukt. We dronken Pepsi uit de ouderwetse flesjes die pap eens in een oud plattelandswinkeltje had gevonden en ik zweer je dat hij lekkerder smaakte dan de gewone. Misschien kwam het door de hitte, omdat het zo'n typisch op-het-allerlaatste-moment-bedacht-feest was, of omdat alles dat van de grill komt beter smaakt, maar het was echt zo'n feestmaal waarvan je weet dat je het niet gauw zult vergeten.

En toen pap voor Teddy en de baby de tuinsproeiers aanzette, besloot iedereen ertussendoor te gaan rennen. We lieten de kraan zo lang openstaan dat het gelige gazon één glibberige plas werd en ik begon te vrezen dat de gouverneur zelf zou langskomen, om ons een standje te geven. Adam haalde me onderuit, en gierend en brullend rolden we over het gras. Het was zo warm, dat ik geen moeite deed droge kleren te gaan aantrekken. Zodra ik te zweterig werd, sprong ik gewoon opnieuw onder de sproeiers. Aan het eind van de dag stond mijn zomerjurk gewoon stijf. Teddy trok zijn shirtje uit en smeerde zich helemaal in met modder. Volgens pap was hij zo net een van de jongens uit *Lord of the Flies*.

Toen het donker begon te worden, vertrokken de meesten naar het grote vuurwerk bij de universiteit of het optreden van de band Oswald Five-O in de stad. Een handjevol mensen – onder wie Adam, Kim, Willow en Henry – bleef.

Toen het wat koeler werd, maakte pap midden op het gazon een kampvuur, waarin we marshmallows roosterden. En toen kwamen de muziekinstrumenten tevoorschijn: pap haalde zijn snaredrum uit huis, Henry zijn gitaar uit de auto en Adam zijn reservegitaar uit mijn kamer. En zo zaten we met zijn allen wat te jammen en te zingen: nummers van pap, van Adam, oudjes van The Clash, The Wipers... Teddy danste in het rond, de gouden vlammen blonken in zijn blonde haar. En ik weet nog dat ik naar dat alles zat te kijken, een soort kriebel in mijn borst voelde en bij mezelf dacht: Zo voelt geluk dus.

Op een gegeven moment hielden pap en Adam op met spelen en zag ik ze even met elkaar smiespelen. Daarna gingen ze naar binnen – om nog wat bier te halen, zo beweerden ze. Maar toen ze terugkwamen, hadden ze mijn cello bij zich.

'O, nee! Ik ga geen concert geven,' zei ik.

'Dat willen we ook niet,' zei pap. 'We willen dat je met ons meespeelt.'

'Echt niet!' riep ik uit. Adam had me wel eens proberen over te halen met hem mee te jammen, maar dat had ik altijd geweigerd. De laatste tijd begon hij te grappen dat het dan maar luchtgitaar/luchtcello-duetten moesten worden, verder wilde ik toch niet gaan.

'Ach, waarom niet, Mia?' zei Kim. 'Ben je zo'n klassiekemuzieksnob?'

'Welnee, dat is het helemaal niet,' zei ik, opeens in paniek 'Die stijlen passen gewoon niet bij elkaar.'

'Wie zegt dat?' vroeg mam, met opgetrokken wenkbrauwen.

'Goh, wie had ooit gedacht dat jij voor muzikale apartheid bent,' lachte Henry.

Willow rolde even met haar ogen en draaide zich toen naar mij. 'Toe nou,' zei ze, terwijl ze de baby wiegde op haar schoot. 'Je bent toch onder familie?'

'Zeker weten,' zei Kim.

Adam pakte mijn hand en streelde de binnenkant van mijn pols. 'Doe het dan voor mij. Ik wil heel graag met je spelen – één keertje maar.'

Ik wilde weer resoluut mijn hoofd schudden, om nogmaals te bevestigen dat ik vond dat mijn cello niet tussen jammende gitaren paste, niet op zijn plek was in de punkwereld. Maar toen keek ik naar mam, die stond te grijnzen alsof ze me mooi tuk had; pap, die in een poging zo onverschillig mogelijk over te komen, op zijn pijp stond te tikken; Teddy, die op en neer stond te springen (hoewel ik vermoed dat dat vooral kwam door al die mierzoete marshmallows, niet omdat hij mij zo graag hoorde spelen); Kim, Willow en Henry, die me alledrie aankeken alsof dit er vreselijk toe deed; en Adam, die vol eerbied en trots naar me keek, zoals altijd wanneer hij naar mijn spel luisterde.

Ik was nog een beetje bang dat ik op mijn bek zou gaan, dat de instrumenten inderdaad niet goed zouden mengen en we alleen maar slechte muziek zouden maken. Maar iedereen keek me zo ingespannen aan, wilde zo graag dat ik meedeed, dat ik besefte dat rottig klinken ook weer niet het ergste was wat me kon overkomen.

Dus speelde ik mee. En al zou je het niet denken, mijn cello klonk nog niet eens zo slecht tussen al die gitaren. Hij klonk eigenlijk best fantastisch.

# 07.16

Het is ochtend. En ook in het ziekenhuis breekt een soort dageraad aan: geruis van dekens, gewrijf door ogen... In zekere zin slaapt een ziekenhuis nooit. De lichten blijven altijd aan, de verpleegkundigen zijn altijd wakker. Maar ook al is het buiten nog donker, toch merk je dat er dingen beginnen te ontwaken. En daar zijn de artsen ook weer: ze rukken aan mijn oogleden, schijnen met hun lampjes en krabbelen fronsend aantekeningen in mijn status, alsof ik ze heb teleurgesteld.

Mij kan het niet meer schelen. Ik ben dit alles zat. En weldra zal het allemaal voorbij zijn.

De dienst van de maatschappelijk werkster is ook weer begonnen. Het lijkt erop dat die nacht slaap haar maar weinig goeds heeft gebracht: haar oogleden hangen nog steeds, haar haar is nog steeds een kroezige warboel. Ze bestudeert mijn status en luistert naar wat de verpleegkundigen haar vertellen over mijn roerige nacht. Ze kijkt er nog vermoeider door.

De verpleegster met de blauwzwarte huid is ook terug. Zij begroette me met de mededeling dat ze vreselijk blij was me te zien, dat ze gisteravond nog aan me had gedacht, dat ze had gehoopt me hier weer te vinden. Toen zag ze de bloedvlek op mijn deken, deed *tsk, tsk* en holde weg om een schone voor me te halen.

Nadat Kim was vertrokken, heb ik geen bezoek meer gehad. Ik denk dat Willow door haar voorraadje mensen die druk op me moesten uitoefenen, heen was.

Ik vraag me af of alle verpleegkundigen op de hoogte zijn van dat 'zelf-beslissen-wat-er-met-je-gebeurt'-gedoe. Zuster Ramirez in ieder geval wel. En de verpleegster die nu bij me is, volgens mij ook. Ze feliciteert me zo nadrukkelijk met het feit dat ik de nacht heb gehaald. En Willow lijkt het ook te weten, gezien die parade van dierbaren die ze langs mijn bed heeft gedirigeerd. Ik mag al deze verpleegkundigen enorm. Ik hoop dat ze mijn uiteindelijke beslissing niet persoonlijk zullen opvatten.

Ik ben zo moe dat ik amper nog met mijn ogen kan knipperen. Het is nog slechts een kwestie van tijd. Diep vanbinnen vraag ik me af waarom ik het onvermijdelijke eigenlijk lig uit te stellen. Maar ik weet waarom. Ik wacht op Adam. Hoewel het lijkt alsof hij al een eeuwigheid weg is, is het waarschijnlijk niet meer dan een uur. En hij heeft me expliciet gevraagd te wachten. Dus doe ik dat. Dat is wel het minste wat ik voor hem kan doen.

Ik heb mijn ogen nog dicht. Daarom hoor ik hem al, voordat ik hem zie. Ik hoor zijn vlugge, rasperige ademhaling – hij hijgt alsof hij net een marathon heeft gelopen. Vervolgens ruik ik het zweet op zijn lichaam – een zuiver, muskusachtig aroma dat ik, als dat kon, in een flesje zou stoppen en dragen als parfum.

Dan pas open ik mijn ogen. Adam houdt de zijne net gesloten. Zijn oogleden zijn dik en roze, waardoor ik weet wat hij heeft gedaan. Is dat waarom hij wegging – om te huilen, zonder dat ik het zag?

Hij gaat niet gewoon zitten, maar laat zich op de stoel vallen – als een stapel kleren op de vloer, aan het eind van een lange dag. Dan slaat hij zijn handen voor zijn gezicht en haalt een paar maal diep adem om zichzelf te kalmeren. Een minuut later laat hij zijn handen in zijn schoot vallen.

'Goed. Luister even naar me,' zegt hij, met een stem die klinkt als een handvol granaatscherven.

Ik maak mijn ogen wijd, kom zo ver overeind als ik kan en luister.

'Blijf.' Bij dat ene woordje begeeft zijn stem het al bijna, maar hij slikt de emotie weg en gaat door. 'Wat jou is overkomen, daar zijn gewoon geen woorden voor. Daar zit helemaal niks positiefs aan. Maar je hebt nog wél iets om voor te leven. En dan bedoel ik niet mezelf. Maar gewoon... ach, ik weet het niet. Misschien klets ik ook wel onzin. Ik verkeer ook nog steeds in shock. Ik heb nog absoluut niet verwerkt wat er met je ouders is gebeurd... en met Teddy...'

Bij het noemen van Teddy's naam, breekt zijn stem; een lawine van tranen stroomt over zijn gezicht. En ik denk: *Ik hou van je.*

Ik hoor hem een paar enorme happen lucht nemen om zichzelf weer te bedaren. Dan gaat hij verder: 'Maar het enige waar ik steeds aan moet denken, is hoe klote het zou zijn als jouw leven hier en nu zou eindigen. Ik bedoel... ik weet dat je leven sowieso verkloot is – voorgoed, wat er ook gebeurt. En ik ben ook niet zo stom dat ik denk dat ik dat kan terugdraaien; dat wie dan ook dat kan. Maar ik kan maar niet accepteren dat jij niet oud zult worden, geen kinderen zult krijgen, niet naar Juilliard zult gaan, niet voor een gigantisch publiek op die cello zult spelen, om het dezelfde koude rillingen te bezorgen die ik telkens weer krijg als ik je die strijkstok zie oppakken... en telkens als je naar me glimlacht.

Als je blijft, zal ik alles doen wat je maar wilt. Ik stap uit de band, ga met je mee naar New York... Maar als je wilt dat ik je met rust laat, doe ik dat ook. Ik had het er met Liz over en volgens haar zou terugkeren naar je oude leven wel eens te pijnlijk kunnen zijn; zou het voor jou wel eens makkelijker kunnen zijn om ons helemaal te wissen. Dat zou natuurlijk zwaar klote zijn, maar ik zou het voor je overhebben. Liever dat ik je op die manier kwijtraak, dan dat ik je vandaag verlies. Ik zal je laten gaan... als jij blijft.'

En dan is het Adam die zich laat gaan. Zijn snikken knallen eruit als beukende vuisten tegen zacht vlees.

Ik sluit mijn ogen. Ik bedek mijn oren. Ik kan dit niet aanzien. Ik kan dit niet aanhoren.

En dan opeens is het niet langer Adam die ik hoor. Het is dat typische geluid; dat lage geklaag dat binnen de kortste keren een hoge vlucht neemt en omslaat in iets lieflijks, iets aangenaams. Mijn cello! Adam heeft een koptelefoon op mijn levenloze oren gezet en legt een iPod op mijn borst. Hij verontschuldigt zich; zegt dat hij weet dat dit niet mijn lievelingsmuziek is, maar dat het 't beste is wat hij kon vinden. Hij draait het volume omhoog, zodat ik de muziek door de ijle ochtendlucht hoor zweven, en pakt mijn hand.

Het is Yo-Yo Ma met *Andante con poco e moto Rubato*.

De lage piano klinkt bijna alsof hij ergens voor wil waarschuwen. Dan komt de cello erbij, als een bloedend hart. En dan is het alsof er diep binnen in mij iets implodeert.

Ik zit aan de ontbijttafel met mijn familie, drink warme koffie, lach om Teddy's chocomelsnor. Buiten sneeuwt het.

Ik breng een bezoek aan een kerkhof. Er liggen drie graven onder een boom op een heuvel, uitkijkend over een rivier.

Ik lig naast Adam, met mijn hoofd op zijn borst, op een zanderige rivieroever.

Ik hoor mensen het woord *wees* uitspreken en realiseer me dat ze het over mij hebben.

Ik wandel met Kim door New York. De wolkenkrabbers werpen schaduwen op ons gezicht.

Ik heb Teddy op schoot en kietel hem net zolang tot hij omkukelt van het lachen.

Ik hou mijn cello vast – het instrument dat ik na mijn eerste recital van pap en mam heb gekregen. Mijn vingers strelen het hout en de schroeven, gepolijst door de tijd en de vele aanrakingen. Mijn strijkstok hangt boven de snaren. Ik kijk naar mijn hand, die wacht tot hij mag gaan spelen.

Ik kijk naar mijn hand, die wordt vastgehouden door die van Adam.

Yo Yo Ma speelt gewoon door. Maar ondertussen lijkt het alsof de piano en de cello mijn lichaam in worden gegoten, net zoals het infuus en de bloedtransfusies. En razendsnel en onstuimig denderen allerlei herinneringen aan mijn leven zoals het was, en flitsen van hoe het zou kunnen worden, op me af en langs me heen. Ook als ik het allang niet meer kan bijbenen, gaat het maar door; alles hotst en botst tegen elkaar aan – totdat ik er niet langer tegen kan. Totdat ik geen seconde langer zo wil zijn...

Er volgt een verblindende lichtflits; een pijn, die één verzengend moment lang door me heen snijdt; een stille schreeuw uit mijn gebroken lichaam. En voor het allereerst voorvoel ik dan hoe hartverscheurend hier blijven zal zijn...

Maar dan voel ik ook opeens Adams hand. Ik stel me niet voor hoe die voelt, ik voel hem echt! En ik zit ook niet langer opgekruld op die stoel. Ik lig plat op mijn rug in het ziekenhuisbed, weer één met mijn eigen lichaam.

Adam zit te huilen. Ergens diep binnen in me huil ik ook. Omdat ik eindelijk alles voel. Niet alleen de lichamelijke pijn, ook de pijn om alles wat ik ben kwijtgeraakt. Een intense catastrofale pijn, die een krater in me zal achterlaten, die niets ter wereld ooit zal kunnen opvullen. Maar ik voel ook ineens alles wat ik in mijn leven bezit. Dat wil zeggen, niet slechts wat ik ben verloren, maar ook het Grote Onbekende van wat het leven me nog te bieden heeft.

Het wordt me allemaal te veel. De gevoelens stapelen zich maar op, mijn borstkas dreigt ervan open te barsten. En de enige manier om het te trotseren, is me concentreren op Adams hand – die de mijne omklemt.

En opeens móét ik die hand gewoon vasthouden. De behoefte is sterker dan wat ik ooit heb gevoeld. Ik wil niet alleen dat hij míj vasthoudt, ik wil hem ook vasthouden. Dus richt ik elk greintje energie dat nog in me zit, op mijn rechterhand. Maar o, wat ben ik verzwakt. En o, wat is dit moeilijk – het moeilijkste wat ik ooit zal moeten doen.

Ik verzamel alle liefde die ik ooit heb gevoeld. Ik verzamel alle kracht die oma en opa, Kim, de verpleegsters en Willow me hebben gegeven. Ik verzamel alle adem die mam, pap en Teddy – als ze dat nog konden – in me zouden blazen. Ik verzamel al mijn eigen kracht en concentreer deze als een laserstraal op de vingers en palm van mijn rechterhand. Ik stel me voor hoe die hand Teddy's haar streelt; hoe hij de strijkstok boven mijn cello vasthoudt; hoe hij vervlochten is met die van Adam.

En dan... knijp ik.

Ik zak weer terug op het hoofdkussen – compleet uitgeput en sterk twijfelend of ik net wel heb gedaan wat ik dénk te hebben gedaan. Of wat het inhoudt. Of het wel is opgemerkt. Of het er wel toe doet.

Maar dan voel ik Adams greep verstrakken. Het voelt ineens alsof hij met die ene hand mijn hele lichaam vasthoudt. Alsof hij me zo uit dit bed zou kunnen tillen.

Ik hoor hem kort inademen, gevolgd door het geluid van zijn stem. Het is voor het eerst vandaag dat ik hem werkelijk hoor.

'Mia?' zegt hij.

# Dankbetuiging

Allerlei mensen hebben in een vrij kort tijdsbestek samengewerkt om *Als ik blijf* mogelijk te maken.

Te beginnen bij Gillian Aldrich, die begon te huilen (van ontroering) toen ik haar over mijn idee vertelde. Dit bleek voor mij een behoorlijk goede motivatie om er daadwerkelijk mee aan de slag te gaan.

Tamara Glenny, Eliza Griswold, Kim Sevcik en Sean Smith maakten in hun hectische agenda's tijd voor het lezen van de eerste concepten en het bieden van de steun die ik zo hard nodig had. Ik hou van hen en dank hen voor hun eindeloze vriendschap en grote hart. Sommige mensen helpen je om je hoofd erbij te houden: Marjorie Ingall helpt mij om mijn hart erbij te houden. Daarom hou ik van haar en dank ik haar.

Sarah Burnes is mijn agent – in de meest ware zin van het woord. Zij benut haar ontzagwekkende intelligentie, inzicht, passie en warmte om de dingen die ik schrijf, te brengen bij de mensen die ze moeten lezen. Samen met de meesterlijke Courtney Hammer en Stephanie Cabot heeft zij met dit boek wonderen verricht.

Bij Penguin heeft mijn buitengewone uitgeefster, Julie Strauss-Gabel, Mia en haar familie (om over mezelf maar niet te spreken) overladen met de zorgzame aandacht en liefde die eenieder hoopt van zijn familie te ontvangen. Stephanie Owens Lurie, Don Weisberg en de onvermoeibare teams van de afdelingen Verkoop, Marketing, Publiciteit en Vormgeving hebben zowel hun hart in dit boek gestopt, als hun schouders eronder gezet. Tevens dank aan Saskia van Iperen, Wibbine de Ruig en iedereen van The House of Books.

Muziek is een belangrijk thema in dit verhaal. Ik heb veel inspiratie gehaald uit die van Yo-Yo Ma – wiens werk een belangrijk deel van Mia's verhaal vertelt – en van Glen Hansard en Marketa Irglova, wiens lied *Falling Slowly* ik tijdens het werken aan dit boek wel tweehonderd keer heb gedraaid.

Ook dank aan mijn afvaardiging in Oregon. Greg en Diane Rios, die ons tijdens het hele proces terzijde hebben gestaan. John en Peg Christie, wier goedgunstigheid, waardigheid en gulheid me blijven ontroeren. Jennifer Larson, M.D., oude vriendin én eerstehulparts, die me informatie heeft verschaft over de Glasgow Coma Schaal en andere medische details.

Mijn ouders – Lee en Ruth Forman – en mijn broer en zus – Greg Forman en Tamar Schamhart – fungeren als mijn cheerleaders en trouwste fans. Zij negeren mijn tekortkomingen (de vakinhoudelijke althans) en verheerlijken mijn successen, alsof ze er zelf verantwoordelijk voor zijn (wat ook zo is).

Ik zag het zelf niet meteen, maar veel van dit boek gaat in wezen over hoe ouders hun leven om hun kroost heen plooien. Willa Tucker leert mij deze les elke dag opnieuw – en vergeeft het me af en toe zelfs als ik te zeer in beslag word genomen door het spel in mijn hoofd, om met haar een spelletje te spelen.

Zonder mijn echtgenoot, Nick Tucker, zou niets van dit alles mogelijk zijn geweest. Ik heb alles aan hem te danken.

Ten slotte gaan mijn diepste gevoelens van dankbaarheid naar R.D.T.J., die mij op vele manieren inspireren en me elke dag weer tonen dat onsterfelijkheid wel degelijk bestaat.

# Wacht op mij

Voor mijn ouders:
omdat jullie zeggen dat ik het kan.

*Het zou best kunnen dat op een penibel ogenblik,*
*verlamd door pijn, jammerend om te worden bevrijd,*
*of verteerd door een onvervulbaar verlangen,*
*ik word gedreven jouw liefde te verkopen voor rust,*
*of de herinnering aan deze nacht te ruilen voor brood.*
*Het zóú kunnen. Ik denk niet dat ik het zou doen.*

fragment uit: 'Liefde is niet alles:
het is vlees noch drank'
van Edna St.Vincent Millay

# EEN

Elke ochtend als ik wakker word, zeg ik tegen mezelf: *Het is maar één dag; slechts vierentwintig uur om je doorheen te werken.* Ik weet niet wanneer ik precies met deze dagelijkse peptalk ben begonnen, of waarom. Het klinkt een beetje als zo'n twaalf-stappen-mantra, maar ik zit niet bij de Anonieme Huppeldepups of zo. Al zou je dat soms wel denken, als je sommige onzin die ze over me schrijven leest! Ik leid het soort leven waar veel mensen waarschijnlijk zo een nier voor zouden afstaan, om er één dag van te mogen meemaken. En toch voel ík de behoefte mezelf eraan te herinneren dat elke dag eindig is; mezelf gerust te stellen: als ik gisteren heb doorstaan, zal dat met vandaag ook wel lukken.

Vanochtend werp ik na mijn dagelijkse oppepper een blik op de strakke digitale klok op het hotelnachtkastje. '11:47' zegt deze. Idioot vroeg voor mij. Toch heeft de receptie me al twee keer wakker gebeld, gevolgd door een beleefd-maar-ferm telefoontje van onze manager, Aldous. Vandaag mag dan slechts één dag lang zijn: hij zit wel stampvol.

Ik word verwacht in de studio, voor het opnemen van een paar gitaartracks voor de enkel-voor-internet-versie van de eerste single van onze pas uitgekomen cd. Meer een gimmick eigenlijk: zelfde nummer, nieuwe gitaartrack, paar vocale effecten en – *hoppa!* – weer een paar extra dollars. 'Je moet tegenwoordig van elk dubbeltje een dollar zien te maken,' vertellen de bobo's van de platenmaatschappij ons graag.

Na de studio heb ik een lunchinterview met iemand van *Shuffle*. Die twee dingen zijn tegenwoordig zo'n beetje de boekensteunen van mijn leven: muziek máken (wat ik leuk vind) en práten over het maken van muziek (waar ik een hekel aan heb). Maar ja, het zijn twee kanten van dezelfde medaille.

Als Aldous voor de tweede maal belt, schop ik het dekbed eindelijk van me af. Ik gris het medicijnpotje van de bijzettafel. Het bevat antistresspillen, die ik moet innemen als ik me gejaagd voel.

En zo voel ik me tegenwoordig meestal. Gejaagd. Ik ben er onderhand aan gewend. Maar sinds onze tournee met drie optredens in Madison Square Garden is gestart, is daar nog iets bij gekomen: alsof ik op het punt sta iets krachtigs, iets pijnlijks in te worden gezogen, iets draaikolkerigs.

*Draaikolkerigs? Is dat wel een woord?* vraag ik aan mezelf.

*Ach, je hebt het tegen jezelf, dus wat kan het bommen?* antwoord ik, terwijl ik een paar pillen achterover sla. Dan trek ik een boxershort aan en loop naar mijn kamerdeur, waar op de gang een gevulde koffiekan op me staat te wachten – daar ongetwijfeld neergezet door een hotelmedewerker, met de strikte instructie mij met rust te laten. Ik drink een kop koffie, kleed me dan aan, neem de dienstlift naar beneden en loop via de zij-ingang naar buiten – de relatiemanager Gastenbeleid was zo vriendelijk om me een speciaal setje sleutels te geven, zodat ik de fans in de lobby kan ontlopen. Buiten word ik begroet door een wolk benauwde New Yorkse lucht. Best drukkend, ja. Maar ik vind het juist prettig dat de lucht hier vochtig is. Doet me denken aan Oregon, waar het eindeloos regent en er zelfs op de warmste zomerdagen grote bloemkoolachtige cumuluswolken boven je drijven, die je er met hun schaduwen aan herinneren dat de hitte nooit lang blijft en de regen nooit ver weg is.

In Los Angeles, waar ik tegenwoordig woon, regent het bijna nooit. En de hitte is er oneindig. Maar... het is wel een droge hitte. En de mensen daar gebruiken die droogte als algemeen excuus voor alle uitwassen van die bloedhete, smoggy stad. 'Het mag vandaag dan tweeënveertig graden zijn,' pochen ze, 'het is wel een dróge hitte.'

In New York is de hitte klam. Tegen de tijd dat ik bij de studio aankom – tien blokken verderop, in een verlaten straat in de West Fifties – is mijn haar, dat ik onder een pet heb verstopt, vochtig. Ik tik een sigaret uit het pakje. Mijn hand trilt als ik hem aansteek. Dat heb ik al een jaar of zo. Na uitgebreid medisch onderzoek verklaarden de artsen dat het 'slechts zenuwen' zijn en adviseerden ze me eens yoga te proberen.

Aldous staat buiten de studio onder de luifel op me te wachten. Hij kijkt van mij naar mijn sigaret en dan weer naar mijn gezicht. Ik zie dat hij probeert te besluiten of hij vandaag de Aardige of de Boze Manager zal spelen. Ik zie er vast vreselijk uit, want hij kiest voor de Aardige Aanpak.

'Goedemorgen, Zonnestraaltje,' zegt hij joviaal.

'O? Kan een morgen goed zijn, dan?' zeg ik, in een poging een grapje te maken.

'Nou... technisch gesproken is het al middag. We zijn laat.'

Ik maak mijn sigaret uit.

Aldous legt een enorme klauw op mijn schouder. Hij is onverwacht zacht. 'We hoeven maar één nieuwe gitaartrack voor *Sugar*. Gewoon, voor dat kleine beetje extra: zodat de fans het opnieuw willen kopen.' Hij lacht hoofdschuddend om wat er van zijn vak is geworden. 'Daarna lunch je met *Shuffle*; dan is er om een uur of vijf samen met de rest van de band een fotosessie, voor dat "Fashion Rocks"-gedoetje van de *Times*; dan snel even een drankje met een stel financiële figuren van het label; en dan moet ík naar het vliegveld. Morgen heb jij dan nog een besprekinkje met de afdeling PR & Merchandising: gewoon een beetje glimlachen en niet te veel loslaten. Daarna ben je, tot Londen, in je uppie.'

*In mijn uppie? In plaats van in de warme boezem van onze grote gezellige familie?* zeg ik – in mezelf. Het lijkt de laatste tijd wel alsof de meeste gesprekken zich in mijn hoofd afspelen (gezien wat ik soms allemaal bedenk, misschien maar beter ook).

Maar ditmaal ben ik dus echt in mijn eentje. Aldous en de rest van de band vliegen vanavond al naar Engeland. Ik zou eigenlijk hetzelfde vliegtuig nemen, tot ik me realiseerde dat het vandaag vrijdag de dertiende is. En ik dacht: écht niet! Ik zie al genoeg tegen deze tournee op: ik ga het noodlot niet nog erger tarten door op een officiële onge- luksdag te vertrekken. Dus heb ik Aldous mijn vlucht een dag laten verzetten. We nemen in Londen een video op en dan volgen er nog een hoop persdingen, voor we starten met de Europese etappe van onze tour. Het is dus niet zo dat ik hierdoor een optreden mis: enkel een voorbespre- king met de regisseur van die video. Nou, ik hoef zijn ar- tistieke visie echt niet te horen. Als we gaan filmen, doe ik wel gewoon wat hij zegt.

Ik volg Aldous de studio in en word naar een geluid- dicht hok gewezen, waar ik alleen ben met een hele rij gitaren. Aan de andere kant van het glas zit onze produ- cer, Stim, en de geluidstechnici. Aldous gaat bij hen zit- ten. 'Oké, Adam,' zegt Stim, 'nog één track in de *bridge* en het refrein. Om die ene kronkel nog een tikkie zwoeler te maken. In de mix doen we dan nog wel wat aan de stemmen.'

'Kronkelig, zwoel. Gesnopen.' Ik zet mijn koptelefoon op en pak mijn gitaar om hem te stemmen en op te war- men. Ik probeer er geen aandacht aan te schenken dat het nú al voelt alsof ik in mijn uppie ben. Helemaal alleen in een geluiddicht hok. *Joh, niet te veel doordenken*, zeg ik tegen mezelf. *Zo neem je in een hypermoderne studio nu eenmaal op*. Het probleem is alleen dat ik dit gevoel al ken. Een paar avonden geleden, in de Garden, staand op het podium, voor achttienduizend fans, samen met een stel lui die ik ooit als mijn familie beschouwde, voelde ik me net zo verdomd alleen als hier in dit hokje.

Maar goed, er zijn ergere dingen. Ik begin te spelen. Mijn vingers gaan steeds rapper over de snaren. Ik sta op van de kruk, beuk op mijn gitaar, slinger ermee, ransel hem af tot hij precies zo gilt en krijst als ik het hebben wil. Of bíjna zoals ik het hebben wil. Er staat hier waarschijnlijk voor wel honderdduizend dollar aan gitaren, maar geen daarvan klinkt zo goed als mijn oude Les Paul Junior – de gitaar die ik eeuwen heb gehad, de gitaar waarmee ik onze eerste albums heb opgenomen, en de gitaar die ik, in een vlaag van stupiditeit, overmoed of wat-dan-ook, voor een goed doel heb laten veilen. Al zijn prachtig glanzende, peperdure vervangers hebben nooit helemaal lekker geklonken of gevoeld. Toch lukt het me nu, met het volume voluit, om mezelf een paar seconden in de muziek te verliezen.

Maar helaas, voor ik het in de gaten heb, is het alweer voorbij: schudden Stim en de technici mijn hand en wensen me veel succes tijdens de tour, loodst Aldous me de deur uit, een auto in, en zoeven we over Ninth Avenue naar SoHo, naar het hotel waarvan het restaurant door de publiciteitsafdeling van ons platenlabel is uitgekozen als meest geschikte plek voor een interview. Denken ze soms dat ik in een chique openbare ruimte minder gauw zal gaan tieren of iets raars zal zeggen? Ik denk aan onze begintijd, toen de interviewers mensen waren van onlinetijdschriften of blogs: fans eigenlijk, die het vooral wilden hebben over rock en onze muziek – en wel met ons allemaal samen. De meeste keren liep het dan uit op een doodgewone discussie, waarbij iedereen door elkaar heen schreeuwde. In die tijd hoefde ik nooit op mijn woorden te passen. Tegenwoordig verhoren verslaggevers mij en de band altijd gescheiden. Alsof ze bij de politie zijn en mij en mijn medeplichtigen in aparte cellen opsluiten, om ons te kunnen betrappen op tegenstrijdige verklaringen.

Ik moet echt even roken voor we naar binnen gaan, dus staan Aldous en ik voor het hotel in de verblindende middagzon. Algauw verzamelt zich daar een kleine menigte, die mij van top tot teen bestudeert (terwijl ze dóén alsof dat niet zo is). Da's dus het verschil tussen New York en de rest van de wereld. Ze zijn er net zo dol op beroemdheden als waar dan ook, maar New Yorkers (of in ieder geval diegenen die zichzelf vreselijk wereldwijs vinden en nu blijven hangen bij het pand in SoHo waar ik voor sta) doen altijd alsof het ze niets kan schelen, terwijl ze achter hun zonnebril van driehonderd dollar niet kunnen ophouden met turen. En als lui van buiten de stad die code dan doorbreken, door op ons af te stormen en te vragen om een handtekening (zoals nu dat stel meiden in 'U-Michigan'-sweaters), dan zijn de New Yorkers één en al minachting. Het drietal snobs kijkt duidelijk geïrriteerd naar de meiden, rolt met hun ogen en werpt mij een meelevende blik toe. Alsof die meiden het probleem zijn!

'We moeten eens een betere vermomming voor jou bedenken, Wildeman,' zegt Aldous, als de meiden giechelend van opwinding weghuppelen. Hij is de enige die me nog zo mag noemen. Het wás eerst een doodgewone bijnaam, een onschuldig grapje met mijn achternaam – Wilde. Maar nadat ik één keer een hotelkamer op zijn kop had gezet, kwam ik er in de roddelbladen niet meer vanaf.

Dan, alsof het is afgesproken, duikt er een fotograaf op. Ja hoor: ik kan nog geen drie minuten voor een poepchique hotel staan, of het is weer zover. 'Adam! Is Bryn binnen?' Een foto van mij en Bryn samen is ongeveer vier keer zoveel waard als eentje van mij alleen.

Meteen nadat de eerste flits is afgegaan, houdt Aldous één hand voor de lens en de andere voor mijn gezicht.

Terwijl hij me naar binnen leidt, bereidt hij me voor op mijn volgende klus: 'De naam van de verslaggeefster is Vanessa LeGrande. Niet zo'n grauw type waar jij zo'n hekel aan hebt. Jong. Niet jonger dan jij, maar ergens begin twintig, schat ik. Schreef voor een online-tijdschrift, voor ze door *Shuffle* werd ingepalmd.'

'Welk?' onderbreek ik hem. Aldous geeft zelden zonder reden zo'n gedetailleerde beschrijving van een verslaggever.

'Weet ik niet zeker. Gabber misschien.'

'O, Al! Da's zo'n gore roddelsite!'

'Ja, maar *Shuffle* is dat niet. En het gaat wel om het coververhaal, hè!'

'Oké dan, wat jij wilt,' zeg ik, terwijl ik de deur van het restaurant openduw.

Binnen is het één en al lage staal-met-glazen tafels en leren muurbanken, zoals ik al zo vaak heb gezien. Dit soort restaurants vindt zichzelf heel wat, maar eigenlijk zijn het niet meer dan een soort veel te dure, veel te ver doorgestileerde versies van McDonald's.

'Daar zit ze, aan die hoektafel: die blondine met die highlights,' zegt Aldous. 'Lekker ding – niet dat jij daar om verlegen zit, trouwens. Oeps, niet tegen Bryn zeggen dat ik dat zei, hoor. Afijn, ik zit hier aan de bar, oké?'

Aldous, die bij een interview blijft? Da's eigenlijk de taak van een pr-agent, maar ik heb altijd geweigerd me door dat soort lui te laten chaperonneren. Maar eh... zie ik er zó slecht uit? 'Heb ik een babysitter nodig?' vraag ik.

'Welnee, joh. Ik dacht gewoon dat je wel een steuntje in de rug gebruiken kon.'

Vanessa LeGrande ziet er leuk uit. Of misschien dekt 'sexy' de lading beter. Doet er ook niet toe. Ik zie aan de manier waarop ze haar lippen likt en d'r haar over haar schouder gooit, dat ze dat verdomd goed in de gaten heeft ook – wat het effect voor mij meteen weer verpest. Over haar pols kronkelt een getatoeëerde slang. Ik durf er ons platina album om te verwedden dat haar string boven haar jeans uitkomt. Ja hoor: als ze zich bukt om in haar tas naar haar digitale recorder te zoeken, zie ik een kleine, naar beneden wijzende pijl boven haar heupjeans uitpiepen. Subtiel, hoor.

'Hai, Adam,' zegt Vanessa, met een samenzweerderige blik alsof we elkaar al jaren kennen. 'Mag ik eerst even zeggen dat ik een enorme fan van jullie ben? *Collateral Damage* heeft me door een vreselijke rottijd heen geholpen, nadat mijn vriendje het in het laatste jaar van de universiteit had uitgemaakt. Bedankt, dus.' Ze glimlacht naar me.

'Eh... graag gedaan.'

'En nu zou ik graag iets willen terugdoen, door het allerbeste portret van Shooting Star ooit op papier te zetten. Zullen we dus maar eens spijkers met koppen slaan en een mooi verhaal in mekaar timmeren?'

*Spijkers met koppen, in mekaar timmeren? Begrijpen sommige mensen eigenlijk wel de helft van de zooi die er over hun lippen rolt?* Deze Vanessa mag dan een poging doen zich brutaal of uitdagend op te stellen; mij voor zich proberen te winnen door openhartig te doen, me te laten zien hoe oprecht ze is... wat ze ook probeert, ik trap er niet in. Maar: 'Ja hoor, prima' is het enige wat ik hardop zeg.

Er komt een ober naar onze tafel om de bestelling op te nemen. Vanessa neemt een salade, ik een biertje.

Vanessa bladert in haar Moleskine-notitieboekje. 'Ik weet dat we het eigenlijk zouden moeten hebben over *BloodSuckerSunshine*...' begint ze.

Ik trek een frons in mijn voorhoofd. Ja, da's exact waar we het over moeten hebben! Dat is namelijk de reden dat ik hier zit: niet om vrienden te maken of geheimen uit te wisselen, maar omdat het bij mijn werk hoort om de albums van Shooting Star te promoten.

Vanessa start haar verleidstersact. 'Ik heb er wéken naar lopen luisteren. En ik ben nogal een wispelturig typje, lastig te bekoren...' lacht ze.

In de verte hoor ik Aldous zijn keel schrapen. Ik kijk op. Met een reusachtige nepgrijns op zijn gezicht steekt hij beide duimen naar me op, een bespottelijk gezicht. Ik draai me weer naar Vanessa en dwing mezelf terug te glimlachen.

'Maar nu jullie een tweede album bij een groot label hebben uitgebracht en jullie hardere geluid een feit is – ik geloof dat we het daar met zijn allen wel over eens kunnen zijn – wil ik graag een glasheldere analyse neerzetten: het in kaart brengen van jullie evolutie van *emo-core*-bandje naar de telgen van *agita-rock*, zeg maar.'

*De telgen van agita-rock?* Mm, dat soort opgeblazen deconstructivistisch geleuter stond me vanaf het begin al tegen! Als je het mij toen vroeg, schreef ik gewoon nummers: akkoorden, ritmes, teksten, coupletten, refreinen. Maar toen we bekender werden, begonnen mensen onze nummers te ontleden: als een kikker in de biologieles, tot er niets van overbleef dan ingewanden – allemaal kleine onderdelen: bij elkaar opgeteld veel minder dan de som der delen.

Ik rol even met mijn ogen, maar Vanessa kijkt gelukkig toch net naar haar aantekeningen. 'Ik heb een paar bootlegs van jullie hele vroege werk beluisterd. Dat is zo *poppy*, lief bijna, vergeleken met wat jullie tegenwoordig doen. En ik heb werkelijk alles gelezen wat er ooit over jullie is geschreven: elke blog, elk tijdschriftartikel. En bijna iedereen verwijst naar dat zogenaamde "zwarte gat" van Shooting Star, maar niemand kruipt er echt in. Jullie brengen een *indie*-cd'tje uit, dat doet het goed, jullie staan op het punt met de grote jongens te gaan meedoen... en dan stagneert de boel. Er wordt zelfs gefluisterd dat jullie uit elkaar zijn. En dan is er ineens *Collateral Damage*: *Beng!*' Ze doet met haar vuisten een explosie na.

Een dramatisch gebaar, maar niet geheel onterecht. *Collateral Damage* kwam twee jaar geleden uit. Binnen een maand stond de single 'Animate' in de landelijke hitlijsten. Hij verspreidde zich als een virus. Wij grapten dat je niet langer dan een uur naar de radio kon luisteren zonder dat nummer langs te horen komen. Vervolgens bestormde 'Bridge' de hitlijsten. Niet lang daarna klom het gehele album bij iTunes naar de nummer-1-positie, wat weer tot gevolg had dat elke WalMart van het land de cd in zijn assortiment opnam, waarna hij algauw Lady Gaga van de eerste plek in de *Billboard*-lijst stootte. Het leek erop dat ons album op élke iPod van iedereen tussen de twaalf en de vierentwintig stond. Binnen enkele maanden werd onze bijna-vergeten band uit Oregon op de cover van het tijdschrift *Time* aangekondigd als 'de Nirvana van de millenniumgeneratie'.

Maar da's allemaal niks nieuws; dat is allemaal al eens beschreven. Meerdere malen zelfs, tot brakens toe – ook in *Shuffle*. Dus snap ik echt niet waar deze Vanessa naartoe wil.

'Weet je, iedereen lijkt dat hardere geluid toe te schrijven aan het feit dat Gus Allen *Collateral Damage* heeft geproduceerd.'

'Inderdaad,' zeg ik. 'Gus houdt van rocken.'

Vanessa neemt een slokje water. Ik hoor haar tongpiercing klikken. 'Maar Gus heeft de teksten niet geschreven en da's juist de basis van al die energie. Die teksten zijn van jouw hand; al die rauwe kracht en emotie. *Collateral Damage* lijkt wel het venijnigste album van de afgelopen tien jaar.'

'En dan te bedenken dat we gokten op het vrolijkste...'

Ze kijkt op, knijpt haar ogen samen. 'Dat bedoelde ik als compliment, hoor. Het heeft voor veel mensen, onder wie ikzelf, erg louterend gewerkt. En dan kom ik dus bij mijn punt. Iedereen weet dat er tijdens jullie "zwarte gat" iets moet zijn gebeurd. Het komt uiteindelijk toch uit, dus waarom hou je het niet in eigen hand? Naar wie verwijst die *collateral damage*, die "bijkomende schade" nu eigenlijk?' vraagt ze, de aanhalingstekens in de lucht tekenend. 'Wat is jullie – of jou – overkomen?'

De ober brengt Vanessa's salade. Ik bestel nog een biertje en geef geen antwoord op haar vraag. Ik zwijg, met mijn ogen richting het tafelblad. In één ding heeft ze gelijk: we houden het inderdaad in eigen hand. In het begin werd deze vraag ons constant gesteld. En wij hielden onze antwoorden vaag: het kostte gewoon tijd om ons eigen geluid te vinden, om nummers te schrijven... Maar inmiddels is de band zo beroemd, dat alle verslaggevers van onze pr-agenten een lijst met verboden onderwerpen krijgen: Liz en Sarahs relatie, die van mij en Bryn, Mikes vroegere drugsproblemen en... Shooting Stars 'zwarte gat'. Blijkbaar heeft Vanessa dit memo gemist. Ik werp een blik op Aldous, maar die is in een heftig gesprek met de barkeeper verwikkeld. Fijne ruggensteun.

'Die titel is een verwijzing naar oorlog,' zeg ik. 'Dat hebben we al zo vaak uitgelegd.'

'Ja hoor,' zegt ze, rollend met haar ogen. 'Jullie teksten zijn ook zó politiek georiënteerd...'

Dan kijkt ze me met haar grote blauwe kijkers ineens recht aan. Een oude journalistentruc: veroorzaak een ongemakkelijke stilte en wacht tot je gesprekspartner deze begint in te vullen met gebabbel. Dat gaat bij mij echter niet werken: ik kan langer terugstaren dan wie ook.

Dan wordt haar blik plots koud en hard. Ze schuift haar luchtige, flirterige persoonlijkheid abrupt aan de kant en schenkt me een keiharde, eerzuchtige blik. Gulzig zelfs. Een hele verbetering: zo is ze in ieder geval zichzelf. 'Wat is er gebeurd, Adam? Ik weet dat er een verhaal achter zit, hét verhaal van Shooting Star. En ík zal degene zijn die dat verhaal wereldkundig maakt. Wat heeft ervoor gezorgd dat een indie-popbandje een oer-rockfenomeen werd?'

Het voelt als een koude harde vuist in mijn maag. 'Ach gewoon: het leven, dát is er gebeurd. En het kostte ons een tijdje om nieuw materiaal te schrijven, enne...'

'Dat kostte jóú een tijdje,' onderbreekt ze me. 'Jij hebt die twee laatste albums geschreven.'

Ik haal schokkerig mijn schouders op.

'Kom op, Adam! *Collateral Damage* is jóúw plaat. En

een meesterwerk. Daar mag je best trots op zijn. En ik weet gewoon zeker dat het verhaal erachter, achter jullie band, ook jóúw verhaal is. Die gigantische verschuiving, van een braaf samenspelend indie-kwartet naar een sterrenstatus nastrevende, emotionele punkrock-krachtcentrale, da's allemaal dankzij jou. Ik bedoel, jij was ook degene die bij de Grammy's in zijn eentje op het podium stond en de prijs voor het Beste Nummer in ontvangst nam. Hoe voelde dat?'

*Klote.* 'Voor het geval je het vergeten bent: de hele band won toen de prijs voor Beste Nieuwe Artiest. En dat was al ruim een jaar geleden.'

Ze knikt. 'Moet je horen, ik wil niemand afzeiken of oude wonden openrijten. Ik probeer die verschuiving gewoon te begrijpen. In geluid, in teksten, in de dynamiek van de band...' Ze schenkt me een veelbetekenende blik. 'En alle tekenen wijzen erop dat jij daarvan de katalysator bent.'

'D'r ís helemaal geen katalysator. We hebben gewoon gesleuteld aan ons geluid. Dat gebeurt constant: Dylan die elektrische gitaar ging spelen, Liz Phair die commercieel ging... Maar de mensen hebben nu eenmaal de neiging te flippen als iets afwijkt van wat ze verwachten.'

'Ik weet gewoon zeker dat er meer achter zit,' houdt Vanessa vol, zo ver naar voren komend dat de tafel tegen mijn buik stoot, zodat ik hem terug moet duwen.

'Nou, jij hebt duidelijk je theorie, dus laat de waarheid je alsjeblieft niet in de weg zitten.'

Er flitst iets door haar ogen. Heel even denk ik dat ik haar kwaad heb gemaakt, maar dan gooit ze haar handen in de lucht. Ik zie dat haar nagels helemaal afgekloven zijn. 'Wil je mijn theorie weten?' zegt ze met een lijzige stem.

*Nee, niet echt.* 'Laat maar eens horen.'

'Ik heb een paar lui van je oude middelbare school gesproken.'

Ik voel mijn hele lichaam verstijven: alles wat zacht is, wordt van lood. Het kost me al mijn concentratie om het glas naar mijn lippen te brengen en te doen alsof ik een slok neem.

'Ik wist niet dat jij op dezelfde school zat als Mia Hall,' zegt ze luchtig. 'Ken je haar? Die celliste? Haar naam begint in die wereld echt rond te zingen – of hoe dat in de klassieke muziek ook maar heet.'

Het glas in mijn hand trilt. Ik heb mijn andere hand nodig om het terug op tafel te zetten en de inhoud niet over me heen te morsen. *Iedereen die weet wat er destijds is gebeurd, zwijgt als het graf*, verzeker ik mezelf. *Geruchten, zelfs als ze waar zijn, zijn als vlammen: haal de zuurstof weg en ze sputteren nog even... en weg zijn ze!*

'Onze school had een goede kunstafdeling; een heuse broedplaats voor muzikanten,' leg ik uit.

'Klinkt aannemelijk,' zegt Vanessa, knikkend. 'Maar er is ook een vaag gerucht dat Mia en jij in die tijd een stelletje waren. Wat opmerkelijk is, omdat ik daar nooit iets over heb gelezen, terwijl het me toch absoluut vermeldenswaard lijkt.'

Er flitst een beeld van Mia door mijn hoofd. Zeventien jaar oud, haar donkere ogen vol liefde, kracht, angst, muziek, seks, magie, verdriet. En haar ijskoude handen. Mijn eigen koude handen klampen nog steeds het glas vast.

'Dat zou het zijn, als het waar was,' zeg ik, zo effen mogelijk. Ik neem nog een slok en gebaar de ober dat ik nóg een biertje wil. Mijn derde: het toetje van mijn vloeibare lunch.

'Maar dat is het dus niet?' klinkt ze sceptisch.

'Zou je wel willen, hè?' antwoord ik. 'Nee, we kenden elkaar slechts vluchtig, gewoon van school.'

'Mmm… Ik heb niemand kunnen vinden die jullie goed genoeg kende om het voor me te bevestigen. Maar toen kreeg ik dus een oud jaarboek in handen. Met een schattige foto van jullie tweeën erin – waarop jullie er toch behoorlijk als een stelletje uitzien. Het enige vervelende is dat er geen namen in het onderschrift staan. Als je niet weet hoe Mia eruitziet, kijk je er zo overheen.'

Bedankt hoor, Kim Schein – Mia's beste vriendin, jaarboekkoningin en paparazzo. Wij wilden niet dat die foto erin kwam; zij had hem er toch in gesmokkeld, door in plaats van onze eigen namen die stomme bijnaam te gebruiken.

'*Groovy & the Geek*,' lacht Vanessa. 'Jullie hadden zelfs een pseudoniem!'

'Goh, schooljaarboeken als journalistieke bron. Wat krijgen we hierna? Wikipedia?'

'Nou, jij bent anders ook niet echt een betrouwbare bron. Je beweerde net dat jullie elkaar slechts "vluchtig" kenden.'

'Ja hoor eens, misschien hebben we inderdaad een paar weken iets met elkaar gehad, net in de periode dat die foto's zijn gemaakt. Maar hé: ik heb op school met wel meer meiden gerommeld.' Ik schenk haar mijn beste playboygrijns.

'Dus na de middelbare school heb je haar niet meer gezien?'

'Niet meer nadat zij is gaan studeren,' zeg ik. Dat gedeelte is tenminste wél waar.

'Hoe kan het dan dat ik, toen ik de rest van je bandmaatjes interviewde, zij allemaal "geen commentaar" begonnen te roepen zodra ik naar haar vroeg?' vraagt ze, me recht aankijkend.

*Omdat we, wat er verder tussen ons ook mag zijn misgelopen, nog steeds loyaal aan elkaar zijn. Althans, over dat onderwerp.* Ik dwing mezelf hardop te zeggen: 'Omdat er niets te vertellen valt. Maar ik begrijp dat mensen zoals jij het sitcom-aspect ervan wel grappig vinden: twee bekende muzikanten van dezelfde school, die ook nog eens verkering met elkaar blijken te hebben gehad.'

'Mensen zoals ik?' vraagt ze.

*Ja: aasgieren, bloedzuigers, zielenrovers...* 'Ja, verslaggevers,' zeg ik. 'Jullie zijn allemaal dol op sprookjes.'

'Ach, wie niet?' zegt Vanessa. 'Hoewel het leven van die dame bepaald geen sprookje is. Ze schijnt bij een auto-ongeluk haar hele familie te hebben verloren.' Ze huivert – zoals je doet als je het hebt over iemands tegenspoed die niets met jou van doen heeft, je niet raakt en dat ook nooit zál doen.

Ik heb nog nooit van mijn leven een vrouw geslagen, maar één minuut lang zou ik haar recht in haar gezicht willen stompen, om haar íéts te laten voelen van de pijn die zij hier zo terloops te berde brengt. Maar ik weet me in te houden.

Geheel argeloos gaat ze verder: 'Over sprookjes gesproken: verwachten jij en Bryn Shraeder soms een kindje? Ik kom haar constant tegen in alle "buikenspottersrubrieken" van De Bladen.'

'Nee,' antwoord ik. 'Niet dat ik weet.' Ik weet bijna zeker dat zij donders goed weet dat Bryn verboden terrein is. Maar als ik haar met Bryns vermeende zwangerschap op andere gedachten kan brengen, dan moet dat maar. *'Niet dat je weet?* Jullie zijn toch nog bij elkaar, is het niet?'

Mijn god, die gretigheid in haar blik! Ondanks haar interviewtalent en dat gezemel over glasheldere analyses, verschilt ze in niets van al die broodschrijvende journalisten en stalkende fotografen, die een moord zouden doen voor een belangrijke primeur – hetzij over een geboorte: *Een tweeling voor Adam en Bryn?*, hetzij over een stukgelopen relatie: *Bryn tegen haar Wildeman: 'Basta!'* Geen van beide is waar, maar ik zie ze allebei voor me: tegelijkertijd op de cover van verschillende roddelbladen.

Ik denk aan het huis in Los Angeles dat Bryn en ik met elkaar delen, of beter: samen bewonen. Ik kan me de laatste keer niet heugen dat wij ons langer dan een week op hetzelfde tijdstip op dezelfde plek bevonden. Zij draait twee à drie films per jaar en is net haar eigen productiemaatschappijtje begonnen. Dus terwijl zij filmt, haar films promoot én jaagt op geschikte locaties, ben ik in de studio of op tournee. Onze agenda's lijken permanent met elkaar in oorlog.

'Jazeker, Bryn en ik zijn nog steeds samen,' zeg ik tegen Vanessa. 'En ze is níét zwanger. Ze draagt tegenwoordig gewoon graag van die wijde boerenkielen. Iedereen neemt maar aan dat ze dat doet om haar buik te verbergen, maar daar heeft het helemaal niets mee te maken.'

Eerlijk gezegd vraag ik me soms af of ze die kielen expres draagt: om die buikenspotters uit te lokken en het lot te tarten. Bryn wil namelijk dolgraag een kind. Want al is ze voor het grote publiek pas vierentwintig, in werkelijkheid is ze al achtentwintig en beweert ze haar biologische klok te horen tikken. Ikzelf ben echter pas eenentwintig én we zijn nog maar een jaar bij elkaar. Doet er niet toe dat zij beweert dat ik een 'oude ziel' ben, met al een heel leven achter de rug. Al was ik eenenvéértig en hadden we net onze twintigste trouwdag gevierd, dan nog wilde ik geen kind met haar!

'Gaat zij met je mee op tournee?'

Bij het horen van dat woord voel ik mijn keel alweer dichttrekken. Deze tournee gaat zevenenzestig nachten duren, *zevenenzestig*! Ik denk aan mijn pillen en kalmeer alweer wat omdat ik wéét dat ik ze bij me heb, maar ben wel zo slim om er niet vlak onder Vanessa's neus eentje in te nemen.

'Huh?' zeg ik.

'Of hebben jullie ergens onderweg afgesproken?'

Ik stel het me voor: Bryn op tournee – met haar team van stylisten, haar Pilates-instructeurs, haar nieuwste rauw-voedseldieet. 'Misschien.'

'En hoe bevalt het wonen in Los Angeles je eigenlijk?' vraagt ze. 'Jij lijkt me helemaal geen type voor Zuid-Californië.'

'Ach, het is een droge hitte,' antwoord ik.

'Pardon?'

'O, niks. Grapje.'

'Mm, juist.' Ze bekijkt me sceptisch.

Ik ben lang geleden gestopt met het lezen van interviews over mezelf, maar toen ik dat nog wel deed, kwam ik vaak woorden tegen als 'ondoorgrondelijk' en 'arrogant'. Is dat werkelijk hoe mensen mij zien?

Godzijdank zit het afgesproken uur er dan op. Vanessa klapt haar notitieboekje dicht en vraagt de rekening. Ik zoek Aldous' opgeluchte blik, om hem te laten weten dat we aan het afronden zijn.

'Ik vond het een prettige kennismaking, Adam,' zegt ze.

'Ja, ik ook,' lieg ik.

'Maar ik moet zeggen, jij bent wel een puzzel, zeg!' Ze glimlacht haar onnatuurlijk witte tanden bloot. 'Maar ik hou wel van puzzels. Zoals jouw teksten: al die akelige beelden op *Collateral Damage*. En de teksten van jullie nieuwe plaat, ook erg cryptisch. Weet je, sommige recensenten vragen zich af of *BloodSuckerSunshine Collateral Damage* wel kan evenaren...'

Ik weet wat er nu komt; ik heb het vaker gehoord. Da's typisch iets voor verslaggevers: zinspelen op het commentaar van andere recensenten, om daarmee indirect je eigen mening te ventileren. En ik weet ook wat ze er eigenlijk mee vraagt: *Hoe voelt het dat het enige waardevolle dat je ooit hebt geproduceerd, is voortgekomen uit het grootste verdriet van alles?*

En opeens wordt het me allemaal te veel. Bryn en de buikenspotters. Vanessa met míjn schooljaarboek. Het idee dat niets heilig is; dat ze van alles smullen als varkens; dat mijn leven van iedereen is, behalve van mezelf. En zevenenzestig nachten. *Zevenenzestig, zevenenzestig!* Ik duw zo hard tegen de tafel dat de waterglazen en het bier in Vanessa's schoot belanden.

'Wat... krijgen we nou?'

'Einde interview,' grom ik.

'Ja, dat weet ik ook wel. Maar waarom doe je ineens zo?'

'Omdat jij ook zo'n aasgier bent! Dit heeft geen hol met muziek te maken: het gaat er alleen maar om om alles kapot te scheuren en uit elkaar te plukken!'

Vanessa's ogen vliegen heen en weer terwijl ze naar haar recorder reikt.

Maar vóór ze de kans krijgt het ding weer aan te zetten, pak ik het op en sla er net zo lang mee op het tafelblad tot het uit elkaar vliegt. De restanten dump ik in een waterglas. Mijn hand trilt, mijn hart bonkt en ik voel een enorme paniekaanval opkomen – van dat type waarbij ik altijd denk dat ik doodga.

'Wat doe je nou?' gilt Vanessa. 'Daar heb ik geen back-up van, hoor!'

'Mooi zo!'

'En hoe moet ik mijn artikel dan schrijven?'

'Een artikel? Is dat hoe je het noemt?'

'Ja! D'r zíjn mensen die moeten wérken voor de kost, hoor, nuffige nukkige klootz...'

'Adam!' Ineens staat Aldous naast me. Hij legt drie briefjes van honderd dollar op tafel. 'Voor een nieuwe,' zegt hij tegen Vanessa. Daarna loodst hij mij het restaurant uit, een taxi in.

Hij smijt nóg een honderdje naar de taxichauffeur als deze begint te protesteren omdat ik een sigaret opsteek. Dan steekt hij zijn hand in mijn zak, haalt het medicijnpotje eruit, schudt een tablet op zijn hand en zegt: 'Mond open' – als een soort norse moederfiguur

Hij wacht geduldig tot we nog maar een paar blokken van mijn hotel verwijderd zijn, ik twee sigaretten achter mekaar heb gepaft en nóg een paniekpil heb ingenomen. 'Wat gebeurde daar nou?'

En ik vertel hem over haar gedram: over het 'zwarte gat', over Bryn, over Mia...

'Maak je niet druk. We bellen *Shuffle* wel en dreigen ons

exclusieve interview terug te trekken als ze er geen andere verslaggever op zetten. En ach, misschien staat het een paar dagen in de roddelbladen of op Gabber, maar zó'n verhaal is het nu ook weer niet. Dat waait wel weer over.'

Hij zegt het allemaal doodkalm, zo van: *Hé, het is maar rock-'n-roll*, maar ik zie de ongerustheid in zijn ogen.

'Ik kan het niet, Aldous.'

'Maak je nou geen zorgen. Jij hoeft ook niks te doen. Het is maar een artikel, hoor. Ik handel het wel af.'

'Da's niet het enige. Ik kan het gewoon niet – niets.'

Aldous, die volgens mij sinds zijn tournees met Aerosmith geen fatsoenlijke nachtrust meer heeft gehad, staat zichzelf heel even een uitgebluste blik toe. Dan springt hij weer in de manager-stand: 'Joh, jij hebt gewoon een pre-tournee-burnout. Overkomt de besten,' verzekert hij me. 'Als je eenmaal onderweg bent en voor dat publiek staat, die liefde voelt, de adrenaline, de muziek... dan stroom je zo weer vol energie. Verrek, je bent dan natuurlijk in alle staten, maar wel in positieve zin. En in november, als dit alles achter de rug is, dan ga je lekker een beetje lummelen op een eiland waar niemand je kent, waar niemand een flikker geeft om Shooting Star of die wilde Adam Wilde.'

November... Het is nu augustus. Da's dus pas over drie maanden! En die tour duurt zevenenzestig nachten. *Zevenenzestig.* Ik herhaal het in mijn hoofd als een mantra, maar het maakt me bepaald niet rustiger: het maakt dat ik mijn haar bij bossen wil beetpakken en uit mijn hoofd rukken...

En hoe vertel ik Aldous, hoe vertel ik de rest, dat de muziek, de adrenaline, *de liefde* – al die dingen die kunnen verlichten wat voor mij zo loodzwaar is geworden – dat

dat alles is verdwenen? Het enige wat er nog is, is deze draaikolk. En ik sta precies aan de rand ervan.

Mijn hele lichaam trilt nu. Ik ben gek aan het worden! Een dag mag dan slechts vierentwintig uur duren, soms lijkt je daar doorheen worstelen even onmogelijk als het beklimmen van de Mount Everest.

# TWEE

*Naald en draad, vlees en botten*
*Spuug en spier, hartzeer is mijn thuis*
*Jouw hechtingen blinken als diamanten*
*Heldere sterren die mijn hechtenis verlichten*

'Stitch'
*Collateral Damage*, nummer 7

Aldous zet me voor mijn hotel af. 'Luister man, ik geloof dat jij gewoon wat tijd nodig hebt om bij te komen. Dus ga ik het schema voor de rest van de dag leeggooien en al je afspraken voor morgen afzeggen. Je vlucht naar Londen vertrekt om zeven uur, je hoeft pas om vijf uur op het vliegveld te zijn.' Hij werpt een blik op zijn telefoon. 'Da's dus ruim vierentwintig uur vrij te besteden. Ik verzeker je dat je je daarna weer een stuk beter voelt. Toe, ga nu maar, je bent vrij!'

Hij kijkt me bezorgd aan – ik ben tegelijkertijd zijn vriend én zijn verantwoordelijkheid. 'Ik ga mijn vlucht ook verzetten,' verkondigt hij. 'Vliegen we morgen samen.'

Ik schaam me haast voor mijn eigen dankbaarheid. Businessclass vliegen met de band stelt niet zoveel voor: we trekken ons allemaal terug in onze eigen luxe-cocon. Maar als ik samen met hen vlieg, ben ik tenminste niet alleen. Als je alleen vliegt, weet je maar nooit wie je naast je krijgt. Zo zat ik eens naast een Japanse zakenman, die de hele tien-uur-durende vlucht tegen me aan heeft zitten leuteren. Eigenlijk had ik om een andere plek moeten vragen, maar ik wilde niet zo'n typische lul van een rockster lijken, dus zat ik maar te knikken, terwijl ik nog niet de helft begreep van wat hij allemaal vertelde. Zo mogelijk nog erger waren echter de keren dat ik op een langeafstandsvlucht echt alleen zat.

Ik weet dat Aldous in Londen van alles te doen heeft. Meer specifiek: het missen van die bespreking morgen met de band en de videoregisseur zal beslist een kleine aardbeving veroorzaken. Maar goed, de breuklijnen zijn nu toch al niet meer te tellen. Daarbij zal niemand Aldous de schuld geven; die eer is voor mij.

Het is dus nogal wat om Aldous een extra dag in New York te houden. Toch ga ik op zijn aanbod in, al relativeer ik zijn edelmoedigheid enigszins door slechts te mompelen: 'O, oké.'

'Top! Maak jij je hoofd nou maar leeg. Ik laat je met rust; zal je niet eens bellen. Wil je dat ik je hier oppik of treffen we mekaar op het vliegveld?' De rest van de band verblijft elders in de stad. Sinds de laatste tournee nemen wij altijd verschillende hotels. Aldous wisselt heel diplomatiek af tussen het mijne en het hunne. Ditmaal slaapt hij bij hen in het hotel.

'Eh... het vliegveld. Ik zie je in de hal,' zeg ik.

'Oké dan. Ik zal om vier uur een taxi voor je laten komen. En tot die tijd: gewoon chillen, oké?' Hij geeft me een soort handdruk c.q. knuffel, springt weer in de taxi en zoeft weg naar zijn volgende klusje (waarschijnlijk het weer overeind zetten van alle horden die ik vandaag heb omgelopen).

Ik loop om de hoek naar de dienstingang en zo naar mijn kamer. Na een douche overweeg ik even terug in bed te kruipen. Maar ik kan tegenwoordig de slaap bijna niet meer vatten, zelfs niet met een hele medicijnkast vol psychofarmacologische hulp.

Door de achttiende-eeuwse ramen zie ik hoe de middagzon een warme gloed over de stad legt en New York op de een of andere manier een knusse aanblik geeft. Mijn suite wordt er echter alleen maar heet en benauwd van. Ik trek een schone spijkerbroek aan en mijn zwarte geluks-T-shirt. Dat wilde ik eigenlijk voor morgen bewaren, voor de officiële start van de tournee, maar omdat ik op dit moment wel wat geluk kan gebruiken, zal het een dubbele dienst moeten draaien.

Ik zet mijn iPhone aan. Ik heb negenenvijftig nieuwe e-mails en zeventien nieuwe voicemails, waaronder meerdere van een onderhand-zeker-ziedende pr-agent van de platenmaatschappij en een paar van Bryn, die wil weten hoe het in de studio en met het interview is gegaan. Ik zóú haar natuurlijk kunnen bellen, maar waarom zou ik? Als ik haar over Vanessa LeGrande vertel, wordt ze vast boos omdat ik weer voor de ogen van een verslaggever mijn 'publieke gezicht' heb afgezet – een slechte gewoonte die zij mij juist probeert af te leren. Zij beweert dat ik, telkens wanneer ik bij de pers mijn geduld verlies, hun honger alleen maar aanwakker. 'Geef ze gewoon een saai publiek gezicht, Adam, dan houden ze vanzelf op met over je schrijven,' adviseert ze me voortdurend. Alleen heb ik het idee dat als ik haar zou vertellen bij welke vraag ik nu precies door het lint ging, zíj waarschijnlijk ook haar publieke gezicht zou laten vallen...

Ik denk aan wat Aldous zei over even de boel de boel laten. Dan zet ik mijn telefoon uit en gooi hem op het nachtkastje. Ik pak mijn pet, mijn zonnebril, mijn pillen en mijn portemonnee en vlieg de deur uit. Via Columbus Avenue ga ik op weg naar Central Park.

Er dreunt een brandweerwagen voorbij, met jankende sirenes. *Krab aan je hoofd, anders ga je dood!* Ik weet niet eens meer waar ik dat kinderversje of die volkswijsheid heb gehoord, waarvan je op je hoofd moet krabben bij het horen van elke sirene, omdat hij anders wel eens voor jou zou kunnen klinken. Ik weet nog wel wanneer ik ermee ben begonnen, en nu weet ik niet beter meer. Toch kan deze gewoonte op een plek als Manhattan, waar altijd wel een sirene loeit, behoorlijk vermoeiend zijn.

Het is inmiddels vroeg in de avond, de agressieve hitte is een stuk milder geworden. En het is alsof iedereen heeft gevoeld dat je eindelijk veilig naar buiten kunt. Overal zijn mensen: ze spreiden hun picknickkleed uit op het gras, duwen al joggend een kinderwagen voort over de paden, dobberen in een kano op de met waterlelies bedekte vijver.

Ik vind het prima om mensen te zien doen wat ze het liefst doen, maar voel me ook nogal bekeken. Ik snap niet hoe andere beroemdheden dat doen. Ik zie weleens foto's van Brad Pitt met zijn meute kinderen in Central Park, spelend op de schommels. Terwijl ze duidelijk zijn gevolgd door paparazzi, ziet het er toch uit als een doodgewone dag met het gezin. Of misschien ook niet. Foto's kunnen behoorlijk bedrieglijk zijn.

Terwijl ik hierover nadenk en allemaal vrolijke mensen passeer, genietend van een zachte zomeravond, begin ik me steeds meer een lopende schietschijf te voelen – ook al heb ik mijn zonnebril op, mijn pet ver over mijn ogen getrokken en ben ik niet met Bryn (als wij ergens samen zijn, is het haast onmogelijk om onder de radar door te vliegen). Ik begin paranoïde te worden. En niet eens omdat ze stiekem foto's van me maken of omdat ik word belaagd door een menigte kiekjesjagers (hoewel ik daar nu ook niet echt naar uitkijk), maar omdat ik eruit lijk te springen als de enige eenling in het hele park (ook al ben ik dat waarschijnlijk niet eens). Toch voel ik me alsof ze ieder moment naar me kunnen gaan wijzen, me gaan uitlachen.

Zo ver is het dus al gekomen? Zo ben ik dus geworden? Een lopende tegenstrijdigheid: omringd door mensen, maar moederziel alleen. Ik beweer altijd dat ik hunker naar een beetje 'normaalheid', maar nu ik daar een beetje van in handen heb, is het alsof ik niet weet wat ik ermee moet. Alsof ik niet eens meer weet hoe je een normaal iemand moet zijn.

Ik dwaal richting de Ramble, waar de enige lui die ik tegen het lijf kan lopen, van het type zijn dat zelf liever niet gezien wordt. Ik koop een paar hotdogs en prop ze in mijn mond. Dan pas realiseer ik me dat ik de hele dag nog niets heb gegeten – wat me ook weer herinnert aan mijn lunch... en het Vanessa LeGrande-debacle.

*Wat wás dat nou eigenlijk? Ik bedoel, je reageert wel vaker prikkelbaar op verslaggevers, maar dit was wel erg amateuristisch,* spreek ik mezelf streng toe.

*Ach, ik ben gewoon moe*, verdedig ik mezelf. *Overbelast.* Als ik vervolgens weer aan de tournee denk, is het alsof de zompige grond zich gonzend naast me opent. *Zevenenzestig nachten.* Ik probeer het zo verstandig mogelijk te bekijken. *Zevenenzestig nachten, wat stelt dat helemaal voor?* Ik probeer het getal te delen, in stukjes te breken, alles om het kleiner te doen lijken. En omdat je van zevenenzestig geen twee gelijke delen kunt maken, deel ik het maar op: in veertien landen, negenendertig steden, een paar honderd uur in een bus... Maar door al dat gereken gaat het alleen maar harder gonzen in mijn hoofd. Ik voel me duizelig, moet me vastgrijpen aan een boomstam. Ik strijk met mijn hand over de schors en word meteen teruggevoerd naar mijn vertrouwde Oregon. De gonzende aarde sluit zich weer – althans voorlopig.

Ik moet ineens denken aan de artiesten over wie ik vroeger altijd las, die het niet hadden aangekund: Morrison, Joplin, Cobain, Hendrix. Ik walgde van hen. *Ze hadden wat ze wilden. En wat deden ze? Ze gebruikten zoveel drugs, dat ze van voren niet meer wisten of ze of van achteren leefden. Of ze schoten zichzelf door de kop. Wat een stelletje klootzakken!*

*Nou, kijk nu dan eens goed naar jezelf. Je bent dan wel geen junkie, maar toch ook geen haar beter.*

Echt, ik zou veranderen als ik dat kon. Maar tot nu toe heeft het nog niet veel effect gehad: mezelf dwingen te zwijgen en te genieten van alles wat me overkomt. Als de mensen om me heen wisten hoe ik me voel, zouden ze me uitlachen. Of nee, da's niet waar: Bryn zou niet lachen. Zij zou verbijsterd zijn door mijn onvermogen te genieten van waar ik zo hard voor heb gewerkt.

*Maar heb ik eigenlijk wel zo hard gewerkt?* Door mijn familie, Bryn, de rest van de band (nou ja, zij zijn in ieder geval gewend om tussen dat soort figuren te verkeren), wordt algemeen aangenomen dat ik dit alles verdien; dat alle bijval en luxe mijn beloning is. Dat heb ikzelf nooit echt geloofd. Karma is geen spaarbank: storten, opnemen. Al begin ik steeds meer te vermoeden dat het wél allemaal een soort genoegdoening is – alleen geen positieve.

Als ik een sigaret wil pakken, blijkt mijn pakje leeg. Ik sta op, beklop mijn spijkerbroek en loop het park uit. De zon begint in het westen weg te zakken: een fel stralende bol, die richting de Hudson overhelt en een collage van roze en paarse strepen in de lucht achterlaat. Het is zo mooi, dat ik mezelf even dwing dit beeld te bewonderen.

Dan draai ik in zuidelijke richting Seventh Avenue op, stop even bij een delicatessenwinkel voor een pakje sigaretten en loop dan verder richting de binnenstad. Ik heb besloten terug te gaan naar het hotel, gebruik te maken van de roomservice en dan misschien eens vroeg te gaan pitten.

Voor Carnegie Hall rijden taxi's af en aan: ze leveren het publiek af voor de voorstellingen van vanavond. Een oude dame met een parelketting en hakken stapt onhandig uit, haar kromme, in smoking geklede metgezel begeleidt haar, met een hand onder haar elleboog. Terwijl ik kijk hoe zij samen wegstrompelen, voel ik een steek in mijn borstkas. *Kijk gauw naar de zonsondergang*, zeg ik tegen mezelf. *Kijk naar iets moois!* Maar als ik weer omhoogkijk, zijn de kleurstrepen in de lucht inmiddels zo donker als een blauwe plek.

*Een nuffige nukkige klootzak*, zo noemde die journaliste

me. Oké, ze was me het type wel, maar op dat punt had ze het bij het rechte eind.

Als mijn blik terugkeert naar de aarde, zie ik opeens háár ogen. Niet zoals ik ze voorheen altijd zag – achter elke hoek, achter mijn eigen gesloten oogleden aan het begin van elke dag. Niet zoals ik ze me altijd voorstelde bij elke griet die onder me lag. Nee, ditmaal zijn het echt haar ogen, op een foto: ze is gekleed in het zwart, haar cello rust tegen haar schouder als een vermoeid kind, haar haar is opgestoken zoals dat bij musici van klassieke muziek lijkt te horen. Vroeger droeg ze het ook vaak in een knotje, bij recitals en kamermuziekconcerten, maar dan met een paar losse lokken om het strenge geheel te verzachten. Op deze foto zit geen haartje verkeerd.

Ik kijk nog wat beter: YOUNG ARTISTS PRESENTEERT MIA HALL.

Een paar maanden geleden verbrak Liz het onuitgesproken embargo over Mia en stuurde me een knipsel uit het tijdschrift *All About Us*. *Vond dat je dit moest zien*, had ze op een Post-it gekrabbeld. Het artikel heette 'Twintig onder de 20' en ging over veelbelovende 'wonderkinderen'. Er was een hele bladzijde over Mia – met een foto waar ik amper naar kon kijken en een artikel dat ik na een paar maal diep inademen slechts vluchtig had kunnen doorlezen.

Ze werd er de 'troonopvolgster van Yo-Yo Ma' in genoemd. Ondanks mezelf moest ik glimlachen: Mia zei altijd dat lui die geen flauw idee hadden van wat een cello eigenlijk was, alle cellisten altijd omschreven als 'de nieuwe Yo-Yo Ma', omdat hij hun enige referentiepunt was. 'Hoe zit het met Jacqueline Du Pré?' vroeg ze dan altijd – verwijzend naar haar eigen idool: een getalenteerd en gepassioneerd celliste, die op achtentwintigjarige leeftijd multiple sclerose had gekregen en daar zo'n vijftien jaar later aan was overleden.

Mia's spel noemden ze 'bovenaards', waarna uiterst plastisch het auto-ongeluk werd beschreven waarbij haar ouders en broertje ruim drie jaar geleden waren omgekomen. Dat had me verbaasd. Mia praatte daar nooit over, zeker niet om te hengelen naar wat extra medeleven. Maar toen ik het stuk nog eens scande, besefte ik dat het aan elkaar hing van stukken uit oude krantenberichten. Er stond niets in dat rechtstreeks door Mia zelf zo was gezegd.

Ik had het knipsel een paar dagen bewaard, om er zo nu en dan nog een blik op te werpen. Maar dat blaadje in mijn portemonnee brandde als een flesje plutonium in mijn jaszak. Als Bryn me met een artikel over Mia had betrapt, waren er ook vast en zeker explosies van nucleaire heftigheid gevolgd. Dus gooide ik het een paar dagen later weg en dwong mezelf er niet meer aan te denken.

Op dit moment tracht ik echter weer wat details uit dat artikel op te roepen; me te herinneren of er iets in stond over dat Mia was vertrokken van Juilliard en nu recitals gaf in Carnegie Hall.

Ik kijk weer omhoog. Haar ogen zijn er nog steeds; ze staren me aan. En ik weet opeens honderd procent zeker dat zij hier vanavond speelt. Al voordat ik de datum op de poster heb gecheckt, weet ik dat dit optreden op dertien augustus is.

En bijna voor ik het zelf in de gaten heb – voor ik mezelf ervan kan weerhouden, voor ik mezelf ervan kan overtuigen dat dit een vreselijk slecht idee is – loop ik al naar het loket. *Ik wil haar helemaal niet zien*, zeg ik tegen mezelf. *En ik zál haar ook niet zien. Ik wil haar alleen horen.* Op een briefje bij het loket staat dat het concert van vanavond is uitverkocht. Ik zóú natuurlijk kunnen zeggen wie ik ben, of via een telefoontje met Aldous of de manager van mijn hotel waarschijnlijk toch nog aan een kaartje kunnen komen, maar ik besluit het lot te laten beslissen. Dus presenteer ik mezelf als een anonieme, enigszins eenvoudig geklede jongeman en vraag beleefd of er nog vrije plaatsen zijn.

'Toevallig zijn we net begonnen met het uitgeven van de niet-opgehaalde reserveringen. Ik heb een stoel op het eerste balkon, achterste rij, aan de zijkant. Geen ideaal zicht, maar het enige wat ik voor je heb,' zegt het meisje achter het glazen raam.

'Ach, ik kom toch niet voor het zicht,' antwoord ik.

'Dat zeg ik ook altijd tegen mezelf,' lacht ze. 'Maar sommige mensen zijn daar heel kieskeurig in. Da's dan vijfentwintig dollar.'

Ik betaal met mijn creditcard en loop dan de koele, schemerig verlichte zaal binnen. Ik neem plaats, sluit mijn ogen en denk terug aan de laatste keer dat ik zo'n chique celloconcert bezocht. Alweer vijf jaar geleden: ons eerste afspraakje. En net als toen, voel ik weer zo'n woeste spanning in mijn lijf, ook al weet ik dat ik haar vanavond – in tegenstelling tot toen – echt niet zal gaan zoenen. Of aanraken. Of zelfs maar van dichtbij zien.

Vanavond ga ik naar haar luisteren. En dat zal genoeg zijn.

# DRIE

Mia ontwaakte na vier dagen uit haar coma, maar we vertelden het haar pas de zesde dag. Het maakte eigenlijk niet eens wat uit: ze leek het allang te weten.

We zaten met zijn allen rond haar ziekenhuisbed op de Intensive Care. Haar zwijgzame opa had het kortste strootje getrokken. Hij was degene die haar moest vertellen dat haar ouders – Kat en Denny – bij het auto-ongeluk dat haar uiteindelijk hier had gebracht, op slag dood waren geweest. En dat haar broertje Teddy was overleden op de Spoedeisende Hulp van het plaatselijke ziekenhuis, waar zij beiden naartoe waren gebracht vóór haar overplaatsing naar Portland.

Niemand kende de oorzaak van het ongeluk. Had zij soms nog een herinnering?

Mia lag maar wat te knipperen met haar ogen en mijn hand vast te houden, haar nagels zo diep in mijn vel gedrukt dat het leek alsof ze me nooit meer wilde loslaten. Ze schudde haar hoofd en zei zacht: 'Nee. Nee. Nee.' – steeds maar weer, maar zonder tranen. Ik wist niet of dit het antwoord op haar opa's vraag was, of dat ze de hele situatie gewoon wilde ontkennen. *Nee!*

Toen kwam de maatschappelijk werkster binnen, die het op haar typische no-nonsense manier overnam. Ze vertelde Mia eerst over de operaties die ze tot dusver had gehad – 'alleen het hoognodige, enkel om je stabiel te krijgen, en je doet het opmerkelijk goed' – waarna ze begon over de operaties die ze waarschijnlijk de komende maanden nog moest ondergaan. Eerst één om het bot in haar linkerbeen met metalen stangen te zetten; ongeveer een week later één om huid te verzamelen van het dijbeen van haar ongeschonden been, gevolgd door een operatie om dat stuk huid op het gehavende been te transplanteren. Deze twee handelingen zouden helaas enkele 'nare littekens' achterlaten, maar de verwondingen in haar gezicht zouden dankzij plastische chirurgie binnen een jaar vrijwel onzichtbaar kunnen zijn.

'Als je de noodzakelijke operaties eenmaal achter de rug hebt – gesteld natuurlijk dat er geen complicaties zijn: geen infecties na de miltverwijdering, geen longontsteking, geen andere problemen met je longen – dan brengen we je van het ziekenhuis over naar een revalidatiecentrum,' vervolgde ze. 'Lichamelijke training, ergotherapie, logopedie en wat je allemaal nog meer nodig blijkt te hebben. Over een paar dagen zullen we eens proberen in te schatten hoe je ervoor staat.'

Mij duizelde het eerlijk gezegd na deze litanie, maar Mia leek aan haar lippen te hangen. Ze leek wel meer aandacht te hebben voor de bijzonderheden rondom haar operaties, dan voor het afschuwelijke nieuws over haar familie.

Later die middag nam de maatschappelijk werkster ons even apart. Wij – Mia's grootouders en ik – maakten ons namelijk zorgen over Mia's reactie, of beter: het ontbreken daarvan. We hadden verwacht dat ze zou gaan gillen, de haren uit haar hoofd rukken, of iets anders heftigs dat paste bij dit gruwelijke nieuws en ons eigen verdriet. Maar die vreemde zwijgzaamheid van haar had ons allemaal hetzelfde doen denken: hersenletsel.

'Nee hoor, dat is het echt niet,' stelde ze ons vlug gerust. 'Het brein is een fragiel mechanisme. En we zullen misschien nog wel een paar weken geduld moeten hebben, eer we weten welke delen ervan precies zijn getroffen. Maar jonge mensen zijn enorm veerkrachtig en momenteel zijn haar neurologen behoorlijk optimistisch. Haar motoriek is over het algemeen goed, haar spraakvermogen lijkt niet erg aangetast, rechts heeft ze een zwakke plek en haar evenwicht is nog niet zo best. Maar als dat alles blijkt te zijn, dan heeft ze geluk gehad.'

We krompen ineen bij het woord *geluk*.

Maar de maatschappelijk werkster keek ons allemaal aan. 'Ja, véél geluk zelfs. Want al die dingen zijn omkeerbaar. En wat haar reactie van daarnet betreft,' zei ze, gebarend naar de Intensive Care-afdeling, 'dat was een typische reactie op zo'n extreem psychisch drama. Het brein kan niet alles tegelijk aan, dus breekt het informatie in kleine stukjes en verwerkt deze dan langzaam. Mia zal het uiteindelijk allemaal beseffen, maar daar heeft ze wel hulp bij nodig.' Daarna vertelde ze ons nog over de verschillende stadia van verdriet, overlaadde ons met folders over het posttraumatisch stresssyndroom en raadde ons voor Mia een rouwbegeleider uit het ziekenhuis aan. 'En dat zou misschien ook geen slecht idee voor jullie zijn,' had ze erbij gezegd.

Dat advies hadden wij echter naast ons neergelegd.

Mia's grootouders waren geen types voor therapie. En ik had het te druk met Mia's herstel om me zorgen te maken over het mijne.

De volgende operatieronde werd bijna onmiddellijk in gang gezet. Wat ik best wreed vond: Mia was net terug van de rand van het graf, kreeg vervolgens te horen dat haar hele familie er niet meer was... en toen moest ze alweer onder het mes. Konden ze haar niet even een korte pauze gunnen? Maar de maatschappelijk werkster legde uit dat hoe eerder Mia's been onder handen werd genomen, hoe eerder ze weer mobiel was, en hoe eerder ze echt kon beginnen met beter worden.

Dus werd haar dijbeen vastgezet met pinnen en werd er huid verwijderd die vervolgens getransplanteerd werd. Met een snelheid die mij eerlijk gezegd naar adem deed happen, werd ze vervolgens uit het ziekenhuis ontslagen en overgebracht naar het revalidatiecentrum, dat eruitzag als een doodgewoon appartementencomplex, met een heleboel vlakke paden kriskras over het terrein. Toen Mia er arriveerde, staken de lentebloemen hun kopjes net boven de grond uit.

Ze was er nog geen week – één vastberaden, tandenknarsend angstaanjagende week – toen de envelop kwam.

Van Juilliard.

Dit instituut had zoveel verschillende kanten voor mij gehad: iets volkomen vanzelfsprekends, iets om trots op te zijn, een heftige concurrent... Maar opeens was ik het simpelweg vergeten. Dat gold geloof ik voor ons allemaal. Maar buiten het revalidatiecentrum was het leven doorgekolkt en bestond die andere Mia – die met twee ouders, een broertje en een perfect werkend lichaam – ook nog steeds. En in die wereld hadden een paar juryleden haar een paar maanden eerder horen spelen. Zij waren gewoon doorgegaan met het verwerken van haar aanvraag, die door allerlei molens was gegaan, net zo lang tot er een definitieve beslissing was genomen... die nu dus voor ons lag.

Mia's oma was te zenuwachtig om de envelop te openen, dus wachtte ze tot ik en Mia's opa er ook waren, waarna ze hem opende met haar parelmoeren briefopener.

Mia bleek aangenomen. Hadden we daar ooit aan getwijfeld?

Wij dachten allemaal dat dit bericht haar goed zou doen: een lichtpuntje aan een verder sombere horizon.

'Ik heb de afdeling Toelatingen al gebeld om je situatie toe te lichten en daar zeiden ze dat je indien nodig één tot twee jaar later kunt beginnen,' had haar oma gezegd toen ze Mia over het grote nieuws en de royale bijbehorende beurs vertelde. Juilliard had dit uitstel zelfs zelf voorgesteld, om er zeker van te zijn dat Mia aan hun strenge eisen zou kunnen voldoen, mocht zij voor hun opleiding kiezen.

'Nee,' had Mia in de deprimerende algemene zitkamer van het revalidatiecentrum alleen maar gezegd, met die vlakke stem die ze sinds het ongeluk had.

We wisten geen van allen of dit door het emotionele trauma kwam, of dat dit het nieuwe stemgeluid was, behorend bij Mia's geheel omgeturnde hersenpan. Want ondanks de aanhoudende geruststellingen van de maatschappelijk werkster en de evaluaties van haar therapeut dat ze gestaag vooruitgang boekte, bleven wij ons zorgen maken. Dingen die we altijd op fluistertoon met elkaar bespraken nadat we haar weer alleen hadden gelaten, op die avonden dat ik er niet toe kon komen bij haar te blijven.

'Neem nu maar geen overhaaste beslissingen,' had haar oma gezegd. 'Over een jaar of twee ziet het leven er misschien heel anders uit en wil je er misschien toch naartoe.' Mia's oma dacht namelijk dat ze 'nee' tegen Juilliard zei. Ik wist echter wel beter. Ik kende haar beter: het was dat uitstel dat Mia afwees.

Haar oma ging met haar in discussie. September was al over vijf maanden: veel te vlug! Daar had ze niet helemaal ongelijk in. Mia's been zat nog in het gips: ze was nog maar net begonnen met weer leren lopen. Ze kon nog geen potje openen omdat haar rechterhand zo zwak was, en ze kon nog erg vaak niet op de naam van simpele dingen zoals een schaar komen. Allemaal zaken waarvan haar therapeuten niet erg opkeken en die volgens hen van voorbijgaande aard zouden zijn: de tijd zou het leren. Maar vijf maanden? Nee, dat vonden zij ook niet lang.

Die middag vroeg Mia naar haar cello. Haar oma fronste het voorhoofd, bezorgd dat die dwaasheid haar herstel alleen maar in de weg zou staan. Maar ik sprong op uit mijn stoel, sprintte naar mijn auto en was nog voor zonsondergang terug.

Vanaf die tijd werd de cello Mia's therapie: lichamelijk én geestelijk. De artsen verbaasden zich over de kracht in haar bovenlichaam (haar muzieklerares had het altijd over haar 'cello-lichaam' gehad· brede schouders, gespierde armen), die door het spelen steeds groter werd, waardoor ook de zwakte in haar rechterarm langzaam verdween en haar gewonde been steeds sterker werd. En cellospelen hielp Mia tegen de duizeligheid: zij sloot altijd haar ogen tijdens het spelen en beweerde dat dit haar, met haar voeten stevig op de grond, hielp haar evenwicht te bewaren.

Het spelen onthulde bovendien de hiaten die ze normaal probeerde te verbergen. Als ze een cola wilde maar zich dat woord even niet herinnerde, vroeg ze gewoon om een glas sinaasappelsap. Ze bekende echter eerlijk dat ze zich de Bach-suite waar ze een paar maanden geleden aan had gewerkt nog helemaal herinnerde, maar de simpele etude die ze als kind had geleerd niet. Als professor Christie, die nu eens per week met haar kwam oefenen, haar deze etude voordeed, pikte ze hem echter meteen weer op. Dit alles gaf de logopedisten en neurologen allerlei aanwijzingen over de hink-stap-sprongen die haar brein maakte, waardoor zij hun therapieën daar weer op konden aanpassen.

Maar het allerbelangrijkst was de cello voor haar humeur: ze had weer iets te doen. Ze liet die monotone stem vallen en begon weer te klinken als Mia – althans wanneer het over muziek ging.

Haar therapeuten pasten het revalidatieplan zo aan dat er meer tijd was om te oefenen. 'We begrijpen niet precies hóé muziek het menselijk brein geneest,' vertelde een van haar neurologen me op een middag, terwijl hij luisterde hoe Mia in de zitkamer voor een groep patiënten speelde, 'maar we wéten dat het gebeurt. Kijk maar naar Mia.'

Na vier weken mocht Mia het revalidatiecentrum verlaten: twee weken eerder dan verwacht. Op dat moment kon ze lopen met behulp van een stok, een pot pindakaas openen en verdomd goed Beethoven spelen.

Uit dat artikel – dat 'Twintig onder de 20'-geval uit *All About Us* dat Liz me stuurde – herinner ik me één ding nog heel goed: de niet-voorzichtig-geïmpliceerde, maar gewoon openlijk geopperde link tussen Mia's 'tragedie' en haar 'bovenaardse' manier van spelen. En ik weet ook nog precies hoe pissig dat me had gemaakt. Het had iets beledigends. Alsof haar talent enkel te verklaren viel door het toe te schrijven aan een bovennatuurlijke kracht. Dachten ze soms dat haar overleden familieleden in haar lichaam waren gekropen en nu via haar vingers hun hemelse gezang lieten horen?

Toch gebeurde er wel iets bovenaards. Dat weet ik, omdat ik erbij was. Ik was er getuige van hoe Mia van een uiterst getalenteerd celliste veranderde in iets geheel anders. In vijf maanden tijd onderging zij een ware transformatie, veroorzaakt door iets magisch, iets groteks. Dus ja, het had allemaal te maken met haar 'tragedie', maar Mia was degene die het zware werk deed. Zoals altijd.

De dag na Labor Day vertrok ze naar Juilliard. Ik bracht haar zelf naar het vliegveld. Daar kuste ze me en zei dat ze meer van mij hield dan van het leven zelf. Toen stapte ze door het beveiligingspoortje.

En ze kwam nooit meer terug.

# VIER

*De strijkstok is zo oud, zijn paardenhaar van lijm*
*Teruggestuurd naar de fabriek, net als jij en ik*
*Dus waarom stelden ze je executie uit?*
*Het publiek brult, geeft een staande ovatie*

'Dust'
*Collateral Damage*, nummer 9

Wanneer na het concert de lichten aangaan, voel ik me uitgeput en somber – alsof al mijn bloed uit me is gepompt
en vervangen door teer. Als het applaus is weggestorven,
staat iedereen om me heen op. Ze praten na over het concert: over de schoonheid van het Bach-stuk, de droefheid
van het Elgar-stuk, het (perfect uitgepakte) risico van het
tussenvoegen van dat moderne John Cage-stuk. Maar het
is vooral het stuk van Dvořák dat alle zuurstof in de ruimte
opgebruikt. En ik begrijp ook wel waarom.

Als Mia haar cello bespeelde, was de concentratie altijd
aan haar hele lichaam af te lezen: een diepe rimpel over
haar voorhoofd; haar lippen zo strak dat ze alle kleur ver-

loren, alsof al haar bloed was opgeëist door haar handen. Een klein beetje daarvan zag ik al bij de eerste stukken van vanavond. Maar toen ze bij Dvořák kwam, het laatste onderdeel van haar recital, raakte ze pas echt bevlogen. Ik weet niet of ze toen pas in de stemming kwam of dat dit haar lievelingsstuk was, maar in plaats van een beetje krom over haar cello te hangen, leek haar lichaam ineens te groeien, op te bloeien. De muziek vulde de ruimte om haar heen als een meanderende wijnrank. Haar streken waren breed, vrolijk, brutaal; en het geluid dat de zaal vulde, leek al deze pure emotie in precies de juiste banen te leiden, alsof de ware bedoeling van de componist door de hele ruimte wervelde.

En dan die blik op haar gezicht: haar ogen naar boven gericht, een kleine glimlach rond haar lippen. Ik weet niet zo goed hoe ik het moet omschrijven, zonder als een cliché-verhaal in een of ander tijdschrift te klinken, maar ze leek zo één met de muziek. Of misschien was ze op dat moment gewoon gelukkig.

Ik geloof dat ik altijd wel heb geweten dat zij dit artistieke niveau in zich had, maar nu ik er zelf getuige van was, wist ik gewoon even niet hoe ik het had – wat overigens voor iedereen in de zaal leek te gelden, te oordelen aan het donderende applaus dat ze in ontvangst mocht nemen.

De zaallichten weerkaatsen fel op de lichthouten stoelen en de geometrische wandpanelen. De vloer golft onder mijn voeten. Ik laat me op de dichtstbijzijnde stoel vallen en probeer niet meer aan dat Dvořák-stuk te denken. En aan al die andere dingen: zoals hoe ze tussen de stukken door haar handen afveegde aan haar rok; hoe ze haar hoofd bewoog op de maat van een onzichtbaar orkest. Stuk voor stuk gebaren die mij akelig bekend voorkwamen.

Moeizaam trek ik me op aan de stoel voor me. Ik moet gewoon zorgen dat mijn benen me gehoorzamen, dat de vloer ophoudt met tollen en dat het ene been het andere naar de uitgang volgt.

Ik voel me ontredderd en volkomen afgemat. Ik wil alleen nog maar terug naar mijn hotel, een paar Ambiens, Lunesta's, Xanax' (of wat ik ook maar in mijn medicijnkastje vind) naar binnen werken en gauw een eind maken aan deze dag. Lekker slapen en morgen wakker worden met dit alles allang weer achter de rug...

'Pardon... meneer Wilde?'

Ik ben normaal gesproken niet dol op afgesloten ruimten, maar als er één plek in deze stad is waar ik dacht veilig en anoniem te kunnen rondlopen, dan is het wel Carnegie Hall na een klassiek concert. Gedurende het hele concert, inclusief de pauze, heeft niemand mij ook maar één blik waardig gekeurd (op een paar oude dames na, die volgens mij vooral geschokt waren door mijn spijkerbroek). Deze jongen, een van de zaalwachters, is echter van mijn eigen leeftijd. Hij is de enige in een straal van vijftien meter van onder de vijfendertig en de enige die een cd van Shooting Star in zijn bezit zou kunnen hebben.

Ik steek mijn hand al in mijn zak, op zoek naar een pen, hoewel ik weet dat ik die niet bij me heb.

Hij kijkt me beschroomd aan, schudt zijn hoofd en zwaait met zijn handen. 'Nee nee, meneer Wilde. Ik vraag u niet om een handtekening.' Zijn stem wordt nog wat zachter. 'Da's zelfs tegen de regels; dat zou me mijn baan kunnen kosten.'

'O,' zeg ik beduusd. Heel even vraag ik me af of ik soms een pak slaag krijg omdat ik geen pak draag.

Maar dan zegt hij: 'Mejuffrouw Hall zou graag willen dat u naar haar kleedkamer komt.'

Door het geroezemoes van het publiek neem ik aan dat ik hem verkeerd heb verstaan. Ik dácht namelijk dat hij zei dat Mia wilde dat ik naar haar kleedkamer kwam. Maar dat kan natuurlijk niet kloppen. Hij zal het over dé hal hebben, niet over Mía Hall.

Maar voor ik hem kan vragen zich te verduidelijken, pakt hij me bij mijn elleboog en leidt me terug naar de trap, omlaag naar de lobby en dan via een kleine deur naast het podium naar een doolhof van gangen, waar de muren zijn behangen met bladmuziek.

En ik, ik laat me maar leiden. Ik moet denken aan die keer op mijn tiende dat ik naar de directeur moest, omdat ik een waterballon door de klas had gegooid. Het enige wat ik kon doen, was juf Linden door de gangen volgen, piekerend over het lot dat me achter de deuren van dat kantoortje wachtte. Ik voel me nu precies hetzelfde. Ik heb me in de nesten gewerkt: Aldous heeft me vast niet echt een vrije avond gegeven, waardoor ik zo grandioos op mijn lazer krijg – omdat ik een fotosessie heb gemist, een verslaggeefster op de kast heb gejaagd of gewoon een asociale eenling ben, het lontje onder de band...

En daarom dringt het allemaal niet echt tot me door; laat ik mezelf niets horen, zien of denken, totdat de zaalwachter me naar een kleine ruimte leidt, de deur opent en weer sluit... en Mia opeens voor me staat. In het echt. Een mens van vlees en bloed. Geen geest.

Mijn eerste ingeving is niet haar omhelzen, zoenen of iets zeggen. Ik wil slechts haar wangen strelen, die nog steeds de blos van de voorstelling dragen. Ik wil de ruimte die ons scheidt (gewoon in centimeters; geen kilometers, continenten of jaren) doorbreken en een van mijn eeltige vingers naar haar gezicht brengen. Ik wil haar aanraken en me ervan verzekeren dat ze echt is – en niet zo'n droom die ik sinds haar vertrek zo vaak heb gehad, waarin ik haar glashelder voor me zag, haar net wilde zoenen of tegen me aantrekken, maar waaruit ik ontwaakte met Mia nét buiten mijn bereik. Maar nee, ik kán haar niet aanraken: dat voorrecht is ingetrokken. Tegen mijn wil, maar toch.

Over wil gesproken: ik heb al mijn geestelijke vermogens nodig om mijn arm stil te houden en te voorkomen dat hij gaat trillen als een drilboor. De vloer tolt, de draaikolk lonkt en ik verlang hevig naar een pilletje, maar dat kan ik nu natuurlijk echt niet maken. Ik haal een paar maal diep adem om een paniekaanval te voorkomen. Dan doe ik een vergeefse poging om mijn mond zover te krijgen dat hij een paar woorden spreekt. Ik voel me alsof ik moederziel alleen op een podium sta: zonder band, zonder spullen, zonder me ook maar één van onze nummers te herinneren, aangestaard door duizenden mensen.

En ik voel me alsof ik al een uur recht voor Mia Hall sta, sprakeloos als een pasgeborene.

Toen we elkaar op de middelbare school tegen het lijf liepen, was ik de eerste die iets zei. Ik vroeg Mia welk stuk ze zojuist had gespeeld – een simpele vraag die alles in gang zette.

Ditmaal is het Mia die het woord neemt: 'Ben je het echt?' Haar stem is exact hetzelfde. Ik weet niet precies waarom ik dacht dat hij anders zou klinken. Alles is nu anders. Maar het is haar stem die me met een schok terugbrengt naar de werkelijkheid. Dat wil zeggen: de werkelijkheid van de afgelopen drie jaar. Er zijn zoveel dingen die gezegd moeten worden: *Waar ben je naartoe gegaan? Denk je nog weleens aan me? Je hebt me kapotgemaakt. Gaat het goed met je?* Maar natuurlijk kan ik niets van dat alles zeggen. Ik voel mijn hart bonzen, er rinkelt iets in mijn oren en ik weet dat mijn stoppen op het punt staan door te slaan. Maar gek genoeg, net wanneer de paniek op zijn hoogst is, treedt er een overlevingsmechanisme in werking (hetzelfde dat me in staat stelt een podium op te stappen, voor de ogen van duizenden onbekenden). Een soort kalmte besluipt me, ik trek me terug uit mezelf, duw mijn 'ene ik' naar de achtergrond en laat de andere het als het ware van me overnemen.

'Jep, in levenden lijve,' antwoord ik, op een manier die bij deze houding hoort: alsof het de normaalste zaak van de wereld is om een concert van haar te bezoeken en vervolgens naar haar heiligdom te worden gelokt. 'Goed optreden,' voeg ik eraan toe, omdat ik denk dat je zoiets op dit soort momenten nu eenmaal zegt. En ik meen het nog ook.

'Dank je,' zegt ze. Maar dan voegt ze er kleintjes aan toe: 'Ik eh... kan gewoon niet geloven dat je hier nu bent.'

Ik denk aan het driejarige straatverbod dat zij mij als het ware heeft opgelegd en dat ik hiermee heb geschonden. *Je hebt me zelf laten halen*, wil ik zeggen. In plaats daarvan grap ik: 'Ja, het tuig dat ze tegenwoordig Carnegie Hall binnenlaten...' Door de zenuwen klinkt het echter nogal nors.

Ze veegt haar handen af aan haar rok. Ze heeft haar chique zwarte jurk al verwisseld voor een sierlijke lange rok met een mouwloos shirtje. Ze schudt haar hoofd en houdt het dan samenzweerderig schuin. 'Nou... punks zijn nog steeds niet toegestaan. Heb je de waarschuwing buiten niet zien staan? Het verbaast me dat je niet bent gearresteerd zodra je de lobby binnenstapte.'

Ik weet dat ze míjn slechte grap probeert te beantwoorden met eentje van haarzelf. Deels ben ik daar dankbaar voor en blij met deze glimp van haar oude gevoel voor humor. Een ander, botter deel van mezelf wil haar echter herinneren aan alle kamermuziekconcerten, strijkkwartetten en recitals die ik heb uitgezeten. Voor haar. Mét haar.

'Hoe wist je dat ik hier was?' vraag ik.

'Meen je dat nou? Adam Wilde in Zankel Hall! In de pauze stond iedereen backstage erover te roezemoezen. Er werken aardig wat Shooting Star-fans bij Carnegie Hall!'

'Ik dacht dat ik hier incognito was,' zeg ik – tegen haar voeten. De enige manier om dit gesprek te overleven, is door het te voeren met Mia's sandalen. Haar teennagels zijn lichtroze gelakt.

'Jij? Onmogelijk,' antwoordt ze. 'Maar hoe gaat het eigenlijk met je?'

*Hoe het met me gaat? Dat kun je toch niet menen?* Ik dwing mezelf naar haar te kijken, voor het eerst. Ze is nog steeds mooi. Niet zo in het oog springend als Vanessa Le-Grande of Bryn Shraeder, maar op een veel rustiger manier, die ik altijd al onweerstaanbaar heb gevonden. Haar lange donkere haar hangt nu los en golft vochtig over haar blote schouders, die nog steeds melkwit zijn en bedekt met het sterrenstelsel van sproeten dat ik ooit kuste. Het litteken op haar linkerschouder, eens een felrode striem, is zilverig roze geworden – bijna als het nieuwste-van-het-nieuwste op het gebied van tattoos, bijna mooi.

Haar blik zoekt de mijne. Heel even vrees ik dat mijn façade het niet zal houden. Ik kijk vlug de andere kant op. 'Ach, wat zal ik zeggen? Goed, druk,' antwoord ik.

'Ach, natuurlijk: druk. Ben je weer op tournee?'

'Jep, morgen naar Londen.'

'O. Ik vlieg morgen naar Japan.'

*Precies de andere kant op*, denk ik.

Verbluft hoor ik het Mia vervolgens hardop uitspreken: 'Precies de andere kant op.'

De woorden blijven onheilspellend tussen ons in hangen. Ik voel de draaikolk weer in beweging komen. Hij zal ons beiden opslokken als ik nu niet snel opstap! 'Ik moest maar weer eens gaan,' hoor ik de kalme versie van Adam Wilde zeggen. Het geluid lijkt van enkele meters verderop te komen.

Het lijkt of haar blik even verduisterd wordt, maar dat kan ik niet met zekerheid zeggen, omdat mijn hele lichaam golft en ik het gevoel heb binnenstebuiten te worden gekeerd. Maar terwijl ík van voren niet meer weet of ik van achteren leef, gaat die ándere Adam Wilde gewoon door. Hij steekt zijn hand uit naar Mia – al is het idee dat ik haar heel zakelijk slechts een hand zou geven, een van de droevigste dingen die ik kan bedenken.

Mia kijkt naar mijn uitgestrekte hand. Ze opent haar mond om iets te zeggen, zucht dan slechts, haar gezicht verhard tot een soort masker, steekt haar hand uit en pakt de mijne.

Het trillen van mijn handen is onderhand zo normaal

geworden, gaat zo onafgebroken door, dat ik het over het algemeen niet eens meer merk. Maar zodra mijn vingers zich om die van Mia sluiten, merk ik dat het trillen ophoudt. Alles valt opeens stil – zoals wanneer iemand een versterker uitzet en het gegil van de feedback ineens wordt afgekapt. Ik zou wel voor eeuwig in deze toestand willen blijven hangen.

Maar dit is slechts een handdruk – niets meer, niets minder. Enkele seconden later hangt mijn hand weer langs mijn zij. Het is alsof ik een deel van mijn gekte heb overgedragen op Mia, want haar hand lijkt nu ook te trillen.

Ik kan dit echter niet met zekerheid vaststellen, omdat ik word meegevoerd door een razende rivier. Het volgende dat tot me doordringt, is dat ik haar kleedkamerdeur achter me hoor dichtklikken. Ik drijf hier buiten weg op de woeste stroom en achter die deur staat Mia op de kant.

# VIJF

Ik weet dat het goedkoop is – cru zelfs – om het feit dat ik door Mia ben gedumpt, te vergelijken met het ongeluk dat haar hele familie heeft gedood. Maar ik kan het niet helpen. Voor mij was de naschok in ieder geval exact hetzelfde. De eerste paar weken werd ik telkens wakker in een nevel van ongeloof. *Da's toch niet echt, hè? O shit, wel dus.* En dan kromp ik ineen, alsof ik een vuist in mijn buik had gekregen. Het duurde enkele weken voor het was ingedaald.

Maar anders dan bij het ongeluk – toen ik er zijn moest, aanwezig, om te helpen, om op te leunen – was ik na Mia's vertrek helemaal alleen. Niemand om voor klaar te staan. Dus liet ik alles vallen en kwam de hele boel tot stilstand.

Ik ging terug naar huis; trok weer in bij mijn ouders. Ik graaide wat spullen bij elkaar in mijn kamer in het House of Rock en vertrok. Alles liet ik achter: school, de band, mijn hele leven. Ik vertrok, onaangekondigd en zonder toelichting, en rolde me op in mijn jongensbed.

Eerst vreesde ik nog dat iedereen op mijn deur zou gaan bonzen en een verklaring zou eisen. Maar da's dus het punt met de dood: het gefluister over diens inval gaat snel en draagt ver. Ze moeten hebben geweten dat ik zo goed als dood was, maar niemand kwam zelfs maar een kijkje nemen bij het lijk. Behalve Liz, onverschrokken Liz. Zij kwam elke week bij me langs en leverde een cd'tje af, met daarop alle nieuwe muziekjes die ze had ontdekt, en legde hem blijmoedig boven op de onaangeraakte cd van de week ervoor.

Mijn ouders leken verbijsterd door mijn terugkeer. Maar ach, dat waren ze wel vaker geweest waar het mij betrof.

Mijn vader was vroeger houthakker. Toen die bedrijfstak op zijn gat ging, vond hij werk aan de lopende band van een elektronicafabriek. Mijn moeder werkte in de catering van de universiteit. Ze waren beiden eerder getrouwd geweest. Deze eerste tochtjes in het huwelijksbootje waren rampzalig geweest en kinderloos geëindigd. Hier werd echter nooit over gesproken; ik ontdekte het zelf pas op mijn tiende, via een oom en tante. Maar daardoor kregen ze mij dus pas toen ze al wat ouder waren. Mijn komst schijnt nog een verrassing te zijn geweest ook. Mijn moeder beweerde altijd dat alles wat ik had gedaan – van in hun leven komen tot musicus worden, vallen voor een meisje als Mia, gaan studeren, in een gigantisch populaire band zitten, stoppen met de studie en weer uit die band stappen – eveneens een verrassing was.

Ze accepteerden mijn terugkeer zonder vragen te stellen. Mijn moeder bracht dienbladen vol eten en koffie naar mijn kamer, alsof ik een gevangene was.

Drie maanden lang lag ik in het bed van mijn jeugd, te wensen dat ik net zo diep in coma lag als Mia had gelegen. Dat kon immers niet erger zijn dan dit.

Het was mijn schaamte die me uiteindelijk weer wakker schudde. Ik was een gesjeesde student van negentien die nog bij zijn ouders woonde: een werkloze, een nietsnut, een wandelend cliché. Mijn ouders hadden zich supertof gedragen, maar nu begon ik misselijk te worden van de stank van mijn eigen zelfmedelijden.

Een paar dagen na nieuwjaar vroeg ik mijn vader of er bij hem op de fabriek soms een baantje voor me was.

'Weet je zeker dat je dat wilt?' had hij gevraagd.

Nee, dat was niet wat ik wilde. Maar wat ik wilde, kon ik niet krijgen. Ik had slechts mijn schouders opgetrokken. Daarna hoorde ik hem en mijn moeder erover ruziën. Zij wilde dat hij het mij uit mijn hoofd zou praten. 'Wil jij dan niet méér voor hem?' hoorde ik haar beneden bijna-schreeuwend fluisteren. 'Heb je hem dan niet liever terug in de schoolbanken?'

'Het gaat er niet om wat ík wil,' had hij slechts geantwoord.

Dus had hij eens geïnformeerd bij Personeelszaken en een sollicitatiegesprek voor me geregeld.

Een week later kon ik aan het werk, op kantoor. Van halfzeven 's morgens tot halfvier 's middags mocht ik in een raamloze ruimte cijfers gaan intoetsen die me geen steek zeiden.

Op mijn allereerste werkdag stond mijn moeder vroeg op, om een gigantisch ontbijt voor me klaar te maken (dat ik bij lange na niet op kreeg) en een pot koffie te zetten (die bij lange na niet sterk genoeg was). Ze stond naast me in haar sjofele roze badjas, een bezorgde uitdrukking op haar gezicht. Toen ik opstond om te vertrekken, schudde ze haar hoofd.

'Wat is er?' vroeg ik.

'Jij, in de fabriek,' zei ze, met een ernstige blik. 'Verbaast me niks. Had ik kunnen verwachten, van een zoon van mij.' Ik wist niet of de bitterheid in haar stem voor haarzelf of voor mij was bedoeld.

Het baantje was waardeloos, maar wat gaf het. Ik hoefde er mijn hersens ook niet bij te gebruiken. Ik kwam thuis, sliep de rest van de middag, werd even wakker, las wat en sliep dan van tien uur 's avonds tot vijf uur 's ochtends, wanneer het weer tijd was om op te staan en naar mijn werk te gaan. Mijn rooster hield niet bepaald gelijke tred met de wereld der levenden, maar dat kwam me eigenlijk wel goed uit.

Een paar weken eerder, tegen de kerst, was mijn hoop nog wat opgeflakkerd. Dit was immers het moment waarop Mia aanvankelijk van plan was geweest terug naar huis te komen. Haar kaartje voor New York was een retourtje, met als einddatum negentien december. En hoewel ik wist dat het stom was, hoopte ik toch dat ze me zou komen opzoeken – met een of andere verklaring (of nog beter: een joekel van een verontschuldiging). Of dat we ontdekten dat het allemaal één groot misverstand bleek te zijn: dat ze me dagelijks had gemaild, maar dat die mailtjes mij gewoon nooit hadden bereikt. Zodat ze nu bij me voor de deur stond, des duivels omdat ik nooit meer van me had laten horen – net zoals ze vroeger altijd zo pissig kon worden om allerlei stomme dingetjes (zoals hoe aardig, of onaardig, ik tegen haar vriendinnen deed).

Maar de maand december kwam en ging voorbij: één grauwe monotonie van gedempte kerstliedjes van beneden. Ik bracht de hele periode in mijn bed door.

Pas in februari kreeg ik visite, van iemand van een universiteit uit het oosten.

'Adam, je hebt bezoek,' riep mijn moeder, nadat ze voorzichtig op mijn deur had geklopt.

Het was rond etenstijd, maar ik lag te pitten: voor mij was het zo'n beetje middernacht. In mijn halfslaap dacht ik heel even dat het Mia was. Ik vloog overeind, maar zag meteen aan mijn moeders gepijnigde gezicht dat ze me moest teleurstellen.

'Het is Kim,' zei ze, overdreven vrolijk.

Kim? Ik had al sinds augustus niets meer van Mia's beste vriendin vernomen, toen zij was gaan studeren in Boston. Opeens voelde haar zwijgzaamheid als net zo'n groot verraad als dat van Mia. Toen Mia en ik nog met elkaar gingen, had ik het nooit zo goed met Kim kunnen vinden. Dat wil zeggen: vóór het ongeluk. Erna waren we zo'n beetje met elkaar versmolten geraakt. Ik had me voorheen niet gerealiseerd dat Mia en Kim een soort totaalpakket waren, dat je de ander er vanzelf bij kreeg. En als je de één kwijtraakte, gold dat blijkbaar ook voor de ander. Tja, zo ging dat blijkbaar.

Maar nu was Kim dus ineens hier. Had Mia haar soms gestuurd, als een soort geheime afgezant?

Ze glimlachte ongemakkelijk en sloeg rillend haar armen over elkaar. 'Hoi,' zei ze. 'Jij bent lastig te vinden, zeg!'

'Ik ben gewoon waar ik altijd ben geweest,' zei ik en schopte de dekens van me af.

Toen ze mijn boxershort zag, draaide ze zich om tot ik mijn spijkerbroek aan had. Ik zocht naar mijn sigaretten. Een paar weken eerder was ik met roken begonnen. Dat deed zo'n beetje iedereen op de fabriek en het was de enige smoes voor een korte pauze.

Kims ogen werden zo groot alsof ik een Glock-pistool tevoorschijn had gehaald. Ik legde het pakje terug zonder er één op te steken. 'Ik dacht dat jij gewoon in het House of Rock zat, dus daar ben ik eerst naartoe gegaan. Ik heb er gekletst met Liz en Sarah, bij hen gegeten zelfs. Erg fijn om hen weer eens te zien.' Toen nam ze zwijgend mijn kamer in zich op: het ranzige verkreukelde beddengoed, de gesloten gordijnen. 'Heb ik je wakker gemaakt?'

'Ik heb nogal een raar rooster.'

'Ja, dat zei je moeder ook al. Cijfertjes invoeren, op kantoor?' Ze deed geen enkele moeite om haar verbazing te verhullen.

Ik was niet in de stemming voor koetjes en kalfjes, laat staan voor laatdunkende opmerkingen. 'Wat wil je, Kim?'

Ze trok haar schouders op. 'Niets. Ik heb gewoon vakantie. We zijn mijn opa en oma in Jersey gaan opzoeken voor Chanoeka. Dit is de eerste keer dat ik terug ben; ik wilde je gewoon even gedag komen zeggen.'

Ze keek nerveus. Maar ook bezorgd. Een gezichtsuitdrukking die ik maar al te goed kende. Eentje die zei dat ík nu de patiënt was. In de verte hoorde ik een sirene. Als vanzelf krabde ik op mijn hoofd.

'Zie je haar nog wel eens?' vroeg ik.

'Watte?' piepte ze verrast.

Ik keek haar aan en herhaalde traag mijn vraag: 'Zie jij Mia nog wel eens?'

'J-ja,' stamelde ze. 'Ik bedoel, niet zo vaak, hoor. We hebben het allebei druk met onze studie. En New York en Bos-

ton liggen toch vier uur uit elkaar. Maar, ja... natuurlijk.'
*Natuurlijk.* Het was de stelligheid die het 'm deed; die iets moordzuchtigs in me deed opborrelen. Ik was blij dat er niets zwaars in mijn buurt lag.
'Weet zij dat je hier nu bent?'
'Nee. Ik ben gekomen als jouw vriendin.'
'Als míjn vriendin?'
Ze trok even wit weg bij het horen van het sarcasme in mijn stem. Maar Kim is altijd al taaier geweest dan je op het eerste oog zou denken. Ze deinsde niet terug, liep niet weg, maar fluisterde: 'Inderdaad'.
'Vertel me dan eens, vriendin van me: heeft Mia – jóúw vriendin, jouw BFF – je toevallig verteld waarom ze mij heeft gedumpt, zonder één woordje uitleg? Heeft ze het daar überhaupt ooit met je over gehad, of ben ik gewoon nooit meer ter sprake gekomen?'
'Toe Adam, alsjeblieft...' smeekte ze haast.
'Nee: alsjeblieft, Kím. Want ik heb echt geen flauw idee.'
Ze ademde diep in en rechtte haar rug.
Ik kon bijna zien hoe het besluit haar ruggengraat verstrakte – wervel voor wervel; hoe de lijnen der loyaliteit werden getrokken.
'Ik ben hier niet gekomen om over Mia te praten. Ik ben hier voor jou. En ik geloof niet dat ik Mia met jou hoef te bespreken, net zomin als ik dat andersom doe.' Ze zei het op de toon van een maatschappelijk werkster, een onafhankelijke derde.
Ik kon haar er wel om slaan, om alles. In plaats daarvan explodeerde ik: 'Wat doe je hier godverdomme dan? Wat heb ik dan aan je? Weet je wie jij voor mij bent, zonder haar? Niets! Niemand!'

Ze stommelde een eindje naar achteren. Maar toen ze naar me opkeek, was haar blik niet boos, maar vol tederheid.

Mijn wens haar te wurgen werd er alleen maar sterker door.

'Adam...' begon ze.

'Ach, flikker toch op,' gromde ik. 'Ik wil je nooit meer zien!'

Het punt met Kim was, dat je haar nooit iets tweemaal hoefde te zeggen. Ze vertrok zonder nog een woord tegen me te zeggen.

Die avond kon ik niet slapen of lezen. Vier uur lang ijsbeerde ik door mijn kamer. En terwijl ik mijn ouders' goedkope tapijt liep te pletten, voelde ik iets koortsachtigs binnen in me groeien; iets levends en onontkoombaars, zoals bij een heftige kater braken soms kan voelen. Ik voelde het in mijn hele lichaam prikken en jeuken, smekend om eruit te mogen, totdat het ten slotte met zo'n kracht uit me raasde, dat ik mijn vuist eerst tegen de muur sloeg en, toen dat nog niet genoeg pijn deed, tegen het raam. De scherven sneden met een bevredigende pijn door mijn knokkels, gevolgd door een ijskoude februariwind. De schok ervan leek iets diep binnen in me te wekken dat daar heel lang had liggen sluimeren.

Het was de avond dat ik voor het eerst in één jaar tijd mijn gitaar weer pakte.

En het was de avond dat ik weer nummers begon te schrijven.

Twee weken later had ik meer dan tien nieuwe nummers klaar. Een maand later was Shooting Star weer bij elkaar en speelden we die nieuwe songs. Twee maanden later sloten we een contract met een groot platenlabel. Vier maanden later namen we *Collateral Damage* op, met vijftien nummers die ik had geschreven vanuit de afgrond van de slaapkamer van mijn jeugd. Een jaar later stond *Collateral Damage* in de *Billboard*-lijsten en Shooting Star op de cover van alle landelijke tijdschriften.

Het is sinds die tijd inderdaad wel eens bij me opgekomen dat ik Kim eigenlijk een verontschuldiging zou moeten sturen, of een bedankje. Of misschien allebei. Maar toen ik dat eenmaal besefte, leek alles al te ver gevorderd om er nog iets aan te veranderen. En als ik heel eerlijk ben, weet ik nog steeds niet wat ik dan precies tegen haar zou moeten zeggen.

# ZES

*Ik zal jouw zootje zijn en jij het mijne*
*Dat was de afspraak waarvoor we tekenden*
*Ik kocht een gaspak om jouw troep op te ruimen*
*Gasmaskers, handschoenen om ons te beschermen*
*Maar nu zit ik alleen in een lege kamer*
*Te staren naar een smetteloos noodlot*

'Messy'
*Collateral Damage*, nummer 2

Als ik weer de straat op stap, trillen mijn handen en voelen mijn ingewanden alsof ze een coup aan het voorbereiden zijn. Ik grijp naar mijn pillen. Maar het potje blijkt leeg. *Fuck!* Aldous moet me in die taxi de laatste hebben gegeven. Heb ik er nog in het hotel? Ik moet nieuwe zien te krijgen vóór mijn vlucht van morgen. Ik zoek mijn telefoon. Dan pas herinner ik me dat ik die in het hotel heb laten liggen, in een of andere achterlijke poging om mezelf te bevrijden of zoiets.

Overal zwermen mensen om me heen en hun blikken

blijven nét iets te lang op me rusten. Nee, ik kan het nu niet aan te worden herkend! Ik kan nu helemaal niets aan. Ik wil dit niet: niets van dit alles.

Ik wil alleen maar weg, weg uit dit bestaan. Dat wens ik de laatste tijd wel vaker, merk ik. Niet dat ik dood zou willen zijn, mezelf van kant zou willen maken of iets anders stupides. Nee, het is meer dat ik steeds bedenk dat als ik gewoon nooit was geboren, ik nu ook niet tegen die zevenenzestig nachten hoefde aan te hikken, en ik hier nu ook niet zou lopen na die vreselijke confrontatie met haar. *Eigen schuld: had je vanavond maar niet naar dat concert moeten gaan*, zeg ik tegen mezelf. *Had je maar gewoon meteen weg moeten gaan.*

Ik steek een sigaret op, in de hoop dat ik daar rustig genoeg van word om terug te lopen naar het hotel. Waar ik Aldous kan bellen, die alles voor me recht zal trekken. En waar ik misschien zelfs nog een paar uurtjes kan slapen, om deze rampzalige dag voor eens en voor altijd achter me te laten.

'Daar zou je eigenlijk mee moeten stoppen.'

Ik schrik van haar stem. Maar ergens kalmeer ik er ook van.

Ik kijk op. Daar staat Mia: met een rood hoofd, maar gek genoeg ook een brede glimlach. En ze hijgt. Blijkbaar heeft ze gerend. Misschien wordt zij ook achtervolgd door fans. Ik denk aan dat oude koppel met die smoking en die parels, die achter haar aan hobbelen.

Ik krijg niet eens de tijd om me betrapt te voelen, want: *Mia is er weer!* Ze staat vlak voor me – net als toen we nog dezelfde tijd en ruimte deelden en elkaar tegen het lijf lopen (hoewel altijd een vrolijk toeval) nog niets onge-

287

woons, niets uitzonderlijks was. Ik moet denken aan die ene zin van Bogart, uit *Casablanca*: 'Van alle jeneverbars ter wereld, moet zij nét de mijne binnenlopen.' Maar dan herinner ik mezelf eraan dat ík degene was die háár jeneverbar binnenliep.

De laatste meters legt Mia bijna sluipend af, alsof ik een bange kat ben die ze moet zien te vangen. Ze gluurt naar de sigaret in mijn hand. 'Sinds wanneer rook jij?' vraagt ze streng. Het is alsof alle jaren tussen ons wegvallen: ze vergeet zomaar dat ze niet langer het recht heeft zich met mijn doen en laten te bemoeien.

Al is het in dit geval wel terecht: ik was ooit onvermurwbaar rechtlijnig als het om nicotine ging. 'Ik weet het, het is een cliché,' geef ik toe.

Ze kijkt naar mij en dan weer naar mijn sigaret. 'Mag ik er ook eentje?'

'Jíj?' Toen ze een jaar of zes was, las Mia een boek over een meisje dat haar vader zo ver kreeg dat hij stopte met roken, waarna ze besloot ook haar moeder, een knipperlicht-rookster, over de streep te trekken. Het kostte Mia maanden om Kat zover te krijgen, maar het lukte haar wel. Toen ik hen leerde kennen, rookte haar moeder allang niet meer en pafte haar vader alleen nog maar een beetje pijp, wat meer voor de show leek dan wat anders. 'Rook jij ook al?' vraag ik ongelovig.

'Welnee,' antwoordt Mia. 'Maar ik heb net een heftige ervaring achter de rug en het schijnt dat sigaretten kalmerend werken.'

O ja, de heftigheid van een optreden: ik kan me na afloop ook zo gespannen en prikkelbaar voelen. 'Zo voel ik me na een optreden ook soms,' zeg ik knikkend.

Ik schud een sigaret voor haar uit het pakje. Haar handen trillen nog zo erg dat mijn aansteker het puntje van haar sigaret steeds mist. Even denk ik erover haar pols te grijpen om haar hand stil te houden. Maar dat doe ik niet. Ik achtervolg de sigaret net zo lang tot het vlammetje recht voor haar ogen flakkert en ik de sigaret kan aansteken.

Ze inhaleert diep, blaast een rookwolk uit, kucht even. 'Ik had het niet over het concert, Adam,' zegt ze, voor ze opnieuw een flinke trek neemt. 'Ik had het over jou.'

Miljoenen speldenprikjes ontploffen overal in mijn lichaam. *Kalm blijven*, zeg ik tegen mezelf. *Je maakt haar gewoon nerveus, door zo vanuit het niets op te duiken.* Toch voel ik me ook gevleid. Ik doe er dus nog toe – ook al jaag ik haar er de stuipen mee op het lijf.

We staan een tijdje zwijgend te roken. Dan hoor ik opeens iets rommelen.

Mia schudt haar hoofd en kijkt naar haar buik. 'Weet je nog hoe ik altijd was voor een concert?'

Jazeker: ze was altijd zo zenuwachtig dat ze geen hap door haar keel kreeg, zodat ze na afloop meestal uitgehongerd was. Dan gingen we voor een Mexicaanse hap naar ons favoriete tentje of naar een wegrestaurant, voor frietjes met jus en taart na – Mia's lievelingsmaal. 'Wanneer heb jij voor het laatst iets gegeten?' vraag ik.

Ze kijkt me weer aan en trapt haar half-opgerookte sigaret uit. Ze schudt haar hoofd. 'Tja, Zankel Hall... Man, ik heb al in geen dagen wat gehad! Mijn maag rammelde tijdens het concert zo erg, dat ik bang was dat het tot op het balkon te horen was.'

'Welnee, joh.'

'O. Da's een hele opluchting.'

We zwijgen weer.

Dan laat haar maag opnieuw van zich horen.

'Is frietjes en taart nog steeds je-van-het?' vraag ik. Ik zie haar ineens heel helder voor me: aan een tafeltje thuis in Oregon, zwaaiend met haar vork haar eigen optreden bekritiserend.

'Nee, geen taart. Niet in New York. Die taarten hier zijn zo'n afknapper: het fruit komt bijna altijd uit blik én ze hebben hier geen bramen. Hoe kan dat toch: dat een vrucht gewoon ophoudt te bestaan, als je van de ene kant van het land naar de andere gaat?'

*Hoe kan het dat een vriendje gewoon ophoudt te bestaan, van de ene dag op de andere?* 'Ik zou het je niet kunnen vertellen.'

'Maar de frietjes zijn hier prima.' Ze schenkt me een aarzelende, maar hoopvolle glimlach.

'Ik ben dol op frietjes,' zeg ik. *Ik ben dol op frietjes?* Ik lijk wel zo'n duf kind uit een tv-film.

Haar ogen zoeken mijn blik. 'Heb je honger?' vraagt ze. Nou en of!

Ik volg haar naar de overkant van Fifty-seventh Street en vervolgens over Ninth Avenue. Ze loopt snel (zonder een spoortje van de mankheid die ze nog had toen ze wegging) en doelbewust, als een echte New Yorker, hier en daar bezienswaardigheden aanwijzend als een professionele gids. Ik bedenk dat ik niet eens weet of ze hier nog woont of dat vanavond slechts één van de data van haar tournee was.

*Dat zóú je haar natuurlijk gewoon kunnen vragen,* zeg ik tegen mezelf. *Da's een volstrekt normale vraag.*

*Ja, zo normaal dat het gek is dat ik het moet vragen!*

*Joh, heb je tenminste iets om tegen haar te zeggen.*
Maar net wanneer ik genoeg moed heb verzameld, klinkt Beethovens Negende vanuit Mia's tas. Ze stopt abrupt haar New York City-monoloog, graait in haar tas, kijkt naar het scherm van haar mobieltje en huivert even.
'Slecht nieuws?'
Ze schudt haar hoofd. Dan schenkt ze me zo'n overdreven gepijnigde blik, dat ze hem vast heeft geoefend. 'Nee hoor. Maar deze móét ik even nemen.'
Ze klapt haar telefoontje open. 'Hallo! Ja, weet ik. Rustig, alsjeblieft. Weet ik. Luister, heb je héél even?' Ze draait zich naar mij. Haar stem klinkt opeens superglad en zakelijk. 'Ik weet dat het ondraaglijk onbeschoft is, maar mag ik even vijf minuutjes privé?'
Ik snap het best. Ze heeft zojuist een belangrijk concert gegeven. Dus gaan er mensen bellen. Toch voel ik me, ondanks haar zwaar verontschuldigende blik, net een groupie die vriendelijk wordt verzocht achter in de bus te wachten tot de grote ster klaar is. Maar net zoals de groupies altijd doen, leg ik me er maar bij neer. Mia is nu de ster. Wat moet ik anders?
'Dank je,' zegt ze.
Ik laat haar een eindje voor me uit lopen, maar vang toch nog wat op van haar deel van het gesprek.
*Ik weet dat het belangrijk voor je was, voor ons. Ik beloof je dat ik het zal goedmaken, met iedereen.* Ze zegt niets over mij. Ze lijkt zelfs compleet vergeten te zijn dat ik nog steeds achter haar loop.
Wat helemaal niet zo erg zou zijn – ware het niet dat ze eveneens geen weet heeft van de commotie die mijn aanwezigheid veroorzaakt op Ninth Avenue, waar het stikt

van de bars en daarbuiten rondhangende en rokende mensen. Mensen die grote ogen opzetten als ze mij herkennen en vlug hun mobieltje of camera tevoorschijn halen om kiekjes van me te maken.

Ik vraag me af of sommige daarvan op Gabber of in een van de roddelbladen zullen belanden. Dat zou een droom zijn voor Vanessa LeGrande, en een nachtmerrie voor Bryn. Die is toch al jaloers genoeg op Mia, al heeft ze haar nooit ontmoet. Ze weet dat ik Mia in geen jaren heb gezien, maar toch klaagt ze altijd: 'Het is lastig concurreren met een spook!' Alsof Bryn Shraeder concurrentie van wie dan ook te vrezen heeft.

'Adam? Adam Wilde?' Waarachtig: een echte paparazzo met een telelens, slechts een half blok van me verwijderd. 'Yo Adam, mag ik een fotootje maken? Eentje maar,' roept hij.

Soms werkt dat. Je geeft ze één minuut en dan gaan ze weer. Vaker is het echter alsof je één bij doodslaat en je daarmee de woede van de hele zwerm op de hals haalt.

'Yo Adam, waar is Bryn?'

Ik zet mijn zonnebril op en versnel mijn pas, hoewel ik weet dat het daarvoor al te laat is. Dan stap ik Ninth Avenue op, die helemaal verstopt staat met taxi's.

Mia blijft gewoon langs de huizen lopen, druk kletsend in haar mobieltje. De oude Mia had een hekel aan mobieltjes, en aan mensen die er in het openbaar in liepen te praten, mensen die het gezelschap van de één afwezen om een telefoontje van de ander aan te nemen... De oude Mia zou nooit zoiets hebben gezegd als *ondraaglijk onbeschoft*.

Ik vraag me af wat ik moet doen. De gedachte dat ik nu gewoon in een taxi zou kunnen springen en alweer lang en breed op mijn hotelkamer zou kunnen zitten, tegen de tijd dat zij ontdekt dat ik niet meer achter haar loop, voelt als een soort genoegdoening. Laat haar maar eens piekeren wat er is gebeurd!

Maar alle taxi's zijn bezet.

En alsof ze mijn beproeving ruikt, draait Mia zich opeens zoekend om. Ze ziet de fotograaf op me aflopen, zwaaiend met zijn camera's alsof het machetes zijn. Dan kijkt ze naar de zee van auto's op Ninth Avenue.

*Loop maar door, blijf gewoon lopen,* zeg ik in stilte tegen haar. *Als je met mij wordt gefotografeerd, gaat je hele leven door de mangel. Gewoon rustig doorlopen.*

Ze beent echter op me af en grijpt me bij mijn pols. En al is ze ruim een kop kleiner en zeker vijftien kilo lichter dan ik, ik voel me meteen veilig – veiliger dan bij welke beveiliger ook. Ze trekt me naar de stoeprand van de megadrukke straat en laat het verkeer stoppen door simpelweg haar hand op te steken. Er opent zich een pad voor ons, alsof we de Israëlieten voor de Rode Zee zijn. Zodra we aan de overkant zijn, sluit het pad zich weer, bulderen de taxi's door het groene licht en staat mijn paparazzo-stalker beduusd aan de overkant.

'Een taxi kun je nu wel vergeten,' zegt Mia. 'De Broadway-shows zijn net afgelopen.'

'Ik heb maar een minuutje of twee voorsprong op die vent. Al kréég ik een taxi, dan kon hij me in deze drukte nog makkelijk te voet volgen.'

'Geen zorgen: waar we nu heen gaan, kan hij echt niet komen.'

En dan begint ze te rennen: zigzaggend tussen de mensen door, mij voor zich uit duwend en me afschermend als een vleugelverdediger tijdens een American Football-wedstrijd. Dan slaat ze opeens een donkere straat vol huurhuizen in. Halverwege maakt het bakstenen stadslandschap abrupt plaats voor een vlak terrein vol bomen, dat is afgesloten met een hoog ijzeren hek met een zwaar slot, waarvan Mia wonderbaarlijk genoeg de sleutel blijkt te hebben. Rinkelend springt het open.

'Hup, naar binnen,' zegt ze en wijst naar een tuinhuisje achter een heg. 'Verstop je daar, dan sluit ik af.'

Ik doe braaf wat ze zegt. Een minuut later is ze weer bij me.

Het is best donker hierbinnen. Het enige licht komt van de zachte gloed van een nabije straatlantaarn. Mia legt een vinger tegen haar lippen en gebaart me op mijn hurken te gaan zitten.

'Waar is hij verdomme gebleven?' hoor ik, van de kant van de straat.

'Hij ging deze kant op,' zegt een vrouw met een zwaar New Yorks accent. 'Dat zou ik durven zweren.'

'Maar waar is hij nu dan?'

'Wat dacht je van daar?' zegt de vrouw.

Het gerammel aan het hek klinkt door de hele tuin. 'Op slot,' zegt de man.

Ik zie Mia in het donker grijnzen.

'Misschien is-ie er wel overheen gesprongen.'

'Mens, da's wel drie meter,' zegt de man. 'Daar spring je echt niet overheen.'

'Misschien heeft-ie bovenmenselijke krachten,' zegt de vrouw. 'Je zou natuurlijk kunnen gaan kijken of je hem vinden kunt.'

'En mijn nieuwe Armani-broek openhalen aan dat hek,

zeker? Een man hééft zijn grenzen. Nee, volgens mij is daar niemand. Hij is vast een taxi in gedoken. Zouden wij trouwens ook moeten doen: betrouwbare bronnen hebben me ge-sms't dat Timberlake in het Breslin logeert.'

Ik hoor het geluid van zich verwijderende voetstappen. Ik hou me voor de zekerheid nog maar even gedeisd.

Dan verbreekt Mia de stilte. 'Misschien heeft-ie wel bovenmenselijke krachten,' imiteert ze de New Yorkse perfect, waarna ze in lachen uitbarst.

'Ik ga mijn nieuwe Armani-broek niet openhalen, hoor,' zeg ik. 'Een man hééft zijn grenzen.'

Ze begint nog harder te lachen.

De spanning in mijn maag begint weg te trekken. Ik glimlach zwakjes.

Als ze is bijgekomen, staat Mia op, veegt het zand van haar billen en gaat zitten op de houten bank die in het huisje staat.

Ik doe hetzelfde.

'Dat soort dingen overkomt jou vast constant.'

Ik trek mijn schouders op. 'In New York en Los Angeles is het erger. En in Londen. Maar het gebeurt overal. Zelfs fans verkopen hun kiekjes aan de bladen.'

'Iedereen speelt het spelletje mee, dus,' zegt ze. Aha, dat klinkt meer als de-Mia-die ik kende, in plaats van de Klassiek Celliste met het bombastische taalgebruik en zo'n pan-Europees Madonna-accent.

'Ach, iedereen wil een graantje meepikken,' zeg ik. 'Je went eraan.'

'Ja, je went aan veel dingen,' erkent ze.

Ik knik in het donker. Nu mijn ogen zich hebben aangepast, zie ik dat de tuin best groot is: een flinke lap gras, in tweeën gedeeld door een klinkerpaadje en omsloten door bloembedden. Af en toe zie ik een lichtje fonkelen in de lucht. 'Zijn dat vuurvliegjes?' vraag ik.

'Ja.'

'Midden in de stad?'

'Inderdaad. Verbaasde mij eerst ook. Maar als er ergens groen is, vinden die beestjes het en laten er hun lichtje over schijnen. Ze zijn er maar een paar weken per jaar. Ik vraag me altijd af waar ze zich de rest van de tijd ophouden.'

Ik denk even na. 'Misschien zijn ze er dan nog steeds, maar hebben ze gewoon niets om hun lichtje voor aan te steken.'

'Zou kunnen: de insectenversie van een winterdepressie. Maar dan zouden die arme drommels eens in Oregon moeten gaan wonen. Komen ze er pas echt achter hoe deprimerend de winter kan zijn.'

'Hoe kom jij eigenlijk aan die sleutel?' vraag ik. 'Moet je daarvoor in de buurt wonen?'

Ze schudt eerst haar hoofd en knikt dan. 'Je moet hier inderdaad wonen voor zo'n sleutel, maar dat doe ik niet. Deze is van Ernesto Castorel, of beter: wás. Als gastdirigent bij het Philharmonic kreeg hij hem bij het huis dat hij toen van iemand huurde. Ikzelf had op dat moment problemen met een huisgenoot – een terugkerend thema in mijn leven – waardoor ik vaak bij hem logeerde. Na zijn vertrek heb ik die sleutel per-ongeluk-expres gehouden.'

Ik weet niet waarom ik me ineens zo bedonderd voel. *Jij hebt sinds Mia zoveel meiden gehad dat je de tel bent kwijtgeraakt*, redeneer ik tegen mezelf. *Je bent niet bepaald gevlucht in het celibaat. Waarom zou zij dat dan wel hebben gedaan?*

'Heb je hem ooit zien dirigeren?' vraagt ze. 'Hij deed me altijd aan jou denken.'

*Vanavond was de eerste keer sinds jouw vertrek dat ik naar klassieke muziek heb geluisterd.* 'Ik weet echt niet over wie je het hebt.'

'Over Castorel natuurlijk. O, hij is ongelooflijk. Hij komt uit de sloppenwijken van Venezuela en dankzij een project dat straatkinderen helpt door ze een instrument te leren bespelen, was hij op zijn zestiende al dirigent. Op zijn vierentwintigste stond hij voor het Praags Filharmonisch; tegenwoordig is hij artistiek leider van het Chicago Symphony Orchestra en leidt hij hetzelfde project in Venezuela dat hem ook op weg heeft geholpen. Hij lééft gewoon voor muziek – net als jij.'

*Wie zegt dat ik voor muziek leef? Wie zegt dat ik zelfs maar leef?* 'Goh,' zeg ik, terwijl ik die dwaze jaloezie probeer weg te duwen.

Ze kijkt me aan, opeens verlegen. 'Sorry, ik vergeet soms dat niet iedereen op de hoogte is van alle ins-en-outs van de klassieke muziek. Hij is behoorlijk beroemd in onze wereld.'

*En mijn vriendin is écht beroemd in de rest van de wereld,* denk ik. Maar weet Mia eigenlijk wel van Bryn en mij? Ach jawel: je moet wel met je kop onder de grond hebben geleefd om níét van ons te hebben gehoord. Of welbewust alle nieuwtjes over mij aan de kant hebben geschoven. Of misschien gewoon een klassiek celliste zijn die geen roddelbladen leest. 'Nou, hij klinkt echt te gek,' zeg ik.

Zelfs Mia mist het sarcasme niet. 'Eh... niet zo beroemd als jij, bedoel ik,' zegt ze, terwijl haar dweperigheid omslaat in ongemakkelijkheid.

Ik geef geen antwoord.

Enkele seconden lang is er geen enkel geluid, op de gestage verkeersstroom na.

Dan rommelt Mia's maag ineens weer – wat ons eraan herinnert dat we deze tuin in zijn gejaagd en eigenlijk op weg waren naar iets heel anders.

# ZEVEN

Ergens zou je kunnen zeggen dat Bryn en ik elkaar dankzij Mia hebben leren kennen. Nou ja, via een omweg dan. Het was eigenlijk dankzij singer-songwriter Brooke Vega.

Op de dag van Mia's ongeluk zou Shooting Star namelijk spelen in het voorprogramma van Brookes oude band, Bikini. Toen bleek dat ik Mia op de Intensive Care niet mocht bezoeken, had Brooke besloten naar het ziekenhuis te komen, om te zorgen voor een afleidingsmanoeuvre. Deze was echter helaas mislukt.

En dat was meteen de laatste keer dat ik Brooke Vega zag – tot aan die ene keer dat *Collateral Damage* dubbel platina kreeg.

Shooting Star was in Los Angeles voor de MTV Movie Awards. Een van onze eerder opgenomen (maar nooit uitgebrachte) nummers was op de soundtrack van de film *Hello, Killer* beland en genomineerd voor Beste Nummer. We wonnen niet. Maar dat deed er niet eens toe. De MTV Awards waren de laatste in een lange reeks van prijsuitreikingen. We hadden een recordoogst binnengehaald. Nog maar een paar maanden eerder hadden we onze

Grammy's voor Beste Nieuwe Act en Nummer van het Jaar ('Animate') mogen ophalen.

Maar het was maf. Je zou denken dat een platina cd, een paar Grammy's en een stel Video Music Awards je waanzinnig gelukkig zouden maken, maar hoe hoger de prijzen zich opstapelden, hoe erger ik de kriebels van dat hele wereldje begon te krijgen: de meiden, de drugs, de hielenlikkerij en niet te vergeten de hype, die constante gekte. Mensen die ik totaal niet kende (en dan bedoel ik geen groupies, maar lui uit het vak), die op me af renden alsof we al ons hele leven vrienden waren, me op beide wangen zoenden, 'lieverd' noemden, visitekaartjes in de hand stopten en begonnen te fluisteren over filmrollen en Japanse bierreclames (één dagje opnemen, een miljoen ballen *in the pocket*).

Daar kon ik echt niks mee. Wat ook de reden was dat ik, zodra ons deel voor de Movie Awards erop zat, uit het Gibson Amphitheater naar de rookplek was gevlucht. Ik stond net te bedenken hoe ik daar zou kunnen ontsnappen, toen ik Brooke Vega op me af zag benen – met in haar kielzog een knappe, me-vaag-bekend-voorkomende meid met lang zwart haar en groene ogen zo groot als ontbijtbordjes.

'Asjemenou! Adam Wilde!' zei Brooke, terwijl ze me al ronddraaiend omhelsde. Zij was onlangs solo gegaan en haar debuutalbum, *Kiss This*, had eveneens meerdere prijzen in de wacht gesleept, dus troffen wij elkaar de laatste tijd nogal eens op prijsuitreikingen. 'Adam, dit is Bryn Shraeder. Maar jij kent haar waarschijnlijk als "dat stuk dat is genomineerd voor de Beste Kus". Heb je die fabelachtige vrijscène van haar in *The Way Girls Fall* gezien?'

Ik schudde mijn hoofd. 'Sorry.'

'Ik heb verloren van een vampier-weerwolf-zoen: simpel meidengelebber slaat allang niet meer in,' zei Bryn met een stalen gezicht.

'Ach, je bent gewoon bestolen!' onderbrak Brooke haar. 'Jullie allebei trouwens. Hemeltergend! Maar eh… ik laat jullie weer alleen – om je wonden te likken of gewoon elkaar te leren kennen. Ik moet mijn hoofd nog een keer laten zien. Adam, jou zie ik wel weer, hoop ik. Je moet eens wat vaker naar Los Angeles komen: je kunt wel wat kleur gebruiken!' En toen slenterde ze weg, met nog een knipoog voor Bryn.

We stonden even te zwijgen. Ik bood Bryn een sigaret aan.

Ze schudde haar hoofd en keek me aan met die schrikbarend groene ogen van haar. 'Dat was doorgestoken kaart, hoor – voor het geval je het je afvroeg.'

'Daar stond ik inderdaad wel zo'n beetje over te twijfelen.'

Ze trok zonder een spoor van gêne haar schouders op. 'Ik zei tegen Brooke dat ik jou intrigerend vond en toen nam ze meteen het heft in handen. Zo zijn wij nu eenmaal – zij en ik.'

'Aha.'

'Zit je daarmee?'

'Waarom zou ik?'

'De meeste mannen hier zou het wel storen. Acteurs zijn erg onzeker – of homo.'

'Maar ik ben niet van hier.'

Daar moest ze om glimlachen. Toen keek ze naar mijn jas. 'Ga je spijbelen?'

'Zullen ze dan de honden op me af sturen?'

'Misschien. Maar dit is Los Angeles, hè? Dus het zijn slechts chihuahua'tjes, knus ingestopt in een dure merktas, dus die zullen niet veel kwaad kunnen aanrichten. Behoefte aan gezelschap?'

'Hè? Moet jij hier dan niet blijven, rouwen om je Beste-Kus-nederlaag?'

Ze keek me strak aan om me te laten zien dat ze de grap heus wel vatte, maar het spelletje nog even wilde voortzetten – wat ik wel kon waarderen. 'Ik vier danwel betreur mijn zoenen liever in besloten kring.'

Mijn enige plan was geweest terug te keren naar mijn hotel in de reeds gereedstaande limousine. In plaats daarvan ging ik nu met Bryn mee. Zij gaf haar chauffeur de rest van de avond vrijaf, pakte de sleutels van haar enorme suv en reed vanaf Universal City heuvelafwaarts, naar de kust.

De Pacific Coast Highway bracht ons naar Point Dume, een strand ten noorden van de stad. Onderweg kochten we een fles wijn en wat meeneem-sushi. Tegen de tijd dat we bij het strand aankwamen, hing er een mistbank laag boven het inktzwarte water.

'Juni-nevel,' zei Bryn, rillend in haar groen-met-zwarte strapless mini-jurk. 'Krijg ik het altijd ijskoud van.'

'Heb je geen vest of zo?' vroeg ik.

'Nee, paste niet bij de jurk.'

'Hier.' Ik gaf haar mijn jasje.

Ze trok verrast haar wenkbrauwen op. 'Een heuse heer!'

We gingen op het strand zitten en dronken de wijn zo uit de fles.

Bryn vertelde over de film die ze onlangs had afgerond; over de film waarvan de opnamen komende maand zouden beginnen; en dat ze bezig was te kiezen tussen twee scripts, voor het productiebedrijfje dat ze aan het opstarten was.

'Een echte lanterfanter, hè?' zei ik.

Ze lachte. 'Ik ben opgegroeid in een afgelegen gat in Arizona. Mijn moeder vertelde me constant hoe knap ik was en dat ik fotomodel zou moeten worden, of actrice. Ik mocht niet eens buiten spelen in de zon – let wel: in Arizona! – omdat dat slecht zou zijn voor mijn huid. Het voelde alsof het enige goede aan me mijn knappe smoeltje was.' Ze draaide zich om en keek me aan. Ik zag de intelligentie in haar ogen, die (toegegeven) in een bijzonder knap gezicht stonden. 'Hoe dan ook, mijn gezicht bleek tevens de manier om daar weg te komen. Maar nu is het in Hollywood al niet anders. Iedereen zet me weg als een onnozel wicht, het zoveelste leuke koppie. Ikzelf weet wel beter. Maar als ik wil bewijzen dat ik hersens heb – als ik in de zon wil spelen, zeg maar – dan moet ik zélf een project zien te vinden dat me de kans biedt ertussenuit te springen. En ik heb het idee dat me dat als producent beter lukt. Eigenlijk draait het allemaal om macht. Ik wil alle touwtjes zelf in handen hebben.'

'Maar sommige dingen héb je gewoon niet in de hand, hoe goed je je best ook doet.'

Ze keek naar de donkere horizon en begroef haar blote voeten in het koele zand. 'Dat weet ik,' zei ze zacht en draaide zich weer naar me toe. 'Het spijt me heel erg van je vriendin. Mia heette ze, toch?'

Ik verslikte me bijna in de wijn. Die naam had ik even niet verwacht.

'Sorry hoor, maar toen ik Brooke net naar jou vroeg, vertelde ze me hoe jullie elkaar hadden ontmoet. Niet om te roddelen of zo. Maar ja, zij was erbij, toen in dat ziekenhuis, dus ze wist het gewoon.'

Mijn hart bonkte in mijn borstkas. Ik knikte slechts.

'Toen ik zeven was, ging mijn vader bij ons weg – het ergste wat me ooit is overkomen,' ging ze verder. 'Dus kan ik me echt niet voorstellen hoe het moet zijn om iemand op die manier kwijt te raken.'

Ik knikte weer en nam nog een slok wijn. 'Wat erg voor je,' wist ik eruit te krijgen.

Ze knikte kort. 'Maar ze zijn tenminste allemaal tegelijk overleden. Ik bedoel, dat moet ergens een zegen zijn. Ik weet zeker dat ik niet meer wakker zou willen worden, als de rest van mijn familie dood was.'

De wijn kwam er door mijn mond én mijn neus weer uit. Het duurde even voor ik mijn ademhaling en spraakvermogen weer op orde had. Toen vertelde ik Bryn dat Mia niet dood was: dat zij het ongeluk had overleefd en er zelfs volledig van was hersteld.

Ze keek me oprecht geschokt aan – zo erg dat ik medelijden met haar kreeg, in plaats van met mezelf. 'Mijn god, Adam, ik schaam me dood. Ik ging daar gewoon van uit. Brooke vertelde dat ze nooit meer iets over Mia had vernomen; en ik zou precies dezelfde conclusie hebben getrokken. Shooting Star verdwijnt een poos van het toneel en dan komt ineens *Collateral Damage*. Ik bedoel, die teksten zitten zo vol pijn en woede, van het gevoel van verraad, van in de steek gelaten te zijn...'

'Jep,' zei ik.

Ze keek me aan. Het groen van haar ogen weerkaatste in het maanlicht. Ik zag dat ze alles begreep, dat ik geen woord meer hoefde te zeggen. En dat – niets meer hoeven uitleggen – was nog wel de grootste opluchting. 'O, Adam... da's eigenlijk nog erger, is het niet?'

En op het moment dat ze dat zei – toen Bryn Shraeder hardop uitsprak wat ikzelf tot mijn oneindige schaamte soms dácht – was ik al een klein beetje verliefd op haar. En ik had eigenlijk gedacht dat dat genoeg zou zijn. Dat dit stilzwijgende begrip en die allereerste kriebels zouden opbloeien en groeien, tot mijn gevoelens voor Bryn even allesoverheersend zouden zijn als mijn liefde voor Mia was geweest.

Die avond ging ik met Bryn mee naar huis. Dat hele voorjaar zocht ik haar op, op de filmset in achtereenvolgens Vancouver, Chicago en Boedapest. Alles om weg te komen uit Oregon: weg van die opgelaten sfeer, die als een stuk aquariumglas tussen mij en de rest van de band hing.

Toen Bryn die zomer terugkeerde in Los Angeles, stelde ze me voor bij haar in te trekken, in haar huis in Hollywood Hills. 'Achter in de tuin ligt een gastenverblijf, dat ik toch nooit gebruik. Daar zouden we een studio voor jou van kunnen maken.'

Het idee eindelijk weg te kunnen uit Oregon, weg van de rest van de band, weg van al die herinneringen; in ruil voor een frisse start, een huis vol licht en grote ramen, een toekomst met Bryn... dat voelde destijds zó goed.

Zo werd ik dus de ene helft van een beroemd stel. En nu word ik al gefotografeerd als ik met Bryn alledaagse dingen doe, zoals een kop koffie halen bij Starbucks of wandelen door Runyon Canyon.

En ik zóú gelukkig moeten zijn, dankbaar. Het probleem is echter dat ik nooit helemaal loskom van het idee dat ik mijn roem niet aan mezelf te danken heb, maar aan hen. *Collateral Damage* is geschreven met Mia's bloed aan mijn handen, en dat was de cd die me heeft gelanceerd. En toen ik echt beroemd werd, kwam dat doordat ik bij Bryn hoorde. Het had minder van doen met de muziek die ik maakte, dan met de vrouw met wie ik omging.

En die vrouw? Ach, die is geweldig. Elke vent zou een moord doen om bij haar te mogen zijn, zou er trots op zijn haar zwanger te mogen maken.

Echter, zelfs aan het begin – in die 'ik-krijg-maar-geen-genoeg-van-je'-fase – was er al een soort onzichtbare muur tussen ons. Aanvankelijk probeerde ik die af te breken, maar het kostte al vreselijk veel moeite om er alleen maar wat barstjes in te maken. Ik werd het algauw zat. Daarna begon ik het goed te praten: *Zo zijn volwassen relaties nu eenmaal; zo voelt de liefde als je beiden al wat littekens hebt opgelopen.*

En misschien is dat ook wel de reden dat ik niet echt kan genieten van wat wij samen hebben. Waarom ik, als ik 's nachts niet kan slapen, buiten ga luisteren naar het gekabbel van het zwembadfilter, terwijl ik pieker over alle gekmakende bullshit rond Bryn.

Maar dan besef ik dat het ook weer niet zóveel voorstelt: dat ze met een BlackBerry naast haar kussen slaapt, dat ze dagelijks enkele uren sport, dat ze alle kleine beetjes die ze eet noteert, dat ze altijd weigert af te wijken van een eenmaal gemaakt plan of schema. En dan realiseer ik me dat er genoeg fantastische dingen opwegen tegen die mindere: dat ze zo gul is als een oliebaron en zo trouw als een pitbull, bijvoorbeeld.

En ik weet dat ík ook niet makkelijk ben om mee samen

te leven. Volgens Bryn ben ik vaak teruggetrokken, kil, vertoon ik ontwijkend gedrag. Afhankelijk van haar stemming, beschuldigt ze me ervan jaloers te zijn op haar carrière, slechts toevallig bij haar te zijn, haar te bedriegen. Dat laatste is beslist niet waar. Sinds wij een stel zijn, heb ik geen groupie meer aangeraakt: geen enkele behoefte aan gehad.

Dan vertel ik haar dat een groot deel van het probleem is, dat wij bijna nooit op dezelfde plek verblijven. Als ik niet in de studio zit of op tournee ben, dan is zij wel ergens op locatie of op één van haar eindeloze snoepreisjes voor de pers. Wat ik er dan niet bij vertel, is dat ik me ook niet kan voorstellen dat we méér tijd met elkaar zouden doorbrengen. Als we ons wél in dezelfde ruimte bevinden, is het namelijk ook niet meteen allemaal rozengeur en maneschijn.

Als Bryn een paar wijntjes op heeft, beweert ze soms dat Mia nog steeds tussen ons in staat. 'Waarom ga je niet gewoon terug naar je geest?' zegt ze dan. 'Ik ben het zat om met haar te concurreren.'

'Niemand is concurrentie voor jou,' zeg ik dan, en ik druk een kus op haar voorhoofd. En dat lieg ik niet: niemand kan concurreren met Bryn Shraeder. Vervolgens vertel ik haar dat het niet door Mia komt, of door welke meid dan ook. Dat het komt doordat wij in een luchtbel leven, in de schijnwerpers, in een snelkookpan; dat dat voor elk stel lastig zou zijn.

Maar ik denk ook dat we allebei best weten dat ik dan wél lieg. De waarheid is nu eenmaal dat Mia's geest niet te ontlopen vált. Zonder haar zouden Bryn en ik niet eens bij elkaar zijn! Op die verwrongen, incestueuze manier waarop het lot werkt, is zij gewoon een deel van onze geschiedenis, behoren wij tot de brokstukken van haar nalatenschap.

# ACHT

*De kleren zijn naar het Leger des Heils gegaan*
*Boven op die heuvel heb ik afscheid genomen*
*Het huis is leeg, het meubilair verkocht*
*Spoedig zullen jouw geuren tot schimmel vergaan*
*Ik weet niet waarom ik nog moeite doe te bellen,*
*niemand neemt er op*
*Ik weet niet waarom ik nog moeite doe te zingen,*
*niemand luistert toch*

'Disconnect'
*Collateral Damage*, nummer 10

Ken je die van die hond, die zijn leven lang achter auto's aanrent, er dan eindelijk eentje vangt... en dan geen idee heeft wat hij ermee moet?

Ik ben die hond.

Want hier loop ik dan, alleen met Mia Hall – iets waar ik al ruim drie jaar over fantaseer. En ik denk: 'En nu?'

We komen bij het eethuis waar zij kennelijk naar op weg was: een of andere tent aan de westkant van de stad.

'Er is een parkeerplaats bij,' zegt ze, als we er bijna zijn.

'Mm,' is het enige antwoord dat ik kan bedenken.

'Ik had in Manhattan nog nooit een restaurant met een eigen parkeerplaats gezien – wat dan ook de reden was dat ik er in eerste instantie naartoe ging. Toen pas viel me op dat alle taxichauffeurs er eten. En zij hebben doorgaans veel verstand van lekker eten. Maar toen begon ik ook weer te twijfelen. Want tja, er is ook een parkeerplaats bij en gratis parkeren is zo mogelijk nog populairder dan goed en goedkoop eten.'

Kortom: ze begint te wauwelen.

Ik denk: *Waarom hebben we het in godsnaam over parkeren? Terwijl we, voor zover ik weet, geen van beiden een auto hebben!* Ik besef opnieuw dat ik niets meer van haar weet, nog niet het kleinste detail.

De ober brengt ons naar een tafel.

Mia grijnst opeens onzeker. 'Misschien had ik je hier toch niet mee naartoe moeten slepen. Jij eet waarschijnlijk nooit meer in dit soort tentjes.'

Ze heeft nog gelijk ook. Niet dat ik tegenwoordig liever donkere, veel te dure, exclusieve eetgelegenheden bezoek, maar omdat dat de enige plekken zijn waar mensen mij nog mee naartoe nemen én waar ik (meestal) met rust gelaten word. Hier zit het echter vol met grauwe New Yorkers en taxichauffeurs; niemand die me zou kunnen herkennen. 'Nee hoor, dit is prima,' zeg ik.

We gaan zitten aan een tafeltje bij het raam, uitkijkend op de geroemde parkeerplaats.

Twee seconden later staat er een gedrongen, harige man naast ons. 'Maestro!' roept hij tegen Mia. 'Lang niet gezien.'

'Hallo, Stavros.'

Stavros gooit onze menukaarten op tafel, draait zich dan naar mij en trekt één van zijn borstelige wenkbrauwen hoog op. 'Eindelijk breng je je vriendje eens mee, zodat wij hem kunnen leren kennen!'

Mia wordt knalrood.

En al is het natuurlijk een belediging dat ze zich blijkbaar schaamt te worden aangezien voor mijn vriendin, ergens vind ik haar gebloos ook wel geruststellend. Dit verlegen meisje lijkt eindelijk weer een beetje op degene die ik eens kende (iemand die nooit ofte nimmer gedempte gesprekken via haar mobieltje zou voeren).

'Hij is gewoon een oude vriend,' zegt ze.

*Oude vriend? Is dat nu een degradatie of een promotie?*

'Ja hoor, een oude vriend... Ik heb jou nooit eerder met iemand gezien. Een knappe, getalenteerde meid zoals jij. Euphemia!' brult hij dan. 'Kom eens hier... de maestro heeft een vriendje!'

Mia's gezicht is inmiddels paars aangelopen. Ze kijkt naar me op en mompelt: 'Zijn vrouw.'

Uit de keuken sloft nu Stavros' vrouwelijke tegenhanger: een kleine, vierkante vrouw met een gezicht vol make-up, waarvan de helft in haar dubbele onderkin lijkt te zijn gedreven. Ze veegt haar handen af aan haar vettige witte schort en glimlacht naar Mia, waarbij ik een gouden tand zie. 'Ik wist het wel!' roept ze uit. 'Ik wíst dat jij ergens een vriendje verstopte. Zo'n knap grietje! Nu begrijp ik waarom je niets met mijn Georgie wilt.'

Mia tuit haar lippen en trekt haar wenkbrauwen naar me op. Euphemia schenkt ze een quasi-schuldbewuste glimlach: *Betrapt...*

'Kom, laat ze nu maar weer met rust,' komt Stavros ertussen. Hij geeft Euphemia een tik tegen haar billen en duwt haar voor zich uit. 'Maestro, voor jou het gebruikelijke recept?'

Mia knikt.

'En je vriend?'

Mia krimpt zichtbaar ineen. De stilte aan onze tafel rekt zich tergend lang, als de radiostilte die je soms op amateurstations hoort.

'Ik eh... wil graag een hamburger met frietjes, en een biertje,' zeg ik uiteindelijk.

'Fantastisch,' zegt Stavros, en hij klapt in zijn handen alsof ik hem zojuist hét geneesmiddel tegen kanker heb gepresenteerd. 'Eén cheeseburger deluxe, met extra uienringen: die jongeman van jou is veel te mager. Net als jijzelf trouwens.'

'Ja, als je niet zorgt voor wat vlees op je botten, krijgen jullie nooit gezonde kinderen,' voegt Euphemia eraan toe.

Mia legt zuchtend haar hoofd op haar handen, alsof ze letterlijk probeert weg te kruipen in haar eigen lichaam. Pas als ze allebei weg zijn, kijkt ze weer op. 'Mijn god, dat was... tenenkrommend. Ze herkenden je duidelijk niet.'

'Maar ze wisten wel wie jíj was! Ik zou er eerlijk gezegd niet meteen liefhebbers van klassieke muziek in hebben gezien.' Dan kijk ik naar mijn eigen spijkerbroek, zwarte T-shirt en sjofele gympen. Ik hield ook ooit van klassieke muziek: dat kún je dus niet aan iemand zien.

Mia lacht. 'O, maar dat zijn ze ook niet. Euphemia kent me van toen ik nog in de gangen van de metro speelde.'

'Jij, straatartiest? In de ondergrondse? Heb je het zo zwaar gehad?'

Als ik me realiseer wat ik heb gezegd, zou ik de tijd het

liefst even terugspoelen. Je vraagt iemand als Mia toch niet of ze het zwaar heeft gehad!

Al weet ik toevallig dat ze het op het financiële vlak niet erg zwaar kan hebben gehad. Dankzij Denny's aanvullende levensverzekering (naast de verzekering die hij al via de lerarenbond had), zat Mia er behoorlijk warmpjes bij. Hoewel in eerste instantie niemand van die tweede polis wist: één van de redenen dat een paar musici uit de stad vlak na het ongeluk een reeks benefietconcerten hadden gegeven, waarmee ze bijna vijfduizend dollar voor Mia's Juilliard-fonds bijeen wisten te sprokkelen. Het gebaar had haar grootouders en mij ontroerd, maar Mia was woest. Zij weigerde de donatie aan te nemen, had het zelfs over bloedgeld. En toen haar opa opperde dat het accepteren van andermans onbaatzuchtigheid op zichzelf al onbaatzuchtig was, omdat het de mensen uit haar omgeving een goed gevoel zou geven, had ze spottend gezegd dat het haar taak niet was om anderen een goed gevoel te bezorgen.

Maar nu glimlacht ze slechts. 'Joh, het was super! En verrassend lucratief. Toen ik hier kwam eten, herinnerde Euphemia zich mij meteen van station Columbus Circle en vertelde ze trots dat ze een keer een hele dollar in mijn cellokoffer had gegooid.'

Dan rinkelt Mia's telefoon.

We luisteren zwijgend naar het blikkerige melodietje. Beethoven gaat maar door.

'Moet je niet opnemen?' vraag ik.

Ze schudt haar hoofd, met een vaag schuldbewuste blik.

Het rinkelen is nog maar net opgehouden, of het ding begint opnieuw te jengelen.

'Zo, jij bent populair vanavond.'

'Nou... dat valt wel mee. Ik had meteen na het concert eigenlijk naar een diner gemoeten. Met allemaal bobo's, bemiddelaars, sponsors en zo. Da's vast een leraar van Juilliard, iemand van Young Artists of mijn manager, die tegen me tekeer wil gaan.'

'Of Ernesto?' vraag ik, zo luchtig mogelijk. Want misschien hadden Stavros en Euphemia het wel bij het rechte eind, met hun vermoeden dat Mia een of andere chique vriend heeft, eentje die ze níét meesleept naar Griekse eethuisjes. Alleen ben ik dat dus niet.

Ze krijgt weer die ongemakkelijke blik. 'Zou ook kunnen.'

'Hé, als jij mensen te woord moet staan of zaken moet afhandelen of zo, wil ik je niet in de weg staan, hoor.'

'Nee, nee. Ik moet deze gewoon uitzetten.' En ze steekt haar hand in haar tas en zet haar mobieltje uit.

Stavros brengt een ijskoffie voor Mia en een Budweiser voor mij. Als hij weg is, blijft er een ongemakkelijke stilte hangen.

'Dus eh...' begin ik.

'Dus...' herhaalt Mia.

'Dus jij neemt hier "het gebruikelijke recept". Is dit jouw stamkroeg of zo?'

'Ik kom hier voor de *spanakopita* en het gemopper. En het is vlak bij de campus, dus vroeger kwam ik hier heel vaak.'

*Vroeger?* Voor de zoveelste keer vanavond begin ik te tellen. Het is drie jaar geleden dat ze naar Juilliard vertrok. Dat zou betekenen dat ze dit najaar aan haar laatste jaar begint. Maar ze speelt nu al in Carnegie Hall? En heeft een manager? Ik wou opeens dat ik dat artikel wat beter had gelezen.

'O? Waarom nu dan niet meer?' Mijn frustratie klinkt door alle herrie heen.

Mia tilt haar gezicht op. De schrik balt zich samen in een dikke rimpel boven haar neusbrug. 'Watte?' zegt ze vlug.

'Zit je dan niet meer op school?'

'O, dat,' zegt ze, terwijl de opluchting haar voorhoofd weer gladstrijkt. 'Dat had ik je eerder moeten uitleggen. Ik ben in het voorjaar al afgestudeerd. Juilliard heeft namelijk ook een driejarige afstudeermogelijkheid voor...'

'Virtuozen.' Ik bedoel het als compliment, maar mijn ergernis dat ik geen kauwgumplaatje van Mia heb – cijfers, hoogtepunten, carrièremoves – geeft mijn stem toch een bitter randje.

'Talentvolle leerlingen,' corrigeert Mia me, haast verontschuldigend. 'Ik ben eerder afgestudeerd, zodat ik eerder kon gaan toeren. En da's nu dus eigenlijk; nu begint het allemaal.'

'O.'

De ongemakkelijke stilte blijft tussen ons in hangen, totdat Stavros met het eten komt. Toen ik bestelde, dacht ik geen honger te hebben, maar zodra ik die hamburger ruik, begint mijn maag te rammelen. Ik realiseer me opeens dat ik vandaag alleen maar een paar hotdogs heb gehad. Voor Mia zet Stavros meerdere borden neer: een salade, een spinazietaartje, frietjes en rijstpudding.

'Is dát jouw gebruikelijke recept?' vraag ik.

'Ik zei het toch: ik heb al twee dagen niet gegeten. En je weet hoeveel ik kan verstouwen. Of... wíst, bedoel ik.'

'Als je nog iets nodig hebt, maestro, dan roep je maar, hè!'

'Dank je wel, Stavros.'

Als hij weg is, dopen we enkele minuten lang onze frietjes én ons gesprek in ketchup.

'Dus eh...' begin ik dan.

'Dus…' herhaalt zij. En dan: 'Hoe gaat het met iedereen? De rest van de band?'

'Goed, hoor.'

'Waar zijn ze vanavond?'

'In Londen. Of nog onderweg.'

Ze houdt haar hoofd scheef. 'Ik dacht dat je zei dat je morgen pas ging.'

'Ja eh… ik had nog wat losse eindjes, logistiek gezien en zo. Daarom ben ik hier een dag langer.'

'Is dat effe boffen.'

'Hè?'

'Ik bedoel… gelukkig maar: anders waren we elkaar dus niet tegen het lijf gelopen.'

Ik kijk haar aan. Meent ze dat nou? Tien minuten geleden keek ze nog alsof ze op het punt stond een hartinfarct te krijgen, alleen omdat iemand dácht dat ze mijn vriendin was. Nu zegt ze dat het boffen is dat ik haar vanavond heb gestalkt. Of hoort dit nog gewoon bij het beleefde koetjes-en-kalfjes-gedeelte van de avond?

'En hoe gaat het met Liz? Zijn zij en Sarah nog steeds bij elkaar?'

*Inderdaad: het koetjes-en-kalfjes-intermezzo.* 'Ja hoor, dat gaat perfect. Ze willen zelfs gaan trouwen en komen er maar niet uit of ze dat dan in een staat zullen doen waar het al mag, zoals Iowa, of dat ze zullen wachten totdat Oregon het homohuwelijk legaliseert. Wat een gedoe om zo'n suf boterbriefje,' zeg ik hoofdschuddend.

'Wat? Wil jij níét trouwen dan?' vraagt ze, een tikkeltje uitdagend.

Best lastig om haar blik te beantwoorden nu, maar ik dwing mezelf gewoon. 'Nee, nooit,' zeg ik.

'O,' zegt ze, bijna opgelucht.

*Geen paniek, Mia. Ik ging je heus niet ten huwelijk vragen, hoor.*

'En jij? Nog steeds in Oregon?' vraagt ze.

'Nee, ik woon tegenwoordig in Los Angeles.'

'Alweer een regenvluchteling die naar het zuiden trekt.'

'Zoiets.' Ik hoef haar niet te vertellen dat de nieuwigheid van buiten eten in februari erg gauw wende, en dat het totaal ontbreken van de seizoenen gewoon fundamenteel onjuist lijkt. Ik geloof dat ik zo'n beetje het tegenovergestelde ben van die lui die in de donkere winter onder een zonnelamp kruipen: in de zonnige nepwinter van Los Angeles moet ik juist in een donkere kast kruipen om me goed te voelen. 'Ik heb mijn ouders er zelfs ook naartoe gehaald. De warmte is veel beter voor mijn vaders artritis.'

'O ja, mijn opa heeft daar ook erge last van, in zijn heup.'

*Artritis?* Mijn god, dit lijkt wel zo'n update op een kerstkaart: *Billy is klaar met zijn zwemlessen, Todd heeft zijn vriendin zwanger gemaakt en tante Louise heeft haar eeltknobbels laten weghalen.*

'Goh, klote,' zeg ik.

'Ach, je weet hoe hij is: hij doet er heel laconiek over. Sterker nog: hij en oma zijn zich aan het voorbereiden op meer reizen, zodat ze mij onderweg kunnen opzoeken. Ze hebben een nieuw paspoort aangeschaft en oma heeft zelfs een hoveniersstudent gevonden die als zij weg is voor haar orchideeën kan zorgen.'

'Ach ja, hoe gaat het met haar orchideeën?' vraag ik. *Geweldig: nu zijn we dus overgestapt op bloemen.*

'Ze wint er nog steeds prijzen mee, dus ik denk goed.' Ze kijkt naar haar handen. 'Maar eh... ik heb haar kas al een tijdje niet meer gezien. Ik ben niet meer bij hen geweest sinds mijn vertrek naar New York.'

Die mededeling verrast me – en ook weer niet. Het is alsof ik het eigenlijk al wist. Al had ik ook gedacht dat zodra ik de stad had verlaten, zij er wellicht zou terugkeren. Opnieuw een grove overschatting van mijn eigen belangrijkheid.

'Je zou ze eens moeten opzoeken,' zegt ze. 'Ze zouden het beslist fijn vinden om je weer te zien en te horen hoe goed het met je gaat.'

'Hoe goed het met me gaat?'

Als ik opkijk, tuurt ze me vanonder een waterval van haar aan en schudt verbaasd haar hoofd. 'Ja, Adam, hoe ongelooflijk goed het met jou gaat. Ik bedoel, jij hebt het voor mekaar: je bent een rockster!'

*Een rockster.* Dat woord is zo gehuld in rook en spiegels, dat je de persoon erachter amper kunt ontdekken. Maar ik bén het wel. Ik heb de bankrekening van een rockster, de platina platen van een rockster, de vriendin van een rockster. Maar ik haat dat klotewoord! En nu ik Mia mij zo hoor noemen, stijgt mijn verachting naar een volkomen nieuw niveau.

'Heb je foto's van de rest van de band?' vraagt ze. 'Op je telefoon of zo?'

'Foto's? Ja hoor, er staan er duizenden op mijn telefoon, maar die ligt nog in het hotel.' Totale nonsens, maar daar komt ze toch niet achter. Als ze per se foto's wil zien, kan ik zo bij de kiosk op de hoek wel een *Spin* voor haar kopen.

'Ik heb wél foto's. Van echt papier, want mijn telefoon is zo'n beetje antiek. Ik heb er geloof ik een paar van opa en oma... en o ja, een geweldige van Henry en Willow. Die zijn van de zomer met hun kinderen naar het Marlboro Festival gekomen,' vertelt ze. 'Beatrix, of Trixie, zoals zij haar noemen – herinner je je haar nog? – is nu vijf. En dan hebben ze ook nog een baby, een jongetje: Theo, vernoemd naar Teddy.'

Bij het horen van Teddy's naam keert mijn maag zich zowat om. In de maalstroom der gevoelens weet je nooit precies waarom de afwezigheid van de ene persoon je veel erger raakt dan die van een ander. Ik was dol op Mia's ouders, maar hun dood kon ik op de een of andere manier nog wel aanvaarden. Zij waren veel te jong gestorven, maar wel in de juiste volgorde: ouder, kind (hoewel... niet vanuit Mia's grootouders bekeken, natuurlijk). Maar ergens kan ik er nog steeds niet helemaal bij dat Teddy voor eeuwig acht jaar oud zal blijven. Elk jaar op mijn verjaardag bedenk ik hoe oud híj dan zou zijn geweest. Nu zou hij bijna twaalf zijn. Ik zie hem in elke pukkelige puber die naar ons optreden komt of om een handtekening bedelt.

Toen we nog bij elkaar waren, heb ik Mia nooit verteld hoe kapot ik was van het verlies van Teddy. Dus dat ga ik haar nu ook echt niet aan de neus hangen. Ik heb mijn recht om dat soort dingen met haar te bespreken verloren. Ik heb afstand gedaan van – ben ontheven van – mijn plaats aan de tafel van de familie Hall.

'Deze foto heb ik van de zomer gemaakt, dus hij is al een beetje oud. Maar dan krijg je een beetje een idee van hoe iedereen er nu uitziet.'

'O, dat hoeft niet, hoor.'

Maar ze zit al in haar tas te rommelen. 'Henry is niks veranderd: een soort uit de kluiten gewassen kind. Hè, waar is mijn portemonnee nou toch?' Ze tilt haar tas op tafel.

'Ik wíl je foto's niet zien!' Mijn stem is zo scherp dat je er ijs mee zou kunnen breken en zo luid als de berisping van een vader of moeder.

Ze stopt met zoeken. 'O. Oké.' Ze kijkt alsof ik haar een klap heb gegeven.

Als ze haar tas dichtritst en hem weer op de bank wil zetten, stoot ze per ongeluk mijn bierflesje om. Ze begint meteen servetjes uit de houder te trekken om de boel op te deppen, alsof het accuvloeistof is die over de tafel lekt. 'Verdomme!' zegt ze.

'O, zo erg is het niet.'

'Zo erg is het wel! Ik heb er een gigantische puinhoop van gemaakt,' zegt ze.

'Joh, het meeste is al weg. Als je je vriend erbij roept, maakt hij het wel voor je af.'

Ze blijft echter als een wilde schoonmaken, tot de hele servettenhouder leeg is en ze al het droge papier om haar heen heeft opgebruikt. Overal liggen natte proppen. Ik vrees even dat ze het tafelblad vervolgens met haar blote armen wil gaan bewerken en zit het tafereel enigszins perplex te bekijken.

Maar dan is haar benzine ineens op. Ze stopt met poetsen en laat haar hoofd hangen. Dan kijkt ze naar me op, met die grote ogen van haar. 'Het spijt me.'

Ik weet heus wel dat ik nu moet zeggen dat het niet erg is, dat het niks voorstelt, dat ik helemaal geen bier over me heen heb gekregen. Maar ik ben er opeens niet zo zeker meer van of we het nog wel over dat bier hebben. En als dat níét zo is, als ze nu stiekem een soort verontschuldiging probeert te maken…

*Waar heb je precies spijt van, Mia?* Ik wou dat ik mezelf zo ver kon krijgen dat ik dat hardop durfde uit te spreken – maar nee.

En dan springt Mia ineens op en rent als een soort Lady Macbeth naar de toiletten om haar kleding te fatsoeneren. Ze blijft een hele poos weg.

En terwijl ik zit te wachten, kruipt het dubbele gevoel die zij heeft achtergelaten mijn diepste gedachten in. Ik heb me in de afgelopen drie jaar heel veel verschillende scenario's voorgesteld. De meeste daarvan waren variaties op het thema Grote Vergissing: dat het allemaal op een misverstand berustte. Veel van mijn fantasieën gaan dan ook over de manier waarop Mia zich voor mij in het stof wentelt: hoe ze zich verontschuldigt voor het feit dat ze mijn liefde met die akelige wrede stilte heeft beantwoord; dat ze heeft gedaan alsof twee jaar van mijn leven – ons leven samen – helemaal niets hadden voorgesteld.

Ik stop mezelf echter altijd bij de fantasie waarin ze haar excuses aanbiedt voor het feit dat ze is weggegaan. Want al weet ze het zelf misschien niet: Mia heeft slechts gedaan wat ík haar als mogelijkheid had aangedragen.

# NEGEN

Er zijn signalen geweest. Waarschijnlijk meer dan ik ooit heb opgevangen – zelfs nog nádat het een voldongen feit was. Maar ik heb ze allemaal gemist. Misschien omdat ik er niet op lette. Ik had het te druk met over mijn schouder gluren naar de brandende hoepel waar ik zojuist doorheen was gesprongen, en lette niet meer op de driehonderd meter diepe klif die voor me opdoemde.

Toen Mia besloot dat ze het komende najaar naar Juilliard wilde en aan het eind van het voorjaar duidelijk werd dat ze dat ook zou kúnnen, verkondigde ik dat ik met haar meeging naar New York.

Ze had me aangekeken van: *Echt niet!* 'Dat is nooit eerder ter tafel gekomen,' zei ze, 'dus waarom nu wel?'

*Omdat je eerst nog een volledig mens was, maar nu geen milt meer hebt. En geen ouders. En omdat New York je zou kunnen verslinden*, dacht ik. Maar ik zei niets.

'Het is voor ons allebei tijd dat we weer ons eigen leven gaan leiden,' ging ze verder.

Ik deed de universiteit in deeltijd. Sinds het ongeluk was ik er echter niet meer geweest, waardoor ik nu met een heel semester vol onafgeronde vakken zat. Mia was ook niet meer terug naar school geweest. Ze had te veel gemist. Ze werkte er met een bijlesleraar hard aan om haar laatste jaar toch te kunnen afronden met een diploma, zodat ze nog op tijd naar Juilliard kon. Overigens meer voor de vorm: geen leraar zou haar laten zakken, al leverde ze geen enkele opdracht meer in.

'En wat dacht je van de band?' zei ze. 'Ik weet dat ze met zijn allen op jou zitten te wachten.'

Dat klopte ook. Vlak voor het ongeluk hadden we een titelloze cd opgenomen op Smiling Simon, een onafhankelijk label uit Seattle. Hij was aan het begin van de zomer uitgekomen. En al hadden we totaal niet getoerd om hem te promoten, hij was waanzinnig verkocht en gigantisch vaak gedraaid op allerlei radiostations. Als gevolg hiervan cirkelden er nu een heleboel grotere labels om Shooting Star heen, die allemaal geïnteresseerd waren in een contract met een band die in wezen nog slechts in theorie bestond.

'Die arme gitaar van jou sterft bijna van verwaarlozing,' zei ze, droef glimlachend.

Hij was inderdaad niet meer uit zijn koffer geweest sinds dat afgekapte voorprogramma van Bikini.

En dus... ging ik akkoord met een liefde-op-afstand. Deels omdat er met Mia niet viel te onderhandelen, deels omdat ik echt niet weg wilde bij Shooting Star. Maar ik bagatelliseerde de afstand ook wel een beetje. Oké, ik hád me zorgen gemaakt over wat deze met ons zou doen. Maar nú? Wat maakte vierduizend kilometer ons nu nog uit? Daarbij: Kim zou aan New York University gaan studeren, slechts een paar kilometer van Juilliard. Zij zou wel een oogje op Mia houden.

Alleen veranderde Kim op het allerlaatste moment van gedachten en koos ineens voor Brandeis, in Boston. Ik was woest. Sinds het ongeluk praatten wij elkaar regelmatig bij over Mia's vorderingen, gaven relevante informatie door aan haar grootouders en zo. Deze overlegjes hielden we strikt geheim: Mia zou ons vermoorden als ze ons alleen al verdácht van samenzweerderij. Toch waren Kim en ik een soort co-aanvoerders van het Team Mia. Daarom vond ik, dat als ík niet met Mia naar New York kon, Kim de verantwoordelijkheid had om bij haar in de buurt te blijven.

Ik wond me daar een tijdje in stilte over op – tot die warme juli-avond, ongeveer een maand vóór Mia's en Kims vertrek. Kim was naar het huis van Mia's grootouders gekomen, om gezellig samen dvd's te kijken. Mia was inmiddels naar bed, wij keken samen een of andere pretentieuze buitenlandse film af.

Kim blééf maar bezig over Mia: hoe goed het met haar ging enzovoorts. Ze kwekte door de film heen als een uitgelaten papegaai.

Uiteindelijk vroeg ik geërgerd of ze nu eindelijk haar mond eens kon houden.

Ze kneep haar ogen samen en begon boos haar spullen bijeen te rapen. 'Ik weet heus wel waar jij zo overstuur door bent – en da's niet deze stomme film. Waarom val je niet gewoon tegen me uit: hebben we dat maar gehad,' zei ze. En toen barstte ze in tranen uit.

Ik had Kim nog nooit zien huilen en al zeker niet zo voluit, zelfs niet bij de begrafenis. Ik voelde me meteen een klootzak, bood vlug mijn verontschuldigingen aan en gaf haar een wat onhandige knuffel.

Toen ze was uitgesnuft, droogde ze haar ogen en begon

uit te leggen dat Mia er juist voor had gezorgd dat zij uiteindelijk toch voor Brandeis had gekozen. 'Ik bedoel, da's waar ik in eerste instantie heen wilde. Na zo lange tijd in *gojs* Oregon, wilde ik weleens naar een joodse school. Maar NYU vond ik ook prima: New York is immers behoorlijk joods. Maar toen werd Mia echt fel. Ze zei dat ze het gebabysit zat was, zo zei ze het letterlijk. En ze riep dat als ik toch naar NYU ging, ze zeker wist dat dat was omdat wij hadden bedacht dat we een oogje op haar wilden houden... en dat ze dan alle banden met me zou verbreken. Ik zei nog dat ik dat niet geloofde, maar zij had een blik in haar ogen die ik nooit eerder bij haar had gezien. Ze meende het echt! Dus daarom heb ik het gedaan. Weet je hoeveel moeite ik moest doen om mijn plaatsje weer terug te krijgen, zo laat in het jaar? En naar mijn aanbetaling bij NYU kon ik natuurlijk ook fluiten. Maar Mia was er erg blij mee. En dat is ze de laatste tijd niet zo vaak meer.' Ze glimlachte treurig. 'Dus ik weet ook niet zo goed waarom ik me er toch rot door voel. Schuldgevoel, denk ik – joods trekje.' En ze begon weer te huilen.

Een behoorlijk luid signaal, zou je zeggen. Ik zal mijn vingers wel in mijn oren hebben gehad.

Toen het einde uiteindelijk kwam, kwam het geruisloos.

Mia vertrok naar New York; ik trok weer in het House of Rock en keerde terug naar mijn studie. De wereld verging niet.

De eerste weken stuurden Mia en ik elkaar vreselijk lange mails. Die van haar gingen allemaal over New York, de lessen, muziek, school; die van mij over onze besprekingen met de platenlabels.

Liz had een aantal optredens voor ons geregeld rond Thanksgiving. Vóór die tijd zouden we zeker nog serieus moeten repeteren. Ik had mijn gitaar immers in geen maanden aangeraakt. Maar omdat vooral Mike daarop hamerde, zorgden we eerst voor de zakelijke kant. Dus vlogen we naar Seattle en Los Angeles, om te praten met de bobo's van een paar platenmaatschappijen. Er kwamen zelfs een paar *Artist & Repertoire*-lui speciaal voor ons vanuit New York naar Oregon. Ik vertelde Mia over de beloften die zij ons deden: dat ze stuk voor stuk ons geluid wilden polijsten en beloofden supersterren van ons te maken. Wij van de band probeerden er zo nuchter mogelijk onder te blijven, maar het was moeilijk om toch niet een beetje van hun *stardust* op te snuiven.

En elke avond voordat Mia naar bed ging, belden we elkaar. Zij was dan meestal behoorlijk doodop, dus waren het maar korte gesprekken: gewoon, om elkaars stem weer even te horen en *Ik hou van je* te kunnen zeggen.

Op een avond, ongeveer drie weken na het begin van het eerste semester, belde ik een beetje laat. We hadden met een van de A&R-mannen gegeten bij Le Pigeon in Portland en dat was nogal uitgelopen. Toen ik belde en de telefoon oversprong op de voicemail, nam ik dan ook aan dat Mia al sliep.

De volgende dag was er echter geen mail van haar.

'Sorry da'k zo laat was. Ben je nu boos?' sms'te ik haar.

'Nee,' sms'te ze meteen terug.

Ik was erg opgelucht.

Die avond belde ik gewoon op tijd. Maar ook dat telefoontje sprong meteen over op de voicemail. De dag daarop bestond Mia's mail uit slechts twee zinnen: over dat het orkest nu wel erg zwaar aan het worden was of zoiets. Dus praatte ik het goed: de boel begon nu gewoon goed op stoom te komen voor haar. Het was tenslotte wel Juilliard waar ze op zat. Een cello had bovendien nu eenmaal geen WiFi. En we hadden het hier ook nog eens over Mia: iemand die erom bekend stond zeker acht uur per dag te oefenen.

Maar toen begon ik haar ook op andere tijden te bellen. Ik stond zo vroeg op dat ik haar nog vóór de les te pakken kon krijgen of belde onder etenstijd. Maar al mijn telefoontjes sprongen over op de voicemail: ze nam nooit meer op. Ook reageerde ze niet meer op mijn sms'jes. Ik kreeg wel nog mails, maar niet langer dagelijks. En ook al barstten de míjne van de steeds wanhopiger vragen ('Waarom neem je je mobieltje nooit meer op?', 'Ben je het soms kwijtgeraakt?', 'Gaat het wel goed met je?'), zij ging er nooit op in; beweerde het 'gewoon druk' te hebben.

Ik besloot haar grootouders eens een bezoekje te brengen. Ik had in de vijf maanden dat Mia herstellende was zo'n beetje bij hen ingewoond en beloofd hen regelmatig op te zoeken. Die belofte was ik echter tot op heden niet nagekomen. Ik keerde niet graag terug naar dat tochtige oude huis met zijn fotogalerij van geesten – Denny en Kats trouwfoto, een buikpijnverwekkend kiekje van een voorlezende Mia met Teddy op schoot  zonder Mia aan mijn zij. Maar omdat mijn contact met haar aan het afnemen was, begon ik steeds meer behoefte te krijgen aan antwoorden.

De eerste keer dat ik dat najaar ging, kletste Mia's oma me de oren van het hoofd over haar tuin. Vervolgens liep ze naar haar plantenkas en liet mij in de keuken achter met Mia's opa. Deze zette een pot supersterke koffie voor ons tweeën. We spraken niet veel: het enige geluid kwam van het geknetter van de houtkachel. Hij keek me slechts aan, met die kalme, droevige blik van hem. Ik was het liefst bij zijn stoel geknield en had mijn hoofd op zijn schoot gelegd...

Ik ging nog een paar keer terug – ook nadat Mia het contact had verbroken – en het was altijd hetzelfde. Ik voelde me er wat schuldig over dat ik deed alsof ik voor de gezelligheid kwam, terwijl ik eigenlijk hoopte op nieuws, een verklaring. Of nee: waar ik wérkelijk op hoopte, was dat ik geen uitzondering was. Dat ze zeiden: 'Mia belt ons niet meer. Heeft ze nog wel contact met jou opgenomen?' Maar natuurlijk zeiden ze dat niet, omdat dat nooit zou gebeuren.

Maar eigenlijk had ik ook helemaal geen bevestiging van Mia's grootouders nodig. Vanaf die tweede avond, toen mijn telefoontje opnieuw oversprong op de voicemail, wist ik dat het voor mij 'einde oefening' was.

Want had ik het haar niet zelf gezegd? Had ik niet naast haar bed gestaan en beloofd dat ik álles zou doen, als ze maar hier bleef – ook als dat betekende dat ik haar moest loslaten? Dat ze in coma lag toen ik dit zei, dat ze pas drie dagen later was ontwaakt, dat we het nooit hadden gehad over wat ik toen had gezegd... dat leek er niet eens toe te doen. Ik had het over mezelf afgeroepen.

Maar waar ik met mijn hoofd maar niet bij kan, is hóé ze het heeft gedaan. Ik heb een meisje nog nooit zo bruut aan de kant gezet. Zelfs toen ik het nog met groupies deed, begeleidde ik de dame-van-de-dag altijd uit mijn hotel-kamer, limousine of wat dan ook, gaf haar een kuise kus op de wang en zei: 'Bedankt, was gezellig', of soortgelijke afsluitende woorden. En dan heb ik het nog over de groupies. Mia en ik zijn ruim twee jaar samen geweest. En oké, het was een middelbareschoolliefde, maar wel eentje waarvan ik had gedacht dat we zouden proberen er een eeuwige liefde van te maken. Zo'n liefde die – waren we elkaar vijf jaar later tegengekomen, was zij geen cellowonderkind geweest en had ik niet in een opkomende band gezeten, of: waren onze levens door dit hele verhaal niet uit elkaar gereten – vrijwel zeker wél voor eeuwig zou zijn geweest.

Ik heb geleerd dat er een wereld van verschil zit tussen weten dat iets is gebeurd, zelfs weten waaróm het is gebeurd... en het geloven. Want toen Mia het contact verbrak, wíst ik heus wel wat er was gebeurd. Maar het duurde lange, lange tijd voor ik het ook geloofde.

En op sommige dagen geloof ik het nog steeds niet helemaal.

# TIEN

*Loop van het geweer, ronde één twee drie*
*Ze zegt dat ik moet kiezen: voor jou of voor mij*
*Metaal tegen de slaap, de explosie oorverdovend*
*Lik het bloed dat mij bedekt*
*Zij blijft als laatste overeind*

'Roulette'
*Collateral Damage*, nummer 11

Als we het eethuis hebben verlaten, begin ik nerveus te worden. We zijn elkaar tegen het lijf gelopen. We zijn beleefd gebleven, zijn bij elkaar gebleven, hebben bijgepraat. Dus wat rest ons nu nog, behalve afscheid nemen? Maar daar ben ik nog niet klaar voor. Ik weet haast zeker dat er met Mia geen tweede P.S. komt. Ik zal de rest van mijn leven moeten teren op de geur van vanavond – dus zou ik er toch iets meer aan willen overhouden dan parkeerplaatsen, artritis en halve excuses.

Waardoor elk blok dat we lopen, waarbij Mia geen taxi aanroept, haar verontschuldigingen aanbiedt en welterusten zegt, voelt als uitstel van executie. In het geluid van mijn voetstappen op de stoeptegels hoor ik bijna het woord *uitstel, uitstel* door de straten echoën.

Zwijgend lopen we over een veel rustiger, maar ook veel ruiger stuk van Ninth Avenue. Onder een bedompt viaduct wonen een paar daklozen. Een ervan vraagt om kleingeld; ik gooi hem een dubbeltje toe. Uit een voorbijrijdende bus walmt een dikke wolk dieselgassen.

Mia wijst naar de overkant van de straat. 'Dat is de Port Authority-busterminal,' zegt ze.

Ik knik aarzelend. Gaan we het nu over busstations hebben, met evenveel oog voor detail als we het eerder over parkeerplaatsen hadden... of bedoelt ze dat ze onderhand van me af wil?

'Daar zit een bowlingbaan in,' voegt ze er dan aan toe.

'In een busstation?'

'Ja, maf hè?' roept ze opeens enthousiast. 'Ik geloofde het eerst ook niet toen ik het ontdekte. Ik kwam een keer laat in de avond terug van een bezoekje aan Kim in Boston, verdwaalde op weg naar buiten en... *hop*, daar was-ie. Het deed me gek genoeg denken aan eieren zoeken, met Pasen. Weet je nog hoe Teddy en ik dan altijd deden?'

Ik weet wel nog hoe zíj dan deed. Mia was dol op elke feestdag waar snoep aan te pas kwam – vooral omdat ze er dan een feestje voor Teddy van kon maken. Een keer had ze met Pasen ijverig een aantal hardgekookte eieren met de hand beschilderd en in de tuin verstopt, zodat hij ze de volgende ochtend kon gaan zoeken. Helaas regende het die nacht pijpenstelen: de volgende dag waren al haar kleurige eieren vlekkerig en grauw geworden. Mia huilde van teleurstelling, maar Teddy deed het bijna in zijn broek van opwinding. Het waren geen paaseieren, zo verklaarde hij, maar dinosauruseieren!

'Jazeker, dat weet ik nog,' zeg ik dus.

'Iedereen houdt om andere redenen van New York: de cultuur, de mensenmix, het tempo, het eten. Maar voor mij is het één grote paaseierenzoektocht. Om elke hoek vind je weer een andere verrassing: die geheime tuin, een bowlingbaan in een busstation. Weet je...' Ze zwijgt abrupt.

'Ja, wat?'

Ze schudt haar hoofd. 'Nee nee, jij hebt vast vanavond wat anders te doen. Naar een club, een afspraakje met je gevolg.'

Ik rol met mijn ogen. 'Ik heb geen gevolg, Mia.' Het komt er feller uit dan ik wil.

'O, ik wilde je niet beledigen. Ik nam gewoon aan dat rocksterren, beroemdheden zich altijd in grote groepen ophouden.'

'Hou eens op met dat aannemen. Ik ben nog steeds gewoon ik, hoor.' *Nou ja, soort van dan.*

Ze kijkt verrast. 'Oké. Dus je hoeft nergens naartoe?'

Ik schud mijn hoofd.

'Het is wel al laat. Moet je niet slapen?'

'Dat doe ik de laatste tijd toch al niet zoveel. Ik slaap in het vliegtuig wel.'

'Nou...' Ze schopt tegen wat rommel en ik besef: *Ze is nog steeds nerveus!* 'Kom op, dan gaan we op stadseierenzoektocht!' Ze bekijkt me even onderzoekend, om te zien of ik begrijp wat ze bedoelt. Natuurlijk weet ik dat. 'Dan laat ik je alle geheime hoekjes zien, van de stad waar ik zo van hou.'

'Waarom eigenlijk?' vraag ik en ik zou mezelf meteen

wel een schop willen verkopen. *Daar ís je uitstel, man, dus hou je kop!* Maar ergens wil ik het gewoon weten. Want het is me al een raadsel waarom ik vanavond per se naar dat concert wilde. Maar ik tast helemaal in het duister over waarom zij me heeft laten roepen én waarom ik nu nog steeds naast haar loop.

'Gewoon, omdat ik het je graag wil laten zien,' antwoordt ze eenvoudig.

Ik kijk haar aan en wacht op een toelichting.

Haar wenkbrauwen kruipen naar elkaar toe terwijl ze nadenkt. Dan lijkt ze het op te geven en trekt haar schouders op. Even later probeert ze het toch nog eens: 'Nou ja, ook omdat ik niet echt wegga uit New York... maar toch ook weer wel. Ik vertrek morgen naar Japan voor twee concerten, gevolgd door een in Korea. Daarna ben ik een weekje terug en dan ga ik echt toeren. Ik zal zo'n veertig weken per jaar van huis zijn, dus...'

'Weinig tijd voor eieren zoeken.'

'Zoiets.'

'Dus dit wordt zo'n beetje je afscheidstournee?' *Van New York? Van mij?*

*Beetje laat voor mij.*

'Zo zou je het kunnen zien, ja,' zegt ze.

Ik blijf even stil, alsof ik er werkelijk over nadenk, mijn mogelijkheden overweeg; alsof ik ook níét zou kunnen reageren op haar uitnodiging. Dan trek ik theatraal mijn schouders op en zeg: 'Oké, waarom ook niet?'

Toch weet ik het nog steeds niet helemaal zeker met dat busstation. Ik zet mijn zonnebril en pet op voor we er binnengaan.

Mia leidt me door een met oranje tegels beklede hal (waar

de dennengeur van het ontsmettingsmiddel de urinestank niet helemaal weet te verhullen), een paar roltrappen op, langs een aantal snackbars en krantenkiosken met gesloten luiken en dan nog een roltrap op, naar een neonreclame die me toeschreeuwt: VRIJETIJDSBOWLING.

'Hier is het,' zegt ze, trots en verlegen tegelijk. 'Sinds ik hier bij toeval op was gestuit, gluurde ik er telkens als ik op dit station kwam even binnen. Nu kom ik er gewoon om me te ontspannen: ga ik aan de bar nacho's zitten eten en kijken hoe anderen bowlen.'

'Bowl je zelf niet, dan?'

Ze kijkt me schuin aan en tikt tegen haar elleboog.

Ach ja, die elleboog – haar achilleshiel. Een van de weinige delen van haar lichaam die, zo leek het althans, niet door het ongeluk waren getroffen: die niet in het gips hadden gezeten, aan elkaar waren gezet met pinnen of hechtingen, of gehavend door huidtransplantaties. Echter, toen ze weer cello begon te spelen – bij die waanzinnige poging zichzelf in te halen – was haar elleboog ineens gaan opspelen. Er werden röntgenfoto's gemaakt, MRI's, maar de artsen konden niets vinden. Ze zeiden dat het misschien ging om een hardnekkige bloeduitstorting of een gekneusde zenuw, en opperden dat ze het wat kalmer aan moest doen met oefenen. Mia had woest geroepen dat als ze niet kon spelen, ze helemaal niets meer had.

*Je hebt mij toch nog?* weet ik nog dat ik toen dacht. Maar dat heb ik nooit uitgesproken.

Maar goed, Mia negeerde het advies van de artsen en speelde gewoon door haar pijn heen. Het was blijkbaar beter gegaan of ze was eraan gewend geraakt.

'Ik heb een paar keer geprobeerd lui van Juilliard hierheen te lokken, maar die zagen er niets in. Maar dat doet er ook niet toe,' zegt ze dan. 'Het is vooral de plék die ik zo geweldig vind, zo volkomen weggestopt hierboven. Ik hoef niet te bowlen om daarvan te genieten.'

*Aha, dus dat Hof-van-Eden-vriendje van je is te snobistisch voor groezelige eethuisjes én bowlingbanen.*

Mia en ik gingen best vaak bowlen. Soms met zijn tweetjes, andere keren met haar hele familie. Kat en Denny waren zelfs heuse liefhebbers – een voortvloeisel van Denny's retro-bevlieging. Zelfs Teddy scoorde met gemak.

*Of je het leuk vindt of niet, Mia Hall, dankzij je ouders zit er ook een beetje kitsch verweven in je DNA. En misschien ook wel dankzij mij.*

'We kunnen nu ook gaan bowlen,' stel ik voor.

Ze glimlacht. Dan tikt ze weer tegen haar elleboog en schudt haar hoofd.

'Jij hoeft niet te bowlen,' zeg ik. 'Dat doe ik wel. Kun jij kijken – voor de totaalbeleving. Ik kan zelfs voor ons allebei spelen. Ik zou zeggen dat jij hier op zijn minst één wedstrijd moet spelen. Dit ís immers je afscheidstournee.'

'Zou je dat echt voor me overhebben?'

Het is de verbazing in haar stem die me vooral raakt.

'Waarom niet? Ik heb in geen tijden meer gebowld.'

Dat is niet helemaal waar. Een paar maanden geleden ben ik met Bryn ook naar een bowlingbaan geweest – voor een of ander goed doel. We moesten twintigduizend ballen neertellen voor een uur baanhuur en hebben niet eens gebowld. Ik heb alleen maar wat bubbels staan lurken, terwijl Bryn stond te kleppen. Ja, wie schenkt er ook champagne op een bowlingbaan!

Binnen ruikt het naar verschaald bier – en boenwas, hotdogs en schoenenontsmettingsmiddel – precies zoals een bowlingbaan hóórt te ruiken. Op de banen staat een uitzonderlijk onaantrekkelijke doorsnee van de New Yorkse bevolking. Ze lijken werkelijk puur te staan bowlen omdat ze van het spelletje houden. Ze kijken niet naar ons op of om.

Ik reserveer een baan en haal dan een paar schoenen voor ons allebei. Ze krijgt de volledige bowlingbaanervaring! Mia wordt helemaal jolig als ze ze aantrekt. Ze doet zelfs een klein dansje, terwijl ze een roze achtponds damesbal voor me uitkiest om namens haar mee te bowlen.

'En wat doen we met de namen?' vraagt ze.

Vroeger kozen we altijd voor musici: zij een punkzangeres, ik een klassieke musicus. Joan en Frédéric, of Debbie en Ludwig.

'Kies jij maar,' zeg ik, omdat ik niet zeker weet hoeveel van het verleden we moeten overdoen. Tot ik de namen zie die ze invoert en bijna door mijn knieën zak: Kat en Denny.

Als ze mijn gezicht ziet, lijkt ze zich bijna te schamen. 'Zij hielden ook van bowlen,' licht ze haastig toe en verandert de namen dan gauw in Pat en Lenny. 'Zo beter?' vraagt ze, een tikje té opgewekt.

*Slechts twee letters verwijderd van morbide*, denk ik.

Mijn hand begint weer te trillen zodra ik de baan op stap met 'Pats' knalroze bal – wat misschien ook verklaart dat ik slechts acht kegels weet om te gooien.

Mia maakt het niet uit. Zij krijst enthousiast: 'Dat wordt een *spare*!' Als ze zich realiseert hoe hard ze heeft gegild, kijkt ze vlug naar haar voeten. 'Nog bedankt trouwens, dat je ook schoenen voor mij hebt gehuurd. Aardig gebaar.'

'Graag gedaan.'

'Hoe kan het eigenlijk dat niemand jou hier herkent?' vraagt ze dan.

'Ach, da's gewoon een kwestie van context.'

'Misschien kun je je zonnebril dan wel afdoen. Praat een beetje lastig zo.'

Helemaal vergeten dat ik die nog op had, wat stom! En ik vind het ineens ook stom dat ik dat ding op moet. Ik zet hem af.

'Een stuk beter,' zegt Mia. 'Ik snap echt niet waarom klassieke musici bowlen iets voor blank uitschot vinden. Het is zo leuk!'

Ik weet niet waarom ik zo opgetogen ben over deze 1-0 voor de Juilliard-snobs tegen ons-soort-mensen, maar het is wel zo. Ik gooi Mia's laatste twee kegels om.

Ze juicht luid.

'Vond je het eigenlijk leuk, Juilliard?' vraag ik. 'Was het zoals je je had voorgesteld?'

'Nee,' zegt ze.

Opnieuw dat merkwaardige triomfantelijke gevoel.

Tot ze haar antwoord toelicht. 'Het was nog leuker.'

'O.'

'Maar in het begin niet, hoor. Toen was het behoorlijk heftig.'

'Verbaast me niks, gezien de omstandigheden.'

'Nee, dat was juist het probleem, die "omstandigheden". Daar werd veel te veel rekening mee gehouden. Toen ik er aankwam, ging het zoals overal: iedereen was erg attent voor me. Mijn kamergenote was zelfs zo attent dat ze me niet kon aankijken zonder in huilen uit te barsten.'

O ja, de Meevoelster: die herinner ik me nog wel. Een paar weken later werd ik gedumpt.

'En al mijn kamergenotes waren van die overdreven types. Ik ben het eerste jaar zo vaak verhuisd! Uiteindelijk ben ik helemaal gekapt met de studentenhuizen. Weet je dat ik op elf verschillende plekken heb gewoond? Dat is vast een record.'

'Ach, zie het als een mooie oefening voor op tournee zijn.'

'Hou jij van toeren?'

'Nee.'

'Echt niet? Dat je naar al die landen mag... Ik dacht dat jij dat heerlijk zou vinden.'

'Het enige wat ik te zien krijg, is het hotel, de plek van het optreden en het voorbijflitsende landschap door het raam van de tourbus.'

'Ga je dan nooit bezienswaardigheden kijken of zo?'

De andere leden van de band wel. Die gaan op van die besloten VIP-rondleidingen: vóór openingstijd naar het Romeinse Colosseum, dat soort dingen. Ik zóú natuurlijk achter ze aan kunnen hobbelen, maar ja, dan zitten we dus weer op elkaars lip. Dus verschuil ik me meestal maar in het hotel.

'Eh... daar is meestal geen tijd voor,' lieg ik. 'Maar je was aan het vertellen over je problemen met je kamergenotes.'

'Ja,' vervolgt Mia. 'Een overdosis aan medeleven. En zo ging het bij iedereen, hoor, inclusief de leraren. Die werden helemaal nerveus als ik in de buurt was, terwijl het natuurlijk juist andersom zou moeten zijn. Zo is het een soort traditie dat als je voor het eerst in een orkest speelt, jouw manier van spelen uitgebreid wordt geanalyseerd – tot op het bot uitgeplozen eigenlijk. Dat overkwam iedereen – behalve mij. Het was alsof ik onzichtbaar was: niemand durfde kritiek op me te leveren. En geloof me, dat was echt niet omdat ik zo geweldig speelde.'

'Misschien toch wel,' zeg ik, terwijl ik mijn handen afdroog aan mijn broek.

'Nee, dat was het niet. Een van de eerste vakken die je moet volgen, is Onderzoek Strijkkwartetten. Een van de leraren hierbij is ene Lemsky, een Rus en een hoge pief in die vakgroep. Stel je het onguurste stereotype voor dat je maar kunt bedenken en je hebt hem voor je: een naar verschrompeld mannetje, regelrecht uit de boeken van Dostojevski. Mijn pa zou hem geweldig hebben gevonden.

Na een paar weken moest ik op zijn kantoortje komen – meestal geen goed teken. Hij zat achter een rommelig houten bureau, met hoge stapels papier en bladmuziek. Hij begon me over zijn familie te vertellen: joden uit de Oekraïne, de pogroms overleefd, daarna de Tweede Wereldoorlog. En toen zei hij: "Iedereen krijgt in zijn leven te maken met tegenspoed, iedereen lijdt pijn. De staf hier zal je vertroetelen om wat je hebt meegemaakt. Ik ben echter van mening dat als we dat doen, jouw leven bij dat auto-ongeluk net zo goed ook verloren had kunnen gaan. Want dan verstikken we je talent. Wil je dat?"

Ik wist niet zo gauw hoe ik moest reageren, dus stond ik daar maar wat.

Toen brulde hij opeens: "Nou? Wil je dat wij jou verstikken?"

Ik wist er met veel moeite een "nee" uit te persen.

"Goed zo", zei hij. En hij pakte zijn dirigeerstok en mepte me er zo'n beetje zijn kantoortje mee uit.'

Ik kan wel een paar plekken bedenken waar ik dat stokje van die vent zou willen steken! Ik pak mijn bowlingbal en keil hem de baan op. Hij raakt de kegels met een bevredigende *BAM!* en ze vliegen alle kanten op – als minimensjes die vluchten voor Godzilla. Als ik terugloop naar Mia, ben ik alweer wat gekalmeerd.

'Mooie worp,' zegt ze – op exact hetzelfde moment dat ik zeg: 'Die leraar van je klinkt als een enorme eikel!'

'Klopt, hij is niet erg sociaal begaafd. Ik ging eerst ook helemaal over de rooie. Maar als ik er nu op terugkijk, geloof ik dat het een van de belangrijkste gebeurtenissen van mijn leven is geweest. Hij was de eerste die me niet overal meer mee liet wegkomen.'

Ik draai me om, blij dat ik een reden heb om van haar vandaan te lopen, zodat ze mijn gezicht niet kan zien. Ik mik haar roze bal de baan op, maar hij draait heel raar naar rechts. Ik krijg er slechts zeven om en de overblijvers staan heel ver uit elkaar. Bij de volgende worp gaat er slechts eentje van om. Om de stand een beetje gelijk te houden, verpruts ik expres ook de volgende beurt: zes stuks maar.

'Een paar dagen later in het orkest,' gaat Mia verder, 'werd mijn glissando aangepakt, en niet al te zachtzinnig.' Ze grijnst, blijkbaar overspoeld door fijne herinneringen aan deze vernedering.

'D'r gaat niets boven een publiekelijke geseling.'

'Ja toch, niet dan? Het was geweldig: de beste therapie ter wereld!'

Ik kijk haar aan. 'Therapie' was ooit een verboden woord. In het ziekenhuis en het revalidatiecentrum had Mia een rouwbegeleider gehad. Maar eenmaal weer thuis, had ze geweigerd nog iemand te bezoeken – iets waar Kim en ik ons fel tegen hadden verzet. Mia had echter beweerd dat een uur in de week praten over haar overleden familieleden echt niet therapeutisch werkte. 'Toen dat eenmaal was gebeurd, was het alsof alle leraren ontspanden als het om mij ging,' zegt ze. 'En Lemsky, die pakte me extra hard aan: geen vrije tijd, geen leven buiten de cello. 's Zomers speelde ik op festivals: Aspen, Marlboro. En vervolgens stimuleerden Lemsky en Ernesto me om auditie te doen bij Young Concert Artists. Wat eigenlijk krankzinnig was – vergeleken daarmee was toegelaten worden tot Juilliard een eitje. Maar het is me gelukt; ik werd aangenomen. En dat is dus waarom ik vanavond in Carnegie Hall stond. Normaal geeft iemand van twintig echt nog geen recital in Zankel Hall! Het heeft nog veel meer deuren wijd opengegooid: ik heb nu een manager en allerlei lui zijn in me geïnteresseerd. En daarom drong Lemsky er dus op aan dat ik vervroegd zou afstuderen. Volgens hem was ik namelijk helemaal klaar om te toeren – al ben ik daar zelf nog niet zo zeker van.'

'Nou, afgaand op wat ik vanavond heb gehoord, heeft hij helemaal gelijk, hoor.'

Ze kijkt plots zo enthousiast, zo jong ook, dat het me bijna pijn doet. 'Denk je dat echt? Ik heb dan wel veel recitals gegeven en op festivals gespeeld, maar dit wordt echt anders. Dit wordt ik in mijn uppie of een paar avonden als solist bij een orkest, een kwartet, een kamermuziekensemble.' Ze schudt haar hoofd. 'Soms denk ik wel eens dat ik gewoon een vaste positie in een orkest moet zien te vinden – gewoon, voor wat continuïteit in mijn leven. Zoals jij met je band. Het moet zo'n troost zijn om altijd samen met Liz, Mike en Fitzy te zijn. Het podium verandert, maar de spelers blijven hetzelfde.'

Ik denk aan de band, die terwijl we dit bespreken, in een vliegtuig hoog boven de Atlantische Oceaan zit. De oceaan, da's nog wel het minste dat ons tegenwoordig scheidt... Dan denk ik aan Mia: hoe zij Dvořák speelde en wat de mensen in het theater tegen elkaar zeiden toen zij het podium had verlaten.

'Nee nee, dat moet je niet doen. Dan zou je je talent vergooien.'

'Nu klink je zelf als Lemsky.'

'O, fijn!'

Ze lacht. 'Ach, ik weet dat hij overkomt als een ijskoude. Maar diep vanbinnen denk ik dat hij dit doet, omdat hij denkt dat hij door mijn carrière een flinke duw te geven, mij kan helpen een leegte te vullen.'

Ze zwijgt en draait zich naar me toe, haar ogen strak op de mijne gericht – zoekend, aftastend. 'Maar hij hoeft me die carrière helemaal niet te geven. Dat zal die leegte toch niet opvullen. Jij begrijpt dat, toch? Jij hebt dat altijd begrepen.'

En opeens komt alle ellende van de hele dag bij me terug: Vanessa, Bryn en de buikenspotters, *Shuffle*, die als een zwaard van Damocles boven me hangende zevenenzestig dagen vol aparte hotels, ongemakkelijke stiltes en optredens met een band die me niet langer rugdekking geeft.

En opeens denk ik: Mia, snap je het dan niet? De muziek ís die leegte. En jij bent de reden.

# ELF

Shooting Star was altijd een band geweest met een ongeschreven wet – gevoelens vóór zaken – waardoor ik tijdens
mijn lange afwezigheid niet erg aan de band had gedacht
of had stilgestaan bij hun gevoelens, of ergernissen. Ik nam
gewoon aan dat ze het wel begrepen, ook zonder dat ik het
ze uitlegde.

Toen ik uit mijn waas was ontwaakt en die eerste tien
nummers had geschreven, belde ik Liz, die meteen een
band-etentje c.q. -vergadering organiseerde. We zaten aan
de Clubtafel. Deze lelijke jarenzeventigtafel die we langs
de kant van de weg hadden gevonden, heette zo omdat Liz
hem had beplakt met flyers van de band, waarna ze er wel
honderd lagen lak overheen had geschilderd, waarna het
net de muur van een club was.

Eerst bood ik mijn excuses aan voor het feit dat ik
zomaar van de aardbodem was verdwenen. Toen haalde
ik mijn laptop tevoorschijn en liet hun mijn opnamen
horen van alle nieuwe dingen die ik had geschreven.
Liz' en Fitzy's ogen werden groot, terwijl ze al groente-
lasagna verorberend het ene na het andere nummer be-

luisterden: 'Bridge', 'Dust', 'Stitch', 'Roulette', 'Animate'.

'Man, we dachten dat jij het bijltje erbij neer had gegooid; dat je een of ander klotebaantje had genomen en verder maar een beetje zat weg te kwijnen. Maar je bent juist superproductief geweest,' riep Fitzy uit. 'Dit is echt vette shit, man!'

Liz knikte. 'Inderdaad. En nog mooi ook. Zo te horen had je nogal wat van je af te schrijven,' zei ze en gaf een kneepje in mijn hand. 'Ik zou de teksten dolgraag eens lezen. Staan die ook op je computer?'

'Nee, die staan thuis op papier gekrabbeld. Ik zal ze wel even overtypen en je mailen.'

'Thuis? Is dit je huis dan niet meer?' vroeg ze. 'Jouw kamer is nu een soort museum. Waarom verhuis je je spullen niet gewoon terug?'

'Zoveel is er niet te verhuizen. Tenzij jullie alles hebben verkocht.'

'Wel geprobeerd, maar te stoffig: geen vraag naar,' zei Fitzy. 'Maar we hebben je bed wel als kapstok gebruikt,' voegde hij er met een bijdehante grijns aan toe. Ik had ooit de vergissing begaan hem te verklappen dat ik dacht dat ik aan het veranderen was in mijn overleden grootvader, met zijn bizarre bijgeloven – zoals zijn heilige overtuiging dat het ongeluk bracht om een pet of jas op een bed te leggen.

'Geen zorgen: dan offeren we wel wat salie,' zei Liz. Fitzy had het blijkbaar ook nog doorverteld.

'Maar eh... is dat het?' zei Mike opeens, tikkend op mijn laptop.

'Man, dat zijn tien nummers,' zei Fitzy, met een gigantische grijns (en een stukje spinazie tussen zijn tanden). 'Tien waanzinnig goede nummers. Da's praktisch een hele cd! We hebben nu al zat om de studio in te duiken.'

'Dat zijn alleen nog maar de nummers die helemaal af zijn,' onderbrak ik hem. 'D'r komen er op zijn minst nóg tien. Ik weet niet wat ik heb, maar ze stromen ineens zo'n beetje uit me. Alsof ze al geschreven, opgenomen zijn en al en ik nog slechts op de *play*-knop hoef te drukken. Ik pleur het allemaal maar zo snel mogelijk op papier.'

'Tja, gehoorzaam de muze,' zei Liz. 'Zij is een wispelturige meesteres.'

'Ik heb het niet over die nummers,' zei Mike geïrriteerd. 'We weten niet eens of er nog wel een cd kómt, of de platenmaatschappijen ons nog wel willen. We hadden alles mee... totdat hij het de nek omdraaide.'

'Hij heeft helemaal niks de nek omgedraaid,' zei Liz. 'Ten eerste waren het maar een paar maanden. En ten tweede heeft ons Smiling Simon-album alle indie-lijsten aan gort gescheurd en is het gigantisch vaak gedraaid op de kleinere radiostations. Vooral die hoek heb ik behoorlijk goed bewerkt,' vervolgde ze. 'Met interviews en dergelijke, om het vuurtje brandende te houden.'

'Ja, man! En "Perfect World" heeft zelfs de oversteek gewaagd: dat wordt zelfs op de satellietstations gedraaid,' zei Fitzy. 'Ik weet zeker dat al die A&R kerels ons dolgraag terugzien en dat ze het in hun broek doen van opwinding als ze dit horen.'

'Dat weet je niet,' zei Mike. 'Die hebben hun trends, hun quota, een bepaald beeld voor ogen. Maar mijn punt is vooral, dat hij...' – hij prikte een vinger in mijn richting – '...de band zonder één woord laat vallen en dan ineens weer binnenwalst alsof er niks is gebeurd.'

Daar hád hij een punt. Maar ik had ze toch ook niet tegengehouden?

'Luister, het spijt me echt. Maar we maken allemaal weleens een uitglijer. En jullie hadden me ook kunnen vervangen, als jullie dat hadden gewild. Hadden jullie een nieuwe gitarist gehad én een deal met een van de grote labels.'

Aan de snelle blik die ze met zijn drieën wisselden, zag ik dat deze optie inderdaad ter tafel was gekomen – en waarschijnlijk door Liz afgestemd. Shooting Star was een democratische band: alle beslissingen werden gezamenlijk genomen. Maar als het erop aankwam, was het toch Liz' band. Zij was hem begonnen en had mij aangenomen als gitarist, nadat ze me in de stad had zien spelen. Daarna had ze Fitzy en Mike binnengehaald. Over een personeels-wissel zou zij dus uiteindelijk moeten beslissen. Misschien was dat ook wel waarom Mike met een andere drummer was gaan spelen, onder de naam Ranch Hand.

'Mike, ik snap eigenlijk niet wat jij nou wilt,' zei Fitzy. 'Een doos chocolaatjes of zo? Of moet Adam soms een mooi boeket voor je kopen, om het goed te maken?'

'Ach, flikker toch op, Fitz,' zei Mike.

'Ik wil best bloemen voor je kopen, hoor,' zei ik. 'Gele rozen bijvoorbeeld: die staan volgens mij voor vriend-schap. Wat je maar wilt, je zegt het maar.'

'Zo goed, dan?' zei Fitzy. 'Man, wat wil je nou, ver-domme? We hebben een paar geweldige nummers, ik wou dat ík ze geschreven had. Maar dat heeft Adam gedaan, en hij is ermee naar ons toegekomen. Wij hebben hem terug. Kunnen we dan nu gewoon weer snoeigoeie muziek maken en kijken waar ons dat brengt? Krijgt deze knul misschien ook weer een beetje plezier in zijn leven. Kom op, man: laat die ouwe koeien toch in de sloot.'

Mikes zorgen bleken ongegrond. De liefde van een paar grotere labels die ons in het najaar hadden opgevreeën, bleek inmiddels bekoeld, maar een handvol was nog steeds geïnteresseerd. En toen we hun de demo's stuurden van de nummers die uiteindelijk *Collateral Damage* zouden vormen, hádden ze het niet meer. Voor we het zelf goed en wel in de gaten hadden, hadden we een contract en doken we met Gus Allen de studio in.

Een tijdlang liep alles op rolletjes. Fitzy en Liz hadden allebei gelijk: het opnemen van *Collateral Damage* werkte inderdaad bevrijdend én we hadden plezier. Werken met Gus was behoorlijk heftig: hij haalde de herrie in ons omhoog, zei ons niet bang te zijn voor onze rauwe kracht. Wij gingen maar wát graag met hem mee. En het was ook cool dat de opnamen in Seattle plaatsvonden. We zaten in een appartement van de platenmaatschappij en voelden ons helemaal 'de bink'. Alles leek perfect.

Kort na het uitkomen van de cd gingen we op tournee. Een vijf maanden durende uitputtingsslag door Noord-Amerika, Europa en Azië, die in eerste instantie het spannendste leek dat we ooit hadden gedaan.

En in het begin wás het dat ook. Maar ook slopend. En algauw voelde ik me constant moe. En eenzaam. Er was wel erg veel tijd waarin ik Mia kon missen! Ik begon me terug te trekken op mijn hotelkamer, achter in de tourbus. En duwde iedereen weg, zelfs Liz. Vooral Liz. Want zij was niet achterlijk: ze wíst wat er aan de hand was – en waarom. En ze was ook geen teer poppetje: ze bleef me maar op mijn nek zitten. Dus kroop ik steeds dieper weg, net zolang totdat zij het (denk ik) zat werd om me steeds weer uit te graven.

En terwijl de tournee vorderde, liep het album als een trein: platina, dubbel-platina. En toen de tourdata uitverkocht raakten, lasten onze promotors gewoon extra optredens in om aan de vraag te voldoen. De hoeveelheid merchandise breidde zich gigantisch uit: Shooting Star-T-shirts, -petjes, -posters, -stickers, ja, zelfs een speciale Shooting Star-telescoop. En overal verdrong de pers zich om ons. We werden voortdurend gevraagd voor interviews, wat ik in het begin nog wel vleiend vond. Blijkbaar waren de mensen zo dol op ons dat ze ook wilden lezen wat we te zeggen hadden.

Maar toen begon er bij die interviews iets geks te gebeuren. Verslaggevers zetten de hele band bij elkaar, stelden voor de beleefdheid een paar vragen aan ons allemaal en richtten hun microfoon of camera dan op mij, waarna ik krampachtig probeerde de rest erbij te blijven betrekken. Vervolgens begonnen ze interviews met mij alleen aan te vragen, iets wat ik onveranderlijk afwees. Tot bleek dat we anders helemaal geen interviews meer kregen...

Na een maand of vier toeren zaten we in Rome. Het tijdschrift *Rolling Stone* had een verslaggever gestuurd, die enkele dagen met ons zou doorbrengen. Op een avond lieten we na het optreden de hotelbar voor ons afsluiten. De sfeer was joviaal; we zaten heel ontspannen samen grappa achterover te slaan.

Maar toen begon die verslaggever ineens allerlei heftige vragen af te vuren. En allemaal op mij. We waren met een stuk of twaalf man: ik, Liz, Fitzy, Mike, Aldous, een paar roadies, een paar groupies. Maar die gast deed alsof ik de enige aanwezige was: 'Adam, zie jij *Collateral Damage* als één verhaal? En zo ja, kun je daar eens wat meer over vertellen?', 'Adam, vind je dat je met deze cd als songwriter bent gegroeid?', 'Adam, in andere interviews heb je wel eens gezegd dat je 'dat donkere pad der rocksterren' wilt proberen te vermijden, maar hoe voorkom je dat je stikt in je eigen walm?'

En toen ontplofte Mike ineens. 'Jij! Je hebt de band gewoon gekaapt!' schreeuwde hij tegen me – alsof er niet iemand van een wereldberoemd muziektijdschrift met zijn neus bovenop zat. 'Dit is niet de Adam Wilde-show, weet je! Wij zijn een band, een eenheid, we zijn met zijn vieren. Of ben je dat soms vergeten, terwijl je over "dat donkere pad der rocksterren" kuierde?'

Toen draaide hij zich naar de verslaggever. 'Jij wilt iets weten over de illustere Adam Wilde? Nou, dan heb ik een paar piekfijne bijzonderheden voor je. Bijvoorbeeld dat meneer-de-rockster hier vóór elk optreden altijd een of ander bizar voodoo-trucje moet uithalen... en dat hij zo'n primadonna is dat hij, als iemand vlak vóór een show wat voor zich uit loopt te fluiten, meteen een woedeaanval krijgt omdat dat ongeluk zou brengen...'

'Kom op, Mike,' onderbrak Liz hem scherp. 'Alle artiesten hebben zo hun rituelen.'

De verslaggever zat intussen driftig te pennen, sloeg alles in zich op.

Maar toen stond Aldous op en zei, uiterst diplomatiek, dat iedereen moe was en joeg iedereen de bar uit, op de bandleden na. Toen probeerde hij Mike en mij zover te krijgen dat we het goedmaakten.

Maar Mike bleek zich intussen te hebben opgemaakt voor de tweede ronde. Hij deelde me ijskoud mee dat ik een 'al-het-spotlicht-voor-zichzelf-opeisende eikel' was geworden.

Ik keek of Liz me weer zou verdedigen, maar zij zat ingespannen naar haar drankje te turen.

Dus draaide ik me naar Fitzy.

Die schudde zijn hoofd en riep: 'Nooit gedacht dat ík dit nog eens zou zeggen, maar jongens, doe eens een beetje volwassen!' En hij stond op en vertrok.

Ik keek Liz smekend aan. Zij keek meelevend, maar vermoeid terug. 'Mike, jij ging daarnet echt te ver,' zei ze vlak. Toen draaide ze zich weer naar mij en zei hoofdschuddend: 'Maar, Adam... je moet het ook eens van zíjn kant proberen te zien, die van ons allemaal. Het is best lastig om hier verstandig mee om te gaan – zeker omdat jij je van ons hebt losgemaakt. Ik begrijp waarom dat was, maar het maakt het er niet makkelijker op.'

Fijn, ze waren dus állemaal tegen me! Ik wuifde afwerend met mijn handen en rende de bar uit. De tranen prikten in mijn ogen.

In de lobby zat Rafaella, een Italiaans fotomodel dat vanavond ook met ons was opgetrokken, op een taxi te wachten. Ze glimlachte naar me. Toen haar taxi kwam, maakte ze een uitnodigende hoofdbeweging. Ik ging met haar mee.

De volgende dag betrok ik een kamer in een ander hotel.

Het hele verhaal stond bijna per omgaande op Rolling-Stone.com; de roddelbladen volgden een paar dagen later. De platenmaatschappij ging uit zijn dak, evenals onze tourpromotors, die allemaal waarschuwden voor de ellende die zou ontstaan als wij onze verplichtingen niet nakwamen. Aldous liet een heuse mediator invliegen om met Mike en mij te praten. Zij was waardeloos. Haar geniale idee – dat tot op de dag van vandaag wordt nageleefd – was wat Fitzy altijd 'De Echtscheiding' noemt: ik zou de rest van de tournee in het ene hotel verblijven, de overige bandleden in een ander.

En onze pr-agenten besloten dat het veiliger was om Mike en mij voortaan bij interviews gescheiden te houden, waardoor verslaggevers mij nu nog váker solo te spreken kregen. Ja, al die veranderingen hielpen geweldig!

Eindelijk terug van de *Collateral Damage*-tour, had het weinig gescheeld of ik was voorgoed uit de band gestapt. Ik verruilde de woning in Portland die ik met Fitzy deelde voor mijn eigen huis en ontliep de band zoveel mogelijk. Ik was boos, maar schaamde me ook. Ik wist niet precies hoe, maar ik had duidelijk alles verknald.

En ik had de boel misschien gewoon laten doodbloeden, als Liz niet op een middag bij mijn nieuwe stulpje was langsgekomen, om een adempauze van enkele maanden voor te stellen. 'Iedereen zou doordraaien na die paar jaar die wij achter de rug hebben, en al helemaal na die paar jaar van jou,' had ze gezegd – meer werd er niet over de kwestie Mia gezegd. 'Ik vraag je niet iets te dóén: ik vraag je alleen iets níét te doen... en te zien hoe je er dan over een paar maanden over denkt.'

Maar ja, toen begon de cd dus allemaal prijzen te winnen, ontmoette ik Bryn, verhuisde naar Los Angeles en had niet erg veel meer met de band te maken, waardoor ik uiteindelijk gewoon werd meegesleurd naar de volgende ronde.

Bryn is de enige die weet hoe dicht bij het randje die tournee me destijds heeft geduwd, en hoe erg ik heb opgezien tegen de volgende. 'Maak je toch los van hen!' is haar oplossing steeds. Zij denkt dat ik last heb van een of ander schuldcomplex, vanwege mijn bescheiden start of zoiets; dat dat de reden is dat ik niet solo wil. 'Luister, ik snap het best. Het is lastig te accepteren dat jij al het applaus verdient, maar het ís wel zo. Je schrijft alle teksten en de meeste muziek. En dus krijg je alle aandacht,' zegt ze dan. 'Jíj bent het grote talent! Niet alleen maar een leuk koppie. Als dit een film was, was jij de ster van twintig miljoen en hadden zij de bijrollen. In plaats daarvan delen jullie altijd alles eerlijk,' zegt ze. 'Je hebt hen helemaal niet nodig – zeker niet als ze je ook nog zoveel verdriet doen.'

Maar het gaat niet over geld; dat is nooit een punt geweest. En solo gaan lijkt me juist helemaal geen oplossing. Eerder van de regen in de drup. Dan zou ik immers nog steeds moeten toeren, een gedachte die me letterlijk misselijk maakt.

'Waarom bel je dokter Weisbluth niet eens?' stelde Bryn voor aan de telefoon vanuit Toronto, waar ze haar nieuwste film aan het afronden was. Weisbluth is de psychofarmacoloog waar de platenmaatschappij me een paar maanden eerder aan had gekoppeld. 'Misschien dat hij je iets sterkers kan geven. En als je terug bent, moeten we eens met Brooke rond de tafel gaan en het serieus hebben over jou als soloartiest. Maar deze tour móét je nog even doen. Anders ruïneer je je reputatie.'

*Ach, d'r zijn wel ergere dingen, toch?* Dat is wat ik dacht. Maar niet wat ik zei. Ik belde Weisbluth, kreeg er nog wat pillen bij en wapende me voor de tournee. Ik denk dat

Bryn heel goed begreep – net zoals ikzelf en iedereen die mij kende – dat Adam Wilde, ondanks zijn ondeugende reputatie, gewoon keurig doet wat hem gezegd wordt.

# TWAALF

*Er zit een stuk lood waar mijn hart zou moeten kloppen*
*Volgens de dokter was het te link om het te verwijderen*
*Kon je het beter laten zitten*
*Mijn lichaam groeide er weer omheen: een wonder,*
*godzijdank*
*Als ik nu op het vliegveld maar door de beveiliging kom*

'Bullet'
*Collateral Damage*, nummer 12

Mia vertelt me niet wat onze volgende bestemming is. Ze zegt dat dit haar geheime New York-tour is, dat daarom alles een geheim moet blijven, en leidt me vervolgens vanuit Port Authority naar beneden, beneden, beneden... een doolhof van metrotunnels in.

Ik volg haar braaf. Ook al hou ik niet van geheimen; ook al vind ik dat Mia en ik momenteel al genoeg geheimen voor elkaar hebben; ook al is de metro het summum van al mijn angsten. Afgesloten ruimtes, veel mensen, geen enkele ontsnappingsmogelijkheid. Als ik dit tegen haar zeg, kaatst ze meteen terug wat ik eerder in de bowling-baan over context zei. 'Joh, wie verwacht Adam Wilde nu om drie uur 's nachts in de metro? Zonder gevolg?' Ze glimlacht plagerig naar me. 'Trouwens, het is daar op dit tijdstip vast uitgestorven. En in míjn New York neem ik altijd de metro.'

Als we bij het station van Times Square komen, is het daar zo druk dat het net zo goed een donderdagmiddag om vijf uur had kunnen zijn. Al mijn alarmbellen beginnen te rinkelen. Ze rinkelen nog harder als we het stampvolle perron bereiken. Ik verstijf en kruip weg achter een van de pilaren.

Mia kijkt me bevreemd aan.

'Slecht plan,' mompel ik, maar mijn angst wordt over-stemd door de naderende trein.

''s Nachts rijden ze niet zo vaak, dus dit komt vast door-dat iedereen al een poos staat te wachten,' roept Mia boven het kabaal uit. 'Maar daar komt er net eentje, dus niks aan de hand.'

Pas als we in lijn N stappen, zien we dat ze het mis heeft. De hele wagon staat vol mensen, dronken mensen.

Ik voel hun ogen op me prikken. Ik weet al dat ik geen pillen meer heb, maar ik heb echt een sigaret nodig. Nú. Ik zoek naar mijn pakje.

'Je mag in de trein niet roken, hoor,' fluistert Mia.

'Maar ik moet!'

'Het is hier verboden.'

'Kan me niet schelen.' Als ze me arresteren, ben ik met-een beschermd door de politie.

Maar dan wordt Mia opeens een soort Star Trek-Spock: 'Als het de bedoeling is geen aandacht op je te vestigen,

355

denk je dan niet dat hier een sigaret opsteken contraproductief werkt?' Ze trekt me een hoek in. 'Niks aan de hand,' fluistert ze (en ik denk bijna dat ze mijn nek gaat strelen, zoals ze altijd deed als ik gespannen raakte). 'We blijven hier gewoon staan. Als hij bij Thirty-fourth Street niet leegloopt, stappen we uit.'

Bij Thirty-fourth stappen inderdaad een paar mensen uit, waardoor ik me ietsje beter begin te voelen. Bij Fourteenth moeten er nog meer uit. Maar dan, bij Canal, vult onze wagon zich opeens weer, met een hele zooi hippe lui. Ik kruip weg in het uiterste hoekje, vlak bij het bestuurdershokje, met mijn rug naar de rest van de passagiers.

Maar weinig mensen zullen begrijpen hoe benauwd ik het tegenwoordig krijg van grote groepen in kleine afgesloten ruimtes. Ik geloof dat de ik-van-drie-jaar-terug zich daar ook niets bij kon voorstellen. Maar die had dan ook nog niet het volgende meegemaakt. Ik liep gewoon een beetje te neuzen in een platenzaakje in Minneapolis, toen een vent me herkende en mijn naam riep. En toen ging het net als bij popcorn in hete olie: het begon met die ene, toen kwam er nog één, toen volgde er een hele uitbarsting – totdat alle rustig rondhangende platenzaakbezoekers waren veranderd in een horde, die zich steeds dichter om me verdrong en zich vervolgens op me stortte. Ik kreeg geen adem meer, kon me niet meer bewegen.

En da's dus de pest. Als ik 'losse' fans tegenkom, vind ik ze meestal gewoon aardig. Maar in een groep lijkt hun horde-instinct ineens de overhand te krijgen en vergeten ze helemaal dat jij ook maar een mens bent: van vlees en botten, met het vermogen blauwe plekken te krijgen en doodsbang te zijn.

Maar in deze hoek lijken we goed te staan – tot ik een fatale fout bega en nog één keer over mijn schouder gluur om te zien of er echt niemand naar me kijkt. In die fractie van een seconde gebeurt het: iemand vangt mijn blik. Ik voel zijn herkenning gewoon ontbranden als een lucifer; ruik haast de fosfor in de lucht.

En dan lijkt alles zich ineens in slowmotion af te spelen. Eerst hoor ik dat het onnatuurlijk stil wordt, dan volgt een laag geroezemoes terwijl het nieuwtje zich verspreidt, dan hoor ik mijn naam zich in luider gefluister door de lawaaiige trein verplaatsen en zie ik hoe er met ellebogen wordt gepord, naar mobieltjes wordt gegrepen, tassen worden gepakt, moed wordt verzameld. Het duurt alles bij elkaar niet langer dan een paar seconden, maar het is altijd een kwelling – een beetje als het moment tussen het vertellen van een mop en het moment waarop de ander 'm snapt. Ik zie dat iemand met een baard wil opstaan om mijn naam te roepen; hij doet zijn mond al open. Ik weet best dat hij het niet kwaad bedoelt, maar als hij me nu verlinkt, springt de hele trein boven op me. Nog dertig seconden en de hel breekt los!

Ik trek ruw aan Mia's arm.

'Au!'

Ik heb de deur tussen de wagons al geopend. We persen ons de volgende wagon binnen.

'Wat doe je nou?' zegt ze, achter me aan rennend.

Ik luister al niet meer. Ik trek haar een andere wagon binnen en nóg eentje, tot de trein langzaam vaart mindert en een station binnenrijdt. Dan sleur ik haar de trein uit, het perron op en de trap op, met twee treden tegelijk. Een deel van mijn hersenen waarschuwt zacht dat ik veel te ruw doe, maar een ander deel geeft daar geen ene moer om. Als we eindelijk weer boven op straat staan, trek ik haar nog een paar blokken achter me aan, totdat ik zeker weet dat we niet worden gevolgd. Dan pas sta ik stil.

'Wat doe jij nou? Moeten we dood of zo?' gilt ze.

Heel even schaam ik me. Maar dan kaats ik de bal terug. 'O, en jij dan? Moet ik soms worden gemolesteerd door een hysterische menigte?'

Als ik naar beneden kijk, besef ik dat ik haar hand nog steeds vasthoud. Mia kijkt ook naar beneden. Ik laat haar los.

'Wélke hysterische menigte, Adam?' vraagt ze zacht.

Ze praat nu tegen me alsof ik gestoord ben – net zoals Aldous altijd doet als ik een paniekaanval heb. Maar Aldous zou me er nooit van beschuldigen dat ik me een aanval van fans maar inbeeldde. Dat heeft hij té vaak met eigen ogen zien gebeuren.

'Ik werd herkend, hoor... daarbeneden,' mompel ik, en ik begin van haar weg te lopen.

Ze aarzelt heel even en holt dan achter me aan. 'Joh, niemand had in de gaten dat jij het was.'

Haar onwetendheid, o die heerlijke onwetendheid!

'Ach, die hele wagon wist het.'

'Waar héb je het toch over, Adam?'

'Waar ik het over heb? Ik heb het over fotografen die voor mijn huis kamperen. Over al bijna twee jaar niet lekker kunnen rondneuzen in een muziekzaak. Over geen wandeling kunnen maken, zonder me te voelen als een hert op de eerste dag van het jachtseizoen. En over dat telkens wanneer ik verkouden ben, in de roddelbladen staat dat ik aan de coke ben.'

Ik kijk naar hoe ze daar staat, in de schaduwen van de gesloten stad, haar haar half voor haar gezicht. Ik zie dat ze probeert te ontdekken of ik echt gek ben geworden. En ik moet me inhouden om haar niet bij haar schouders te pakken en haar zo hard tegen een van de rolluiken te duwen dat we de trillingen door ons lichaam voelen. Opeens wil ik haar botten horen kraken, haar zachte vlees voelen meegeven, haar horen hijgen als mijn heup zich tegen haar aan drukt. Ik wil haar hoofd achterover trekken tot haar hals zich ontbloot, met mijn handen door haar haar gaan tot haar adem zwoegt. Ik wil haar aan het huilen maken en de tranen oplikken. En dan wil ik mijn mond op de hare drukken en haar levend verslinden – om al die dingen op haar over te brengen die zij maar niet lijkt te kunnen begrijpen...

'Ach, wat een nonsens ook allemaal! Waar neem je me eigenlijk mee naartoe?' De adrenaline die door mijn lijf giert, verandert mijn stem in gegrom.

Ze lijkt van haar stuk gebracht. 'Dat heb ik je toch gezegd? Ik laat je mijn geheime New Yorkse plekken zien.'

'Nou, ik heb het een beetje gehad met die geheimen. Kun je me niet gewoon vertéllen waar we heen gaan? Is dat godverdomme te veel gevraagd?'

'Jezus Adam, sinds wanneer ben jij toch zo'n...'

*Ziekelijke egoïst, gore klootzak, narcist? Ik kan die puntjes wel met een miljoen woorden invullen. En het is allemaal al eens tegen me gezegd.*

'...kerel?' maakt Mia haar zin af.

Bijna schiet ik in de lach. *Kerel?* Is dat het ergste wat ze kan bedenken? Het doet me denken aan een verhaal dat mijn ouders vaak over mij vertellen: dat ik vroeger als ik echt woest was soms schold: 'Jij, jij, jij... kleuter!' – alsof dat het ergste was dat er bestond.

Maar dan herinner ik me nog iets anders, uit een oud gesprek met Mia, laat op een avond. Zij en Kim hadden de gewoonte alles in te delen in strakke hokjes, en ze verzonnen telkens nieuwe. Op een dag hadden ze besloten mijn sekse over twee keurige stapeltjes te verdelen: Mannen en Kerels. Ruwweg: de heiligen van deze wereld? Mannen. De eikels, de versierders, de nat-T-shirt-wedstrijd-liefhebbers? Kerels. In die tijd was ik nog een Man.

En nu ben ik dus ineens een Kerel? Toe maar! Heel even laat ik zien dat ze me heeft gekwetst.

Ze kijkt me verward aan. Zij herinnert zich blijkbaar niets.

Degene die ooit heeft gezegd dat het verleden niet dood is, had het mis. Het is de toekomst die allang dood, uitgespeeld is. Deze hele avond is één grote vergissing. Ik kan de boel hierdoor niet terugspoelen, gemaakte fouten ongedaan maken, gedane beloften terugdraaien. Ik krijg Mia hiermee niet terug. Of mezelf.

Er is iets veranderd in Mia's gezicht: ik zie een soort herkenning in haar ogen blinken. Ze begint zichzelf ineens te verduidelijken: dat ze me een kerel noemde, omdat die altijd het plan willen weten, de koers. En dat ze de veerboot naar Staten Island met me wil pakken, wat niet echt een geheim is, maar wel iets wat maar weinig inwoners van Manhattan ooit doen. Wat jammer is, omdat je daarvandaan echt een fantastisch zicht op het Vrijheidsbeeld krijgt, en omdat het bovendien gratis is (en wat is er in New York nu nog gratis?). Maar als ik me zorgen maak over menigten, kunnen we het ook niet doen. Of we gaan eerst even kijken of de boot leeg genoeg is, en zo niet (maar ze weet bijna zeker dat dat op dit tijdstip wel het geval is), dan gaan we er gewoon weer vanaf voor hij vertrekt...

Ik heb geen idee of ze zich dat gesprek over het Man/Kerel-onderscheid nog herinnert, maar eigenlijk doet het er ook niet meer toe. Ze heeft namelijk gelijk. Ik bén tegenwoordig een Kerel. En ik weet ook nog precies op welke avond ik dat ben geworden.

# DERTIEN

Opeens hadden we groupies. Of misschien waren die er altijd al en had ik ze gewoon nog niet opgemerkt. In ieder geval zoemden ze, zodra we begonnen te toeren, om ons heen, als kolibries met hun snavels in de lentebloesem.

Een van de eerste dingen die we na het tekenen van het contract met de platenmaatschappij deden, was Aldous inhuren als manager. *Collateral Damage* zou in september uitkomen en het label had een bescheiden tournee in het najaar gepland. Maar Aldous had daar andere ideeën over.

'Jullie moeten je zeebenen zien terug te krijgen,' zei hij, zodra we de cd hadden gemixt. 'D'r moet weer getoerd worden.'

Dus had hij, aansluitend op de cd-presentatie, een reeks van tien optredens langs de westkust voor ons geregeld, in clubs waar we al eerder hadden gespeeld – om het contact met de fans aan te halen (of hun eraan te herinneren dat we nog bestonden) en ons weer helemaal op ons gemak te gaan voelen voor een zaal vol publiek.

De platenmaatschappij huurde een leuke Econolinebestelbus voor ons (met een bed achterin en een aanhangwagen om onze spullen in te vervoeren), maar verder voelde het in het begin niet veel anders dan de optredens die we tot dan toe hadden gedaan.

Het bleek echter een heel ander verhaal.

Om te beginnen brak 'Animate' – onmiddellijk en om wat voor reden dan ook – door als hitsingle. In de twee weken dat het tourtje duurde, bouwde de boel zich steeds verder op – wat je bij elke volgende show gewoon kon voelen. Zíén zelfs: het ging van 'druk bezocht' via 'afgeladen' naar 'uitverkocht', gevolgd door 'rijen tot om de hoek', totdat de brandweer er zelfs aan te pas moest komen. En dat alles in twee weken tijd.

En dan die energie! Knetterend als een stroomdraad: alsof iedereen bij onze shows wist dat we op het punt stonden gigantisch door te breken en ze er allemaal bij wilden zijn, deel wilden uitmaken van onze geschiedenis. Alsof we met zijn allen een geheim deelden. En misschien was dat ook wel de reden dat dit de beste, meest hectische, heftigste optredens waren die wij ooit hadden gegeven. Er werd gestagedived bij het leven en iedereen brulde de teksten mee, ook al hoorden ze onze nieuwe nummers allemaal voor het eerst.

Ik voelde me behoorlijk goed. En gezuiverd van alle blaam: want al was het natuurlijk slechts een kwestie van geluk dat het allemaal zo liep, ík had het dus toch niet verbruid voor de band.

En de groupies leken ook te horen bij deze lawine van energie, deze aanzwellende golf van fan-verering. In het begin zag ik ze niet eens als groupies: veel van deze meiden kende ik immers allang, uit de scene. Maar waren ze voorheen nog gewoon aardig, nu flirtten ze ongegeneerd met me.

Zo kwam na een van onze eerste shows in San Francisco Viv backstage, een hippe griet die ik al jaren kende, met glanzend zwart haar en pezige getatoeëerde armen. Ze gaf me een enorme knuffel en kuste me toen vol op de mond. Ze bleef de hele avond naast me staan, met haar hand op mijn onderrug.

Ik was op dat moment al ruim een jaar 'buiten dienst'. Want Mia en ik… nou ja, eerst lag ze in het ziekenhuis, toen zat ze in het revalidatiecentrum. En ook al zat ze niet vol met hechtingen, gips en drukverbanden, het kwam gewoon amper bij me op. Al die verzinsels over iemand sexy afsponzen in een ziekenhuisbed zijn flauwekul. Geen minder opwindende plek dan een ziekenhuis. De geur alleen al: verrotting – zo'n beetje het tegenovergestelde van verlangen.

Toen ze eindelijk naar huis mocht, verhuisde Mia naar een benedenkamer in haar oma's huis; we hadden een slaapkamer van de voormalige naaikamer gemaakt. Ik sliep er vlakbij, op een bank in de woonkamer. Op de eerste verdieping waren ook wel lege kamers, maar Mia liep toen nog met een stok en kon de trap nog niet aan, en ik wilde bij haar in de buurt blijven.

En al bracht ik elke nacht bij Mia door, ik was nooit officieel uit het House of Rock getrokken. Op een avond, enkele maanden nadat ze was teruggekeerd naar het huis van haar grootouders, stelde Mia voor daar weer eens naartoe te gaan. Nadat we gezellig hadden gegeten met Liz en Sarah, sleurde ze mij naar boven, naar mijn slaapkamer. Zodra de deur achter ons dichtviel, stortte ze zich op me.

Ze zoende me met wijd open mond, alsof ze me met huid en haar wilde verslinden.

In eerste instantie was ik overdonderd, geschrokken door deze plotselinge hartstocht. En ik was bang dat ik haar pijn zou doen, en zag eerlijk gezegd ook liever niet dat ruwe rode litteken op haar dijbeen (waar huid was weggehaald om elders te gebruiken). Ook het slangenhuidachtige litteken op haar andere been raakte ik liever niet aan, zelfs al zat daar nog een drukverband omheen. Maar toen ze me begon te zoenen, begon mijn lichaam langzaam weer voor haar te ontdooien, waarna algauw mijn hoofd de wolken in vloog. We gingen liggen op mijn futonmatras.

Maar net toen de boel op stoom begon te komen, begon Mia te huilen. Ik had het eerst niet eens in de gaten. Haar gesnik klonk precies hetzelfde als het gekreun dat ze even daarvoor nog had laten horen. Maar algauw werden haar snikken heviger – als iets vreselijks, iets dierlijks dat van diep binnen in haar naar boven kwam.

Toen ik vroeg of ik haar soms pijn had gedaan, antwoordde ze ontkennend. Ze verzocht me haar even alleen te laten. Toen ze even later geheel aangekleed weer tevoorschijn kwam, vroeg ze of we terug naar huis konden gaan.

Daarna had ze nog één keer geprobeerd de boel met mij weer op te starten. Het was op een zomeravond, enkele weken voordat ze naar Juilliard zou vertrekken. Haar grootouders waren naar haar tante Diane, dus hadden wij die nacht het huis voor onszelf. Mia had zelf voorgesteld om in een van de kamers boven te gaan slapen. De trap vormde toen al geen probleem meer voor haar.

Het was warm, dus zetten we de ramen open, schopten de antieke quilt van ons af en kropen gewoon onder het laken.

Ik weet nog heel goed hoe onzeker ik me voelde, nu ik na al die tijd weer het bed met haar deelde. Ik had een boek meegenomen en een rij kussens neergelegd waar ze met haar been tegen kon steunen, zoals ik wist dat ze 's nachts graag deed.

'Ík ben nog lang niet klaar om te gaan slapen,' zei Mia, terwijl ze met haar vinger over mijn blote arm streek. Toen boog ze zich naar voren om me te zoenen – niet het gebruikelijke droge kusje, maar een diepe, overtuigende, onderzoekende zoen.

Ik begon haar terug te zoenen.

Maar toen moest ik opeens weer denken aan die avond in het House of Rock: dat droevige dierlijke geluid, die angstige blik in haar ogen toen ze weer uit de slaapkamer kwam. Die ellende wilde ik haar echt niet wéér bezorgen. En die ellende wilde ik zelf ook niet meer.

Maar die avond in San Francisco, met Vivs hand op mijn onderrug, trappelde ik van ongeduld. Ik bracht de nacht door in haar appartement; zij ontbeet de volgende ochtend samen met mij en de band, voor wij vertrokken naar de volgende stopplaats van onze tour.

'Bel me als je weer in de stad bent,' fluisterde ze in mijn oor, toen onze wegen zich scheidden.

'Zo, jij zit weer in het zadel, jongen,' zei Fitzy. En hij gaf me een high-five, terwijl we de bestelbus in zuidelijke richting loodsten.

'Ja, gefeliciteerd,' zei Liz, ietwat bedrukt. 'Maar wrijf het er niet in, alsjeblieft.' Sarah had haar rechtenstudie onlangs afgerond en werkte nu voor een mensenrechtenorganisatie. Zij kon dus niet langer alles laten vallen om Liz op tournee te vergezellen.

'Hé, omdat jij en Mikey allebei een vaste relatie hebben, moeten jullie niet bij ons komen mekkeren,' zei Fitzy. 'Tourneetijd is speeltijd. Nietwaar, Wildeman?'

'Wildeman?' zei Liz. 'Wordt dat het idee?'

'Welnee, joh,' zei ik.

'Ach, die naam past gewoon bij hem,' zei Fitzy. 'Maar goed dat ik voor vertrek nog even bij Fred Meyer langs ben geweest, voor een voordeeldoos condooms.'

In Los Angeles wachtte een andere meid op me en in San Diego wéér een andere. Toch voelde het niet goor of goedkoop. Ellie uit Los Angeles was een oude vriendin; Laina uit San Diego was al afgestudeerd: een slimme, sexy oudere vrouw. En niemand maakte zich illusies dat zo'n avontuurtje tot een grootse romance zou leiden.

Pas bij ons één-na-laatste optreden ontmoette ik een meid wier naam ik zelfs nooit heb geweten. Ze viel me vanaf het podium al op. De hele set hield ze mijn blik vast: ze blééf maar naar me turen. Ik werd er knettergek van, maar ook uitgelaten: die griet kleedde me met haar ogen uit! Ik kon het echt niet helpen dat ik me oppermachtig voelde, en opgewonden. Het voelde heerlijk om weer zo overduidelijk gewild te zijn.

Na het optreden had de platenmaatschappij een cd-presentatiefeestje voor ons georganiseerd, uitsluitend voor genodigden. Ik had niet verwacht haar daar te treffen. Maar op een gegeven moment kwam ze op me afgebeend: half-hoer, half-topmodel, in een soort oorlogstenue: hyperkort rokje en hoge laarzen. Ze marcheerde recht op me af en verkondigde op niet al te bescheiden toon: 'Ik ben helemaal uit Engeland gekomen om met jou te neuken.' Toen pakte ze mijn hand en leidde me naar haar hotelkamer.

De volgende ochtend voelde ik me ongemakkelijker dan op andere ochtenden-erna. Beschaamd liep ik naar de badkamer, kleedde me vlug aan en probeerde de kamer uit te glippen. Maar toen stond zij daar ineens ook – helemaal klaar om te gaan.

'Wat moet dit betekenen?' vroeg ik.

'Ik ga met je mee,' zei ze, alsof het een uitgemaakte zaak was.

'Waarheen?'

'Naar Portland, liefje.'

Portland was het laatste optreden van de tour en tegelijkertijd een soort thuiskomst, omdat we ons daar met zijn allen zouden vestigen. Niet langer in een gemeenschappelijk House of Rock overigens: Liz en Sarah kregen er een eigen huis, Mike trok in bij zijn vriendin, en Fitzy en ik huurden er samen iets. Maar we woonden in dezelfde wijk, op loopafstand van elkaar en de repetitieruimte die we er huurden.

'Wij hebben maar een bestelbusje, hoor, geen tourbus,' zei ik tegen haar, turend naar mijn schoenen. 'En Portland is onze laatste show, meer iets voor vrienden en familie. Je kunt beter niet meegaan.' *En ik ben je liefje niet.*

Ze trok een diepe rimpel in haar voorhoofd en ik sloop de deur uit, ervan overtuigd dat het daarmee afgelopen was.

Maar toen ik in Portland in het Satyricon kwam soundchecken, stond ze me op te wachten. Ik zei haar dat ze moest weggaan – en niet erg aardig. Iets in de trant van: *Weet je, deze afwijking noemen ze nou stalken.* Lullig, ik weet het, maar ik was moe, ik hád haar al gevraagd niet te komen en ergerde me kapot. En niet alleen vanwege haar: vier verschillende meiden in twee weken tijd, dat begon rare dingen met mijn hoofd te doen. Ik moest hoognodig weer eens alleen zijn.

'Ach, flikker toch op, Adam. Je bent godverdomme nog niet eens een echte rockster, dus wees eens niet zo'n patserige eikel. O, enne... je was niet eens zo goed.' Dit laatste gilde ze zo hard dat iedereen het kon horen.

Dus liet ik de roadies haar eruit gooien. Ze vertrok, al beledigingen roepend over mij, mijn seksuele bedrevenheid en mijn ego.

'Mm, Wildeman... zeg dat wel,' zei Liz, één wenkbrauw optrekkend.

'Tja,' zei ik, me eerder het tegenovergestelde voelend. Het liefst was ik ergens een kamer in geslopen en had me in een kast verstopt. Ik wist het toen nog niet, maar zodra de echte tournee begon – die de platenmaatschappij ons opdrong nadat onze cd alle records had gebroken: een vijf maanden durende uitputtingsslag van uitverkochte shows en groupies in overvloed – was dat het enige wat ik nog wilde: me verstoppen.

Gezien deze neiging me terug te trekken, zou je denken dat ik onderhand wel had geleerd me verre te houden van al die gratis genegenheid die me constant werd aangeboden. Maar na een optreden smachtte ik nu eenmaal altijd naar verbondenheid, naar het gevoel van blote huid tegen de mijne, naar de smaak van vrouwenzweet. En als dat niet dat van haar kon zijn, behielp ik me wel met dat van een ander... voor een paar uurtjes. Maar één les had ik geleerd: de dames mochten niet meer blijven slapen.

Die nacht in Seattle was misschien de eerste keer dat ik een Kerel werd. Maar niet de laatste.

# VEERTIEN

*De boeman slaapt aan jouw kant van het bed*
*Fluistert in mijn oor: 'Had beter dood kunnen zijn.'*
*Vult mijn dromen met sirenes en zwaailichten van*
*berouw*
*Kust me zacht als ik geheel bezweet ontwaak*

'Boo!'
*Collateral Damage,* nummer 3

Ik ga toch met Mia naar de veerboot. Wat moet ik anders?
Gaan staan stampvoeten, omdat zij geen logboek heeft bij-
gehouden van elk gesprek dat wij ooit samen hebben gevoerd? *Dat noemen ze: verdergaan met je leven.*

En ze heeft gelijk: het is er inderdaad uitgestorven. Om
halfvijf in de ochtend is Staten Island niet erg in trek.
Verspreid over het benedendek staan er misschien tien
mensen.

Een drietal nachtbrakers ligt onderuitgezakt op een
bank de avond op zich in te laten werken. Als we hen pas-
seren, tilt een van de meiden haar hoofd op en kijkt me

aan. Dan vraagt ze aan haar vriendin: 'Hé, is dat Adam Wilde niet?'

De vriendin lacht: 'Jazeker, en naast hem loopt Britney Spears. Joh, wat heeft Adam Wilde in godsnaam te zoeken op het veer naar Staten Island?'

Dat vraag ik me dus ook af. Maar goed, dit is blijkbaar een van Mia's onderdelen van haar 'afscheid-van-New-York-hoewel-ik-niet-echt-vertrek'-tour.

Ik volg haar naar boven, naar de reling op de boeg van de boot.

We varen weg van New York: de skyline verdwijnt steeds verder naar achteren, waarna de Hudson-rivier aan de ene kant verschijnt en de haven aan de andere. Het is vredig hier op het water: stil, op het geluid van een paar hoopvolle meeuwen na, die in ons kielzog volgen. Krijsend om eten, vermoed ik, of misschien gewoon wat nachtelijk gezelschap. Ik begin langzaam te ontspannen.

Enkele minuten later varen we opeens vlak langs het Vrijheidsbeeld, geheel verlicht door spots. Ook de toorts is verlicht, zodat het lijkt alsof er een echte vlam in zit, die het samengedromde groepje mensen verwelkomt.

*Yo, dame, hier ben ik!*

Ik heb het Vrijheidsbeeld nooit bezocht. Veel te druk daar. Aldous heeft me eens gevraagd voor een privétripje met een helikopter, maar zo'n ding, daar krijg je mij echt niet in. Maar nu het beeld hier zo voor me opdoemt, begrijp ik waarom deze plek op Mia's lijst staat. Op foto's kijkt *Lady Liberty* altijd een beetje grimmig, kordaat. Van zo dichtbij is haar blik echter veel zachter: alsof ze iets weet dat jij niet weet.

'Hé, je glimlacht!' zegt Mia opeens.

Ik besef dat ze gelijk heeft. Misschien komt het doordat ik ineens een speciaal pasje blijk te hebben, voor iets waarvan ik dacht dat het voor mij verboden terrein was. Of misschien is de blik van dat beeld wel besmettelijk.

'Mooi, hoor,' zegt Mia. 'Dat heb ik al een hele poos niet van je gezien.'

'Grappig,' reageer ik, 'want ík stond net aan haar te denken.' Ik wijs naar het Vrijheidsbeeld. 'Het is alsof ze een geheim heeft: het geheim van het leven.'

Ze kijkt omhoog. 'Ja, ik zie wat je bedoelt.'

Ik zucht. 'Dat geheim zou ik heel goed kunnen gebruiken.'

Ze hangt een beetje over de reling. 'O ja? Vraag haar er dan naar.'

'Haar? Iets vragen?'

'Ja, ze staat recht voor je en er is hier niemand, geen toeristen die als mieren om je heen krioelen. Vraag haar dan naar haar geheim!'

'Nee, dat ga ik niet doen.'

'Zal ík het doen dan? Zit ik niet mee, hoor. Maar het is jóúw vraag, dus vind ik dat de eer eigenlijk aan jou is.'

'Doe je dat vaker: praten tegen standbeelden?'

'Ja. En tegen duiven. Nou, ga je het nog vragen, of hoe zit het?'

Ik kijk naar Mia. Ze staat met haar armen voor haar borst en kijkt een beetje ongeduldig. Dan draai ik me weer naar de reling. 'Eh... Beeld? O, Vrijheidsbeeld...' roep ik dan zacht. Ook al is er niemand in de buurt, ik schaam me kapot.

'Harder!' spoort Mia me aan.

*Ach, wat kan het me ook bommen.* 'Hé, pardon...' roep ik. 'Wat is jouw geheim eigenlijk?'

We spitsen allebei onze oren, alsof we werkelijk een antwoord verwachten.

'Wat zei ze?' vraagt Mia dan.

'Vrijheid.'

'Vrijheid,' herhaalt ze, instemmend knikkend. 'Wacht, ik geloof dat er nog meer komt. Stil even.' Hangend over de reling zet ze grote ogen op. 'Hm-mm... hm-mm... Aha.' Ze draait zich weer naar mij. 'Het schijnt... dat ze onder dat gewaad geen ondergoed draagt en met die bries die altijd over de baai waait, zorgt dat voor een zekere *frisson*, frisheid.'

'Lady Liberty met de billen bloot,' zeg ik. 'Sexy, hoor!'

Mia lacht: 'Wat denk je, zou ze de toeristen d'r kroonjuweel wel eens laten zien?'

'Echt niet! Waarom denk je dat ze zo besmuikt kijkt? Al die conservatieve puriteinen uit de *Red States* die met bootladingen tegelijk arriveren en geen idee hebben dat die Ouwe Liberty geen slipje draagt. Ze heeft waarschijnlijk nog een *Brazilian wax* laten doen ook.'

'Eh... dat beeld heb ik liever niet op mijn netvlies,' kreunt Mia. 'En mag ik je eraan herinneren dat wij ook uit een Red State komen – soort van dan?'

'Welnee, Oregon is opgesplitst,' antwoord ik. '*Rednecks* in het oosten, hippies in het westen.'

'Over hippies en blote billen gesproken...'

'O nee... dat beeld kan ík dus missen als kiespijn.'

'Borstenbevrijdingsdag!' kraait Mia, doelend op een jarenzestigtraditie in onze stad. Eens per jaar loopt een stel vrouwen een hele dag topless rond, als protest tegen het onrecht dat mannen wel met ontbloot bovenlijf mogen lopen en zij niet. Deze dag valt altijd in de zomer, maar omdat Oregon nu eenmaal Oregon is, is het dan de helft van de tijd nóg ijskoud, waardoor je vooral veel rimpelig kippenvel ziet. Mia's moeder dreigde ook altijd mee te lopen, waarop haar vader haar echter altijd omkocht met een etentje in een chique restaurant.

'Blijf met je B-klasse-vergrijp van mijn B-cups!' citeert Mia een van de bespottelijker slogans van deze beweging, hikkend van het lachen. 'Da's toch niet logisch? Als je je borsten ontbloot, draag je toch ook geen beha meer?'

'Logisch? Je hebt het over een of ander stoned hippie-idee, hoor. En daar zoek jij logica achter?'

'Borstenbevrijdingsdag...' zegt Mia, de tranen van haar wangen vegend. 'Dat goeie ouwe Oregon! Da's een leven lang geleden.'

Zo was het precies. Dus waarom voelde die laatste op-merking dan als een klap in mijn gezicht? En toch deed hij dat.

'Waarom ben je nooit meer teruggegaan?' vraag ik. Ook al is het eigenlijk niet haar afscheid van Oregon waar ik een verklaring voor wil, toch lijkt het me veiliger me te verschuilen onder de grote groene deken van onze straat.

'Waarom zou ik?' zegt ze, strak over het water turend.

'Ik weet het niet, voor de mensen daar.'

'Die kunnen ook hierheen komen.'

'Nee, ik bedoel je familie opzoeken, op het...' *Shit, wat zeg ik nou?*

'Je bedoelt hun graf?'

Ik knik slechts.

'Da's eigenlijk juist de reden dat ik níét terug wil.'

Ik knik. 'Te pijnlijk.'

Ze lacht – een echte, oprechte lach; een geluid ongeveer

zo onverwacht als een autoalarm midden in een regen-woud. 'Nee nee, dat is het niet.' Ze schudt haar hoofd. 'Denk je werkelijk dat de plek waar je begraven ligt, enig verband houdt met waar je geest leeft?'

*Waar je geest leeft?*

'Wil je weten waar de geesten van mijn familie leven?'

Ik voel me opeens alsof ik met een spook praat. De geest van de rationele Mia.

'Hier,' zegt ze, tikkend tegen haar borstkas. 'En hier,' zegt ze, terwijl ze haar slaap aanraakt. 'Ik hoor ze constant.'

Ik heb geen idee wat ik hierop moet zeggen. Stonden wij twee minuten geleden niet nog de draak te steken met al die New Age-achtige hippietypes uit onze stad?

Maar Mia maakt geen geintjes meer. Ze fronst diep en draait zich van me af. 'Ach, laat ook maar.'

'Nee nee, het spijt me.'

'Ik snap het heus wel. Ik klink als een Rainbow Warrior, een idioot, een stripfiguur.'

'Nou... eigenlijk klink je als je oma.'

Ze kijkt me aan. 'Als ik meer vertel, bel jij de mannen met de dwangbuis.'

'Ik heb mijn telefoon in het hotel laten liggen.'

'Juist.'

'En we zitten op een boot.'

'Mm... daar zeg je zo wat.'

'En als ze toevallig toch opduiken, bied ik ze gewoon mezelf aan. Dus vertel: spoken ze bij je rond of zo?'

Ze haalt heel diep adem. Haar schouders zakken naar beneden, alsof ze een zware last op de grond zet. Ze wijst naar een van de lege banken.

Ik ga naast haar zitten.

'"Rondspoken" is niet het juiste woord. Dat klinkt zo eng, onaangenaam. Maar ik hoor ze – de hele tijd.'

'O.'

'Niet slechts alsof ik me hun stemmen herinner,' vervolgt ze, 'ik hoor ze echt tegen me praten. Nu ook weer. Hier en nu. En het gaat over mijn leven.'

Ik kijk haar vast heel vreemd aan, want ze bloost. 'Ik weet het: ik hoor dode mensen praten. Maar het is heel anders dan... weet je nog, die maffe zwerfster die altijd rond de school scharrelde en beweerde dat ze stemmen hoorde, die uitzonden via haar winkelwagentje?'

Ik knik.

Ze stopt even. 'Althans, ik gelóóf dat het anders is,' zegt ze. 'Misschien is het dat helemaal niet. Misschien ben ik wél gek en dénk ik gewoon dat ik dat niet ben. Gekken denken zelf immers nooit dat ze gek zijn, wel?

Maar ik hoor ze echt. En of het nu een of andere energie van engelen is (zoals oma gelooft) en ze daarboven in de hemel een direct lijntje met mij hebben, of dat het gewoon dat deel van hen is dat binnen in mij opgeslagen ligt, dat weet ik niet. Ik weet zelfs niet of dat er eigenlijk wel toe doet. Maar wat er zeker wél toe doet, is dat ze altijd bij me zijn. En ik wéét dat het gestoord klinkt als ik in mezelf loop te mompelen. Maar dan praat ik dus met mam over welke rok ik zal kopen, met pap over een recital waar ik nerveus voor ben, of met Teddy over een film die ik heb gezien.

En ik hoor ze ook antwoord geven. Alsof ze bij me in de kamer zitten, alsof ze nooit zijn weggegaan. Maar weet je wat pas echt bizar is: in Oregon hoorde ik ze dus niet. Na het ongeluk was het alsof hun stemmen langzaam wegvaagden. Ik vreesde dat ik op een gegeven moment helemaal niet meer zou weten hoe ze klonken. Maar toen ik eenmaal was verhuisd, hoorde ik ze voortdurend. En dat is dus de reden dat ik niet terug wil. Nou ja... één van de redenen. Ik ben bang dat ik de verbinding kwijtraak, zeg maar.'

'Hoor je ze nu ook?'

Ze zwijgt, luistert even en knikt dan.

'Wat zeggen ze dan?'

'Dat ze het erg fijn vinden om jou weer eens te zien, Adam.'

Ik weet best dat ze een beetje een grapje maakt. Maar de gedachte dat zij mij kunnen zien, me in de gaten houden, alles weten wat ik de afgelopen drie jaar heb gedaan, doet me even huiveren in de warme nachtlucht.

Als Mia dit ziet, kijkt ze vlug naar haar voeten. 'Ik weet het, het is idioot. Daarom heb ik dit ook nog nooit aan iemand verteld. Niet aan Ernesto en zelfs niet aan Kim.'

*Nee!* wil ik roepen. *Je hebt het mis: het is helemaal niet idioot.* En ik denk aan alle stemmen die in mijn eigen hoofd ronddwarrelen; stemmen waarvan ik bijna zeker weet dat het oudere, jongere of gewoon betere versies van mezelf zijn. Er zijn ook tijden geweest – toen alles er echt somber uitzag – dat ik heb geprobeerd háár op te roepen, om te zorgen dat ze me antwoordde. Het werkte nooit. Ik kreeg alleen contact met mezelf. Als ik háár stem wilde, moest ik terugvallen op mijn herinneringen. En daar had ik er in ieder geval meer dan genoeg van.

O, hoe heerlijk zou het zijn geweest als ik háár gezelschap in mijn hoofd had gehad; wat een troost zou dat hebben gegeven! En daarom maakt het me zo blij te weten dat zij hén al die tijd bij zich heeft gehad. Ik begrijp ineens ook waarom zij van ons tweeën nog het meest gezond van geest lijkt te zijn.

# VIJFTIEN

Ik weet zo goed als zeker dat alle baby's die in Oregon worden geboren, het ziekenhuis verlaten met een geboorteakte... en een piepklein slaapzakje. Alle kampbewoners, de hippies en de rednecks, de jagers en de boomknuffelaars, rijke lui, arme lui, ja zelfs rockmuzikanten. Nee, zéker rockmuzikanten.

Onze band had de kunst van het punk-kamperen geperfectioneerd: bepaal pas een uur van tevoren dat je vertrekt, gooi een hoop troep in je bestelbus en rijd dan een eind de bergen in om bier te drinken, wat eten op te warmen, te jammen rond het kampvuur en te maffen onder de sterren. In onze superschrale begintijd kampeerden we soms zelfs op tournee, als alternatief voor een nacht in een stikvol, van de kakkerlakken vergeven huis van medemuzikanten.

Ik weet niet of het komt doordat, waar je ook woont in Oregon, de wildernis nooit ver weg is, maar iedereen lijkt er te houden van kamperen.

Dat wil zeggen: iedereen behalve Mia Hall.

'Ik slaap alleen in een bed,' was wat ze zei toen ik haar voor het eerst uitnodigde voor een weekendje kamperen.

Waarop ik aanbood zo'n luxe extra-dik luchtbed mee te nemen, maar dan wilde ze nog steeds niet.

Kat, die hoorde dat ik Mia probeerde over te halen, lachte: 'Veel succes, Adam! Toen ze nog maar een baby was, gingen Denny en ik een keer met haar kamperen. Het plan was eigenlijk een week aan de kust door te brengen, maar omdat zij twee dagen aan een stuk huilde, móésten we uiteindelijk wel naar huis. Mia is gewoon allergisch voor kamperen.'

'Klopt,' zei Mia.

'Ik ga wel met je mee,' bood Teddy toen aan. 'Ik mag altijd alleen maar in de achtertuin kamperen.'

'Joh, jij mag elke maand een keer met opa mee,' reageerde Denny. 'En ik ga ook vaak zat met je. We gaan alleen nooit met ons allen, als gezin,' zei hij, met een veelbetekenende blik naar zijn dochter.

Deze rolde slechts met haar ogen.

Dus schrok ik gewoon toen Mia op een keer ineens instemde met een kampeertripje. Het was de zomer vóór haar eindexamenjaar en mijn eerste op de universiteit. We hadden elkaar een hele tijd amper gezien. Met de band begon het nu echt goed te lopen, waardoor ik vooral veel had getoerd; Mia was op kamp geweest met haar orkest en daarna een tijdje op familiebezoek. Ze moet me erg hebben gemist. Dat was de enige verklaring die ik kon bedenken voor haar knieval.

Ik was wel zo slim om niet te rekenen op kamperen à la punkrock. Dus leende ik van iemand een tent en zo'n schuimrubberen geval om op te slapen, en stopte een hele koelbox vol eten. Ik wilde dat alles klopte – hoewel ik eerlijk gezegd niet eens wist wat Mia eigenlijk tegen kamperen had. Ze was in de verste verte geen nuffig grietje: eerder iemand die je midden in de nacht kon wakker maken voor een partijtje basketbal. Ik had dus geen idee of al die materiële luxe zou helpen.

Toen ik haar ophaalde, kwam haar hele familie ons uitzwaaien. Alsof we van plan waren een trektocht van oost naar west door het land te maken, in plaats van een uitstapje van nog geen vierentwintig uur.

Kat gebaarde me naar zich toe. 'Wat heb je bij je, aan eten?' vroeg ze.

'Boterhammen, fruit en voor vanavond hamburgers met een blik bonen en wat snoep. Ik ga voor de authentieke kampeerervaring.'

Kat knikte en zei toen bloedserieus: 'Mooi. Hoewel je haar dat snoep misschien het best als eerste kunt geven, voor het geval ze chagrijnig wordt. Ik heb ook nog wat proviand voor jullie ingepakt.' Ze overhandigde me een enorme hersluitbare plastic zak. 'In geval van nood glas breken,' grinnikte ze.

'Wat is dít allemaal?'

'Zuurtjes, M&M's, koeken... Als ze té kattig wordt, voer je haar gewoon deze troep. Zolang de suikerpiek zijn werk doet, zijn jij en de wilde dieren veilig.'

'Goh, bedankt.'

Ze schudde haar hoofd. 'Jij bent dapperder dan ik. Veel succes!'

'Dat zul je nodig hebben,' vulde Denny aan.

Toen keken hij en Kat elkaar even aan en barstten in lachen uit.

Ik wist genoeg prima kampeerplekken op een uurtje rijden, maar ik wilde iets speciaals. Dus kronkelden we diep de bergen in, op weg naar de plek aan het eind van een oude houthakkersweg waar ik als kind vaak was geweest. Toen ik van de verharde weg het zandpad op draaide, vroeg Mia: 'Waar is die camping eigenlijk?'

'Joh, campings zijn voor toeristen. Wij gaan lekker vrij kamperen.'

'Vrij kamperen?' klonk haar stem verontrust hoog.

'Rustig maar, Mia. Mijn vader heeft hier vroeger gewerkt, als houthakker. Ik ken dit gebied op mijn duimpje. En als je je zorgen maakt over douches en zo...'

'Douches kunnen me niks schelen.'

'Mooi zo, want we hebben hier zelfs ons eigen zwembad.'

Ik zette de motor uit en liet Mia de plek zien. Hij lag vlak bij een beek, waarvan een kleine inham een kalm en kristalhelder poeltje vormde. Het uitzicht was in alle richtingen onbelemmerd: niets dan naaldbomen en bergen. Het was net een gigantische ansichtkaart, die gewoon 'OREGON!' schreeuwde.

'Mooi hier,' gaf Mia schoorvoetend toe.

'En dan heb je het uitzicht vanaf de top nog niet gezien. Zin in een wandeling?'

Ze knikte.

Ik pakte een paar boterhammen, twee flesjes water en twee pakjes zuurtjes (smaak: watermeloen) en toen slenterden we het pad op. Boven bleven we even zitten; lazen elk ons boek onder een boom. Toen we weer beneden waren, begon het al te schemeren.

'Ik moest de tent maar eens gaan opzetten,' zei ik.

'Heb je daar hulp bij nodig?'

'Welnee. Jij bent de gast: ontspan jij maar. Lees nog wat of zo.'

'Als jij het zegt.'

Dus legde ik de onderdelen van de geleende tent op de grond en begon de stokken in elkaar te steken. Het was echter zo'n modern geval, waarbij de stokken samen één gigantische puzzel vormen – heel wat anders dan die eenvoudige tentjes waar ik mee was opgegroeid.

Een halfuur later stond ik er nog mee te worstelen. De zon dook al weg achter de bergen. Mia had haar boek neergelegd en zat nu naar me te kijken, met een verblufte glimlach op haar gezicht.

'Leuk, hè?' zei ik, zwetend in de frisse avondlucht.

'Zeker weten. Als ik had geweten dat het zo zou zijn, had ik eeuwen geleden al een keer ja gezegd.'

'Ik ben blij dat je het zo vermakelijk vindt.'

'O, zeker. Maar weet je zeker dat je geen hulp wilt? Als je nog langer bezig bent, zal ik toch een zaklamp voor je omhoog moeten houden.'

Zuchtend stak ik mijn handen in de lucht. 'Verslagen door een kampeerartikel.'

'Heeft je tegenstander geen gebruiksaanwijzing?'

'Ooit wel gehad, waarschijnlijk.'

Hoofdschuddend stond ze op en pakte de bovenkant van de tent beet. 'Oké, jij neemt deze kant en ik deze. Volgens mij moet dat lange gedeelte hier overheen.'

Tien minuten later stond de tent, met haringen en al.

Ik verzamelde een paar stenen en wat aanmaakhout voor een kampvuur en stookte dit op met het hout dat ik had meegenomen. De hamburgers bakte ik vervolgens in een pan boven het vuur, de bonen maakte ik warm in het blik.

'Zo, indrukwekkend,' zei Mia.

'Dus vind je kamperen nu leuk?'
'Dát zei ik niet,' zei ze, maar ze glimlachte er wel bij.
Pas veel later – nadat we hadden gegeten (met zoetigheid na), de afwas hadden gedaan in de maanverlichte beek en ik wat gitaar had gespeeld bij het kampvuur terwijl Mia thee dronk en een paar koeken naar binnen werkte – begreep ik eindelijk haar bezwaar tegen kamperen.

Het was pas tegen tienen, maar als je kampeert staat dat zo'n beetje voor twee uur 's nachts. Dus kropen we in ons tentje en nestelden ons in de tweepersoonsslaapzak.

Ik trok Mia tegen me aan. 'En wil je nu weten wat het allerleukste van kamperen is?' Terwijl ik het zei, voelde ik haar hele lichaam verstrakken – maar niet zoals ik had verwacht.

'Wat was dat?' fluisterde ze.

'Wát?'

'Ik hoorde iets,' zei ze.

'O, waarschijnlijk gewoon een dier,' zei ik.

Ze deed de zaklamp aan. 'Hoe weet je dat?'

Ik pakte de zaklamp en scheen op haar gezicht. Haar ogen waren zo groot als schoteltjes. 'Ben je soms bang?'

Ze deed haar hoofd naar beneden en knikte – nauwelijks zichtbaar.

'Joh, het enige waar je je hier zorgen over hoeft te maken, zijn beren. En die zijn enkel geïnteresseerd in ons eten wat dan ook de reden is dat we alles in de auto hebben gelegd,' probeerde ik haar gerust te stellen.

'Ik ben niet bang voor beren!' zei ze smalend.

'Waarvoor dan?'

'Ik eh... voel me hier zo'n makkelijk doelwit.'

'Voor wie?'

'Weet ik veel: lui met geweren, jagers.'

'Doe niet zo raar! Half Oregon jaagt, mijn hele familie ook. Maar ze jagen op dieren, niet op kampeerders!'

'Weet ik heus wel,' zei ze met een klein stemmetje. 'Dat is het ook niet echt. Ik voel me gewoon... weerloos. Ik weet het niet, maar de wereld voelt zo groot als je in de vrije natuur bent. Alsof je er zonder huis niet in thuishoort.'

'Dit is waar jij thuishoort,' fluisterde ik, terwijl ik haar stevig omhelsde.

Ze kroop dicht tegen me aan. 'Ik weet het.' Toen zuchtte ze. 'Wat idioot ook: de kleindochter van een gepensioneerde bioloog van de Boswachterij, die niet durft te kamperen.'

'En da's nog maar de helft van het verhaal. Je bent ook nog eens een klassiek celliste met ex-punkers als ouders. Je bent een volslagen idioot. Maar wel míjn idioot.'

We lagen even te zwijgen.

Toen knipte Mia de zaklamp uit en kroop nog wat dichter tegen me aan. 'Heb jij als kind ook gejaagd?' fluisterde ze. 'Daar heb ik je nog nooit over gehoord.'

'Ik ging altijd op stap met mijn vader,' mompelde ik terug. Ook al waren we de enige mensen in kilometers omtrek, toch was er iets aan de nacht dat ons het gevoel gaf te moeten fluisteren. 'Hij zei altijd dat ik op mijn twaalfde verjaardag een geweer zou krijgen en dat hij me dan zou leren schieten.

Maar toen ik een jaar of negen was, ging ik een keer het bos in met een paar oudere neven. Een van hen leende me zijn geweer. En het moet beginnersgeluk zijn geweest, want ik schoot meteen een konijn. Mijn neven hádden het niet meer. Konijnen zijn snel en klein, en zelfs voor ervaren jagers lastig te pakken te krijgen. En nu raakte ik er eentje bij mijn allereerste poging!

Ze gingen hem zoeken, zodat ik hem thuis aan iedereen kon laten zien, misschien zelfs laten opzetten als jachttrofee. Maar toen ik het diertje zag, onder het bloed, moest ik huilen. Ik begon te gillen dat we hem naar een dierenarts moesten brengen, maar hij was natuurlijk allang dood. Ik wilde in ieder geval niet dat ze hem meenamen en dwong ze hem in het bos te begraven.

Toen mijn vader dit hoorde, vertelde hij me dat het hele punt van jagen was dat je iets nuttigs deed met het dier dat je had geschoten: opeten, villen, wat dan ook – anders was het slechts verspilling van leven. Maar ik geloof dat hij toen ook wel begreep dat ik er niet geschikt voor was: toen ik twaalf werd, kreeg ik geen geweer maar een gitaar…'

'Dat verhaal heb je me nog nooit verteld,' zei Mia.

'Ik zal mijn geloofwaardigheid als punkrocker niet in gevaar hebben willen brengen.'

'Ik zou denken dat die daardoor juist wordt versterkt,' zei ze.

'Nee, joh. Maar ik ben nu toch *emo-core*, dus dat past perfect.'

Er hing een warme stilte in de tent. Buiten hoorde ik het lage gekras van een uil in de nacht.

Mia gaf een por in mijn ribben. 'Wat ben je toch ook een softie!'

'En dat zegt een griet die niet eens durft te kamperen!'

Ze gniffelde.

Ik trok haar nóg dichter tegen me aan, in een poging elke millimeter afstand tussen onze lichamen te laten verdwijnen. Ik streek haar haar opzij en drukte mijn gezicht tegen haar hals. 'Nu ben jij me een gênant verhaal uit jouw jeugd schuldig,' bromde ik in haar oor.

'Mijn gênante verhalen zijn nog niet afgelopen,' antwoordde ze.

'D'r móét er eentje zijn dat ik nog niet ken.'

Ze zweeg een poosje. Toen zei ze: 'Vlinders.'

'Vlinders?'

'Ik was als de dood voor vlinders.'

'Wat heb jij toch met de natuur?'

Ze schudde van de ingehouden lach. 'Vertel mij wat,' zei ze. 'En bestaat er een wezen minder bedreigend dan een vlinder? Ze leven zelfs maar twee weken of zo. Maar ik flipte telkens als ik er eentje zag. Mijn ouders verzonnen van alles om me minder gevoelig te maken: kochten boeken over vlinders, kleren met vlinders, hingen vlinderposters op in mijn slaapkamer... Maar niets werkte.'

'Ben je soms ooit aangevallen door een wolk monarchvlinders?' vroeg ik.

'Welnee,' zei ze. 'Maar mijn oma had wel een theorie over mijn fobie. Ze zei dat het kwam doordat ik wist dat ik op een dag ook een gedaanteverwisseling zou moeten ondergaan – net als een rups op een dag verandert in een vlinder – en dat ik daar bang voor was. En dat ik daarom ook bang voor vlinders was.'

'Dat vind ik wel een uitleg voor jouw oma, ja. Maar hoe ben je over die angst heen gekomen?'

'Ik weet het niet. Ik besloot gewoon niet langer bang voor ze te zijn... en op een dag was ik dat ook niet meer.'

'Net zolang doen alsof, totdat het echt is.'

'Zoiets.'

'Dat zou je ook kunnen proberen met kamperen.'

'Moet het?'

'Nee, hoor. Maar ik ben wel blij dat je nu bent meegekomen.'

Ze draaide zich naar me toe. Het was aardedonker in de tent, maar toch zag ik haar donkere ogen glanzen. 'Ik ook. Maar eh... moeten we echt al gaan slapen? Kunnen we niet gewoon even zo blijven liggen?'

'De hele nacht, als je wilt. Vertellen we onze geheimen aan het donker.'

'Oké.'

'Laat nog maar eens een van je irrationele angsten horen dan.'

En toen pakte ze mijn armen en drukte zich tegen me aan, alsof ze zich ín mijn lichaam wilde persen. 'Ik ben bang om jou te verliezen,' zei ze, met het zachtste stemmetje dat ik ooit van haar had gehoord.

Ik duwde haar wat van me af, zodat ik haar gezicht kon zien en drukte een kus op haar voorhoofd. 'Daarom zei ik ook "irrationele angsten". Want dat gaat echt niet gebeuren.'

'En toch ben ik er bang voor,' murmelde ze.

En toen begon ze nog meer dingen op te sommen waar ze bang voor was, waarna ik hetzelfde deed. Tot diep in de nacht bleven we elkaar verhalen toefluisteren uit onze jeugd, totdat Mia eindelijk vergat om bang te zijn en in slaap viel.

Een paar weken later werd het beduidend koeler, en daarop volgde de winter van het ongeluk. Dit bleek dus uiteindelijk de laatste keer dat ik ging kamperen. Maar zelfs als het dat niet was geweest, geloof ik dat het nog steeds het beste kampeerweekend van mijn hele leven was. Als ik eraan terugdenk, zie ik alleen ons tentje voor me, als een lichtgevend scheepje in de nacht, en hoor ik het geluid van ons gefluister dat als muzieknoten wegwaait over een maanverlichte zee.

# ZESTIEN

*Jij stak het water over, liet mij staan aan wal*
*Dat verwoestte me al genoeg, maar jij wilde meer*
*Je blies de brug op, als een gestoorde terrorist*
*Wuifde naar me vanaf jouw kant, blies me een kusje toe*
*Ik begon je te volgen, maar besefte te laat*
*Dat er niets dan lucht onder mijn voeten was*

'Bridge'
*Collateral Damage*, nummer 4

Vingers van licht beginnen de nachthemel open te wrikken. Weldra zal de zon opkomen en begint er onbetwistbaar een nieuwe dag. De dag waarop ik naar Londen zal vertrekken. En Mia naar Tokio. Ik voel de klok tikken als een tijdbom.

We lopen over de Brooklyn Bridge. En hoewel Mia het niet met zoveel woorden heeft gezegd, heb ik het gevoel dat dit de laatste halte is. Ik bedoel maar: we lopen weg van Manhattan – dus geen rondreis, zoals ons tochtje naar Staten Island en terug. Bovendien heeft ze volgens mij besloten dat het, nadat zijzelf een paar van haar geheimen heeft opgebiecht, nu mijn beurt is.

Halverwege de brug stopt ze abrupt en draait zich naar me om. 'Wat is er toch aan de hand met jou en de band?' vraagt ze.

Ook al waait er best een warme wind, ik krijg het opeens ijskoud. 'Hoe bedoel je?'

Ze trekt haar schouders op. 'D'r ís iets, dat voel ik gewoon. Je hebt het de hele avond amper over ze gehad. En jullie waren vroeger onafscheidelijk, nu wonen jullie niet eens meer allemaal in dezelfde staat! En waarom vliegen jullie eigenlijk niet gewoon gezamenlijk naar Londen?'

'Dat heb ik je toch verteld: om logistieke redenen.'

'Wat was er dan zo vreselijk belangrijk, dat zij niet één avond op jou konden wachten?'

'Ik eh… moest nog iets doen. Naar de studio, een paar gitaartracks opnemen.'

Ze kijkt me sceptisch aan. 'Maar jullie zijn al op tournee voor het nieuwe album. Hoezo moet je dan nu nog iets opnemen?'

'O gewoon, voor een promo-versie van een van onze singles. Nóg meer van dittem,' zeg ik, met duim en wijsvinger het internationale gebaar voor geld makend.

'Maar gaan jullie dan niet gewoon samen de studio in?'

Ik schud mijn hoofd. 'Zo werkt het tegenwoordig niet meer. Daarbij, ik had ook nog een interview met *Shuffle*.'

'Een interview? Niet met de hele band, maar alleen met jou? Daar begrijp ik dus niets van.'

Ik denk terug aan de vorige dag, aan Vanessa LeGrande. En dan duikt zomaar opeens de tekst van 'Bridge' in mijn hoofd op, en vraag ik me af of dit wel zo'n goed onderwerp is – samen met Mia Hall, hoog boven de donkere wateren van de East River. Maar goed dat het geen vrijdag de dertiende meer is.

'Tja, zo werkt dat tegenwoordig dus ook,' zeg ik.

'Maar waarom willen ze alleen jou? Wat willen ze dan weten?'

Ik wil het hier nu echt niet over hebben. Maar Mia is net een bloedhond die een spoor heeft geroken. En ik ken haar goed genoeg om te weten dat ik kan kiezen tussen haar een bloederig stukje vlees toewerpen, of wachten tot ze al snuffelend bij de echte stapel stinkende lijken uitkomt.

Ik ga voor de afleiding. 'Nou... eigenlijk is dat best wel interessant. Die verslaggeefster van gister vroeg namelijk ook nog naar jou.'

'Wát?' Ze kijkt me aan.

'Ja, tijdens dat interview vroeg ze naar jou, naar ons, onze middelbare school.' Ik geniet even van de geschokte blik op haar gezicht. Dan denk ik aan wat ze eerder zei, over dat haar leven in Oregon een leven lang geleden was. *Misschien ook weer niet zó lang, Mia!* 'Dat was de allereerste keer dat gebeurde, hoor. Best toevallig – achteraf bezien.'

'Toeval? Daar geloof ik niet meer in.'

'Ik heb haar niets verteld, hoor. Maar zij had ons oude *Cougar* jaarboek te pakken gekregen. Met die foto van ons: *Groovy & the Geek*.'

Ze schudt haar hoofd. 'Wat wás ik dol op die bijnaam.'

'Maak je geen zorgen, ik heb niks losgelaten. En voor de zekerheid... heb ik haar recorder aan gort geslagen: al het bewijsmateriaal vernietigd.'

'Niet álles.' Ze kijkt me aan. 'De *Cougar* ligt nog niet

onder de zoden. Ik weet zeker dat Kim het geweldig vindt, als ze hoort dat haar vroege werk in een landelijk tijdschrift zou kunnen opduiken.' Ze schudt grinnikend haar hoofd. 'Als zij je eenmaal voor haar lens heeft gehad, ben je er voorgoed bij. Het was dus zinloos om de recorder van dat mens te vernielen.'

'Weet ik. Maar ik ging gewoon door het lint. Ze was heel provocerend bezig; probeerde me echt op te fokken met allerlei als complimentjes vermomde beledigingen.' Ze knikt begrijpend. 'Heb ik ook weleens. Zó irritant! "Fascinerend, dat Sjostakovitsj-stuk dat je vanavond speelde: veel ingetogener dan dat stuk van Bach",' zegt ze, met een bekakte stem. 'Oftewel: "Dat van Sjostakovitsj was waardeloos".'

Ik kan me niet voorstellen dat Mia Sjostakovitsj ooit waardeloos zal spelen, maar ik zal dit moment van eensgezindheid tussen ons niet verpesten.

'Wat wilde ze dan over mij weten?'

'Ach, ze had plannen voor een soort grootse analyse of zoiets, van de drijfveren van Shooting Star. Dus snuffelde ze rond in de stad waar we opgegroeid zijn, kletste met lui met wie we op school hebben gezeten en zo. En die vertelden haar dus over ons... over de eh... wat wij van elkaar waren. En ook over jou, wat er is gebeurd...' Ik zwijg en tuur naar beneden. Naar de rivier en een voorbijvarende schuit, die – te oordelen aan de stank – vuilnis vervoert.

'Wat er echt is gebeurd?' vraagt ze.

Ik weet niet zeker of dit een retorische vraag is, dus dwing ik mezelf met lijzige stem te grappen: 'Tja, daar probeer ik ook nog steeds achter te komen.'

Ik bedenk dat het misschien wel het eerlijkste is wat ik

deze hele avond heb gezegd. Maar door de manier waar-óp, maak ik er toch weer een leugen van.

'Weet je, mijn manager waarschuwde me al dat het ongeluk misschien een hoop aandacht zou krijgen, zodra mijn profiel op internet werd gezet. Maar ik had niet gedacht dat mijn link met jou een probleem zou vormen. Ik bedoel, in het begin dacht ik dat wel. Toen zat ik er zo'n beetje op te wachten dat iemand me zou opzoeken – oude liefdes – maar ik geloof dat ik niet interessant genoeg was, vergeleken met je andere eh... aanhangsels.'

Aha, daarom denkt ze dus dat de broodschrijvers haar met rust hebben gelaten: omdat ze minder interessant is dan Bryn – van wier bestaan ze waarschijnlijk wél weet. Ze moest eens weten! In hoeveel bochten iedereen om de band heen zich heeft moeten wringen om haar naam overal buiten te houden. Om niet die pijnlijke plek te raken, die al begint te steken wanneer zij alleen maar wordt genoemd. Dat er zelfs nu nog clausules aan onze interviewcontracten worden toegevoegd, met hele lappen van verboden gespreksonderwerpen, die – hoewel haar naam er niet specifiek in wordt genoemd – allemaal zijn bedoeld om elke connectie tussen haar en onze muziek te mijden. Om haar te beschermen. En mij.

'Goh, de middelbare school, da's pas écht klassieke oudheid,' zegt ze.

*Klassieke oudheid? Heb je ons werkelijk verbannen naar de Vuilnisbelt-der-Onbenullige-Middelbareschoolliefdes? En zo ja: waarom lukt dat mij dan verdomme niet?*

'Ach ja, jij en ik, da's zo'n beetje MTV plus die vrouwenzender, Lifetime,' zeg ik, zo luchtig als ik kan. 'Oftewel: voer voor de hyena's.'

Ze zucht. 'Tja, die moeten ook eten.'

'Wat bedoel je daar nou weer mee?'

'Gewoon: ik wil natuurlijk niet per se dat iedereen mijn hele familiegeschiedenis te weten komt. Maar als dat de prijs is om te kunnen doen wat je het allerliefst doet, dan is dat het me geloof ik wel waard.'

Ja hoor, daar zijn we weer! Het idee dat muziek alles de moeite waard maakt: wat zóú ik dat graag geloven. Maar dat doe ik gewoon niet. Ik weet niet eens of ik dat ooit heb geloofd. Het is niet de muziek waarvoor ik elke dag weer wil ontwaken en ademhalen.

Ik draai me van haar weg en kijk naar het donkere water onder ons. 'En als dat nou eens níét is wat je het allerliefst doet?' mompel ik. Mijn stem raakt verloren in de wind en het verkeer. Maar ik heb het wel eindelijk uitgesproken. Dat wel.

Ik móét echt even roken. Leunend tegen de reling kijk ik naar de buitenwijken en een drietal bruggen.

Mia komt naast me staan, terwijl ik mijn aansteker probeer aan te krijgen. 'Je zou ermee moeten kappen,' zegt ze, terwijl ze zacht mijn schouder aanraakt.

Heel even denk ik dat ze het over de band heeft. Dat ze toch heeft gehoord wat ik daarnet zei en me aanraadt uit Shooting Star te stappen en de hele muziekbusiness vaarwel te zeggen. Ik wacht nog altijd op iemand die me dat adviseert, maar dat gebeurt nooit. Maar dan herinner ik me opeens dat ze eerder die avond precies hetzelfde zei – vlak voordat ze een sigaret van me bietste. O... dát bedoelt ze. 'Da's niet zo simpel als het lijkt,' zeg ik.

'Onzin,' zegt ze, met een air dat me doet denken aan haar moeder, Kat – die haar overtuiging droeg als een versleten leren jack en een mond had waarmee ze een roadie nog kon laten blozen. 'Stoppen met roken is helemaal niet moeilijk. Beslúíten om te stoppen, dát is moeilijk. Als je die sprong in je hoofd eenmaal hebt gemaakt, is de rest een peulenschil.'

'Is het werkelijk? Is dat ook hoe je bent gestopt met mij?'

En daar is het opeens: zonder erbij na te denken, zonder het eerst in mijn hoofd uit te spreken, zonder dagenlang met mezelf te overleggen.

'Aha,' zegt ze, alsof ze spreekt tegen een onzichtbaar publiek onder de brug. 'Hij heeft het eindelijk gezegd.'

'O, mocht dat niet dan? Moet ik deze hele avond gewoon voorbij laten gaan, zonder het te hebben over wat jij hebt gedaan?'

'Nee,' zegt ze zacht.

'Dus... waarom? Waarom ben je weggegaan? Was het vanwege die stemmen?'

Ze schudt haar hoofd. 'Nee, niet vanwege de stemmen.'

'Wat dán? Waarom was het dan?' Ik hoor ineens de radeloosheid in mijn stem.

'Van alles. Bijvoorbeeld... dat jij bij mij jezelf niet kon zijn.'

'Hoe bedoel je?'

'Je praatte niet meer met me.'

'Doe niet zo raar, Mia. Ik praatte voortdurend met je!'

'Oké, je zei wel iets, maar ook weer niet. Ik zag dat je gesprekken gespleten begonnen te worden: wat je eigenlijk tegen me wilde zeggen... en wat er daadwerkelijk uitkwam.'

Ik denk aan al die gespleten gesprekken die ik voer – met iedereen. Is dát waarmee het is begonnen? 'Jij was anders ook niet bepaald gemakkelijk om mee te praten,' vuur ik terug. 'Alles wat ik zei was verkeerd.'

Ze kijkt me aan, een droevige glimlach om haar mond. 'Ik weet het. Het lag niet alleen aan jou. Het lag aan jou én mij, aan ons.'

Ik schud mijn hoofd. 'Nee, dat kan niet waar zijn.'

'O, jawel. Maar voel je er niet rot over, hoor: iedereen liep bij mij op eieren. Bij jou was het alleen het pijnlijkst dat je bij mij niet meer echt kon zijn. Je raakte me amper meer aan!'

Als om haar punt kracht bij te zetten, legt ze twee vingers op de binnenkant van mijn pols. Als er nu rook zou opstijgen en de afdruk van haar vingers als een brandmerk op mijn huid zou achterblijven, zou het me niets verbazen. Ik moet mijn hand wegtrekken om niet te bezwijken.

'Je was nog aan het genezen,' werp ik zwakjes tegen. 'En als ik het me goed herinner: toen we het een keer probeerden, flipte je helemaal.'

'Dat was één keer,' zegt ze, 'één keer.'

'Het enige wat ik wilde, was dat jij je weer goed zou voelen. Ik wilde je alleen maar helpen. Daar had ik álles voor over.'

Ze laat haar kin op haar borst zakken. 'Dat weet ik, ja: je wilde me redden.'

'Verdomme, Mia, je zegt het alsof het iets ergs is!'

Ze kijkt naar me op. Er ligt nog steeds sympathie in haar ogen, maar ik zie ook iets anders: een soort felheid, die mijn boosheid in dunne schijfjes snijdt en dan weer opbouwt in de vorm van angst.

'Je had het zo druk met mij proberen te redden, dat je me aan mijn lot overliet,' zegt ze. 'Ik weet nu dat je het

goed bedoelde, maar het voelde destijds alsof je me weg-
duwde, van alles voor mijn eigen bestwil voor me verzweeg
en daardoor nog meer een slachtoffer van me maakte. Volgens Ernesto kunnen goede bedoelingen van anderen uiteindelijk voelen alsof je wordt opgesloten in een doos, zo
nauw als een doodskist.'

'Ernesto? Wat weet die er godverdomme van?'

Ze volgt met de punt van haar sandaal een spleet tussen
de houten planken van de brug. 'Nou, best veel, als je het
weten wilt: zijn ouders zijn verongelukt toen hij acht was.
Hij is opgevoed door zijn grootouders.'

Ik weet dat ik eigenlijk medeleven zou moeten voelen,
maar de woede overspoelt me gewoon. 'Bestaat er soms
een club of zo?' vraag ik, met overslaande stem. 'Een of
andere rouwclub, waar ik niet bij mag?'

Ik verwacht eigenlijk dat ze nee zal zeggen. Of dat ik allang lid bén. Tenslotte ben ik hen ook kwijtgeraakt. Alleen,
zelfs toen al, was dat anders: alsof er een soort drempel
was. Dat verwacht je niet van verdriet, maar ook dat is
ingedeeld in categorieën. Want hoe belangrijk ze ook voor
mij waren geweest en hoe vaak mensen ook zeiden hoe erg
ze het voor mij vonden: Denny, Kat en Teddy waren niet
míjn familie – en opeens maakte dat verschil.

En blijkbaar geldt dat nog steeds. Want Mia zwijgt en
denkt diep na over mijn vraag. 'Misschien geen rouwclub,
maar een schuldgevoelclub – omdat je gespaard bent
gebleven.'

O, praat me niet over schuldgevoel! Mijn bloed staat er
stijf van.

Ik voel de tranen ineens opkomen, hier midden op de
brug. En de enige manier om ze tegen te houden, is zoeken

399

naar de woede die me overeind houdt en ze daarmee terug-
dringen. 'Je had het me op zijn minst kunnen vertellen,'
schreeuw ik bijna. 'In plaats van me te dumpen alsof ik
slechts een avontuurtje was, had je het toch fatsoenlijk
kunnen uitmaken en me niet drie jaar lang laten gissen...'
'Dat heb ik niet exact zo gepland,' zegt ze. Haar toonhoogte stijgt ook. 'Ik stapte niet in dat vliegtuig met de
gedachte dat het uit was tussen ons. Jij was álles voor me.
Zelfs terwíjl het gebeurde, geloofde ik het nog niet. Maar
het gebeurde wel: hier zijn, ver weg van huis, bleek vele
malen makkelijker dan ik had gedacht. Het voelde alsof
mijn oude leven gewoon niet meer kón bestaan. En dat
was een enorme opluchting.'

Ik denk aan al die meiden van wie ik niet kon wachten
tot ze weer gingen. En hoe ik, zodra hun geluid, hun geur,
hun stem weg was, mijn hele lichaam voelde uitademen.
Een groot deel van de tijd valt Bryn eveneens in die categorie. Voelde mijn afwezigheid ook zo voor Mia?

'Ik wilde je het heus wel vertellen,' gaat ze verder. De
woorden tuimelen bijna ademloos uit haar mond. 'Maar
in het begin was ik zo in de war! Ik snapte zelf niet eens
wat me overkwam; wist alleen dat ik me beter voelde zónder jou. Hoe moest ik je dat nu uitleggen? En de tijd tikte
maar door. En toen je niet belde en er verder niets meer
over zei, nam ik aan dat jij – uitgerekend jij – het begreep.
Ik wist heus wel dat ik me schijterig gedroeg, maar ik
dacht...' Ze slikt even, maar hervindt haar kalmte algauw
weer. 'Ik dacht gewoon dat ik dat recht wel had. En dat jij
het begreep. Ik bedoel, zo leek het toch. Je schreef: "Ze
zegt dat ik moet kiezen: voor jou of voor mij. Zij blijft als
laatste overeind." Ik weet het niet, maar toen ik "Roulette"

hoorde, wist ik zeker dat je het begreep. Dat je boos was, maar het wel wist – dat ik voor mezelf moest kiezen.'

'Is dát je excuus om mij zonder enige verklaring te laten vallen? Dat noem ik laf, Mia. En wreed. Is dat hoe je bent geworden?'

'Misschien is dat hoe ik een tijdje moest zijn,' jammert ze. 'En ik heb er spijt van! Ik weet nu dat ik toch contact met je had moeten opnemen, dat ik het je had moeten uitleggen. Maar jij was ook niet zo toegankelijk, hoor.'

'Bullshit, Mia! Voor de meeste mensen ben ik nogal ontoegankelijk, maar voor jou? Twee telefoontjes en je had me gevonden!'

'Zo voelde het anders niet,' zegt ze. 'Jij was een...' Ze zwijgt abrupt en doet dan een explosie na – net zoals Vanessa LeGrande, eerder die dag, '...een fenomeen geworden, geen gewoon mens meer.'

'Da's echt dikke vette nonsens en dat weet je best. Trouwens, dat was ruim een jaar na je vertrek: een jáár! Een jaar waarin ik als een hoopje ellende bij mijn ouders bivakkeerde, Mia. Of was je dat telefoonnummer ook vergeten?'

'Nee.' Haar stem is vlak. 'Maar ik kon je eerst niet bellen.'

'Hoezo?' roep ik. 'Hoezo niet?'

Ze kijkt me aan. De wind blaast haar haar naar voren, waardoor ze wel een of andere mystieke tovenares lijkt: prachtig, krachtig en angstaanjagend tegelijk. Dan schudt ze haar hoofd en draait zich abrupt om.

O, nee: echt niet! We zijn nu al zo ver over de brug. Voor mijn part blaast ze het hele ding op, maar niet voordat ze me alles heeft verteld. Ik grijp haar beet en draai haar om.

'Hoezo kon je me niet bellen? Zeg op! Dat antwoord ben je me toch op zijn minst verschuldigd, Mia!'

Ze kijkt me recht in de ogen, richt... en haalt dan de trekker over: 'Omdat ik je haatte.'

De wind, de herrie... alles verdwijnt even. Wat achterblijft is een dof gerinkel in mijn oren, als na een optreden – of als een hartmonitor, die nog slechts een rechte lijn laat zien.

'Omdat je me haatte...? Maar waarom dan?'

'Omdat je me had gedwongen te blijven.' Ze zegt het heel zacht; het geluid raakt bijna geheel overstemd door de wind, het verkeer. Ik twijfel of ik het wel goed heb verstaan. Maar dan herhaalt ze het, luider nu: 'Jij dwong me te blijven!'

Ja hoor, daar heb je het! Het gat dat ze zojuist dwars door mijn hart heeft geschoten, bevestigt wat ik eigenlijk al die tijd heb geweten.

*Ze weet het!*

Het lijkt alsof de elektrische lading van de lucht ineens is veranderd, alsof ik de ronddansende ionen kan ruiken.

'Nog steeds ben ik de eerste seconden dat ik 's ochtends wakker word, altijd even vergeten dat ik geen familie meer heb,' zegt ze. 'Dan pas herinner ik het me weer. Weet je hoe dat voelt? Telkens weer! Het zou zoveel makkelijker zijn geweest als...' En dan breekt haar kalme masker en begint ze te huilen.

'Toe, alsjeblieft...' Ik steek mijn handen omhoog. 'Doe dat nu niet.'

'Nee, je hebt gelijk. Maar je moet me laten uitspreken, Adam, want je móét het horen: het zou makkelijker zijn geweest als ik ook dood was gegaan. Niet dat ik nu dood zou willen zijn, hoor, want dat is niet zo. Er is heel veel in mijn leven dat me voldoening schenkt, waar ik blij mee ben.

Maar op sommige dagen, zeker in het begin, was het zó zwaar! Dan kon ik het niet helpen te bedenken hoeveel makkelijker het zou zijn geweest als ik gewoon met de rest was meegegaan. Maar jij... jij had me gevraagd te blijven, je had het me gesméékt. Je boog over me heen en deed me een belofte – plechtiger dan welke eed ook. En ik begrijp heus wel waarom je boos bent, maar je kunt het mij niet kwalijk nemen. Je kunt me niet haten omdat ik je aan je woord heb gehouden...'

Ze snikt nu voluit. Ik schaam me kapot, omdat ik degene ben die haar dit heeft aangedaan.

En opeens begrijp ik het. Waarom ze me in het theater liet halen; waarom ze achter me aan kwam, toen ik haar kleedkamer uit liep. Dit is waar deze afscheidstour werkelijk om draait: Mia is het afscheid aan het afmaken waar ze drie jaar geleden aan is begonnen!

Loslaten. Iedereen doet alsof het niets voorstelt. Gewoon één voor één je vingers openvouwen, totdat je hele hand open is. Maar mijn hand is al drie jaar gebald tot een vuist en daarna dichtgevroren. Mijn hele ik is dichtgevroren – en staat op het punt om de hele boel af te sluiten.

Ik tuur naar beneden, naar het water. Een minuut geleden was het nog kalm en spiegelglad, nu is het alsof de rivier zich opent: een woest kolkend bubbelbad. Het is die draaikolk weer, die me in mijn geheel dreigt op te slokken. Ik zal erin verdrinken, met niemand, helemaal niemand bij me in de duisternis.

Ik heb alle schuld op haar geschoven: zij is weggegaan en heeft mij daardoor kapotgemaakt. En misschien was dat wel het zaadje, maar uit dat ene kleine zaadje is inmiddels een gezwel van een plant gegroeid. En ík ben degene die die plant koestert, water geeft, verzorgt. Ik ben degene die aan zijn giftige bessen knabbelt, die hem zich rond mijn nek laat wikkelen en alle lucht uit mijn lichaam laat persen. Dat doe ik – helemaal in mijn eentje. Dat doe ik mezelf aan.

Ik kijk weer naar de rivier. De golven lijken nu wel vijftien meter hoog. Ze happen naar me, proberen me over de brugleuning in het water te trekken. 'Ik kan het niet meer aan!' gil ik opeens tegen de vleesetende golven. En nog eens: 'Ik kan het niet meer aan!'

Ik gil het tegen de golven, tegen Liz, Fitzy, Mike en Aldous, tegen onze platenbonzen, tegen Bryn, Vanessa, de paparazzi, tegen de meiden met de 'U Mich'-sweatshirts, de fans in de metro en al die anderen die allemaal iets van mij willen, terwijl er helemaal niet genoeg is. Maar het meest van alles gil ik het tegen mezelf. 'Ik kan het niet meer aan!' schreeuw ik, harder dan ik ooit heb gedaan – zo hard dat mijn adem vast bomen laat omvallen in Manhattan.

En terwijl ik daar zo sta te strijden met onzichtbare golven, denkbeeldige draaikolken en veel te echte en allemaal door mezelf verzonnen demonen, voel ik warempel in mijn borstkas iets opengaan; een gevoel zo heftig, dat het lijkt alsof mijn hart elk moment kan exploderen.

En ik laat het maar over me heen komen, laat het er allemaal uitkomen.

Als ik weer opkijk, is de rivier gewoon weer een rivier. En mijn handen, die de brugleuning zo stevig beet hadden dat mijn knokkels er spierwit van werden, zijn weer ontspannen.

En dan zie ik Mia van me vandaan lopen. Ze loopt naar de andere kant van de brug – zonder mij.

Ik snap het nu.
Ik moet mijn belofte waarmaken. En haar loslaten, echt loslaten. Ons allebei.

# ZEVENTIEN

Op mijn veertiende begon ik in mijn eerste band, Infinity 89. Ons allereerste optreden was op een huisfeest in de buurt van onze school. Alle leden van de band – ik op gitaar, mijn vriend Nate op bas en zijn oudere broer Jonah op drums – waren waardeloos. We speelden dan ook geen van allen al erg lang. Pas na afloop kwamen we erachter dat Jonah degene die het feest gaf zelfs had omgekocht om er te mogen spelen. Het is iets wat niet veel mensen weten: dat Adam Wildes eerste poging tot het spelen van rockmuziek voor publiek misschien nooit zou hebben plaatsgevonden, als Jonah Hamilton niet had meegedokt aan een biervaatje...

Dat biervat bleek achteraf trouwens nog het beste van het hele gebeuren. Wij waren zo nerveus dat we de versterkers veel te hard zetten, waardoor we zo'n waanzinnige bak feedback produceerden dat de buren kwamen klagen – waarna we ineens zo zacht gingen spelen dat we elkaar niet eens meer hoorden.

Het enige wat ik in de pauze tussen de nummers in hoorde, was het feest: gerinkel van bierflesjes, hersenloos gezwam, luid gelach en – ik zweer het je – in een achterkamer van het huis, het geluid van een paar lui die naar *American Idol* zaten te kijken. Ik kon dit alles zo duidelijk horen, omdat ons bandje zo waardeloos was dat werkelijk niemand de moeite nam ons te laten merken dat ze in de gaten hadden dat er livemuziek werd gemaakt. We waren het niet waard om voor te juichen en zelfs te slecht om uit te joelen: we werden simpelweg genegeerd. Toen we ons laatste nummer hadden gespeeld, ging het feest verder alsof wij nooit op het podium hadden gestaan.

We werden beter. Niet geweldig, wel beter – maar nooit goed genoeg om verder te komen dan huisfeesten. En toen ging Jonah studeren en bleven Nate en ik achter zonder drummer. Dat was het einde van Infinity 89.

Hierop volgde mijn kortstondige uitstapje als eenzame singer-songwriter overal in de stad, voornamelijk in cafés. Dat circuit was ietsje beter dan de huisfeesten. Nu het slechts ging om mij en mijn gitaar, hoefde het volume niet meer zo hoog en het publiek toonde meestal wel wat respect. Maar tijdens het spelen werd ik nog steeds afgeleid door allerlei geluiden: het sissen van het espressoapparaat, het intellectuele studentengefluister over Belangrijke Zaken, het gegiechel van sommige meiden.

Na het optreden werd dat gegiechel altijd nog wat luider, als ze naar me toe kwamen om te kletsen, te vragen waar ik mijn inspiratie vandaan haalde of me zelf-samengestelde cd'tjes aan te bieden (evenals soms heel andere dingen).

Maar één van die meiden was anders. Zij had pezige gespierde armen en een felle oogopslag. De eerste keer dat ze me aansprak, zei ze slechts: 'Tijdverspilling.'

'O, vond je het niks?' reageerde ik.

'Zei ik dat?' vroeg ze, één gepiercete wenkbrauw hoog optrekkend. 'Akoestisch is voor jou tijdverspilling. Ik heb je eerder zien spelen, in dat vreselijke bandje van je. Maar jij was erg goed – ook al ben je nog maar een jochie.'

'Goh, bedankt...'

'Graag gedaan. Maar ik ben hier niet om te slijmen, ik ben hier om je te rekruteren.'

'Sorry, ik ben pacifist.'

'Heel grappig! En ik ben een pot – en wel eentje die graag rondblaat dat ze op meiden valt, dus ook ongeschikt voor het leger. Nee, ik ben een band aan het samenstellen. En omdat ik jou een extreem getalenteerd gitarist vind, ben ik hier om de wieg leeg te roven – artistiek gezien dan.'

Ook al was ik amper zestien en enigszins overdonderd door deze doortastende griet, toch had ik gezegd: 'Waarom niet? Wie zitten er nog meer in die band?'

'Ik op drums, jij op gitaar.'

'En?'

'Ach, dat zijn de belangrijkste onderdelen, vind je ook niet? Fantastische drummers en zingende gitaristen groeien helaas niet aan de bomen, zelfs niet in Oregon. Maak je geen zorgen: die lege plekken vul ik nog wel op. O ja, ik ben Liz.' Ze stak haar hand uit. Overal zaten korstjes en eelt: een goed teken voor een drummer.

Binnen een maand had Liz Fitzy en Mike ingelijfd, hadden we onszelf Shooting Star gedoopt en gingen we samen nummers schrijven. Nog een maand later hadden we ons eerste optreden.

Alweer een huisfeest, maar het leek in niets op de feesten waarop ik met Infinity 89 had gespeeld. Vanaf het allereerste moment was het anders. Toen ik mijn eerste akkoord aansloeg, was het alsof het licht werd uitgedaan: alles viel stil. We hadden meteen de aandacht van het publiek en wisten die ook vast te houden. In de pauze tussen de nummers joelden ze even luid, dan werden ze weer doodstil terwijl ze wachtten op het volgende.

Na verloop van tijd zouden ze ook verzoekjes gaan roepen. En op den duur kenden ze onze teksten zo goed, dat ze ze luid meezongen – wat nog weleens handig kon zijn als ik de woorden even kwijt was.

Algauw speelden we in de wat grotere clubs. Soms hoorde ik bargeluiden op de achtergrond: gerinkel van glazen, het geroep van bestellingen naar de barkeeper. En voor het eerst hoorde ik mensen mijn naam roepen: 'Adam!', 'Hierzo!' Veel van die stemmen waren van meiden.

En die meiden negeerde ik meestal. Want op dat moment begon ik net geobsedeerd te raken door een meid die nooit naar onze optredens kwam. Ik had haar cello zien spelen, bij mij op school. Toen Mia eenmaal mijn vriendin was en ook naar mijn optredens begon te komen – waar ze tot mijn verrassing werkelijk van leek te genieten (misschien niet van de optredens zelf, maar wel van onze muziek) – spitste ik soms mijn oren, op zoek naar haar stem. Ik wilde haar mijn naam horen roepen, ook al wist ik dat ze zoiets nooit zou doen. Ze was een beetje een onwillige wederhelft. Meestal hing ze backstage rond, waar ze me ernstig en gespannen bestudeerde. Maar zelfs toen ze zo ver was ontdooid dat ze soms als een normaal mens naar ons optreden durfde te gaan kijken (vanuit het publiek dus), bleef ze behoorlijk terughoudend. Toch bleef ik luisteren of ik haar stem hoorde. Het leek er niet erg toe te doen dat ik haar nooit hoorde: met gespitste oren naar haar zoeken was al bijna leuk genoeg.

En hoe bekender de band werd, hoe groter de optredens en hoe luider het gejuich. Toen werd het een tijdje helemaal stil: geen muziek, geen band, geen fans. Geen Mia.

En toen het terugkeerde – de muziek, de optredens, het publiek – klonk alles anders. Zelfs tijdens die twee weken toeren meteen na het uitkomen van *Collateral Damage*, merkte ik al hoeveel er was veranderd – alleen al door hoe anders alles klonk. Als we speelden, werden we omhuld door een muur van geluid, bijna alsof we in een luchtbel stonden, gemaakt van niets anders dan onze eigen herrie. En tussen de nummers in werd er geschreeuwd en gegild. En weldra, veel eerder dan ik ooit had kunnen bedenken, speelden we op gigantische locaties – arena's, stadions – voor meer dan vijftienduizend fans.

Op dit soort plekken zijn altijd zoveel mensen en zoveel lawaai, dat het vrijwel onmogelijk is om daar één stem in te onderscheiden. Het enige wat ik nog hoor – naast onze instrumenten, die tegenwoordig uit de krachtigste boxen die maar verkrijgbaar zijn de wereld in schallen – is het uitzinnige gekrijs van het publiek als wij backstage staan en de lichten uitgaan, in afwachting van ons verschijnen. Als we eenmaal op het podium staan, smelt dat nietaflatende geschreeuw van de menigte samen, totdat het klinkt als het woeste gebulder van een orkaan. Op sommige avonden zou ik zelfs durven zweren dat ik de adem uit al die vijftienduizend kelen kan voelen.

Ik hou niet van dit geluid. Het monolithische, massale ervan doet me mijn gevoel van richting verliezen.

Een paar optredens lang verruilden we daarom onze wigvormige monitors voor op maat gemaakte oorstukjes. Het geluid was perfect, alsof je in de studio stond, en het gebrul werd er volledig door geblokt. Maar ergens maakte dat het zelfs nog erger.

Ik voel me toch al zo afgesloten van het publiek door de letterlijke afstand tussen hen en ons, gecreëerd door een gigantisch podium en een legertje beveiligers dat de fans ervan weerhoudt het podium te beklimmen, om ons aan te raken of te stagediven, zoals ze vroeger altijd deden. Maar meer nog haat ik het dat het haast onmogelijk is om één enkele stem te onderscheiden. Ik weet het niet, misschien spits ik nog steeds mijn oren om die ene stem te horen.

Toch, eens in de zoveel tijd, als Mike of ik even pauzeren om onze gitaar opnieuw te stemmen of een slok water te nemen, wacht ik expres nog wat langer en spits mijn oren om één stem uit het publiek eruit te pikken. En eens in de zoveel tijd lukt me dat nog ook. Dan hoor ik iemand roepen om een bepaald nummer, of gillen: *Ik hou van jullie!* Of ze scanderen mijn naam.

Terwijl ik hier zo sta, midden op de Brooklyn Bridge, denk ik aan die stadionshows en hun orkaangebulder van witte ruis. Want het enige wat ik nu nog hoor, is geraas in mijn hoofd, een woordenloos gebulder, terwijl Mia van me wegloopt en ik mijn best doe haar te laten gaan.

Maar er is ook nog iets anders. Een piepklein stemmetje dat erdoorheen probeert te breken, het betekenisloze geraas probeert te doorboren. Een stem die steeds krachtiger wordt, steeds zwaarder, net zolang totdat het mijn eigen stem is, die zich afvraagt: *Hoe kan het dat ze dat weet?*

# ACHTTIEN

*Ben je gelukkig in je ellende?*
*Rust je vredig in vreugdeloosheid?*
*Het is de laatste band die ons bindt*
*Mijn enige bron van troost*

'Blue'
*Collateral Damage*, nummer 6

Mia is weg.

De brug lijkt wel een spookschip uit vroeger tijden, zelfs nu hij zich vult met het meest eenentwintigste-eeuwse menstype dat er bestaat: de vroege-ochtend-jogger.

En ik, ik ben weer alleen.

Maar... ik sta nog overeind, ik adem nog steeds. En ergens voel ik me ook best goed.

Toch neemt die ene vraag nog steeds toe in kracht en omvang: *Hoe kan het dat ze dat weet?* Ik heb nooit iemand verteld wat ik destijds van haar heb gevraagd: de verpleegsters niet, haar grootouders niet, Kim niet. En Mia zelf niet. Dus hoe weet ze het dan?

*Als je blijft, zal ik alles doen wat je maar wilt. Ik stap uit de band, ga met je mee naar New York... Maar als je wilt dat ik je met rust laat, zal ik dat ook doen.* Misschien is terugkeren naar je oude leven gewoon te pijnlijk voor je; is het makkelijker om ons helemaal uit je leven te wissen. Dat zou natuurlijk klote zijn... maar ik zóú het voor je overhebben. Liever dat ik je op die manier kwijtraak, dan dat ik je vandaag verlies. Ik zal je laten gaan... als jij blijft.

Dat was mijn gelofte. En dat is sindsdien mijn geheim geweest, mijn last, mijn grote schande. Dat ik haar heb gevraagd te blijven, en dat zij naar me heeft geluisterd.

Want nadat ik mijn belofte had waargemaakt en haar een cellostuk van Yo-Yo Ma had laten horen, had het geleken alsof ze me echt had gehoord. Ze gaf een kneepje in mijn hand, waarna ik had gedacht dat het precies zoals in de film zou gaan. Maar helaas, het enige wat ze deed, was knijpen: Mia bleef buiten bewustzijn. Toch bleek dat ene kneepje achteraf haar eerste vrijwillige spierbeweging te zijn geweest, gevolgd door nog meer kneepjes, waarna haar ogen zich even trillerig openden, de volgende keer iets langer.

Een van de verpleegsters had me uitgelegd dat Mia's brein was als dat van een jong vogeltje dat door zijn eierschaal heen probeert te pikken; dat dat kneepje het begin was van een verschijnsel dat dagenlang doorwerkte... totdat ze uiteindelijk ontwaakte en om een slokje water vroeg.

Als ze het later over het ongeluk had, zei Mia altijd dat die hele week één groot waas was; dat ze zich er helemaal niets van herinnerde. En ik was niet van plan haar te vertellen van de belofte die ik had gedaan – een belofte waar ik op het laatst toe werd gedwongen me aan te houden.

Maar zij wíst het.

Geen wonder dat ze me haat.

Ergens, op een bizarre manier, is het ook wel een opluchting. Ik ben het zo zat om met dit geheim rond te sjouwen. Zo zat om me schuldig te voelen omdat ik haar heb gedwongen te blijven leven; me boos op haar te voelen omdat ze nu zonder mij leeft; me een hypocriet te voelen door deze hele rottige toestand.

Ik blijf een poos op de brug staan en laat haar van me weglopen. Dan loop ik kalm de resterende honderd meter naar de helling naar beneden. Ik heb zojuist op de weg onder me tientallen taxi's zien langsrijden, dus al heb ik geen flauw idee waar ik precies ben, ik weet zeker dat ik zo een taxi heb die me kan terugbrengen naar mijn hotel. De helling eindigt echter in een soort voetgangersgebied waar geen autoverkeer kan komen. Ik wuif naar een jogger, een man van middelbare leeftijd die puffend de brug af komt, en vraag hem waar ik een taxi kan nemen.

Hij wijst naar een groep gebouwen. 'Daar staat doordeweeks meestal een hele rij. Ik weet niet hoe het in het weekend zit, maar daar vind je vast wel ergens een taxi.'

Hij heeft een iPod bij zich. De oordopjes heeft hij er even uitgetrokken om tegen mij te praten, maar de muziek staat nog aan. Het is Fugazi: die vent jogt verdorie op Fugazi! Ik hoor nog net het laatste stukje van 'Smallpox Champion', daarna begint 'Wild Horses' van de Rolling Stones. De muziek is, hoe zal ik het zeggen, als een vers broodje op een lege maag of een knapperende houtkachel op een ijskoude dag: hij kruipt via de oordopjes naar me toe en probeert me iets duidelijk te maken.

De man kijkt me aan. 'Ben jij soms Adam Wilde? Van

Shooting Star?' vraagt hij – duidelijk niet als fan, maar gewoon uit nieuwsgierigheid.

Met moeite ruk ik me los van de muziek en richt mijn aandacht op de man. 'Ja, dat ben ik.' Ik steek mijn hand uit. 'Ik wil niet onbeleefd klinken,' zegt hij, nadat we handen hebben geschud, 'maar wat doe jij op een zaterdagochtend om halfzeven in Brooklyn? Ben je verdwaald of zo?'

'Nee, dat niet. Niet meer althans.'

Mick Jagger zingt ondertussen vrolijk door. Ik moet op mijn lip bijten om niet mee te doen. Vroeger ging ik de deur niet uit zonder mijn muziek. Daarna werd het als bij alle andere dingen: pakken of laat maar zitten. Maar nu denk ik: pakken! Nu heb ik het gewoon nodig. 'Mag ik u een waanzinnig grote – of eigenlijk gewoon waanzinnige – gunst vragen?' vraag ik.

'Eh, ja…?'

'Mag ik uw iPod lenen, alleen voor vandaag? Als u me uw naam en adres geeft, laat ik hem keurig bij u terugbezorgen. Ik beloof u dat u hem morgen vóór het hardlopen weer terug heeft.'

Hij schudt lachend zijn hoofd. 'Nou… één idioot-vroegerenpartij per weekend is me wel genoeg, hoor. Maar je mag hem gerust lenen. Alleen, de zoemer van mijn flat doet het niet, dus eh…, laat hem maar bezorgen bij Nick, in het Southside Café op Sixth Avenue, in Brooklyn. Daar ben ik elke ochtend te vinden.'

'Nick, Southside Café, Sixth Avenue, Brooklyn – hebbes. Ik zal het niet vergeten, dat beloof ik u.'

'Ik geloof je graag,' zegt hij, terwijl hij de snoeren begint op te winden. 'Ik ben alleen bang dat je er geen Shooting Star op zult vinden.'

'Des te beter. Ik zorg ervoor dat u hem vanavond nog terug heeft.'

'O, dat komt wel goed,' zegt hij. 'De batterij was helemaal opgeladen toen ik thuis wegging, dus je zit op zijn minst goed voor... een uurtje. Tja, het is wel een dinosaurus, hoor,' grinnikt hij zacht. Dan rent hij weg, zonder om te kijken nog één keer naar me zwaaiend.

Ik steek de oordopjes van de iPod in mijn oren. Het is inderdaad een oud beestje. Ik bedenk dat ik een nieuwe voor hem moet kopen als ik deze teruggeef. Ik scroll door zijn verzameling: van alles, van Charlie Parker via Minutemen naar Yo La Tengo. En allemaal gesorteerd op verschillende speellijsten.

Ik kies er eentje met de titel Goede Nummers. Als ik de pianoriedel aan het begin van 'Challengers' van de New Pornographers hoor, weet ik dat ik in goed gezelschap ben. Het volgende nummer is van Andrew Bird. Het wordt gevolgd door een te heftig Billy Bragg en Wilco-nummer dat ik in geen jaren meer heb gehoord. Daarna komt Sufjan Stevens' 'Chicago', een nummer dat ik vroeger geweldig vond, maar waar ik op een gegeven moment niet langer naar kon luisteren, omdat het me te veel ontroerde. Nu is het echter precies goed: als een koel bad na een koortsige zweetpartij. Het helpt de jeuk te verzachten, van al die onbeantwoordbare vragen waar ik mezelf nu niet langer mee moet kwellen.

Ik draai het volume voluit, zodat zelfs mijn sufgebeukte trommelvliezen ervan schrikken. En opgeteld bij de herrie van een ontwakend *downtown* Brooklyn – rammelende metalen roosters, ronkende bussen – is dat behoorlijk hard.

Als een stem al dat kabaal probeert te doorboren, hoor

ik hem dan ook bijna niet. En toch is het de stem waar ik al die jaren naar heb gezocht. 'Adam!' schreeuwt hij.

Ik geloof mijn oren eerst niet, zet Sufjan af, kijk om me heen. En daar heb je haar: ze staat nu recht voor me, haar gezicht gestreept van de tranen.

En dan zegt ze mijn naam opnieuw – en het is alsof 't het allereerste woord is dat ik in mijn leven hoor.

Ik heb haar losgelaten. Echt waar. Maar hier is ze toch weer, recht voor me.

'Ik dacht dat ik je kwijt was! Ik ging terug om je te zoeken op de brug, maar toen ik je niet zag, nam ik aan dat je was teruggelopen naar Manhattan. En toen bedacht ik het achterlijke idee om je in te halen per taxi en je aan de andere kant in een hinderlaag te laten lopen. Ik weet dat het egoïstisch is. Ik heb gehoord wat je zei, daarnet op de brug. Maar daar kunnen we het niet bij laten! Dat kan ík niet, niet nóg eens. We moeten anders afscheid van elkaar nemen. Ik wed...'

'Mia?' onderbreek ik haar, mijn stem een vraagteken en een liefkozing tegelijk.

Ze houdt abrupt haar mond.

'Hoe wist je het?'

Mijn vraag komt volledig uit de lucht vallen. Toch lijkt ze exact te weten waar ik het over heb 'O, dat,' zegt ze. 'Dat ligt nogal ingewikkeld.'

Ik begin achteruit van haar weg te lopen. Ik heb het recht niet haar dit te vragen; en zij is op geen enkele manier verplicht het me te vertellen. 'Het is al goed. Het is weer goed tussen ons, het is weer goed met mij.'

'Nee, Adam. Stop,' zegt ze.

Ik stop.

'Ik wíl het vertellen; ik móét je alles vertellen. Ik denk alleen dat ik eerst wat koffie nodig heb, voor ik alles goed genoeg op een rijtje heb om het te kunnen uitleggen.'

Ze leidt me vanuit de binnenstad naar een oude wijk, en naar een bakkerij in een straat met kinderkopjes. De ramen zijn verduisterd, de deur dicht: alles wijst erop dat deze zaak gesloten is. Maar als ze aanklopt, wordt de deur binnen een minuut geopend door een man met borstelig haar en bloem in zijn stugge baard. Hij roept: *Bonjour!* en kust Mia op beide wangen. Ze stelt hem aan me voor als Hassan, waarna hij verdwijnt in de bakkerij. Hij laat de deur op een kier staan. Het warme aroma van boter en vanille kringelt de ochtendlucht in. Hassan komt terug met twee grote mokken koffie en een bruine papieren zak met donkere vetvlekken. Mia geeft me mijn koffie aan. Als ik de beker open, zie ik een stomende pikzwarte massa – precies zoals ik hem graag drink.

Het is inmiddels ochtend. We vinden een bankje aan de Brooklyn Heights Promenade – nog één van Mia's favoriete New Yorkse plekjes, zo vertelt ze me: vlak aan de East River en Manhattan zo dichtbij dat je het bijna kunt aanraken. In een aangename stilte drinken we onze koffie, met Hassans nog warme croissants.

Het voelt zo goed – zo als vroeger – dat ik best op een magische stopwatch zou willen drukken, om voor eeuwig in dit moment te kunnen blijven. Alleen, er bestaan geen magische stopwatches, en er zijn vragen die moeten worden beantwoord.

Mia lijkt echter geen haast te hebben. Zij slurpt, kauwt, tuurt naar de stad. En dan eindelijk, als ze haar laatste slok koffie op heeft, draait ze zich naar mij toe.

'Ik loog daarnet niet, toen ik zei dat ik me niets van het ongeluk herinnerde of van meteen daarna,' begint ze. 'Maar op een gegeven moment begon ik me toch wél dingen te herinneren. Of... niet echt herinneren, maar meer dat ik bepaalde bijzonderheden hoorde die wel heel erg vertrouwd aanvoelden. Ik zei tegen mezelf dat dat kwam doordat ik die verhalen steeds maar weer had horen vertellen, maar dat was het niet.

Maar laat ik even een jaar of anderhalf doorspoelen. Ik ben nu bij mijn zevende of achtste therapeut.'

'Aha, dus je bent wel in therapie?'

Ze houdt haar hoofd schuin. 'Natuurlijk, ik heb psychiaters versleten als schoenen. Ze zeiden allemaal hetzelfde.'

'Wat dan?'

'Dat ik boos was: boos dat dat hele ongeluk was gebeurd, boos dat ik het als enige had overleefd en boos op jou.'

Ze schenkt me een verontschuldigende grijns. 'Al dat andere begreep ik, maar dat van jou? Ik bedoel: waarom? En toch was het zo. Ik voelde zelf hoe...' – haar stem sterft even weg – '...woest ik was,' maakt ze haar zin zacht af. 'Er waren allerlei voor de hand liggende redenen: hoe jij je van me terugtrok, hoe het ongeluk ons had veranderd... Maar dat paste toch niet echt bij de blinde woede die ik plotseling voelde toen ik eenmaal weg was. Ik denk dat ik eigenlijk, ergens diep binnen in me, altijd al heb geweten dat jij me had gevraagd te blijven – lang voordat ik het me echt herinnerde. Klinkt dat een beetje logisch?'

*Eh... nee, ja, weet ik veel.* 'Niets van dit alles klinkt logisch,' zeg ik.

'Ja, ik weet het. Maar goed, ik was dus boos op jou – en wist niet waarom. En ik was boos op de hele wereld – en wist wel waarom. Ik haatte mijn therapeuten, vond ze allemaal waardeloos. Ik was één brok zelfdestructieve woede en geen van hen deed meer dan me vertellen dat ik één brok zelfdestructieve woede was. Totdat ik Nancy vond, had ik meer aan mijn leraren op Juilliard dan aan hen. Ja hallo, ik wist heus wel dat ik boos was. Maar vertel me dan wat ik met die boosheid moet! Afijn, toen stelde Ernesto dus hypnotherapie voor. Dat had hem geholpen te stoppen met roken, geloof ik,' zegt ze, en ze geeft een por in mijn ribben.

Ja hoor, Meneer Perfect rookte natuurlijk niet. En natuurlijk was hij degene die haar had geholpen de reden dat ze mij haatte aan het licht te brengen.

'Dat was best een risico,' vervolgt ze. 'Want hypnose heeft de neiging verborgen herinneringen los te woelen. Sommige trauma's zijn gewoon te veel voor de bewuste geest: die moet je via de achterdeur proberen te bereiken. Dus onderwierp ik me met enige tegenzin aan een paar sessies. Het was totaal anders dan wat ik had verwacht: geen slingerende amulet voor mijn gezicht, geen metronoom. Het was meer zo'n oefening waarbij je je onder begeleiding allerlei dingen probeert voor te stellen, zoals we op schoolkamp ook wel eens deden. In het begin gebeurde er niets. Toen ging ik in de zomervakantie naar Vermont en stopte er helemaal mee.

Een paar weken later kreeg ik echter ineens van die flitsen. Van alles door elkaar. Zoals dat ik me een operatie herinnerde en precies de muziek kon horen die de artsen toen in de operatiekamer hadden aanstaan. Ik heb er zelfs even over gedacht om ze te bellen en te vragen of die herinnering klopte, maar er was toen al zoveel tijd overheen gegaan dat ik betwijfelde of zij het nog wel wisten.

Maar ergens had ik ook niet het gevoel dat ik het nog hóéfde te vragen. Mijn vader vertelde altijd dat toen ik net geboren was, ik hem zo volkomen bekend voorkwam, dat hij bijna zeker wist dat hij me al zijn hele leven kende (wat vooral grappig was omdat ik erg weinig op hem of mam leek). Maar bij die eerste herinneringen voelde ik dezelfde stelligheid: dat het allemaal precies zo was gebeurd, dat ik erbij was geweest. Toch wist ik de puzzelstukken pas aan elkaar te passen toen ik aan een cellostuk zat te werken (veel van mijn herinneringen lijken terug te komen tijdens het spelen). Het was een stuk van Gershwin: *Andante con moto e poco rubato*.'

Als ik mijn mond open om iets te zeggen, komt er eerst geen geluid uit. 'D-d-dat heb ik toen voor je gespeeld,' zeg ik uiteindelijk.

'Weet ik.' Ze lijkt helemaal niet verrast.

Ik buig naar voren, stop mijn hoofd tussen mijn knieën en haal een paar maal diep adem. Ik voel Mia's hand zacht in mijn nek.

'Adam?' klinkt haar stem aarzelend. 'Er is nog meer. En dan wordt het ook een beetje eng. Ergens vind ik het wel logisch, dat mijn geest de dingen die rond mijn lichaam gebeurden terwijl ik buiten bewustzijn was, op de een of andere manier toch heeft opgeslagen. Maar er zijn ook nog andere dingen, andere herinneringen...'

'Zoals?' fluister ik.

'Het meeste ervan is wazig, maar ik heb ook een paar hele krachtige herinneringen, aan dingen die ik gewoon niet kán weten, omdat ik er helemaal niet bij was. Zo is er één herinnering van jou: het is donker en jij staat buiten, onder de schijnwerpers bij de ingang van het ziekenhuis, te wachten tot je mij mag zien. Je draagt je leren jack en kijkt naar boven, alsof je mij zoekt. Heb je dat echt gedaan?'

Met haar hand onder mijn kin tilt ze mijn gezicht op, ditmaal duidelijk op zoek naar de bevestiging dat het echt zo is gebeurd.

Ik wil haar best vertellen dat ze het bij het rechte eind heeft, maar ik ben even compleet vergeten hoe ik moet praten. Mijn gezicht lijkt echter genoeg bevestiging te leveren.

Ze knikt zacht. 'Hoe kan dat? Zeg het me, Adam: hoe kan ik dat weten?'

Ik weet niet of dat een retorische vraag is, of dat ze werkelijk denkt dat ik dit bovennatuurlijke mysterie voor haar kan oplossen.

Maar ik ben hoe dan ook niet in staat om antwoord te geven, want ik huil. Ik besef het pas wanneer ik het zout op mijn lippen proef. Ik kan me niet herinneren wanneer ik dat voor het laatst heb gedaan. Maar zodra ik de vernedering dat ik zit te janken als een baby aanvaard, gaan de sluisdeuren open en laat ik alles eruit – onder Mia's ogen. Onder de ogen van de hele vervloekte wereld.

# NEGENTIEN

De allereerste keer dat ik Mia Hall zag, was zes jaar geleden. Onze middelbare school had een vrij grote kunstafdeling, en als je muziek als keuzevak nam, kon je kiezen voor lessen of voor zelfstandig studeren, waarbij je gebruik mocht maken van de oefenstudio's. Mia en ik gingen allebei voor de zelfstandige studie.

Ik had haar al een paar keer eerder cello zien spelen, maar dat had niet veel indruk gemaakt. Ik bedoel, ze was best leuk om te zien en zo, maar niet echt mijn type. Zij speelde klassieke muziek, ik rock. Water en vuur, je kent dat wel.

Ze was me dus nog niet echt opgevallen, tot ik haar op een dag zag 'niet-spelen'. Ze zat in een van de geluiddichte oefencabines, haar cello rustend tegen haar knieën, de strijkstok enkele centimeters boven de kam. Haar ogen waren dicht, in haar voorhoofd stond een lichte rimpel. Ze zat zo doodstil dat het leek alsof ze even uit haar lichaam was getreden. Maar ook al verroerde ze zich niet en waren haar ogen gesloten, toch wist ik dat ze naar muziek zat te luisteren; dat ze noten uit de stilte plukte, als een eekhoorn die voor de winter eikeltjes verzamelt, nog vóór ze begon te spelen. Ik stond naar haar te kijken, als aan de grond genageld, net zo lang tot ze leek te ontwaken en met intense concentratie begon te spelen. Toen ze uiteindelijk naar me opkeek, maakte ik gauw dat ik wegkwam.

Vanaf die tijd raakte ik steeds gefascineerder door haar en haar talent om muziek te horen in de stilte. Dat wilde ik ook kunnen! Dus ging ik steeds kijken terwijl ze speelde. Ik maakte mezelf wijs dat ik zoveel aandacht voor haar had omdat ze als muzikant even bezield was als ik én omdat ze er leuk uitzag. Maar om eerlijk te zijn wilde ik ook proberen te begrijpen wat zij in de stilte hoorde.

In al die tijd dat we met elkaar gingen, geloof ik niet dat ik hier ooit achter ben gekomen. Maar toen ze eenmaal mijn vriendin was, hoefde dat ook niet meer voor mij. We waren allebei geobsedeerd door muziek, maar elk op onze eigen manier. En als we de obsessie van de ander wel eens niet helemaal begrepen, maakte dat niet uit, omdat we onze eigen obsessie wel begrepen.

Ik weet precies over welk moment Mia het heeft.

Kim en ik waren naar het ziekenhuis gereden in Sarahs roze Dodge Dart. Ik kan me helemaal niet meer herinneren dat ik Liz' vriendin heb gevraagd of ik haar auto mocht lenen. Of dat ik erin heb gereden. Of hoe ik hem omhoog heb geloodst naar de heuvels waarop het ziekenhuis ligt, of hoe ik zelfs maar wist hoe ik moest rijden. Ik weet alleen nog dat ik het ene moment in een theater in de binnenstad van Portland stond te soundchecken voor ons optreden van die avond, toen Kim ineens opdook met het afschuwelijke nieuws. Het volgende moment stond ik voor dat ziekenhuis.

Wat Mia zich – op onverklaarbare wijze – herinnert, is zo'n beetje het eerste heldere speldenprikje in die hele petrischaaltjesnevel tussen het horen van het bericht en het arriveren bij het traumacentrum. Kim en ik hadden de auto net geparkeerd, ik was voor haar uit de garage uitgelopen. Ik had namelijk een paar seconden nodig om me te herpakken, om me voor te bereiden op wat ik op het punt stond te zien.

Ik herinner me heel goed dat ik omhoogkeek naar dat boven me uittorenende gebouw, me afvragend of Mia daarbinnen ergens was. Mijn hart bonsde paniekerig in mijn keel toen ik bedacht dat ze misschien al was overleden, in de tijd dat het Kim had gekost om mij op te halen. Maar toen had ik iets gevoeld, een soort golf – niet echt van hoop, ook niet van opluchting, maar meer een soort van wéten dat ze er nog was. En dat was genoeg geweest om de kracht te vinden die deuren open te duwen.

Ze zeggen dat alles een reden heeft, maar ik weet niet of ik dat wel wil geloven. Ik weet niet of ik ooit een reden zal zien voor wat Kat, Denny en Teddy die dag is overkomen.

Het duurde eeuwen voor ik Mia kon zien. Toen ik op de Intensive Care door het verplegend personeel werd weggestuurd, bedachten Kim en ik een plan om stiekem binnen te komen. Niet dat ik me dat toen realiseerde, maar ik geloof dat ik op een merkwaardige manier tijd aan het rekken was, om kracht te verzamelen. Ik wilde niet breken zodra ik bij haar was. Waarschijnlijk omdat ik ergens wist dat Mia dat – zelfs diep in coma – zou merken.

Maar natuurlijk brak ik uiteindelijk toch. Toen ik haar eindelijk te zien kreeg, moest ik bijna overgeven. Haar huid zag eruit als vloeipapier, haar ogen waren bedekt met tape. In elk deel van haar lichaam staken slangetjes, die al-lerlei vloeistoffen en bloed erin pompten en een of ander eng goedje eruit. Ik schaam me om het te zeggen, maar toen ik die eerste keer haar kamer binnen kwam, was ik het liefst hard weggehold.

Maar dat kon ik niet maken; wílde ik ook niet. Dus richtte ik me maar op dat deel van Mia dat nog enigszins op haar leek: haar handen. Ook al zaten er allemaal meet-apparaatjes aan haar vingers, ze zagen er nog steeds uit als háár handen. Ik voelde aan de vingertoppen van haar lin-kerhand. Ze voelden glad en soepel aan, als oud leer. Ik ging met mijn vingers over het knobbelige eelt op haar duimen. En omdat haar handen – zoals altijd – ijskoud waren, begon ik ze op te warmen – zoals altijd.

En terwijl ik zo zat te wrijven, bedacht ik hoe fijn het was dat haar handen er nog zo goed uitzagen. Want zon-der handen, geen muziek; en zonder muziek zou Mia echt alles zijn kwijtgeraakt. Ik weet nog dat ik dacht dat ze dat op de een of andere manier moest weten; dat ze eraan moest worden herinnerd dat ze de muziek nog had om naar terug te keren.

Dus rende ik weg van de Intensive Care. Ergens vreesde ik dat ik haar nu nooit meer levend zou zien, maar ik wist ook dat ik dit voor haar moest doen. Toen ik terugkwam, liet ik haar dat stuk van Yo-Yo Ma horen.

En dat is het moment waarop ik haar die belofte deed. De belofte waaraan ze me ook heeft gehouden.

Ik deed wat ik moest doen. Dat weet ik nu. En dat moet ik al die tijd al geweten hebben. Het was alleen zo moei-lijk om door mijn woede heen te prikken.

En het is niet erg dat zij boos is; het is zelfs niet erg dat ze me haat. Het was egoïstisch wat ik van haar heb gevraagd – ook al bleek het uiteindelijk het meest niet-egoïstische wat ik ooit heb gedaan. Het meest niet-egoïstische wat ik zal moeten doorzetten.

Maar ik zou het zo weer doen. Dat weet ik nu ook. Ik zou haar die belofte duizendmaal opnieuw doen en haar duizendmaal opnieuw willen verliezen – om haar zoals gisteravond te kunnen horen spelen of nu hier in het ochtendzonlicht te kunnen zien zitten.

Of zelfs zonder dat: om simpelweg te weten dat ze er nog is. Dat ze nog leeft.

Mia kijkt hoe ik op de Promenade alles eruit gooi. Ze is er getuige van hoe de kloven openbarsten en de lava eruit stroomt – een gigantische explosie van wat er voor haar waarschijnlijk uitziet als verdriet.

Maar ik huil niet van verdriet. Ik huil van dankbaarheid.

# TWINTIG

*Laat iemand me wakker maken als het voorbij is*
*Als de avondstilte alles zachtjes verguldt*
*Leg me neer op een bed van klaver*
*O, want deze last kan ik niet alleen dragen*

'Hush'
*Collateral Damage*, nummer 13

Als ik mezelf eindelijk weer in de hand heb en langzaam kalmeer, voelen mijn ledematen alsof ze van dood hout zijn. Mijn oogleden beginnen te zakken. Ook al heb ik net een enorme mok waanzinnig sterke koffie op, het lijkt wel alsof er slaappillen in zaten. Ik zou best op deze bank willen gaan liggen. Ik draai me naar Mia en zeg dat ik wil slapen.

'Ik woon hier maar een paar blokken vandaan,' zegt ze. 'Je kunt wel even bij mij logeren.'

Mijn lijf is volgestroomd met die krachteloze kalmte die bij mij altijd volgt op een huilpartij. Zo heb ik me niet meer gevoeld sinds ik een kind was – een gevoelig kind dat zich druk maakte over een of ander onrecht, totdat mijn moeder me, als ik helemaal was uitgehuild, doodmoe in bed stopte. Ik zie ineens Mia voor me, die me in een eenpersoonsbed stopt en het Buzz Lightyear-dekbed optrekt tot aan mijn kin.

Het is nu helemaal ochtend, overal lopen klaarwakkere mensen.

Tijdens het lopen maakt de rustige woonwijk plaats voor een winkelstraat vol boetieks, cafés en hippe lui. Ik word dan ook algauw herkend. Ik doe echter geen moeite mijn toevlucht te zoeken tot de bekende trucs (zonnebril, pet), probeer me niet langer te verbergen.

Mia zigzagt tussen de steeds drukker wordende mensenmassa door en slaat dan af, naar een lommerrijke straat vol voorname huizen. Ze stopt voor een klein koetshuis van rode baksteen. 'Oost west, thuis best... Ik huur het van een violist die tijdelijk in het Weens Filharmonisch zit. Ik woon hier al negen maanden: een record!'

Ik volg haar het compactste huis in dat ik ooit heb gezien. De benedenverdieping bestaat uit weinig meer dan een woonkamer en een keuken, met een glazen schuifdeur naar een tuin die tweemaal zo diep is als het huis.

Er staat een grote witte bank. Mia gebaart me erop te gaan liggen.

Ik schop mijn schoenen uit en laat me vallen. Ik zak meteen weg in de zachte kussens.

Mia tilt mijn hoofd op en legt er een kussen onder. Dan pakt ze een zachte deken, legt deze over me heen en stopt me in, precies zoals ik had gehoopt.

Ik wacht tot ik haar voetstappen de trap op hoor lopen, waar de slaapkamer zich vast bevindt, maar dan voel ik aan het indeuken van de kussens dat ze op het andere eind van de bank gaat liggen. Ze beweegt een paar maal met haar benen (haar voeten liggen op slechts een paar centimeter van de mijne), dan hoor ik een diepe zucht en algauw vertraagt haar ademhaling tot een ritmisch patroon: ze slaapt.

Binnen enkele minuten heb ik haar voorbeeld gevolgd.

Als ik wakker word, stroomt het licht het huisje binnen. Ik voel me zo opgefrist, dat ik even bang ben dat ik wel tien uur heb geslapen en mijn vlucht heb gemist. Een vlugge blik op de keukenklok leert me echter dat het pas even voor tweeën is – nog steeds zaterdag. Ik heb maar een paar uurtjes geslapen. Om vijf uur moet ik bij Aldous op het vliegveld zijn.

Mia slaapt nog: ze ademt diep, snurkt net niet. Ik kijk een poosje naar haar. Ze ziet er zo vredig, zo vertrouwd uit. Zelfs vóórdat ik de slapeloze werd die ik tegenwoordig ben, had ik al moeite met in slaap vallen. Mia kon echter vijf minuten zitten lezen, zich op haar zij rollen en... weg was ze.

Een haarlok is over haar gezicht gegleden. Hij wordt bij elke in- en uitademing naar binnen gezogen en weer naar buiten geblazen. Zonder erbij na te denken, leun ik naar voren en veeg hem weg. Mijn vinger raakt per ongeluk ook haar lippen. Dit voelt zo natuurlijk – alsof er geen drie jaar tussen zitten – dat ik bijna in de verleiding kom ook haar wangen, haar kin, haar voorhoofd te strelen.

Bijna. Maar toch maar niet. Het is alsof ik haar door een prisma bekijk: voor het grootste deel is ze nog steeds het meisje dat ik kende. Maar er is iets anders, het plaatje klopt niet helemaal, waardoor het idee een slapende Mia aan te raken niet lief of romantisch meer is, maar meer iets voor een stalker...

Ik recht mijn rug en strek mijn ledematen. Ik wil haar eigenlijk wakker maken, maar kan mezelf er nog niet toe brengen.

In plaats daarvan begin ik maar een beetje door haar huis te dwalen. Ik was zo ver heen toen we hier een paar uur geleden binnenkwamen, dat ik er weinig aandacht aan heb besteed. Nu ik dat wel doe, zie ik dat het hier merkwaardig genoeg lijkt op het huis waarin Mia is opgegroeid. Hetzelfde allegaartje van dingen aan de muur bijvoorbeeld – een fluwelen Elvis, een poster uit 1955 van de World Series tussen de Brooklyn Dodgers en de New York Yankees – en dezelfde soort versieringen, zoals een slinger van lichtjes in de vorm van rode pepers rond de deurposten.

En overal foto's: aan alle muren en op elke vrije centimeter kast- en plankruimte. Honderden foto's van haar familie, waaronder zo te zien ook de kiekjes die eens in haar oude huis hingen. Ik zie Kat en Denny's trouwportret; Denny in een stoer leren jack en met een piepkleine baby Mia op zijn arm; een achtjarige Mia met haar cello en een gigantische grijns op haar gezicht; Mia en Kat met een knalrode Teddy, enkele minuten na zijn geboorte. En daar heb je zelfs dat hartverscheurende plaatje van Mia die Teddy voorleest, waar ik bij haar grootouders nooit naar kon kijken (hoewel het me hier, in Mia's eigen huis, toch minder shockeert).

Ik loop het keukentje in. Daar vind ik een ware fotogalerij van Mia's grootouders voor een overvloed aan orkestbakken; ooms, tantes, neefjes en nichtjes wandelend door de bergen van Oregon of grote pullen bier optillend;

een mengelmoes van plaatjes van Henry, Willow, Trixie en het jongetje dat Theo moet zijn. Een foto van Kim en Mia op de middelbare school, eentje van hen tweeën boven op het Empire State Building – die me er met de neus op drukt dat hun relatie níét is verbroken; dat zij inmiddels samen dingen hebben meegemaakt waar ik niets van afweet – en nóg een foto van Kim, in een kogelvrij vest, met rommelig los haar dat wappert in een stoffige wind.

En dan zijn er nog diverse foto's van musici in avond-kleding en met champagneglazen in de hand; een man in smoking, met een heldere blik, een bos wilde krullen en een dirigeerstok in de hand; dezelfde vent die een stel sjofel uitziende kinderen staat te dirigeren; en hij nog een keer, ditmaal naast een hele knappe zwarte vrouw, terwijl hij een totaal-niet-sjofel-uitziend kind een kus geeft. Dat moet Ernesto zijn.

Ik loop de achtertuin in, voor mijn ochtendsigaretje. Ik beklop mijn zakken, maar het enige wat ik vind, is mijn portemonnee, mijn zonnebril, de geleende iPod en het ge-bruikelijke assortiment aan plectrums dat zich altijd in mijn kleding ophoudt. Ik heb mijn sigaretten vast achter-gelaten op de brug. Geen rokertje dus, en geen pillen. Van-daag lijkt een prima dag om te stoppen met al die slechte gewoontes.

Ik loop weer naar binnen en kijk nog eens goed rond. Dit is niet het soort woning dat ik had verwacht. Door al die verhalen van haar over verhuizingen, had ik me een plek vol dozen voorgesteld: onpersoonlijk, steriel. En on-danks wat ze vertelde over geesten, had ik nooit gedacht dat ze zich zo knus met hen zou omringen.

Behalve mijn geest dan. Ik zie geen enkele foto van mij,

ook al heeft Kat me op zoveel van hun familiefoto's ver-
eeuwigd. Zij had zelfs een ingelijste foto van mij, Mia en
Teddy in Halloween-outfit boven de oude schoorsteen-
mantel in hun woonkamer gehangen: een ereplek in het
huis van de familie Hall. Maar hier niet: geen enkele
van de malle kiekjes die Mia en ik van elkaar maakten,
zoenend of rare-bekken-trekkend terwijl een van ons de
camera op armlengte afstand hield. Ik was dol op die
plaatjes. Er stond altijd wel een half hoofd op of een
levensgrote vinger in beeld, maar ze straalden iets heel
oprechts uit.

Ik voel me niet beledigd. Voorheen zou ik dat misschien
wel zijn geweest. Maar ik begrijp het nu: de plek die ik in
Mia's leven, in haar hart innam, is die dag in het ziekenhuis,
nu drieënhalf jaar geleden, onomkeerbaar veranderd.

Afsluiten. Ik haat dat woord. Psychiaters zijn er echter
dol op. Net als Bryn. Volgens haar heb ik mijn relatie met
Mia nooit goed afgesloten. 'Mm, ruim vijf miljoen mensen
hebben mijn afsluiting anders gekocht en beluisterd,' antwoord ik dan altijd.

Terwijl ik daar zo sta, in dit doodstille huis (ik hoor de
vogels buiten tjilpen), geloof ik echter dat ik het idee achter dat afsluiten een beetje begin te begrijpen. Het is geen
dramatisch 'voor-en-na'-verhaal: het lijkt meer op dat me-
lancholische gevoel dat je tegen het eind van een hele fijne
vakantie soms krijgt. Iets heel bijzonders loopt ten einde en
daar ben je bedroefd om. Maar ook weer niet zó bedroefd,
want ach: het was heerlijk zolang het duurde en er komen
heus wel weer andere vakanties, andere fijne tijden.

Maar die zullen niet met Mia zijn.

Of met Bryn.

433

Ik werp een blik op de klok. Ik moet onderhand eens terug naar Manhattan: mijn spullen pakken, de meest urgente mails beantwoorden die zich inmiddels ongetwijfeld hebben opgestapeld, en zorgen dat ik op het vliegveld kom. Ik zal hier ergens een taxi moeten pakken. Maar daarvoor moet ik Mia wakker maken en fatsoenlijk afscheid van haar nemen.

Ik besluit koffie te zetten. De geur daarvan wist altijd tot in haar slaap door te dringen. Op de ochtenden nadat ik bij haar thuis had geslapen, werd ik soms al heel vroeg wakker, waarna ik me een poos met Teddy bezighield. Nadat ik Mia lekker had laten uitslapen, nam ik de percolator dan mee naar haar kamer en zwaaide er een beetje mee, net zo lang tot ze haar hoofd optilde van haar kussen, haar ogen dromerig en zacht.

In de keuken lijk ik instinctief te weten waar alles staat, alsof het mijn eigen keuken is en ik er al duizend keer eerder koffie heb gezet. De metalen percolator staat in het kastje boven de gootsteen, de koffie zit in een pot boven de koelkast. Ik lepel het volle, donkere poeder in de bovenste ruimte van de percolator, vul hem dan met water en zet hem op het vuur. Even later vult een sissend geluid de lucht, gevolgd door een rijk aroma. Ik kan de koffiegeur bijna – als in een cartoon – in een lange sliert door de kamer zien drijven en Mia wakker porren. En, ja hoor: nog voordat de hele pot gevuld is, rekt ze zich uit op de bank en hapt een paar maal naar adem, zoals ze altijd doet als ze wakker wordt.

Als ze mij in haar keukentje ziet staan, lijkt ze heel even in de war. Ik weet niet of dat is omdat ik er rondscharrel als een huishoudster of omdat ik hier überhaupt ben.

Maar dan herinner ik me wat ze vertelde over dat dagelijks terugkerende gevoel van gemis, meteen na het ontwaken. 'Herinner je je het nu allemaal weer opnieuw?' vraag ik. Hardop – omdat ik het graag wil weten én omdat ze me heeft gevraagd niets achter te houden.

'Nee,' zegt ze. 'Vanochtend niet.' Dan gaapt ze en rekt zich opnieuw uit. 'Ik dacht dat ik gisteravond gewoon had gedroomd. Maar toen rook ik koffie.'

'O, sorry,' mompel ik.

Met een glimlach schopt ze haar deken van zich af. 'Denk je nou echt dat als jij het niet over mijn familie hebt, dat ik ze dan vergeet?'

'Nee,' geef ik toe. 'Dat denk ik niet.'

'En zoals je kunt zien, probéér ik ze ook niet te vergeten.' Ze wijst naar de foto's.

'Ja, daar had ik al naar staan kijken. Behoorlijk indrukwekkende verzameling die je hier hebt – van iedereen.'

'Dank je. Ze houden me gezelschap.'

Ik kijk naar de foto's en probeer me voor te stellen dat op een dag Mia's kinderen nog meer lijstjes zullen vullen. Ze zullen een hele nieuwe familie voor haar vormen; een volgende generatie waar ik geen deel van zal uitmaken.

'Ik weet dat het maar foto's zijn,' gaat ze verder, 'maar op sommige dagen helpen ze me echt om 's ochtends uit bed te komen. Nou ja... en de koffie dan.'

O ja, koffie.

Ik loop weer de keuken in en trek het kastje open waarin ik de kopjes verwacht. Ik kijk er wel een beetje van op als zelfs dat dezelfde verzameling jarenvijftig- en -zestigmokken blijkt te zijn waar ik al zo vaak uit heb gedronken. Het verbaast me dat ze die van studentenhuis naar studentenhuis heeft gesleept, van appartement naar appartement. Ik zoek meteen mijn lievelingsmok met de dansende koffiepotten en ben als een kind zo blij als die er ook nog blijkt te zijn. Het voelt bijna alsof mijn foto tóch aan de muur hangt: een heel klein stukje van mij bestaat hier nog steeds, ook al kan dat met het grootste deel van mij niet meer.

Ik schenk mijn eigen mok vol en dan die van Mia, waar ik een scheutje halfvolle koffiemelk aan toevoeg, zoals ik nog weet dat zij hem graag drinkt.

'Leuk, die foto's,' zeg ik. 'Houdt de boel levendig.'

Ze knikt en blaast in haar mok.

'Enne... ik mis hen ook, hoor,' zeg ik. 'Elke dag.'

Ze kijkt verbaasd op. Niet omdat ik hen mis, denk ik, maar omdat ik het eindelijk toegeef. Dan knikt ze ernstig. 'Dat weet ik,' zegt ze.

Ze staat op en maakt een rondje door de kamer, hier en daar over de lijstjes strijkend. 'Ik begin ruimte tekort te komen,' zegt ze. 'Laatst moest ik een stel recente kiekjes van Kim in de badkamer ophangen. Heb jij haar de laatste tijd nog gesproken?'

Ze weet vast wat er tussen Kim en mij is gebeurd. 'Nee.'

'Echt niet? Dus dan weet je ook nog niet van Het Schandaal?'

Ik schud mijn hoofd.

'Zij is vorig jaar gestopt met haar studie. Toen de oorlog in Afghanistan opvlamde, besloot ze: "Bekijk het maar, ik wil fotograaf worden en de beste opleiding krijg je toch in het veld." Dus heeft ze haar camera's gepakt en is vertrokken. Algauw kon ze allerlei foto's verkopen aan AP, de *New York Times*... Ze rent er rond in een boerka, verstopt haar spullen onder dat gewaad en gooit het af zodra ze een foto wil nemen.'

'Goh, zal mevrouw Schein blij mee zijn.' Kims moeder was berucht om haar overbezorgdheid. Het laatste wat ik van haar hoorde, was dat ze helemaal over de rooie ging omdat Kim aan de andere kant van het land ging studeren – wat volgens Kim precies was waarom ze dat deed.

Mia lacht. 'In het begin zei Kim tegen haar familie dat ze er slechts één semester tussenuit ging, maar nu ze succesvol begint te worden, is ze officieel met haar studie gekapt. En haar moeder is nu officieel ingestort. En dan hebben we het nog niet eens over het feit dat Kim een aardig joods meisje is, in een wel heel erg islamitisch land...'

Ze blaast opnieuw in haar koffie en neemt dan een slok. 'Aan de andere kant: Kims foto's staan nu wel in de *New York Times* én ze heeft net een grote opdracht voor *National Geographic* binnengesleept, dus dat geeft mevrouw Schein ook weer wat "opschepmunitie".'

'Tja, en da's lastig te weerstaan, voor een moeder,' beaam ik.

'Zij is een grote fan van Shooting Star, wist je dat?'

'Mevrouw Schein? Altijd gedacht dat hiphop meer haar ding was.'

Mia grijnst. 'Welnee, joh: death-metal, hardcore – dát is haar soort muziek... Nee, Kim natuurlijk. Zij heeft jullie zien spelen in Bangkok. Volgens haar regende het pijpenstelen, maar jullie speelden onverschrokken door.'

'Was zij daar ook? Waarom is ze niet even backstage gekomen, om hallo te zeggen?' zeg ik, al weet ik best waarom ze dat niet heeft gedaan. Maar toch: ze is naar een optreden van me gekomen. Ze heeft het me vast al een klein beetje vergeven.

'Ja, dat zei ik ook al. Maar ze moest meteen erna weg. Ze zou eigenlijk wat vrije tijd doorbrengen in Bangkok, maar die regen waarin jullie stonden te spelen, was ergens anders dus een cycloon. En daar moest zij dus gauw wat plaatjes van gaan schieten. Ja, Kim is tegenwoordig een heuse sluiter-babe.'

Ik denk aan een Taliban-strijders-najagende en rond-vliegende-bomen-ontwijkende Kim. Ik kan het me verras-send goed voorstellen. 'Grappig...' begin ik.

'Wat?' vraagt Mia.

'Dat Kim oorlogsfotograaf is geworden, een levensechte Danger Girl.'

'Ja, om je rot te lachen.'

'Nee, zo bedoel ik het niet. Kim, jij, ik... allemaal uit zo'n suffe stad in Oregon, en moet je ons nu eens zien: alle drie tot het uiterste gegaan. Je moet toegeven dat dat best bizar is.'

'Helemaal niet zo bizar,' zegt ze, terwijl ze een kom met cornflakes vult. 'Wij hebben allemaal een vuurproef door-staan. Maar kom op nou, eet eens wat!'

Ik heb helemaal geen trek. Ik weet niet eens of ik wel één cornflake naar binnen krijg. Toch ga ik zitten. Mijn plek aan de tafel van de familie Hall is zojuist in ere hersteld.

Ook de tijd heeft gewicht. En op dit moment voel ik hem loodzwaar boven me hangen. Het is bijna drie uur. Alweer bijna een halve dag voorbij. Vanavond vertrek ik, op tournee.

Ik luister naar het tikken van de antieke klok aan Mia's muur. Ik laat meer minuten voorbijgaan dan nodig, voor ik mijn mond eindelijk open. 'We hebben allebei een vliegtuig te halen. Ik moest maar eens in beweging komen,' zeg ik. Mijn stem lijkt van ver te komen, maar ik voel me merkwaardig kalm. 'Rijden hier ook taxi's?'

'Nee, wij varen altijd per vlot naar Manhattan,' grapt Mia. 'Je mag er wel even eentje bellen, hoor,' voegt ze er na een korte pauze aan toe.

Ik sta op en loop naar het aanrecht, waar haar telefoon staat. 'Weet jij het nummer?' vraag ik.

'Zeven, één, acht...' begint ze. Dan onderbreekt ze zichzelf. 'Wacht!'

Eerst denk ik dat ze het nummer niet meer weet, maar dan zie ik haar blik – onzeker opeens, smekend haast.

'Er is nog één ding,' zegt ze, haar stem aarzelend. 'Iets wat ik heb, dat eigenlijk van jou is.'

'Mijn oude Wipers-T-shirt?'

Ze schudt haar hoofd. 'Da's allang weg, vrees ik. Kom even mee, het is boven.'

Ik volg haar de krakende trap op. Boven op de smalle overloop zie ik rechts haar slaapkamer, met een schuin plafond; links een dichte deur.

Mia opent deze deur. Erachter bevindt zich een piepkleine studio. In de hoek staat een kast met een cijferslot. Ze toetst de code in en trekt de deur open.

Als ik zie wat ze tevoorschijn haalt, denk ik eerst, heel simpel: *O ja, mijn gitaar*. Hier in Mia's huisje in Brooklyn is mijn oude elektrische gitaar, mijn Les Paul Junior. De gitaar die ik heb gekocht in een pandjeshuis, met het geld dat ik als tiener had verdiend met pizza's rondbrengen; de gitaar waarmee ik alles heb opgenomen dat heeft geleid tot – en inclusief – *Collateral Damage*; de gitaar die ik voor een goed doel heb laten veilen, iets waar ik sindsdien gigantische spijt van heb.

Daar ligt hij: in zijn oude koffer, met mijn oude Fugazi-en K-Record-stickers, ja zelfs die van het oude bandje van Mia's pa. Alles is nog precies hetzelfde: de draagriem, de deuk van toen ik hem van een podium heb laten vallen... Zelfs het stof ruikt vertrouwd.

Ik sta het allemaal in me op te nemen en het duurt even voor het volledig tot me doordringt: dit is míjn gitaar! Mia heeft hem. Zij was degene die hem voor een overdreven hoog bedrag heeft gekocht – wat ook betekent dat ze wist dat hij werd geveild.

Ik kijk rond in het kamertje. Tussen alle bladmuziek en cellospullen zie ik een stapel tijdschriften liggen. Mijn eigen gezicht staart me vanaf de cover aan. En ineens her-inner ik me iets van op de brug, toen Mia met een citaat uit 'Roulette' rechtvaardigde waarom ze me had verlaten. Het is alsof ik al die tijd oordopjes in heb gehad, die er nu opeens uitvallen. Alles wat eerst gedempt klonk, klinkt nu helder – maar ook hard en vals.

*Mia heeft mijn gitaar.* Het is zo simpel, en toch geloof ik niet dat ik het gekker had gevonden als Teddy uit die kast was gesprongen.

Ik voel me slap en moet even gaan zitten.

Mia komt voor me staan. Ze houdt de gitaar bij de hals vast en biedt me hem aan.

'Jij?' is het enige wat ik eruit weet te persen.

'Altijd ik,' antwoordt ze zacht, schuchter. 'Wie anders?'

Mijn brein heeft mijn lichaam inmiddels verlaten; mijn spraakvermogen is teruggebracht tot het absolute mini-mum. 'Maar... waarom?'

'Iemand moest hem toch bewaren voor het Hard Rock Café,' zegt ze met een lachje. Maar ik hoor de aarzeling in haar stem ook.

'Maar...' Ik grijp naar de woorden, als een drenkeling naar ronddrijvend wrakhout, '...je zei dat je me haatte.' Ze zucht, lang en diep. 'Ik weet het. Maar ik moest íémand haten. En jij bent degene van wie ik het meest hou, dus was die taak voor jou.'

Ze steekt me de gitaar toe. Ze wil dat ik hem van haar aanpak, maar ik kan nu nog geen wattenbolletje omhooghouden. Ze blijft me echter aankijken en me de gitaar aanbieden. 'Maar Ernesto dan?'

Heel even is haar blik verward, dan geamuseerd. 'Ernesto is mijn mentor, Adam, een goede vriend. Hij is getrouwd.' Ze kijkt even naar haar voeten. Als haar blik terugkeert, is de geamuseerdheid veranderd in verweer. 'Maar wat kan jou dat eigenlijk schelen?'

*Ach, ga toch terug naar je geest*, hoor ik Bryn tegen me zeggen.

Maar zij heeft het mis: ze is zelf degene die met een geest heeft samengeleefd – de schim van een man die nooit is opgehouden van een ander te houden.

'Er zou nooit een Bryn zijn geweest als jij niet had besloten dat je mij moest haten,' is mijn antwoord.

Mia incasseert de klap echter als een kerel. 'Ik haat jou niet. En ik geloof ook niet dat ik dat ooit heb gedaan. Het was gewoon boosheid. En zodra ik die onder ogen had gezien, zodra ik die begreep, loste hij vanzelf op.'

Ze kijkt even naar beneden, haalt diep adem en blaast dan een soort tornado uit. 'Ik weet dat ik me eigenlijk bij je moet verontschuldigen. Ik probeer er al de hele nacht uit te komen, maar het is alsof die woorden – sorry, het spijt me – allemaal te schamel zijn voor wat jij verdient.' Ze schudt haar hoofd. 'Ik weet nu dat het verkeerd was wat ik je heb aangedaan. Maar toentertijd voelde het alsof ik gewoon niet anders kon, om te kunnen overleven. Ik weet niet eens of die dingen wel naast elkaar kunnen bestaan, maar zo was het gewoon.

Misschien is het een troost voor je om te weten dat ik na een poosje, toen het niet langer zo hoognodig leek – maar zelfs gigantisch verkeerd – alleen nog maar kon piekeren over die megavergissing en hoe vreselijk ik je miste. En dat ik je toen alleen nog maar vanaf een afstandje kon volgen, en zien hoe jij al je dromen in vervulling liet gaan en een op het eerste oog perfect leven leidde.'

'Het is helemaal niet perfect,' zeg ik.

'Ja, dat begrijp ik nu. Maar hoe kon ik dat toen weten? Je stond zo vreselijk ver van me af. En dat had ik geaccepteerd – als straf voor wat ik je had aangedaan. Maar toen...' Ze zwijgt.

'Wat toen?'

Ze neemt een hap adem en trekt een grimas. 'Toen dook Adam Wilde ineens op in Carnegie Hall, op de belangrijkste avond van mijn carrière. Het voelde als meer dan toeval: het voelde als een geschenk – van hen. Voor mijn allereerste recital kreeg ik van hen een cello, bij deze gelegenheid schonken ze me jou...'

Elk haartje op mijn lijf komt overeind, mijn hele lichaam krijgt het er koud van.

Ze veegt met de rug van haar hand haastig een paar tranen uit haar ogen en haalt nog een keer diep adem. 'Nou, ga je deze nog aanpakken, of hoe zit het? Ik heb hem al een tijdje niet meer gestemd.'

Dit droomde ik dus de hele tijd: Mia terug uit de niet-dood, vlak voor me, levend en wel. Maar op den duur wist ik zelfs in mijn droom dat het niet echt was: begon ik gewoon te wachten op het gerinkel van mijn wekker. Daarom spits ik ook nu onwillekeurig mijn oren, op zoek naar die wekker. Maar ik hoor niets. En als ik mijn vingers om de gitaar sluit, voelen het hout en de snaren maar al te echt aan. Ze zetten me weer met beide benen op de grond, schudden me wakker.

Maar Mia staat er nog steeds.

Ze kijkt van mij naar mijn gitaar, naar haar cello en naar de klok op de vensterbank.

Ik zie wat ze wil. Het is precies hetzelfde als wat ik al jaren wil. Ik kan alleen niet geloven dat zij, na al die tijd – en net nu we eigenlijk geen tijd meer hebben – er zelf om vraagt. Toch schenk ik haar een klein knikje, waarop zij mijn gitaar in de versterker plugt, me het snoer toegooit en de versterker aanzet.

'Geef me eens een E,' zeg ik.

Ze plukt aan de E-snaar van haar cello.

Ik stem mijn gitaar gelijk met haar instrument. Als ik vervolgens een A-mineur aansla en het akkoord tegen de muren ketst, voel ik een soort elektrische flits over mijn ruggengraat naar boven schieten – zoals dat al heel, heel lang niet meer is gebeurd.

Ik kijk naar Mia. Zij zit recht tegenover me: haar cello tussen haar benen, haar ogen gesloten. En ik weet dat ze het weer zit te doen: luisteren naar iets in de stilte.

Dan lijkt ze opeens te hebben gehoord wat ze wilde horen. Ze opent haar ogen en richt ze weer op mij – alsof ze nooit is weg geweest. Ze pakt haar strijkstok en gebaart met een lichte hoofdbeweging naar mijn gitaar. 'Klaar?' vraagt ze.

Er zijn zoveel dingen die ik haar zou willen zeggen, maar boven aan de lijst staat dat ik er altijd klaar voor ben geweest. In plaats daarvan draai ik echter de versterker nog wat harder, vis een plectrum uit mijn broekzak en zeg simpelweg: 'Jep.'

# EENENTWINTIG

We spelen en het lijken wel uren, dagen, jaren. Of misschien zijn het slechts seconden. Ik weet het niet eens meer. We versnellen, vertragen dan weer, schreeuwen het uit met ons instrument. We worden ernstig, we lachen. We worden stil, dan weer luid.

Mijn hart bonkt, mijn bloed swingt, mijn hele lichaam ronkt, terwijl ik me weer herinner: een concert geven betekent niet als een schietschijf voor duizenden vreemden staan. Het betekent samenkomen, harmonie.

Als we eindelijk even stoppen, zweet ik als een paard en hijgt Mia alsof ze net een paar kilometer heeft gesprint. We zitten samen wat te zwijgen. Het geluid van onze razende ademhalingen vertraagt alsof ze gekoppeld zijn, onze hartslagen worden langzaam ook weer normaal.

Ik kijk naar de klok. Het is al na vijven.

Mia volgt mijn blik. Ze legt haar strijkstok neer. 'Wat nu?' vraagt ze.

'Schubert...? Of The Ramones?' zeg ik – hoewel ik heus wel weet dat ze het niet over verzoeknummers heeft. Echter, het enige wat ik kan bedenken, is doorspelen. Want voor het eerst in lange tijd wil ik niets anders. En ik ben als de dood voor wat er gebeurt als de muziek ophoudt.

Ze wijst naar de digitale klok die onheilspellend staat te knipperen op de vensterbank. 'Ik geloof niet dat jij die vlucht nog gaat halen.'

Ik haal mijn schouders op. Er gaan vanavond nog zeker tien vliegtuigen naar Londen. 'Kun jij die van jou nog wel halen?'

'Dat wíl ik helemaal niet,' zegt ze bedeesd. 'Ik heb nog een vrije dag voordat de recitals beginnen. Ik kan ook morgen vertrekken.'

Ik zie ineens Aldous voor me: ijsberend door de vertrek-hal van Virgin, zich afvragend waar ik in godsnaam uit-hang, bellend naar een mobieltje dat nog steeds op een hotelnachtkastje ligt. Ik denk aan Bryn, ver weg in Los Angeles, zich totaal niet bewust van de aardbeving die hier in New York plaatsvindt en die een tsunami haar kant op zal sturen. En dan besef ik dat vóórdat er een 'straks' kan zijn, er een 'nu' is waar ik me mee bezig dien te houden.

'Ik móét even een paar telefoontjes plegen, hoor,' zeg ik. 'Naar mijn manager, die op me staat te wachten... en naar Bryn.'

'O... ja, natuurlijk,' zegt ze. Haar gezicht betrekt, terwijl ze zo haastig en verward opstaat dat ze haar cello bijna laat vallen. 'De telefoon is beneden. Ik moet Tokio ook maar even bellen. Alleen is het daar vast midden in de nacht, dus moet ik eerst maar mailen en dan later bellen. En mijn reisagent...'

'Mia...' onderbreek ik haar.

'Ja, wat?'

'We komen er wel uit.'

'Echt?' Ze lijkt er niet zo zeker van.

Ik knik, hoewel mijn hart als een gek tekeergaat en alle puzzelstukjes door elkaar dwarrelen als Mia de draadloze telefoon in mijn hand legt. Ik loop de tuin in voor wat meer privacy. Het is er vredig in het middaglicht, de cicades tjirpen erop los.

Aldous neemt al na één keer rinkelen op. En zodra ik zijn stem heb gehoord en hem verzeker dat alles goed met me is, rollen de plannen over mijn lippen – alsof ik er lang en diep over heb nagedacht.

Ik leg hem uit dat ik toch nog niet naar Londen kom: dat ik geen muziekvideo ga maken, geen interviews ga geven, maar dat ik vóór de aftrap van onze Europese tournee in Engeland zal zijn en vervolgens keurig op ieder optreden zal spelen. De rest van het plan dat zich in mijn hoofd nog aan het vormen is – en waarvan een deel vannacht op die brug op de een of andere mistige manier al vaste vorm heeft aangenomen – hou ik nog even voor me, maar ik geloof dat hij het al aanvoelt.

Omdat ik hem niet zie, weet ik niet of hij met zijn ogen knijpt, huivert of verbluft kijkt, maar hij aarzelt geen seconde: 'Dus je komt al je tourverplichtingen na?' herhaalt hij.

'Jep.'

'En wat moet ik tegen de band zeggen?'

'O, dat ze die video best zonder mij mogen maken, als ze willen. En dat ik ze wel op het Guildford Festival zie,' zeg ik, doelend op het grote Engelse muziekfestival waar wij als hoofdact geprogrammeerd staan. 'En dat ik dan alles uitleg.'

'En waar ben je in de tussentijd dan? Als iemand je nodig heeft?'

'Zeg iedereen maar dat ze me niet nodig moeten hebben,' antwoord ik.

Het volgende telefoontje is lastiger. Ik wou dat ik niet net vandaag had uitgekozen om te stoppen met roken! In plaats daarvan doe ik een paar ademhalingsoefeningen die ik van mijn artsen heb geleerd... en toets het nummer dan in. Een reis van duizend kilometer begint met tien cijfers, nietwaar?

'Ik dacht al dat jij het was,' zegt Bryn als ze mijn stem hoort. 'Was je je telefoon weer kwijt? Waar zit je?'

'Ik zit nog in New York. In Brooklyn.' Ik wacht even. 'Bij Mia.'

Een ijzige stilte vult de lijn.

Ik vul die stilte met een monoloog, een... ik weet het niet, een soort aaneengesloten uiteenzetting van de avond die zich per ongeluk zo ontrolde; een soort bevestiging van dat het nooit echt goed gezeten heeft tussen ons – althans, zoals zij het hebben wilde – en dat ik daardoor een lul van een vriend voor haar ben geweest. En ik zeg haar dat ik hoop dat ze bij de volgende vent meer geluk heeft.

'O, maak je daar maar geen zorgen over,' zegt ze – in een poging om luchtig over te komen (maar dat lukt niet helemaal).

Dan valt er een lange stilte.

Ik wacht op de tirade, de verwijten en wat ik nog meer over me heb afgeroepen.

Maar ze zegt niets.

'Ben je er nog?' vraag ik.

'Ja ja, ik zit te denken.'

'Waarover?'

'Of ik liever had gehad dat ze was doodgegaan.'

'Jezus, Bryn!'

'Ach, hou toch je kop! Jij hebt helemaal het recht niet om verontwaardigd te doen – nu niet, in ieder geval. Maar het antwoord is nee: ik wens haar niet dood.' Ze zwijgt even. 'Maar van jou weet ik het zo zeker nog niet.'

Dan hangt ze op.

Met de telefoon nog tegen mijn oor laat ik haar laatste woorden op me inwerken. Ik vraag me af of haar vijandigheid toch niet ook een vleugje vergiffenis in zich had. Maar dan ruik ik de frisse lucht en vraag me af of dat er eigenlijk wel toe doet. Ik word overspoeld door een gevoel van bevrijding en opluchting.

Na een poosje kijk ik op en zie Mia bij de glazen schuifdeur staan, wachtend op het teken dat alles in orde is. Als ik verstrooid naar haar zwaai, komt ze traag naar de bakstenen patio gelopen waar ik nog steeds met de telefoon bij mijn oor sta.

Ze pakt de telefoon aan de bovenkant beet, alsof het een hendel is die zo wordt omgezet. 'Alles oké?' vraagt ze.

'Ik ben – hoe zal ik het zeggen – ontheven van alle voorafgaande verplichtingen.'

'Van je tournee?' klinkt ze verbaasd.

Ik schud mijn hoofd. 'Nee, die niet. Maar wel van alle nonsens die ernaartoe leidt. Plus mijn andere eh... betrekkingen.'

'O.'

Zo staan we een poosje samen te grijnzen als een stel idioten, met de draadloze telefoon nog steeds in onze handen. Ten slotte laat ik hem los, bevrijd hem vervolgens voorzichtig uit Mia's greep en leg hem op de ijzeren tafel – echter zonder haar hand los te laten.

Ik strijk met mijn duim over de eeltplek op haar duim en dan van boven naar beneden over de benige richel van haar knokkels en pols. Het voelt tegelijkertijd volkomen natuurlijk én als een enorm voorrecht. Dit is wel Mia die ik aanraak! En ze laat het nog toe ook. Sterker nog: ze sluit haar ogen en geniet zichtbaar.

'Gebeurt dit echt; mag ik deze hand echt vasthouden?' vraag ik en breng hem dan omhoog, naar mijn stoppelige wang.

Mia's glimlach is als smeltende chocolade, als een waanzinnig coole gitaarsolo, als al het mooie van deze wereld. 'Hm-mm,' antwoordt ze slechts.

Ik trek haar tegen me aan. Duizend zonnen stijgen op vanuit mijn borstkas. 'En mag dit ook?' vraag ik, terwijl ik haar armen om me heen sla en langzaam met haar door de tuin begin te dansen.

Ze glimlacht nu met haar hele gezicht. 'Dat mag,' mompelt ze.

Ik strijk over haar blote armen; draai rondjes met haar om de plantenbakken, die vol staan met heerlijk geurende bloemen; begraaf mijn hoofd in haar haar en snuif diep haar geur op – de geur van de New Yorkse avond die voorgoed in haar is vastgelegd. Dan volg ik haar blik naar boven, naar de lucht.

'Denk je dat ze nu naar ons kijken?' vraag ik, terwijl ik het litteken op haar schouder met kusjes bedek en hete pijlen door mijn hele lichaam voel schieten.

'Wie?' vraagt ze, licht trillend tegen me aan leunend.

'Je familie. Jij denkt toch dat ze je in het oog houden? Denk je dat ze dit ook kunnen zien?' Ik sla mijn armen om haar middel en kus haar achter haar oor – iets waar ze vroeger al helemaal gek van werd en, te oordelen aan de scherpe inademing en de nagels die zich in mijn zij boren, werkt het nog steeds zo.

Mijn vraag lijkt misschien een beetje raar of griezelig, maar dat is beslist niet de bedoeling. Gisteravond vond ik het idee dat haar familie alles wist wat ik deed, nog een beetje beschamend. Nu wil ik niet per se dat ze dit zíén, maar wel dat ze ervan wéten – van ons.

'Ik denk graag dat ze me ook wel wat privacy gunnen,' zegt ze, terwijl ze zich als een zonnebloem openstelt voor de kussen die ik op haar wangen druk. 'Maar eh... mijn buren zien het zeker.' Als ze met haar hand door mijn haar gaat, is het alsof ze mijn schedel onder stroom zet – dat wil zeggen, als elektrocutie zo lekker zou voelen.

'Ha, buurman!' zeg ik, traag cirkels trekkend langs haar sleutelbeen.

Dan kruipen haar handen onder mijn T-shirt – mijn smerige, stinkende, zwarte, dankjezeer-geluks-T-shirt. Haar aanraking wordt steeds minder zacht en voorzichtig. Haar vingertoppen gaan zoekend rond, alsof ze een soort uiterst urgente morsecode intoetsen.

'Als we nog langer zo doorgaan, krijgen mijn buren nog een spannende show te zien,' fluistert ze.

'Ach, we zijn tenslotte artiesten...' antwoord ik, terwijl mijn handen onder haar shirt glijden en van boven naar beneden langs haar bovenlijf glijden.

Al onze huidcellen lijken naar elkaar te reiken, als magneten die hun tegengestelde lading te lang hebben moeten missen. Mijn vinger strijkt langs haar lange hals, haar kaak; ik hou haar kin in mijn hand en stop dan even. We staren elkaar aan, laten het moment even op ons inwerken en dan... klemmen onze lichamen zich tegen elkaar aan. Mia's benen zijn ineens van de grond en rond mijn middel gewikkeld, haar handen graaien in mijn haar, mijn handen verstrengelen zich met de hare, net als meteen daarop onze monden. Er is niet genoeg huid, speeksel, tijd om de verloren jaren in te halen als onze lippen elkaar eindelijk vinden. We zoenen, de elektrische stroom wordt opgevoerd (in heel Brooklyn moeten de lichten flakkeren, denk ik).

'Kom op, naar binnen!' roept Mia – half bevelend, half smekend. Met haar benen nog steeds om mijn middel, draag ik haar het piepkleine huisje binnen: terug naar de bank waarop we nog maar enkele uren geleden samen lagen te slapen – apart.

Ditmaal zijn we echter klaarwakker. En helemaal samen.

We vallen in slaap. Midden in de nacht worden we uitgehongerd wakker. We laten iets thuisbezorgen, dat we boven in haar bed opeten.

Het is allemaal net een droom – alleen is het meest onwaarschijnlijke deel ervan het wakker worden in de ochtendschemering, samen met Mia. Als ik haar slapende silhouet zie liggen, voel ik me gelukkiger dan ooit. Ik trek haar tegen me aan en val opnieuw in slaap.

Als ik echter een paar uur later weer wakker word, zit ze op een stoel onder het raam: haar benen hoog opgetrokken, een oude sprei (die haar oma nog heeft gehaakt) om zich heen. Ze kijkt diep ongelukkig. De angst die daardoor als een granaat in mijn maag belandt, is bijna even heftig als alle angsten die ik ooit met haar heb doorstaan. En dat wil wat zeggen.

Het enige wat ik kan denken is: *Ik kan je niet opnieuw verliezen. Dat wordt ditmaal écht mijn dood.*

'Wat is er?' vraag ik, voor ik het niet meer durf te vragen en iets stoms doe, zoals weglopen voordat mijn hart werkelijk wordt verwoest.

'O, ik zat gewoon wat te denken aan de middelbare school,' zegt ze mistroostig.

'Joh, daar krijgt iedereen een rothumeur van!'

Ze gaat er niet op in, lacht niet, maar zakt onderuit op haar stoel. 'Ik bedacht dat we weer in precies hetzelfde schuitje zitten: toen ik op weg was naar Juilliard en jij op weg naar... nou ja, waar je nu bent.' Ze tuurt naar beneden en draait een draadje van de sprei net zo lang rond haar vinger totdat het puntje helemaal wit wordt. 'Alleen hadden we toen meer tijd om ons er druk over te maken. En nu hebben we maar een dag. Of die hádden we. Vannacht was ongelofelijk, maar het was maar één nacht. Ik moet over een uurtje of zeven echt naar Japan. En jij hebt de band, je tournee.' Ze drukt de muis van haar handen tegen haar ogen.

'Mia, stop!' Mijn stem kaatst tegen haar slaapkamermuren. 'We zitten niet meer op school!'

Ze kijkt me aan, een groot vraagteken boven haar hoofd.

'Moet je horen, die tour van mij begint pas over een week.'

Een vleugje hoop dwarrelt door de ruimte tussen ons in.

'En weet je... ik smacht eerlijk gezegd naar sushi.'

Haar glimlach is verdrietig – niet exact waarop ik had gerekend. 'Zou je met me mee willen gaan naar Japan?' vraagt ze.

'Meteen.'

'O, dat zou ik geweldig vinden. Maar eh… we zullen er heus wel wat op vinden, maar ik zal vaak weg moeten, enne…'

Hoe kan het haar zo onduidelijk zijn, terwijl het voor mij zo klaar als een klontje is? 'Ik word je begeleider,' verduidelijk ik. 'Je groupie, je roadie, je wat-dan-ook. Waar je ook naartoe gaat, ik ga mee. Dat wil zeggen: áls je dat wilt. Zo niet, dan begrijp ik dat ook.'

'Nee nee, dat wil ik! Geloof me, dat wil ik zeker. Maar… hoe moet dat dan? Met jouw schema, de band en zo?'

Ik wacht heel even. Immers: zodra ik het hardop uitspreek, is het waar.

'Er is geen band meer. Wat mij betreft dan. Ik ben er klaar mee, na deze tournee stop ik.'

'O, nee!' Ze schudt haar hoofd zo heftig, dat haar lange lokken de muur achter haar raken. Die vastberaden blik herken ik maar al te goed. Ik voel dat mijn maag zich omdraait. 'Dat mag je niet voor mij doen,' zegt ze dan, veel zachter. 'Ik neem geen tegoedbonnen meer aan.'

'Tegoedbonnen?'

'Ja. De afgelopen drie jaar heeft iedereen mij – behalve misschien de leraren op Juilliard – tegoedbonnen gegeven. Erger nog: ik heb me er zelf ook eentje gegeven en da's helemaal niet goed voor me gebleken. Ik wil niet zo iemand zijn die alleen maar dingen aanneemt. Ik heb al genoeg van jou aangenomen, afgepakt. Dus ik laat je nu niet het enige waar je werkelijk van houdt wegsmijten, om mijn verzorger, mijn kruier te worden.'

'Dat is het 'm juist,' mompel ik. 'Ik ben niet langer verliefd op muziek.'

'Door mij,' zegt ze somber.

'Nee, door het leven,' antwoord ik. 'Ik zal altijd muziek maken; misschien neem ik zelfs wel weer eens wat op. Maar op dit moment heb ik gewoon wat oningevulde tijd nodig met mijn gitaar, om weer te ontdekken waarom ik ook alweer met muziek ben begonnen. Met of zonder jou: ik stap uit de band. En wat die verzorger betreft: ik ben degene die zo iemand nodig heeft, ik ben degene met de bagage.'

Ik probeer het te laten klinken als een soort grapje, maar Mia heeft altijd al dwars door mijn nonsens heen kunnen prikken. Dat heeft ze in het laatste etmaal ook wel weer bewezen.

Ze kijkt me aan, met die laser-ogen van haar. 'Weet je, daar heb ik de afgelopen jaren vaak over nagedacht,' zegt ze, met een hoorbare brok in haar keel. 'Over wie er eigenlijk voor jóú was. Wie hield jouw hand vast, toen je treurde om alles wat jíj was kwijtgeraakt?'

Haar woorden maken duidelijk iets bij me los. Voor ik het weet, stromen de tranen weer over mijn gezicht. Heb ik in geen drie jaar meer gehuild, gebeurt het nu verdorie al voor de tweede keer in twee dagen tijd!

'Mijn beurt om jou erdoorheen te slepen,' fluistert ze en slaat haar deken om me heen.

Ik laat me helemaal gaan.

En Mia houdt me vast net zolang tot ik mijn Y-chromosoom weer in het gareel heb.

Dan kijkt ze me aan, met een wat wazige blik in haar ogen. 'Dat festival van jou is volgende week zaterdag, toch?'

Ik knik.

'Ik heb die twee recitals in Japan en donderdag nog eentje in Korea. Daar zou ik dus vrijdag weg kunnen. Plus dat je een dag wint als je in westelijke richting reist. En ik hoef pas een week later op mijn volgende afspraak te zijn, in Chicago. Dus als we nu direct van Seoul naar Londen vliegen...'

'Wat zeg je nou allemaal?'

Ze kijkt superverlegen als ze het vraagt – terwijl ik van-z'n-lang-zal-ze-leven echt geen nee ga zeggen. Dit is wat ik al die tijd heb gewild.

'Mag ik met je mee naar dat festival?'

# TWEEËNTWINTIG

'Waarom mag ik nooit naar een optreden?' vroeg Teddy.

We zaten met zijn allen aan tafel: Mia, Kat, Denny, Teddy en ik – het derde kind, dat tegenwoordig bijna altijd meeat. Dat kon je me niet kwalijk nemen: Denny kookte veel beter dan mijn moeder.

'Wat zeg je daar, Kleine Man?' vroeg Denny, terwijl hij een portie aardappelpuree op Teddy's bord schepte, naast de gegrilde zalm en de spinazie die Teddy – zonder succes – had proberen te weigeren.

'Nou, ik zat in onze oude fotoalbums te kijken. En toen zag ik dat Mia constant mee mocht naar allerlei optredens – zelfs toen ze nog maar een baby was. Ik ben nog nooit naar een optreden geweest. En ik ben al bijna acht!'

'Jij! Je bent pas vijf maanden geleden zeven geworden,' lachte Kat luid.

'Maar toch: Mia mocht al mee vóór ze kon lopen. Het is niet eerlijk!'

'Wie heeft jou verteld dat het leven eerlijk is?' zei Kat, één wenkbrauw hoog optrekkend. 'Ik zeker niet: ik ben een aanhanger van de School der Vette Pech.'

Teddy draaide zich maar naar een makkelijker prooi. 'Pap?'

'Mia ging mee naar optredens, Teddy, omdat dat míjn optredens waren. Dat was gewoon wat we toen als gezin deden.'

'En jij mag toch wél naar optredens?' zei Mia. 'Je komt altijd naar mijn recitals.'

Teddy schonk haar net zo'n walgende blik als toen Denny hem spinazie opschepte. 'Dat telt niet! Ik wil naar heftige concerten, met de Muffler op.'

De Muffler was de gigantische koptelefoon die Mia als kind altijd op moest als ze meeging naar een optreden van haar vaders band. Denny zat vroeger namelijk in een punkband, een snoeiharde.

'Ik vrees dat de Muffler met pensioen is,' zei Denny. Hij was lang geleden al uit die band gestapt. Tegenwoordig was hij leraar op een middenschool, droeg tweedehandspakken en rookte pijp.

'Je zou een keer naar een van míjn optredens kunnen komen,' zei ik, terwijl ik een stuk zalm aan mijn vork prikte.

Iedereen aan tafel stopte met eten en keek naar mij. Alle volwassen leden van de familie Hall schonken me bovendien een – ieder verschillende – afkeurende blik: Denny keek vermoeid naar de geest die ik zojuist uit de fles had gehaald; Kat keek geërgerd omdat ik haar ouderlijk gezag ondergroef; Mia's blik (die, om wat voor reden dan ook, altijd een dikke muur tussen haar familie en mijn band optrok) was ronduit vernietigend. Alleen Teddy – op zijn knieën op zijn stoel, enthousiast in zijn handen klappend – stond nog aan mijn kant.

'Teddy mag nog niet zo lang opblijven,' zei Kat.

'Ooo... Mia mocht van jullie wel later naar bed!' protesteerde Teddy.

'Wíj blijven zelfs niet meer zo lang wakker,' zei Denny traag.

'En ik geloof ook niet dat zoiets voor Teddy geschikt is,' snoof Mia.

Ik voelde meteen een bekende steek van ergernis in mijn maagstreek. Dit had ik namelijk nooit begrepen. Aan de ene kant vormde muziek de link tussen Mia en mij, en het feit dat ik een echte rocker was, maakte me vast extra aantrekkelijk voor haar. Door die gemeenschappelijke basis was haar ouderlijk huis zelfs de plek geworden waar we verreweg de meeste tijd doorbrachten. Toch had ze haar familie altijd weggehouden van mijn optredens. In het jaar dat wij met elkaar gingen, waren Kat en Denny nooit een keertje komen kijken – al hadden ze zelf wel eens laten doorschemeren dat ze dat best zouden willen. Maar Mia had altijd een smoes gehad waarom die of die show nét niet op het juiste moment was.

'Geschikt? Zei jij nou dat een optreden van mijn band niet "geschikt" is voor Teddy?' vroeg ik, mijn best doend niet te schreeuwen.

'Ja, dat zei ik,' zei ze, zo bits en afwerend als ze kon.

Kat en Denny wisselden een korte blik. De wrevel die ze misschien even voor me hadden gevoeld, was omgeslagen in medeleven. Zij wisten maar al te goed hoe Mia's afkeuring voelde.

'Goed, om te beginnen ben jij zestien en geen bibliothecaresse. Dus het woord "geschikt" mag jij helemaal nog niet gebruiken. Ten tweede: waaróm verdomme niet?'

'Eh, Teddy...' zei Kat, terwijl ze zijn bord pakte. 'Jij mag in de woonkamer eten, voor de tv.'

'Echt niet! Ik wil dít zien!'

'SpongeBob...' zei Denny en hij trok Teddy aan zijn elleboog mee.

'Overigens,' zei ik tegen Denny en Kat, 'het optreden waaraan ik dacht, is op een groot festival, volgende maand ergens aan de kust. Het is overdag, in het weekend én buiten, dus veel minder herrie. Daarom dacht ik juist dat het wel cool zou zijn voor Teddy – voor jullie allemaal eigenlijk.'

Kats gezicht werd zachter en ze knikte. 'Klinkt inderdaad gaaf.' Toen wees ze naar Mia, alsof ze wilde zeggen: *Maar jij hebt nog even iets anders aan je hoofd.*

Toen schuifelden ze met zijn drieën de keuken uit.

Mia zat helemaal onderuitgezakt op haar stoel. Ze keek tegelijkertijd schuldbewust én alsof ze van-z'n-lang-zal-zeleven geen centimeter ging toegeven.

'Wat héb jij toch?' informeerde ik. 'Wat is dat toch voor een gefrustreerd gedoe altijd met je familie en mijn band? Vind je ons zo klote spelen?'

'Tuurlijk niet!'

'Baal je er soms van dat je vader en ik het constant over muziek hebben?'

'Nee, dat ouwe-rockers-gelul vind ik helemaal niet erg.'

'Maar wat is het dan, Mia?'

Er verschenen een paar rebelse tranen in haar ooghoeken. Ze veegde ze boos weg.

'Wat nou? Wat ís er toch?' vroeg ik, zachter nu.

Mia huilde niet gauw – en zeker geen krokodillentranen. Ze schudde haar hoofd. Haar lippen bleven stijf gesloten.

'Vertel het nu maar gewoon. Het kan toch niet erger zijn dan wat ik denk: dat jij je schaamt voor Shooting Star omdat je ons drie-keer-niks vindt.'

Ze schudde opnieuw haar hoofd. 'Je weet best dat dat niet waar is. Alleen...' Ze zweeg even, alsof ze een belangrijke beslissing nam. Toen zuchtte ze diep. 'Het is de band. Als jij daarbij bent, móét ik jou al met iedereen delen. Daar wil ik mijn familie niet ook nog eens aan toevoegen.' Toen gaf ze de strijd op en barstte in tranen uit.

Mijn ergernis verdween als sneeuw voor de zon. 'Ach, dommeke,' zei ik, en ik drukte een kus op haar voorhoofd. 'Je hoeft mij niet te delen: ik ben helemaal de jouwe.'

Mia liet zich overhalen. Ze kwamen met het hele gezin naar het festival.

Het was een fantastisch weekend: twintig bands uit het noordwesten en geen regenwolk in zicht. Het evenement werd befaamd, er volgde een live-cd, plus een reeks festivals tot op de dag van vandaag.

Omdat Teddy per se de Muffler op wilde, had Kat een uur mopperend dozen in de kelder zitten doorspitten tot ze hem had.

Gewoonlijk hing Mia het liefst backstage rond, maar nu stond ze tijdens het optreden van Shooting Star recht voor het podium – vlak naast de wild pogoënde bende in de *mosh pit* – en danste de hele tijd met Teddy.

# DRIEËNTWINTIG

*Eerst inspecteer je me*
*Dan ontleed je me*
*Dan verwerp je me*
*Ik wacht op de dag*
*Dat je me laat herrijzen*

'Animate'
*Collateral Damage*, nummer 1

Als ons vliegtuig in Londen landt, regent het pijpenstelen. We voelen ons er allebei daarom meteen thuis. Het is vijf uur 's middags. Die avond worden we in Guildford verwacht, waar we de volgende avond moeten spelen. Vanaf dat moment wordt het aftellen tot de volledige vrijheid.

Mia en ik hebben een schema opgesteld voor de komende drie maanden, waarin we allebei zullen gaan toeren, met hier en daar een korte vakantie, waar onze agenda's overeenstemmen en we elkaar kunnen opzoeken. Het wordt niet echt ideaal, maar vergeleken met de afgelopen drie jaar lijkt het zo'n beetje het paradijs.

Het is al na achten als we bij het hotel aankomen. Ik heb Aldous gevraagd een kamer voor me te reserveren in hetzelfde hotel als de rest van de band – en niet slechts voor tijdens dit festival, maar voor de hele tournee. Hoe iedereen zich zal voelen over mijn vertrek bij Shooting Star, zal immers zeker niet verzacht worden door drie kilometer van elkaar te overnachten.

Ik heb het met Aldous of wie dan ook nog niet over Mia gehad, en wonder boven wonder is het ons tot dusver gelukt haar naam uit de roddelbladen te houden. Niemand lijkt te weten dat ik de afgelopen week met haar in Azië heb doorgebracht. Ze hadden het allemaal veel te druk met roezemoezen over Bryns nieuwe liefde: een of andere Australische acteur.

Er ligt een briefje voor me bij de receptie: de band houdt een privédiner in het atrium en vraagt me ook te komen.

Ik voel me opeens als een veroordeelde die naar zijn executie wordt geleid. Na vijftien uur in het vliegtuig vanuit Seoul zou ik nu het liefst onder de douche springen en hen morgen pas opzoeken of zo.

Maar Mia legt een hand om mijn middel en zegt: 'Nee, je moet naar ze toe.'

'Ga je mee?' Ik vraag het niet graag. Zij heeft net drie fantastische, waanzinnig goed ontvangen concerten gegeven in Japan en Korea. En dan vliegt ze de halve wereld rond... om regelrecht in mijn psychodrama te belanden. Maar ik weet ook: dit alles is enkel draaglijk met haar aan mijn zij.

'Weet je dat zeker?' vraagt ze. 'Ik wil me niet opdringen.'

'Geloof me: als iemand er niet bij hoort, dan ben ik dat wel.'

De piccolo pakt onze spullen om ze naar onze kamer te brengen, terwijl de portier ons door de lobby leidt. Het hotel is gevestigd in een oud kasteel, dat tijdelijk is overgenomen door rockers. Meerdere musici begroeten me met een knikje of een 'hai', maar ik ben te nerveus om te reageren.

De portier brengt ons naar een schemerig verlicht atrium. Daar zit de gehele band. Er staat een gigantisch buffet met onder andere een traditioneel Engels braadstuk.

Liz is de eerste die zich omdraait. Sinds de *Collateral Damage*-tournee is het nooit meer hetzelfde geworden tussen ons, maar de blik die zij mij nu schenkt is lastig te omschrijven. Alsof ik de grootste teleurstelling van haar leven ben, maar ze probeert zich hier overheen te zetten, het weg te drukken en dan zo nonchalant mogelijk te doen – alsof ik slechts een fan ben, een aanhanger: een van de velen die iets van haar willen, dat zij ze niet per se hoeft te geven.

'Adam,' zegt ze, met een kort knikje.

'Liz...' begin ik voorzichtig.

'Hé klootzak, leuk dat je erbij komt!' Fitzy's luide stem klinkt zowel sarcastisch als hartelijk – alsof hij niet kan beslissen aan welke kant hij staat.

Mike zegt niets. Hij doet gewoon alsof ik niet besta.

En dan voel ik ineens Mia's schouder langs mijn arm schuren. Ze stapt achter me vandaan. 'Hoi, jongens!' zegt ze.

Liz' gezicht wordt eerst even helemaal blanco – alsof ze zich Mia niet meer herinnert – dan kijkt ze zo geschrokken alsof ze net een spook heeft gezien. Vervolgens begint de onderlip van mijn sterke, stoere, lesbische drumster te trillen, waarna haar hele gezicht vertrekt en ze met trillende stem uitbrengt: 'Mia?' Dan iets luider: 'Mia?' En vervolgens roept ze uit: 'Mia!' En terwijl de tranen over haar gezicht stromen, stort ze zich op mijn meisje en omhelst haar stevig.

Als ze klaar is, houdt ze Mia op een armlengte van zich af en kijkt van haar naar mij en weer terug naar Mia. 'Mia?' gilt ze – haar eigen vraag al beantwoordend. Dan draait ze zich naar mij. Vergeven ben ik misschien nog niet, maar begrepen alvast wel.

De regen komt de volgende dag ook nog met bakken naar beneden. 'Lekker Engels zomertje,' grapt iedereen.

Het is eigenlijk mijn gewoonte geworden om me op dit soort megafestivals zoveel mogelijk afzijdig te houden. Maar omdat ik besef dat dit waarschijnlijk voorlopig mijn laatste festival zal zijn – althans als deelnemer – glip ik het terrein op, luister naar een paar bands op de zijpodia, klets met een paar oude vrienden en bekenden, maak zelfs een praatje met een stel verslaggevers.

Ik let er daarbij wel goed op dat ik niets verraad over het uiteenvallen van de band. Dat komt later wel: de rest mag bepalen hoe dit nieuws naar buiten wordt gebracht. Wel geef ik kort commentaar op mijn breuk met Bryn. Dat verhaal heeft toch al breed uitgemeten in alle roddelbladen gestaan. Als ze vragen naar mijn geheimzinnige nieuwe liefde, antwoord ik slechts: 'Geen commentaar.' Alles komt toch gauw genoeg uit. En hoewel ik Mia dit hele circus het liefst zou besparen, kan het me niet schelen dat de hele wereld weet dat wij bij elkaar horen.

Als om negen uur ons optreden begint, is de regen nog maar een lichte nevel die in de late zomeravondschemering deint en danst. Het publiek heeft de blubber dan allang ge-accepteerd: overal ligt modder en iedereen rolt erin rond alsof het weer Woodstock is.

Voor we begonnen te spelen, was de band nerveus. Dat doen festivals nu eenmaal met ons: ze vergen een grotere inzet dan een gewoon concert of zelfs een stadionshow. Festivals trekken niet alleen vele malen meer publiek, daaronder bevinden zich ook veel muzikale collega's.

Maar ik ben vanavond kalm. Al mijn kaarten liggen al op tafel; ik heb niets te verliezen. Of misschien héb ik het al verloren en nu opnieuw gevonden. Wat ik verder nog zou kunnen kwijtraken, heeft niets te maken met wat er op het podium gebeurt.

En dat is misschien ook de verklaring voor het feit dat ik me zo enorm vermaak vanavond. Ik ram al onze nieuwe nummers eruit op mijn oude Les Paul Junior – nog een stuk verleden dat is teruggekeerd uit de dood. Liz wist niet wat ze zag toen ik hem uit zijn oude koffer haalde. 'Ik dacht dat je dat ding had weggegeven,' zei ze.

'Dat dacht ik ook,' was mijn antwoord, met een glim-lachje voor Mia.

We jagen het nieuwe album erdoorheen en gooien het publiek dan nog wat botten van *Collateral Damage* toe. En voor ik het in de gaten heb, zijn we al bijna aan het eind van onze set.

Ik kijk naar beneden, naar de setlijst die met duct-tape op het podium is geplakt. Daar staat – in Liz' haastige blokletters – het laatste nummer voor ons vertrek en de daar onvermijdelijk op volgende toegift: 'Animate'. Ons clublied, zoals onze oude producer Gus Allen het noemde; de recensenten hadden het over 'de meest depri tirade op

*Collateral Damage'*. Zo'n beetje onze allergrootste hit. Je doet er het publiek een gigantisch plezier mee, vooral vanwege het refrein, dat ze overal graag meedreunen.

Maar ook één van de weinige nummers die we ooit wat hebben versleuteld: met een strijkkwartet aan het begin van de opname (hoewel dat er bij de live-versie natuurlijk niet bij is). Maar daarom hoor ik vanaf het begin dus niet de golven gebulder van het opgewonden publiek, maar Mia's cello in mijn hoofd. Ik krijg zelfs een visioen van ons tweeën: op een anonieme hotelkamer wat aan het klooien – zij op haar cello, ik op mijn gitaar – met dit nummer, dat ik speciaal voor haar heb geschreven. En, shit: dat beeld maakt me dus verdomde blij.

Ik zing het nummer met alles wat ik in me heb. En dan komen we bij het refrein: *Haat me, verwoest me, vernietig me, herschep me, herschep me. O, wil je me, wil je me alsjeblieft herscheppen.*

Op de cd wordt dit refrein steeds opnieuw herhaald – een schrijnende uiting van woede en verdriet – en het is een soort traditie geworden dat ik tijdens optredens hier even ophoud met zingen en de microfoon naar het publiek draai, zodat zij het van me kunnen overnemen. Dus draai ik ook nu mijn microfoon richting het afgeladen festivalterrein. Het publiek gaat helemaal uit zijn dak, zingt mijn nummer, scandeert mijn smeekbede.

En terwijl zij hun best doen, begin ik over het podium te ijsberen. De rest van de band ziet wat er gebeurt en blijft het refrein gewoon herhalen.

Als ik bij de zijkant van het podium kom, zie ik haar ineens staan, op de plek waar ze zich altijd het prettigst voelde (al zal zij de komende tijd degene in de spotlichten zijn en ik degene in de coulissen, maar daar voel ik me ook prima bij). Het publiek blijft maar zingen en mijn verhaal vertellen; ik blijf spelen op mijn gitaar, tot ik zo dichtbij ben dat ik haar ogen kan zien.

Dan begin ik het refrein weer te zingen – alleen voor haar. Ze glimlacht naar me.

En het is alsof wij de enige twee mensen op de wereld zijn; de enigen die weten wat er werkelijk gebeurt. En dat is, dat dit nummer dat we hier met zijn allen staan te zingen, ter plekke wordt herschreven. Het is niet langer een woeste smeekbede die de leegte in wordt geslingerd. Nee, hier en nu, op dit podium, onder het toeziend oog van wel tachtigduizend mensen, wordt het iets heel anders.

Onze gloednieuwe gelofte.

# DANKWOORD

Het is op dit soort plekken gebruikelijk dat schrijvers hun redacteuren en literair agenten apart bedanken. Maar als ik aan mijn eigen schrijfcarrière denk, zie ik mezelf meestal geflankeerd door zowel mijn redacteur, Julie Strauss-Gabel, als mijn literair agent, Sarah Burnes. Deze twee hoogst intelligente boekenstrijders zijn allebei zo essentieel bij het ontstaan én de begeleiding van mijn werk, dat het lastig is hun invloed te scheiden. Sarah adviseert, steunt en helpt me de boel in perspectief te houden. Julies grootste gave is dat zij mij de sleutel geeft om mijn verhalen te openen. Samen zijn ze mijn steunpilarentweeling.

Maar, zoals dat nu eenmaal gaat, heb je overal zo'n beetje een heel dorp bij nodig. In Julies geval bestaat dat dorp uit de vele, vele toegewijde leden van de Penguin Young Readers Group. Om een paar bomen te sparen, zal ik hen niet allemaal bij naam noemen, maar het moge duidelijk zijn dat ik tientallen mensen van de afdelingen Verkoop, Marketing, Publiciteit, Ontwerp, Online en Productie buitengewoon (en bijna dagelijks) dankbaar ben. Vet applaus voor Don Weisberg, Lauri Hornik, Lisa Yoskowitz en Allison Verost, pr-agent, therapeut én vriendin. Bij Sarahs dorp van The Gernert Company horen Rebecca Gardner, Logan Garrison, Will Roberts en de fantastische Courtney Gatewood (die voor iemand die uit is op wereldheerschappij opvallend aardig is).

Bedankt Alisa Weilerstein, die me heeft geïnspireerd en wat van haar waardevolle vrije tijd heeft opgeofferd om mij het carrièreverloop van een beginnend professioneel cellist te leren begrijpen. Bedankt Lynn Eastes, traumacoördinator van de Oregon Health & Science University, voor het bieden van inzicht in Mia's mogelijke genezings- en revalidatieproces. Bedankt Sean Smith, voor je insidersblik in de filmindustrie (en nog een miljoen andere dingen). Alles wat ik met betrekking tot deze onderwerpen correct heb beschreven, is dankzij deze mensen; alles wat ik verkeerd heb gedaan, heb ik aan mezelf te wijten.

Dank aan de Edna St.Vincent Millay Society, voor het genereuze gebruik van een van mijn lievelingssonnetten aller tijden: 'Love is not all: it is not meat nor drink'. Veel van Edna St.Vincent Millays gedichten zijn ongelofelijk romantisch en toch, zelfs jaren na dato, behoorlijk scherp. Ik heb alleen de tweede helft van het betreffende sonnet in dit boek opgenomen, maar zoek het complete gedicht allemaal op!

Dank aan mijn lezers in alle stadia: Jana Banin, Tamara Glenny, Marjorie Ingall, Tamar Schamhart en Courtney Sheinmel – voor exact de juiste mix van aanmoediging en kritiek.

Dank ook aan mijn andere dorp: mijn buurtgenoten, voor het inspringen bij mijn kinderen en de algemene rugdekking waar ik op mag rekenen. Isabel Kyriacou en Gretchen Sonju: ik sta voor eeuwig bij jullie in het krijt!

Dank aan de gehele familie Christie, voor hun aanhoudende hartelijkheid en vrijgevigheid.

Dank aan Greg en Diane Rios, dat zij deze reis met ons hebben voortgezet.

Dank aan mijn familie – de Formans, de Schamharts en de Tuckers – omdat jullie hebben staan juichen als ware cheerleaders. Extra dank voor mijn zus, voor het handmatig verkopen van mijn boek aan de halve bevolking van Seattle.

Dank aan mijn dochters: Denbele, die zo'n beetje halverwege het schrijven van dit boek in ons gezin arriveerde. Als zij het ooit merkwaardig heeft gevonden dat haar moeder van tijd tot tijd in de huid leek te kruipen van een gespannen jongen van eenentwintig, dan is dat in ieder geval nooit te merken geweest aan haar uitbundigheid. En Willa, die onbewust zoveel verzonnen band-, film- en personagenamen voor dit boek heeft aangedragen, zoals alleen een vier/vijfjarige dat kan. Misschien moet ik je zakgeld maar eens verhogen.

Dank aan mijn echtgenoot Nick. Voor je niet-altijd-zachtzinnige kritieken, die mij altijd weer dwingen mijn inzet te verhogen; voor je sublieme speellijsten, die muziek in mijn leven (en mijn boeken) brengen; voor het aanleveren van allerlei details over bandjes; en omdat jij de reden bent dat ik maar niet kan ophouden met het schrijven van romantische verhalen over gitaristen.

En ten slotte dank aan alle boekhandelaars, bibliotheekmedewerkers, docenten en bloggers, omdat zij boeken helpen een hoge vlucht te nemen.

## Lees ook van Gayle Forman
### *Vuurvliegjes*

Heb je ooit wel eens een nachtmerrie gehad? Een nachtmerrie waarin je weet dat je niet gek bent, maar waarbij niemand, zelfs je ouders, je leraren en de autoriteiten niet, naar je willen luisteren? Voor de 16-jarige Brit wordt dit werkelijkheid wanneer haar vader haar naar Red Rock stuurt. Red Rock is een instelling die beweert rebelse meiden te kunnen genezen.
Niemand kan Red Rock alleen overleven, maar in een instelling waar je privileges verdient door je lotgenoten te verraden, is het moeilijk om uit te vinden wie je werkelijk kunt vertrouwen.

Gayle Forman, wereldreiziger en vormalig journalist voor het tijdschrift *Seventeen*, heeft al meerdere boeken geschreven voor tieners. Ze woont met haar man en dochters in New York.

ISBN 978 90 443 2621 5